ハヤカワ文庫 NF
〈NF443〉

復讐者たち
〔新版〕

マイケル・バー＝ゾウハー
広瀬順弘訳

早川書房

7629

THE AVENGERS

by

Michael Bar-Zohar

1967

まえがき

ナチス・ドイツの敗北を祝い、平和のありがたさをかみしめた人は数知れなかった。だが、地球上には、このナチス敗北の日、一九四五年五月八日をもって対独戦争が終結したとはみなさない人もいたのである。その数はそれほど多くなかったが、レジスタンス運動に参加していた者や国外に追放されていた人、あるいはまだ軍服に身をつつんだ者たちが新たな戦いを開始し、ときにはたったひとりで、自分たちの兄弟や家族を……いや民族を殺戮した犯人たちの追跡に乗りだした。その目的は復讐であった。そして多くがそれを果たした。これら復讐者たちは多数のナチ戦争犯罪人を捕らえ、連合軍当局や各国の警察に引き渡し、あるいは自分たちの手で処刑したのである。

この本で取りあげるのは、歴史上きわめて特異な出来事である。類例のないほどの規模とさまざまな形でおこなわれた犯罪に対して、復讐を果たすために立ち上がった少数の人々の苦闘の跡を、この小冊はたどっていく。すなわち、これはユダヤ人たちの復讐の記録である。

永年のあいだ、復讐者たちの大半はその復讐物語を秘密にしてきたのだが、いまそれを筆者に明かしてくれた。かれらが語った出来事のなかには、告白者の親戚やもっとも親しい友人でさえ知らなかったこともある。復讐者たちは、筆者の眼をまっすぐ見つめながら、こう言った――「ええ、殺しました。その理由を話してあげますよ」と。

この本は、元ナチスやネオ・ナチスと呼ばれる者たちをはじめ、あらゆるタイプの反ユダヤ主義者に有利な証拠を提供するのではないかと思えるかもしれない。かれらは本書のなかに、ユダヤ人が裁判もおこなわずに野蛮な方法で、有無を言わせず人を殺した証拠があると主張するかもしれない。だが、そういう主張に対して、復讐者たちは、自分たちは通常の法律を超えた〝正義〟の名において行動したのだと答える。そしてまた、かれら復讐者たちの行動は、ユダヤ人にもやられたらやり返す力があることを示すものであるとつけ加えることを忘れない。もしそれが事実ならば、ユダヤ人による復讐は、ナチス・ドイツに郷愁をいだいて過去の圧政者たちの真似をするかもしれない者たちに、直接警鐘を与えることになる。というのも、不幸にもそうした人間たちは、力による支配のみしか頭にないから、おなじ力で反撃されることによってはじめて眼をさますにちがいないからである。

パレスチナを追われて離散民族（ディアスポラ）となった二千年のあいだ、ユダヤ人はおとなしい民族であり、暴力を嫌う民族であるとみなされていた。従順な民であるかれらは、思いのまま罵（ののし）り、抑圧できる相手と思われていた。ユダヤ人が反抗するとはだれも思わなかったのである。だが、第二次世界大戦中にユダヤ人が身をもって示した英雄的な行為によって、この神話はくずれ去った。さらに復讐者たちが、この神話をくつがえした。かれらは闘うユダヤ人であったし、現在も、またこれからも不正や虐待に忍従するばかりではない、闘う民族なのである。

本書の取材のために筆者が訪れた国は十五ヵ国以上にのぼる。イスラエルをはじめ、ヨーロッパとラテン・アメリカのすべての国、それにアメリカである。話をきかせてもらった人は、本書に述べる活動にかかわりのあった復讐者、秘密情報員、ナチ戦犯追跡者、著述家、ジャーナリスト、裁判官、検察官など、百人をゆうに超え、公刊された著書のほかに、関連のある未公開の記録に眼を通すこともでき、個人の所蔵する極秘の古文書に接する機会もあたえられた。とりわけ、イスラエルのホロコースト記念館（ヤド・ヴァシェム）やロンドンのヴィーナー図書館をはじめ、ヨーロッパや南アメリカ各地の記録文書保存センターの協力により大いに助けられた。筆者は本書によって、ユダヤ人の復讐とナチ戦犯の追跡物語のすべてをあきらかにしたと言うつもりはない。問題があまりに大きく、しかも秘密のベールに閉ざされた部分が多すぎて、一人の人間の手でそのすべてを明るみにだすことはとうてい不可能なのである。

本書の第一部ではユダヤ人の復讐を取りあげ、第二部ではナチ戦犯の逃亡とその支援組織および地下活動を記述する。そして第三部はナチ戦犯追跡の軌跡に紙幅をさくが、とくにアイヒマンの逮捕以降いちだんと活発になった追及の跡をたどってみたい。

こうした復讐の事実や報復計画のなかには、ショッキングなものもあるかもしれない。だが、ここで読者の方々に思い起こして理解していただきたいのは、ナチスがこの世につくり出した地獄がどのようなものであったか、生き残った人々の苦しみと怒りがどれほどのものであるか、ということである。

ここに本書を理解していただくうえでの一助となることを願って、《ユダヤ人問題の最終的解決》の要約を記しておきたい。

第一段階——ユダヤ人迫害を狙いとする新しい政策

一九三三年一月三十日 ナチ党がドイツの政権を握り、ユダヤ人に対する憎しみを浸透させはじめる。

一九三三年四月一日 ユダヤ人ボイコットの日。

一九三五年九月 ニュルンベルク法により、ユダヤ人の市民権を剝奪。

一九三八年十月二十八日 ドイツに居住するポーランド系ユダヤ人一万七千人を追放。

一九三八年十一月九日 〝水晶の夜〟。

——焼き打ちされたユダヤ教会堂（シナゴーグ）、百九十一棟、同じくユダヤ人住宅、百七十一戸。

——掠奪された商店、七千五百戸。

——殺傷されたユダヤ人、数十人。

——逮捕されたユダヤ人、二万人、そのうち半数はブッヘンヴァルトへ移送。

——ドイツ系ユダヤ人に対する課徴金合計額、十億マルク。

——ユダヤ人経営の工場および商店を接収。
——ユダヤ人の子弟を学校から追放。

一九三九年九月一日 第二次世界大戦の勃発。当時、第三帝国の領土内（ドイツ、オーストリア、チェコスロヴァキア）に居住するユダヤ人、三十七万五千人。

第二段階——第三帝国、ユダヤ人問題の解決策をさぐる

一九三九年九月〜十月 ポーランド侵略され、ドイツとソヴィエトに分割される。ドイツ占領地域内のユダヤ人、二百七十万人。

一九三九年九月二十一日 保安本部長官ハイドリッヒは、重だった部下に密かに命令を発し、ユダヤ人居住者を《最終的解決》に照らして強制収容させることにする。

一九三九年十月三十日 ハイドリッヒの命令により、第三帝国領内のすべてのユダヤ人をポーランドへ移送し、〝総督府〟の管理地域内におくことにする。

一九四〇年三月 この計画は輸送上の問題があるため、中止される。

一九四〇年夏 すべてのユダヤ人に、黄色い星のマークの着用を義務づける。ユダヤ人ゲットーをポーランド内の町に創設する。第三帝国の指導者たちが会合して〝マダガスカル計画〟を検討し、ヨーロッパのすべてのユダヤ人をインド洋に浮かぶフランス領マダガスカル島に強制移送することを計画する。しかし、この計画は破棄される。

一九四〇年十月十八日　ワルシャワのゲットーにユダヤ人四十万人を収容して、封鎖する。

この第二段階における目的はユダヤ人を、飢餓、疾病により、あるいは抑圧政策や士気の破壊によって絶滅させることであった。こうして大量殺戮がはじまったのである。

第三段階——最終的解決

一九四一年六月　ドイツ軍、ソヴィエトに侵攻。

ドイツ軍部隊にはアインザッツグルッペンと呼ばれる特務部隊が附属していた。この部隊の任務はユダヤ人、共産主義者、赤軍幹部を殲滅させることであり、SS（武装親衛隊）、秘密国家警察（ゲシュタポ）、および少数のウクライナ人、リトアニア人、レット人で構成されていた。

数十万人にのぼるユダヤ人が殺されたが、その大半は森にひそんでいた機関銃部隊の手で虐殺されたのである。一九四二年一月付の報告書によれば、エストニア、ラトヴィア、リトアニアのいわゆるバルト諸国内で二十二万九千五十二人のユダヤ人が殺されたとされている。戦争終結までに、こうして虐殺されたユダヤ人の総数は、百万人から百四十万人に達した。

一九四一年七月三十一日　国防閣僚会議議長ヘルマン・ゲーリングはハイドリッヒに

書簡を送り、「ヨーロッパ内のドイツ支配下にある国々におけるユダヤ人問題の完全な解決をはかるために、必要なあらゆる準備をおこなうよう」指示をあたえた。その後まもなく、SS指導者ハインリヒ・ヒムラーはルドルフ・ヘス（のちのアウシュヴィッツ収容所長）をベルリンに呼び寄せ、ヒトラーから、「あらゆる場合に備えたユダヤ人問題の解決策」を生みだすよう命令が下されたことを伝えた。この結果、アウシュヴィッツ強制収容所の建設が決定されることになる。

一九四一年九月　ユダヤ人大量殺戮の最初の試みは完全な成功をおさめる。ヘルムノ、ベルゼク、ソビボール、トレブリンカ、マイダネク、アウシュヴィッツなどの主な強制収容所にガス室が設置される。

一九四二年一月二十日　ハイドリッヒの統括のもとにヴァンゼー会議が開かれ、《ユダヤ人問題の最終的解決策》を採択。これが、一千百万人のユダヤ人に適用されることになる。

一九四二年夏　ワルシャワ・ゲットーから三十万人以上のユダヤ人が強制移送させられ殺された。この年の末までにポーランド系ユダヤ人の七十パーセントが虐殺された。

一九四二年〜一九四五年　《最終的解決策》の適用範囲が、ヨーロッパのドイツ占領下にあるすべての国にまで拡大される。

〔ユダヤ人住民が〝追放〟された居住区の数〕

ポーランド	16,782	ラトヴィア	413
チェコスロヴァキア	4,500	オランダ	395
ドイツ	3,383	リトアニア	295
ルーマニア	3,013	エストニア	50
ハンガリー	2,462	ギリシャ	48
ソヴィエト	1,086	ノルウェー	28
オーストリア	769	ルクセンブルグ	12
ユーゴスラヴィア	678		
		合　計	33,914

〔ナチスに抹殺されたユダヤ人の国別人数〕

ポーランド（1939年当時の国境内）	3,271,000人
ソヴィエト（1939年以前の国境内およびバルト諸国を含む）	1,050,000人
ルーマニア（1940年以前の国境内）	530,000人
チェコスロヴァキア（1937年当時の国境内）	255,000人
ハンガリー（1938年当時の国境内）	200,000人
ドイツ（1937年当時の国境内）	195,000人
フランス	140,000人
オランダ	120,000人
ユーゴスラヴィア	64,000人
ギリシャ	64,000人
ベルギー	57,000人
オーストリア	53,000人
イタリア	20,000人
ブルガリア（1941年以前の国境内）	5,000人
ルクセンブルグ	3,000人
デンマーク	1,500人
ノルウェー	1,000人
合　計	6,029,500人
うち強制移住者	308,000人
抹殺されたユダヤ人総数	5,721,500人

目次

復讐者たち〔新版〕

第一部　初期の復讐者たち

1　最初の復讐

ユーゴスラヴィアにダルヴァルという町がある。二〇世紀のはじめ、このあたりが広大なオーストリア＝ハンガリー帝国の所領であったころ、町はまだ小さく、宗教的にも寛容な社会のなかで、ローマ・カトリック教徒やギリシャ正教徒、イスラム教徒、ユダヤ教徒などが平和に暮らしていた。そこに住む熱心なユダヤ教徒、ラビ・フランクフルターの家に、一九〇九年七月九日、三番めの男の子が生まれた。ダヴィドと名づけられたその子は、ひどく病弱で、外に出て兄弟と遊ぶこともほとんどなく、同じ年頃の子供たちと一緒に暴れまわったりすることもついぞなかった。読書が好きで、とりわけ聖書やユダヤの歴史物語を愛読していた。はにかみやで、おとなしいこの子供を見て、のちの反逆者の姿をだれが想像できたであろうか。

だが、人はみかけによらないことがよくあるものである。この小柄なユダヤ人少年は、幼いころに病苦に耐えるうちに、勇気と力を蓄えていった。そして、時期が到来したとみるや、ダヴィド・フランクフルターは、ヨーロッパ全土を震撼させるほどのことをやってのけたのである。

一九二九年、二十歳となったダヴィドはダルヴァルを出てドイツに行った。父親はダヴィドを歯科医にさせたかったのだが、本人は兄弟たちと同じように内科医になろうと決心した。ライプツィヒ大学で一年半ほど勉強したあと、フランクフルトでさらに勉学をつづけた。

当時のドイツでは、失業が増大してインフレが急速に進んでいたうえ、ナチズムが台頭しはじめていた。ユダヤ人の経営する店の戸口には、「ユダヤ人め、出ていけ!」というような侮蔑の言葉が落書きされ、町の通りでは、ナチ党員とこれに対立する共産主義者や社会主義者、共和主義者とのあいだで争いが絶えなかった。一九三三年一月三十日、ヒンデンブルクはヒトラーを第三帝国の首相に任命し、その夜ナチスの突撃隊員がドイツ全土の町でパレードをおこない、褐色のシャツに身をつつみ、鉤十字の旗を手に行進した。その勢いに押されて、無関心な者や気の弱い者、疑問をいだく者たちも付和雷同するばかりだった。こうしてナチスはドイツの支配者として勝ち誇ったように前面に出てきたのである。

ひとたびヒトラーが権力を握ると、ユダヤ人をめぐる情勢は急速に悪化した。暴力による衝突が増え、ユダヤ人の最後の抵抗線もやぶられてしまった。左翼の同調者であることが知れたユダヤ人がつぎつぎに逮捕され、そのなかにはダヴィドの友人もいた。逮捕されたユダヤ人たちは警察へ連行されたり、あるいは突撃隊が占拠した地下室や倉庫に連れていかれ、そのままもどってこない者も大勢いた。ユダヤ人や体制の敵と目された者を拘禁する強制収容所があるらしいという噂も流れるようになった。

しかし、ユダヤ人のなかにさえ、そのような暴虐を信じようとしない者もいた。ダヴィド・フランクフルターも、「自分はドイツ国籍ではないし、逮捕されることなどあるまい」と思っていた。

ダヴィドがフランクフルトで下宿していた家はユダヤ人の一家で、そこの主人は第一次世界大戦のときに使用したリボルバーをまだ持っていた。六連発の大型拳銃で、そのリボルバーをダヴィドは貸してもらうことにした。べつにこれという目的があったわけではなく、いざというときに自分の身を守れるようにしておきたかったのだ。力には力で対抗しよう、と思っていた。ダヴィドはドイツでいったい何が起こっているのか自分の眼で観察し、敵の正体をみきわめることにした。ナチスの会合に出席して党員と話をし、ときには激しい議論になることもあった。ダヴィドには、なぜドイツでそのようなことがまかり通るのか、どうしても理解できなかった。

「いまでも憶えているのは、ある金曜日の晩、フランクフルトのスポーツ・パレスで開かれた会合に出席したときのことです」ダヴィドは筆者にこう話をしてくれた。「ホールは熱気でむんむんしていて、ナチ党員があふれるほどたくさんいました。みんな大声で演説者に声援を送っているのです。演説していたのは、フーべという名前の、ベルリンから来た党幹部でした。ホールにいたユダヤ人はわたしだけで、しかもわたしひとりだけがナチスの制服も着ておらず、党のバッジやマークもつけていませんでした。わたしは、そこに集まっている野蛮な連中のヒステリックな叫び声に最初はとまどい、それから恐ろしくなりました。そして、壇上で演説している怪物そのもののような男を見つめながら、ポケットに手をやって拳銃のグリップを握りしめ、ひとりつぶやいていました。『だれかが手をかけてきたら、撃ってやるぞ。ペリシテ人と闘ったサムソンみたいに暴れまわってやる。そしていさぎよく死ぬのだ、サムソンみたいに！』と」

その夜スポーツ・パレスでは何ごとも起こらなかったが、ダヴィドは家に帰ってからも、目のあたりにした気ちがいじみた光景を頭からぬぐいさることができなかった。ショックはいつまでも尾をひいて、胸がむかつくような思いがし、平静ではいられなかった。あの恐ろしい状態を終わらせるにはどうすればよいか、はっきり答えを出そうと懸命に考えていた。

数日後、ダヴィドは、当時町を訪れていたヘルマン・ゲーリングのために、盛大なたいまつ行列がおこなわれることを知った。ふいに彼は、ある計画を思いついた――ゲーリングを殺すのだ、ナチスの党幹部の一人を抹殺しよう、と決意したのである。

「わたしは急いで通りに出ていきました。舗道には大勢の人が群がっていて、行列に声援を送ろうと待ちかまえていました。人ごみをかきわけて列のまえに出ると、突撃隊が縁石のところに並んでいました。わたしはそのなかの一人に、『ゲーリングはどこですか？』とききました。『いまちょうど通りすぎたところだ』と、その隊員は答えました。そのとき彼の肘がわたしの胸にあたり、相手の表情から、わたしはジャケットに隠しもっている拳銃に気づかれた、と思いました。何とかしなければ、そう思ってわたしはナチスがよくやるように、片手をあげて、「ハイル、ヒトラー！」と叫びました。その隊員は安心したのか、向こうへ行ってしまいました。そんなわけで、わたしは最初の絶好のチャンスを間一髪のところで逃がしてしまったのです」

ダヴィド・フランクフルターは、一九三三年七月にドイツを離れた。医者になりたいという希望はまだもっていたが、ナチズムの支配する国で勉強をつづける気がしなかったため、スイスのベルンに行った。

「ベルンですこし落ち着いた気分になりたいと思いました」彼は話をつづけた。「静かなところで心の安らぎが欲しかったのです。ナチスの暴虐も辱しめも何もかも遠くに追いやりたかった。忘れたい、何もかも忘れよう、と思いました。しかし、だめでした。わたしは考えに考えました。でも自分の考えはすべて胸にたたんでおきました」

しばらくして、ダヴィドはダルヴァルに帰り、両親のもとで二、三日過ごすことになった。あいかわらず頭から離れないことについては、両親には何も話すまいと心に決めていた。だが、ある晩、話をしているうちに、どうしてもがまんできなくなった。「いったいどうしてあの暴虐なヒトラーをだれも殺さないんだ！」彼はおもわず叫んだ。「だれもやらないのなら、ぼくがやる！」

だが、家族の者はだれもダヴィドの言葉を本気にしなかった。ダヴィドが拳銃を振りまわし、法律によらずに私的な制裁を加えるなどとは、だれも想像できなかったのである。だが、このとき、この青年の心はすでに決まっていた。世界に警告しなければならない、ナチズムの正体を暴かなければならないのだ、ほかにだれも何もしようとしないのだから、自分が、このダヴィド・フランクフルターがユダヤ人として最初の一撃を加えるのだ、と彼は決意していた。

「一九三四年だったか、三五年だったか忘れましたが、わたしはドイツにもどりました。どういう状態になっているのか自分の眼で見たいと思ったのです。ベルリンで、伯父が若いナチ党員の一団に襲われました。伯父は殴られ、地面に投げ飛ばされたあげく、ひげを抜かれたり、さんざんに罵られたりしました。わたしはやり場のない怒りに心をかき乱されて、スイスに帰りました。そこで友人の家に行くと、ドイツ系ユダヤ人のその友人がピストルをみがいているのです。『どうしてそんなもの持っているんだい？』わたしがたずねると、彼はこう答えました。『どうしてって、スイスからの退去を命じられ、ドイツにもどれと言われるかもしれないからだ。でも、生きてナチにつかまるつもりはないからね』だれにそのピストルをもらったのかときくと、『買ったのだ。どこで買ったか教えてやろうか』と彼は言いました。わたしは教えてもらった所番地をきちんとメモしておきました」

一九三五年、スイスの新聞紙上でひとりのドイツ人ナチ党員の活動をめぐって激しい論争がたたかわされていた。ヴィルヘルム・グストロフという名のその党員は、ヒトラーの任命により、国家社会主義ドイツ労働者党（NSDAP）、すなわちナチ党のスイス支部長に就任し、スイス国内に住む三十万人のドイツ人をナチ党に入党させる任務を負うことになった。グストロフは胸を患っていたこともあって、本部をダヴォスに設置し、やがてスイスの各地にナチ党の支部を組織した。一方、スイスの多くのジャーナリストや政治家はグストロフの活動に抗議し、だれの許しを得てスイス国内にそのようなナチの組織を張りめぐらしたのか、と追及を開始したのである。

「わたしは無関心ではいられなくなりました」ダヴィドの話はつづく。「わたしはスイスがとても好きでした。自由で、独立を尊ぶ民主的な国だったからです。だから、スイス人がナチスを、そのユダヤ人迫害をどれほど嫌っているか、よくわかりました。グストロフの組織拡大の狙いが、スイスを熟した果物のようにしてヒトラーの手におとすためだとわかると、胸がむかつく思いでした。あの獣のようなナチスはドイツに泥を塗り、辱しめるだけでは飽きたらず、スイスにまでその毒をまき散らそうとしていたのです！」

ダヴィドはヴィルヘルム・グストロフこそ殺さなければならない相手だと心に決めた。

「わたしは小さなリボルバーを買いました。銃身をみがいて弾をこめながら、いろいろ考えました。かつてなかったほど心が動揺していました。わたしがやろうと決意した行為は、自分のあらゆる道徳律にもとるものだったからです。けれども、わたしの良心が答えます。「おまえには、ほかにどうすることもできないのだ。こうするしか道はない」と。

むろん、わたしはそのために死ぬかもしれないと思いました。でも、わたしが犠牲になることも決してむだにはならないと確信していましたし、わたしの犠牲は必要なのだと信じていました。それによって、自由と正義を守るすべての人の眼を開かせることになるだろう、と思いました。

わたしは拳銃をポケットにしのばせ、下宿先の女主人にメモを残しました。とてもやさしい親切な人で、わたしのことを気に入ってくれていたのです。メモにはこう書きました。〈わたしは出ていきます。わたしのことがすぐお耳に入ると思います〉メモをテーブルの上に置き、そのとなりにナチの本を置きました。『忌まわしきユダヤ人』という題名で、わたしが買った本でした。その本の巻頭のページを開いて、見返しの部分に〈忌まわしき者の一人より〉と書いておきました。そして、汽車に乗ってダヴォスに向かいました」

ダヴィドがダヴォスに着いたのは一九三六年一月末のことだった。金曜日で、安息日の前日だった。彼は小さなホテルに部屋をとってから、町に散歩に出かけた。父親や家族のことを考えると、気がくじけそうになった。そのとき、顔をあげると一軒のアパートの戸口にかかっている表札が眼に飛び込んできた――〈ナチ党員ヴィルヘルム・グストロフ〉とあるではないか！

まったく偶然に、ダヴィドはグストロフの家のまえに立っていたのである。彼にはそれが何かの符牒（フチヨウ）のように思えた。おもわず汗がにじみでた手で、ポケットのなかの拳銃を握った。「さあいまこそ、われわれをなぶりものにし、侮辱し、恥をかかせてきたあいつらに復讐するときがきたのだ」ダヴィドはひとりつぶやいた。そして、いったんホテルに帰ってから、何度も自分に言いきかせた。いいか、おまえは戦士なのだ、戦士は戦士らしく闘わなければならない。おまえには果たすべき使命があるのだ。だが、彼には人を殺すことはできなかった。

ダヴィドは、さらに三日間をホテルですごした。心の葛藤にあけくれた三日間だった。彼は臆病な自分を責め、苛立っていた。

「〈いつまでもこうしているわけにはいかない〉わたしは自分に言いきかせました。〈どちらかに心を決めなければいけない。計画を一切あきらめるか、それとも、いますぐ実行するかだ！　いまやるか、それとも絶対にやらないのか、どちらかだ！〉その日は一九三六年二月四日の火曜日でした。わたしは二通の手紙を書きました。一通は父親あてに、もう一通は妹にあてて。それは別れを告げる手紙で、許しを乞うつもりでした。〈ぼくは本当にやったのです。いまぼくの心は平静です。ぼくが犠牲になるしかなかったのです。ぼくにはほかの人がだれも信用できないのです〉と書きました。

その二通の手紙をテーブルの上に置いて、わたしは出かけました。外は暗く、わたしはまるで夢遊病者のように通りを歩いていきました。やがて、数日まえに表札のかかっているのをみつけたアパートに着きました。たしか三階か四階だったと思います。グストロフと名前の書いてある部屋がありました。わたしは深呼吸をして、呼び鈴を鳴らしました。

女の人が扉をあけたので、わたしはヘル・グストロフはご在宅ですか、とたずねました。さいわい、彼は家にいました。わたしはその女の人のあとについて廊下を歩いていき、部屋に案内されました。半開きの扉のすきまから、ひとりの男が電話をかけているのが見えました。とても大柄で、どうみても六フィートはあります。その男は電話口で大きな声で話していました。「そんなユダヤ人の犬どもや共産主義者はかたっぱしから目にもの見せてやるのだ。……」わたしはポケットに手をやり、拳銃の安全装置をそっとはずしました。簡単でした。

案内してくれた女の人は、わたしを部屋に残して出ていきました。まもなく、電話をかけていた大柄な男が扉を大きくあけて、入ってきました。「やあ、お待たせしました！」男は言いました。

彼は禿げあがった頭にわずかに金髪が残っているだけで、青みがかった眼をし、ヒトラーのようなちょびひげを生やしていました。わたしはグストロフを見すえたまま、ポケットから拳銃を取り出し、引き金をひきました。が、一発めは不発でした。彼はびっくりしてわたしを見つめ、一、二歩あとずさりしたかと思うと、やにわに向かってきて、そばにあった机をわたしめがけてひっくり返そうとしました。わたしはさらに引き金をひきつづけました。一発、二発……三発、四発。全部、命中しました。頭と喉と胸です。グストロフの身体がくずおれるかたわらで、わたしは拳銃をかまえたまま立っていました。扉が乱暴にあけられて、さっきの女の人が飛び込んできました。本能的にわたしは彼女を押しのけ、部屋の外へ走り出ました。銃声を聞きつけた近所の人たちが踊り場に群がっていました。ほとんど無我夢中で、わたしは、「どかないと撃つぞ！」と叫びながら、階段を駆け降りて、雪の積もった道に走り出ました。方角もなにもわからぬまま、一、二分も走ったでしょうか、すぐに息がきれ、足が動かなくなりました。わたしは逃げることは考えておらず、拳銃で自殺しようと思っていました。でも、じっさいに拳銃を頭に向けたかどうか、いまではわかりません。弾がもうなかったのか、あるいは引き金をひく勇気がなかったのか——よくわかりません。とにかく、いつのまにか一軒の家のまえに立っていました。呼び鈴を鳴らすと、老夫婦が戸口に出てきました。わたしは、電話を貸していただきたいと丁重に頼みました。

あのとき拳銃を捨てて、隠れようと思えば隠れられたし、逃げることだってできたでしょう。でもそんなことは問題外でした。わたしは犯罪者ではないのです。それに生きている以上、自分のやったことを説明しなければなりませんでした。理由をはっきりさせなければならなかったのです。そうでなければ、なんの意味もないことになってしまいます。

老夫婦の家のなかに入れてもらい、わたしは警察に電話をかけました。「もう事件のことは聞いていると思いますが、わたしがヴィルヘルム・グストロフを殺しました。これから自首しようと思います」そう告げても、電話に出た警察官は、わたしの言うことを信用しないようでした。老夫婦はあっけにとられて、わたしを見つめていました。わたしは二人に礼を言って外に出ると、警察に向かいました。

「わたしが数分まえに電話をかけた者です」わたしは警察官に言いました。「わたしはヴィルヘルム・グストロフを殺しました」警官たちがわたしの言うことをまだ信じないので、わたしは証拠として拳銃を机の上に差し出しました。

それから、いろいろな人が来てわたしに尋問しました。州都のクールからも治安判事と警察関係者が来ました。そのうちにグストロフが殺されたことがわかると、警察もわたしの言うことを本気にしたようでした。そのときはもう夜中の十二時をすぎていました。

その晩のうちに、グストロフの妻がわたしの首実検をしにやってきました。彼女はわたしを一目見るなり、「この男です！」と言いました。そしてわたしになぜあんなことをしたのか、とききました――こんなにやさしそうな眼をしている人がなぜ、というわけです。どうやら彼女は、金髪で青い眼のわたしをアーリア人だと思ったようでした。わたしは言ってやりました。

「なぜかって、わたしはユダヤ人だからだ」

すると彼女はわたしを罵りはじめ、ユダヤ人はどうのこうのとひどいことを言いました。わたしは、そのころには彼女の言ってることなどほとんど耳に入らないような心理状態になっていました。心のなかで、「自殺するつもりだったのに、どうしてしなかったのか」と自問自答していたのです」

翌日、あらゆる新聞がそのニュースを一面で報じた。ダヴィドの父親のラビ・フランクフルターはラジオでそれをきいた。ダヴィドがそんなことをするなど、とうていありえないことだった。だから、はじめは父親も聞きちがえたものと思い、グストロフが息子を殺したのだと信じたほどだった。

グストロフが暗殺されたというニュースに、ドイツではユダヤ人に対する憎しみがヒステリックに増幅されていった。新聞はゴシック体の全段抜き大見出しをかかげて、著名な大学教授や知識人の反ユダヤ記事を毒々しく並べたてた。ユダヤ人は血に飢えた民族で、子供の血を飲むばかりか、その残虐性と殺人を好む性癖は旧約聖書をたどれば明らかだ、というのである。ヒトラーとルドルフ・ヘスはグストロフの未亡人に弔電を送った。ベルリンの通りと広場にグストロフに因んだ名前がつけられた。さらに、ヒトラーはグストロフを国家的な殉教者であるとし、ユダヤ人による世界的な陰謀の犠牲になったのだときめつけた。一九三六年二月十二日におこなわれたグストロフの葬儀で、ヒトラーはつぎのように述べた。「これは単独の襲撃事件ではない。この犯罪のかげには眼に見えない隠然たる勢力があり、その勢力は再度の襲撃を企てている。隠れていたその勢力が、はじめてここに手のうちを見せたのである。グストロフを死に追いやったこの勢力は、気ちがい沙汰の戦争をしかけて、わがドイツ帝国のみならず世界を席捲しようともくろんでいる」

殺害事件からダヴィドの裁判まで十カ月かかった。この間にドイツ政府はあらゆる努力をはらって、ダヴィドに対する裁判権を得ようとした。それによって世界じゅうのユダヤ人全体に対する一大裁判を繰りひろげようとしたのである。ドイツの主張は、グストロフがスイスに居住する通常のドイツ人ではなく外交団の一員であるというのであった。そのうえ、この犯罪を企てたのは、ユダヤ人と共産主義者が結託してフランスとドイツに支部を持つ秘密組織であるという議論を推し進めた。

スイス当局はダヴィドの身柄引渡しを拒否した。だが、スイス当局でさえも、この物静かでおだやかな青年が一人でナチス幹部の殺害を企て、実行したのだとは容易に信じられなかった。そこでスイス警察当局は、〝ダヴォス暗殺事件〟と名づけたこの事件の共犯者をさがしたが、みつからなかった。共犯者などいなかったのである。

裁判は、一九三六年十二月八日にスイスではじまった。裁判の模様を報道するために、数百人にのぼる新聞関係者が世界各国から派遣され、ドイツからも百二十人が送りこまれた。ダヴィド・フランクフルターは、すべて自分ひとりの考えでやったことであり、共犯者はいないと述べてから、ナチスのユダヤ人に対する仕打ちに世界の関心を向けさせるために、「警鐘を鳴らす」のが目的だったと主張した。

十二月十二日、ダヴィド・フランクフルターに対する判決がくだり、禁固十八年の刑が言い渡された。

それから九年後の一九四五年六月一日、ダヴィドは自由の身となった。ドイツが降伏して三週間後のことであった。釈放されたとき、これからどうするのかときかれて、彼は、「パレスチナの開拓者になります」と答えた。そして、その言葉どおりのことをおこなってきた。

いまでもやさしい温厚そうな顔立ちをしたダヴィド・フランクフルターは、結婚して、二人の子供の父親となり、イスラエルに居住して、国防省に勤めている。そこで、筆者はダヴィドに会い、ユダヤ人のナチスに対するこの最初の復讐劇をきかせてもらったのである。

「それで、もしもう一度やらなければならないとしたら？」筆者はダヴィドにきいてみた。

「もう一度やらなければならないとしたら、こんどは躊躇せずにやりますよ」彼はそう答えた。

ダヴィド・フランクフルターがグストロフを殺害してから数カ月後、もうひとりのユダヤ人の名前が世間の耳目を集めた。ステファン・ルーカスというそのユダヤ人ジャーナリストは、一九三六年七月二日、国際連盟の会議場で自殺したのである。自殺の理由は、多くの人々や大小にかかわりなくほとんどの国が、ナチスの残虐行為に無関心でいることに抗議するためであった。さらにヘルシェル・グリュンシュパン少年の事件も世間の話題になった。十七歳の彼は、一九三八年十一月七日に、パリのドイツ大使館参事官、フォン・ラートを射殺したのである。この暗殺事件を口実に、ナチスはあの悪名高い〝水晶の夜〟の惨劇をくりひろげ、百九十一カ所のユダヤ教会堂（シナゴーグ）がナチの暴徒によって焼きうちされるなどしたのである。

ステファン・ルーカスの自殺は道徳的な主張のための犠牲であった。だが、それは無力感にとらわれ、絶望したすえの行為だった。ヘルシェル・グリュンシュパンがフォン・ラート参事官を殺したのは、家族が逮捕されて強制収容所へ送られたことに復讐するためだった。

しかし、ダヴィド・フランクフルターの場合は、ナチズムに対する純然たる復讐であった。彼自身も家族も、ナチスにとくにひどい目にあわされたというわけではなかった。それでもなお、彼は立ち上がったのであり、しかも、一人でナチス全体を相手に闘ったのである。

ダヴィドの行為はしかし、ドイツのユダヤ人社会では受け入れられなかった。一九三六年二月七日発行の《ユダヤ展望(ユディッシュ・ルントシャウ)》は、〝人を殺すなかれ〟という十戒のひとつを引き合いに出して、この殺害事件を非難した。「ピストルは議論にあらず、この恐るべき行為は犯罪である」というのである。

だが、《ユダヤ人問題の最終的解決》の燃えさかる炎が、やがてヨーロッパ全土のユダヤ人にふりかかることになる。一九四五年五月八日、世界は人類史上かつてない大量虐殺の証拠を眼のまえにつきつけられる結果となり、〝復讐者たち〟の時がきたのであった。

2　ユダヤ人のお通りだ！

一九四五年五月末のある日、自動車縦隊が、イタリア北部の曲がりくねった山道をのぼっていた。ポー川をわたり、ヴェネチア平野を越えて、アルプスめざして進んできた部隊だった。

この部隊にはいっぷう変わったところがあった。先頭をいく数台の車両にはダヴィデの星が描かれた青と白の縞の旗がかかげられ、ほかの車両の両側にはさらに多くの六角星のマークと辛辣な文句が並べられていた。〈ドイツを滅ぼせ！〉〈ドイツ国民を亡きものに！〉〈第三帝国を亡きものに！〉〈ヒトラーを亡きものに！〉といった調子だった。さらに三つの注目に価する単語も書かれていた――〈ディー・ユーデン・コメン！〉つまり、ユダヤ人のお通りだ！　という意味である。

ふいに反対側の方向から別の自動車縦隊が姿を現わした。MPの乗った何台かのジープとドイツ人将校をのせたフォルクスワーゲンのオープンカー数台がつづき、そのあとにドイツ兵を満載した軍用トラックの長い列がやってきた。それはイタリアの捕虜収容所に送られるドイツ軍の一部隊だった。

「ドイツ兵だ！」という声が、ユダヤ人の自動車縦隊のあいだからいっせいに起こった。もちろんヘブライ語である。そしてダヴィデの星のついた各車両に乗っていた兵士たちは、手あたりしだいそばにあるものを握りしめた――肉の缶詰、バール、道具類、フィレンツェでみやげに買ったブロンズ像などいろいろである。兵士たちは自分の即席の武器を相手のドイツ人捕虜に向かってすれちがいざまに投げつけた。叫声が道路にひびきわたった。苦痛にうめく声と罵りの声だった。

それは、ほんの数秒間の出来事だった。捕虜をのせた自動車縦隊は、道が折れ曲がったところで見えなくなった。こうして、幾度も戦いを交えてきたすえに、ユダヤ旅団はふたたびドイツ軍部隊と相まみえたのである。

この一件が起こる数日まえ、ユダヤ旅団がボローニャにほど近いブリジゲッラにいたときに、兵隊たちのあいだで噂がながれていた。「ドイツ占領部隊に参加するために自分たちが派遣される！」というのである。パレスチナからやってきたこの志願兵たちは、イギリス軍司令部がユダヤ人を、軍人、民間人の別を問わずいかなるドイツ人とも接触させたがらないでいるのを知っていた。じっさい、ユダヤ兵の復讐心は抑えようもなく強く、何をしでかすかわからないという恐れがあった。そのユダヤ兵が、いまドイツに行けるというのである！かれらはその知らせについて興奮しながら話し合った。とても現実の話とは信じられなかった。

「一ヵ月間、ドイツにいさせてくれればいい。ただの一ヵ月だけでいいんだ」ユダヤ兵らはたがいにそう言いあった。「あいつらにわれわれのことを一生忘れられないような記憶を恵んでやるんだ。こんどこそ本当に憎んでもらってもいい理由をこしらえてやろうじゃないか。一度だけ集団虐殺（ポグロム）というのをやらせてもらおう。切りのいいところで、一千戸の家を焼きはらい、五百人を殺し、百人の女を凌辱するのだ」そのなかで、若い兵士らの声はひときわ大きかった。

「おれはドイツ人を一人は血祭りにあげなければならない。どうしても殺（や）らなければならないのだ。それからドイツ女を一人凌辱しなければならない。そのあとどうなろうと知ったことじゃない。なぜ、われわれユダヤ人だけがアウシュヴィッツで地獄を見、ワルシャワ・ゲットーのような恐怖に耐え、あんな恐ろしい思い出を刻みこまれて、黙っていなけりゃならないんだ。ドイツ人の頭にも忘れられない名前を焼きつけてやるべきだ。町を焼きはらって、地上から抹殺し、その町の名前を忘れられないようにしてやるのだ。それがわれわれの戦いの目的だ――そうだ、復讐なのだ！　ルーズヴェルトの言う四つの自由なんかどうでもいい、イギリス帝国のような栄光もいらないし、スターリンのイデオロギーもどうでもいい。復讐だけだ。ユダヤ人の復讐だけが望みなのだ」

ユダヤ旅団はドイツへの進軍をはじめるまえの日、観閲式をおこなった。軍旗を仰ぎながら、ひとりの伍長が《ドイツに赴くユダヤ兵の十二戒》を読みあげた。

ユダヤ兵は、殺された六百万の同胞を忘れてはならない。

ユダヤ兵は、わが民族の圧政者に対する憎しみをつねにいだきつづけよ。

ユダヤ兵は、勇敢なる民族により使命を託されていることを忘れてはならない。

ユダヤ兵は、ドイツを占領するユダヤ人部隊の一員であることを忘れてはならない。

ユダヤ兵は、われわれが旅団の記章をつけ、団旗をかかげて旅団として到着したこと自体が復讐であることを忘れてはならない。

ユダヤ兵は、われわれの復讐はわが民族全体の復讐であり、無責任な行動は、わが民族にとって不利益となることを忘れてはならない。

ユダヤ兵は、民族とその旗印に誇りをもつユダヤ人として行動せよ。

ユダヤ兵は、ドイツ人と交わることによって、自らの名誉を汚してはならない。

ユダヤ兵は、ドイツ人の言葉に耳を傾けてはならず、かれらの家にも入ってはならない。

ユダヤ兵は、ドイツ人が妻や子供に至るまで呪われた存在であり、かれらの品々やかれらの所有するすべての物も未来永劫に呪うべきものであることを心に銘じなければならない。

ユダヤ兵は、その使命が、ユダヤ人を救い、イスラエルに移住し、故国を解放することにあるのを忘れてはならない。

ユダヤ兵は、その任務が、虐殺を免れた人々や強制収容所を生き延びた同胞のために身を捧げ、忠誠を誓い、愛を捧げることにあるのを忘れてはならない。

ユダヤ旅団の兵士たちは、直立不動の姿勢で黙って聞いていた。かれらの心には、憎しみと残忍な喜びが入り混じっていた。イスラエルの小説家ハノーフ・バルトフは、当時、この旅団の若い一員であり、のちにこう書いている。〈身体のなかを血がかけめぐっていた。われわれの大隊は隊列をととのえ、トラックや戦闘車両は出発の用意をすませ、頭上には団旗がひるがえっていた。いま聞いたばかりの言葉に、われわれの復讐者としての一体感は強まるばかりだった。《十二戒》が読み上げられるまえに、わが大隊の司令官は訓辞を述べた。「このたびの新たな任務において、われわれはあらゆる道徳を踏みにじった人間に対処することになるが、きみたちはあくまでも一つの道徳規範をもった人間として行動しなければならない」これには、道徳がなんだ！　とわれわれは思った。われわれは民族の復讐をするのだ。復讐を楽しむつもりもなければ、生来好きなわけでもない。だが、われわれは復讐をするのだ！　わが民族を迫害した敵たちに、手強い存在として永遠に忘れないでいてもらうためである。こうしてみんながそれぞれに、「さあ明日だ！　明日はドイツに行ける！」ということだけを考えていた〉

ユダヤ旅団は翌日の早朝、北に向けて出発した。だが、イタリア、オーストリア、ユーゴスラヴィアの三国が国境を接する地点まで数マイルというところで、兵士たちは深い失望を味わわされることになった。イタリアに踏みとどまるようにという命令が旅団のもとに届いたのである。イギリス軍司令部が面倒な事件の起こるのを恐れて、旅団をタルヴィジオという小さな町に送ることにしたのである。そこに待機させて、トリエステ問題で紛争が起きた場合に備えさせることにしたのだった。

　ユダヤ兵らは失意に沈みながら、命令に従った。復讐のチャンスは手元からすり抜けてしまい、ドイツは足を踏み入れることのできない場所となった。

　しかしながら、タルヴィジオにも少数ながらドイツ人がいた。というより、オーストリア人といったほうがいいかもしれない。そのなかにはナチ党員だった者もいた。一千年はつづくとされていた第三帝国が崩壊したいま、ナチ党員たちは生まれ故郷のその町にもどっていた。そこはスペインや南アメリカに逃亡するのに都合がよいからだった。また、タルヴィジオの周辺の山岳地帯にはSS（武装親衛隊）の残党のほかにベルギー人、ハンガリー人、スロヴァキア人、イタリア人などのファシスト党員やクロアチアの極右民族派組織（ウスタシャ）の残党がいた。その一部の者は地元民にまぎれて暮らそうとしていた。仮病をつかって病院に入れてもらったり、わざわざ捕虜収容所に収容されるような策をこらした者もいた。かれらは一様に、ただひたすら忘れてもらいたい、気づかれずにいたいと願っていた。

　ユダヤ旅団がタルヴィジオに着いてまもなく、町ではひんぴんと事件が起こった。ドイツ人が襲われ、ナチ党員のものだとわかった家が放火されたほか、婦女暴行事件もあいついだ。犯人は見つからなかった。当時、パレスチナで活動していた地下国防組織でのちにイスラエル軍の中核となったハガナと密接な関係にあったユダヤ旅団の参謀将校らは、さすがに事態を憂慮した。頻発する違法な暴力行為はユダヤ民族の大義を毒するものだったからである。タルヴィジオにとどまって、はやる心を抑えながら復讐の機会を待っている兵士たちに、はけ口をみつけてやらなければならなかった。そのため、ハガナの幹部たちは決意をかため、規律のとれた少数の兵士を選抜して、すべてのユダヤ人に代わって血の復讐をおこなう権限を与えることにしたのである。

このときの復讐者グループ結成の経緯について、現イスラエル憲兵隊長官イスラエル・カルミ大佐はその回顧録のなかでつぎのように記している。

〈タルヴィジオで、わが軍の兵士たちは法律に訴えずに自分たちの手で制裁を加えるために、ドイツ人の家を襲撃するなどいろいろな形で復讐を果たしていた。こうした類の行為はわれらにとって何の名誉にもならないばかりか、わが戦闘部隊の伝統にも反するものであった。第一大隊の将校だったロベルト・グロースマン（現在はダヴィド・グールと呼ばれている）とわたしは、この問題を解決する任務を与えられ、旅団の情報部隊と合同で作業を進めた。われわれはこの新しい任務に、沸きたつ思いで取り組んだ〉

当時、イスラエル・カルミ大佐はハガナのリーダーのひとりだった。

また、ユダヤ旅団のもうひとりのメンバーだったシャローム・ギルアドが記した秘密の報告書がハガナ記録保管所に収められているが、そこにはこう書かれている。

〈ユダヤ旅団に入隊したとき、わたしはハガナのメンバーではなかった。やがてその特別グループの責任者だったイスラエル・カルミがわたしに接触してきて、その秘密計画を説明してくれた。特別グループは第二大隊の隊員で構成され、重だったメンバーにはつぎのような人たちがいた。イスラエル・カルミ（その上官でハガナの秘密の内部評議会に所属していたのが、〝ピーナッツ〟の愛称で呼ばれ、のちにイスラエル陸軍の将軍となったシュロモ・シャミールである）、ハイーム・ラスコフ（のちに一九五七年から一九六〇年までイスラエル軍の総司令官となる）、ザロディンスキー中尉、通称ザロ（のちにメイール・ゾレア将軍と呼ばれる）、モシェ・コルポヴィッツ、マルセル・トビアス（のちに中佐としてイスラエル・パラシュート部隊の指揮にあたり勇名をはせる）、ドヴ・コーヘン（テロ組織エツェルのメンバーだったが、数年後、イギリス軍将校に変装して当時話題になったサン・ジャンダクルの刑務所の襲撃に参加し、ユダヤ人被収容者の逃亡を助けた際に死亡）などである。

グループのひとりに背の高い、金髪の若い兵士がいた。外見はまさにアーリア人そのものなので、名前をクラウスといった。彼はわれわれにとってひじょうに役に立った。アーリア人の容貌をしていたからばかりではなく、流暢なドイツ語を話すからでもあった。

カルミが説明してくれた秘密計画とは、ハガナがその責任において進めることにしたものであり、ナチ党員のなかで、犯罪者であることが証明されながら、その犯罪の対象がユダヤ人だったためにのちにイギリス軍またはアメリカ軍から釈放される可能性のある者だけに制裁を加えるというのであった。そしてユダヤ人以外の人々に対して犯罪を犯したナチ党員については、イギリス軍当局に引き渡すことが決まった〉

秘密の厳守が、この少人数の特別グループに課せられた第一の掟だった。その活動は、数千人にのぼるユダヤ旅団の同僚たちにも秘密にしておかなければならなかった。むろん、旅団が所属していたイギリス軍司令部にも秘密にしておかねばならなかった。つまり、襲撃をおこなう場合は、旅団付きのイギリス人将校に知られないようにやらなければならなかったのである。グループ内部でも秘密を守らなければならず、各メンバーは自分に課せられた任務にどうしても必要なこと以外は何も知らなかった。自分と一緒にだれが行動するのかということさえ、まえもって知らされることはなかった。そしてメンバーのひとりひとりにコードネームや偽名がつけられていた。

「わたしは、小隊長のジョナサン・フリーデンタールに誘われて、そのグループに入りました」と、マルセル・トビアスはのちに語っている。「わたしの記憶にまちがいがなければ、グループのメンバーは八人でした。だれがリーダーなのか、みんな知らないのです。何も言うなと命令され、不用意な言動を慎むように言われていました」

やはりグループのメンバーで、現在イスラエル軍の将軍になっている別のひとりは、こう言っている。「パレスチナでわれわれハガナのメンバーに課せられた任務は、イギリス軍のキャンプに侵入して武器を盗むこと、それに防御工作をすることでした。グループに参加するためにヨーロッパに行ったのは、そのように命令されたからです。ヨーロッパでの任務は復讐をおこなうことでした」

しかし、グループはまずはじめに、犯罪者を見つけだして有罪であることを明確にさせなければならなかった。ユダヤ旅団の復讐者たちは、相手の犯罪事実を確認したときでなければば殺さなかった。それがかれらのもうひとつの掟であった。

犯罪者の追跡にあたって重要な情報源となっていたのは、連合軍の情報局であった。情報局には、指名手配されている戦犯に関する情報やSS将校やナチ党員の出身地別リストがファイルされていた。そして情報部隊の要員のなかには、イギリス系やアメリカ系のユダヤ人がいただけでなく、パレスチナ生まれのユダヤ人も数人いた。「こういう人たちが上官にさとられないように、定期的に情報を提供してくれたのです」グループのメンバーで、現在将軍の地位にあるひとりはそう語っている。しかし、ファイルやリストには必要な情報がすべて含まれていたわけではなく、またグループへの情報提供者が手を触れられない情報資料もあった。

イスラエル・カルミはつぎのように書いている。

〈われわれの最初の任務は、情報を照合し、チェックすることだった。旅団に所属していたメンバーが、タルヴィジオに住んでいるドイツ人の過去の活動について判明したことをすべて教えてくれた。それから、われわれは病院の患者や医療関係者のリストも調べた。われわれの推測では、SSの多数の上級将校がドイツ人医師にとりいって病人になりすまし、病院などに潜伏して国外に逃亡するチャンスを待っていると思われたからだった。われわれは、捕らえたドイツ人の全員に対して詳しい尋問をおこなった。とくに、SS隊員だった者やゲシュタポにいたと思われる相手に対しては、徹底的に尋問した。こうした尋問によって大いに成果をあげられることがわかったからである。

たとえば、ある家の住人をあやしいとにらんだわれわれは、その家を徹底的に捜索して、とうとう家主を重要な情報提供者の第一号にすることができた。まず、捜索をはじめるまえにわれわれは、武器を隠していないかどうかを家主に問いただした。隠していないと嘘をついて、捜索の結果もし武器がみつかれば、ただちに家主を射殺すると告げておいた。われわれは一日がかりでその家を捜索し、ついに暖炉の灰のなかに武器が隠されているのをみつけた。多額の金も隠してあった。これに気づいた家主は、殺されるのが怖さに、われわれに協力を申し出て、頼まれたことは何でもすると言った。彼はゲシュタポでかなりの地位にいたことを認め、妻はイタリア系ユダヤ人の所持品を没収する任にあたっていたと白状した。そこで早速われわれは、びくびくしているその男の弱みにつけこむことにした。彼の知っているナチス幹部について詳しい報告書を作成させ、かれらの居所について知っているかぎりの情報を提供するよう命令したのである。

翌朝早く、わたしは家主からの報告書の第一号を受けとった。ひじょうに詳しい情報がタイプで打ってあり、いかにもドイツ人らしい几帳面さがうかがわれる報告書だった。そこにはSSやゲシュタポの幹部のひとりひとりについて、経歴から性格、地位、戦争中の活動内容などがびっしり書かれていた。われわれはその報告書と、それ以後に彼から送られてくる情報をつぶさに検討し、すでに入手してあった情報と照らし合わせてみた。書かれている内容はすべて完璧なまでに正しいものばかりだった〉

カルミ、ラスコフ、ゾレア、モトケ・シャロニほか数人をメンバーとする特別グループは、こうして必要な情報を手に入れた。そうなると今度はその情報を現地のイギリス軍当局に流すべきかどうかを決めなければならなかった。グループ内で賛否を問うた結果、情報を流すことになったが、一つだけ条件がつけられた。主としてユダヤ人に対する犯罪的活動をおこなっていたナチスについての情報は秘密にしておくということである。それらのナチスについては、このグループの者だけで処理するようハガナから指示されていたからだった。

その後、数週間から数カ月のあいだに、多数のSS将校やゲシュタポ幹部、ナチ高官がクラーゲンフルトやインスブルック、あるいはアルト・アーディジェやオーストリア・チロル地方の各地から、謎の失踪をする事件があいついだ。そうした場所の多くは、ユダヤ旅団の駐留地から百マイル以上も離れていた。失踪者の死体が発見される場合もあったが、たいていは、ただ姿が見えなくなってしまったのである。そうしたナチス幹部のなかには、今日に至るも親類縁者にも消息がつかめていない者が何人もいる。復讐者たちはそのころにおこなっていた活動内容を二十年間にわたって秘密にしてきたのだ。だが、最近になってはじめて、この特別グループのかつてのメンバーで生存している何人かが、打明け話をすることに同意してくれた。

「われわれがどんなことをしたか、お話ししましょう」X将軍は、テルアヴィヴにほど近い場所で筆者に話してくれた。「ある晩わたしたちは、たぶん十人ぐらいいたと思いますが、軍用トラックでタルヴィジオを出発しました。一九四五年の夏のことでした。周到に準備して、トラックには偽のナンバープレートをつけておきました。そして国境を越えてオーストリアに入り、クラーゲンフルトの近くの村に行きました。そこで目ざす男の家をみつけると、トラックを止め、仲間の何人かが外で見張りに立ち、それ以外の者は家のなかに入り、家人に一部屋に集まるよう命じました。われわれはイギリス軍の軍服を着ており、ユダヤ旅団のバッジははずして別のマークを縫いつけ、イギリス軍の関係者を装っていました。家族にいろいろ尋問してから家宅捜索すると、ライフル銃とピストルがそれぞれ数梃と双眼鏡がみつかりました。目ざす相手の男もみつかりました。

その男をトラックに乗せるのに、少々手荒なこともしなければなりませんでした。男の家を出るころには夕闇がせまっていました。道路をすこし走ったところで、われわれはその男に身分を明かしました。「われわれはユダヤ人だ。おまえの犯した罪の裁きをしてやる」そう言って、われわれは書き連ねてきた彼の罪状を読みあげ、「これからおまえを処刑する」と宣告しました。

彼は哀れな声で命乞いをし、誓って悪いことは何もしていないと主張したうえ、ユダヤ人の親友が何人もいるのだとも言いました。でもそれは無駄な抵抗でした。彼が罪を犯していたことは、われわれにはっきりわかっていたのです。……

われわれは人けのない道に沿った森の近くでトラックを止め、男をトラックから降ろしました。彼は命を助けてほしいと言いつづけていました。が、われわれの仲間のひとりが男の頭に一発ぶちこみました。死体はそのまま、道路のわきに放り棄てておきました」

まえに述べたハガナへの秘密の報告書のなかで、シャローム・ギルアドは、自分が関係した事件について詳しく述べている。

〈あるとき、われわれはナチスに協力していたポーランド人を捕まえた。ご馳走をたっぷり食べさせ、飲みものもたくさん与えてから、われわれはその男に言った。「おまえがドイツ人ではなくて、ポーランド人だということはわかっている。それに、おまえが仕方なしにやったのだということもわかった。だからおまえに危害を加えるつもりはない。だが、おまえに良心があるというのなら、その証拠に、おまえの知っている犯罪者全員の名前を書いて、居所を教えるのだ」

そのポーランド人は殺されたくない一心で、数十人のナチスの名前を書いた。

われわれが関心をもっていたのは、だいたいがSSの上級将校だった。まず、集めた情報をチェックしてから、出発するのである。トラックの正体がばれないように、つねにナンバープレートを変え、部隊のマークなどはペンキで塗りつぶしておいた。交替でいろいろな役割を分担したが、わたしはたいていいつもトラックの運転を受けもった。われわれはMPの制服を着ており、相手に話をするときは、青い眼をした〝アーリア人〟こと、クラウスがその任にあたった。クラウスの父親はゲシュタポのかなり上級の地位にいたドイツ人で、母親はユダヤ人だった。ナチによるユダヤ人の迫害がはげしくなったとき、父親は家族をイギリスに行かせた。クラウスはその後イギリスからパレスチナに移ったのである。彼は英語とドイッ語とヘブライ語を話すことができた。

われわれは教えられた所番地の家に着くと、ドアをノックした。イギリス軍の兵士になりすましていたので、当然ドイツ語はしゃべれなくてもよいのだが、肝心の英語を流暢に話せるのはクラウスだけだった。そこで、クラウス以外の者は口をつぐんでいた。ドアが開くと、いつものことながら、クラウスが言う。「○○氏はご在宅ですか？　軍政当局へ直ちに出頭していただかなければなりません」

たいていの場合、とりたてて苦労はなかった。相手の男はわれわれの身分を疑いもせずに同行に応じた。われわれは町や村のはずれに出たところで、そのナチ党員に向かって罪状を読みあげる。そしてハガナから下された死刑判決を言い渡す。それからわれわれの手で死刑を執行するのである。

われわれは何度も経験を重ねるうちに、捕まえたナチ犯罪者を、声をあげさせることなく、すばやく、しかも能率的に処刑できるようになった。その結果、面倒な事態にならずにすんだことも一度や二度ではなかった。

われわれが使っていたのは幌のついたトラックで、荷台にはマットレスを敷いておいた。うしろからこのトラックに乗るには、バンパーに片足をかけ、幌をかきわけるようにまず頭から突っ込まなければならない。これをうまく利用して、トラックに乗ってくるドイツ人の頭が見えると、荷台のなかで待ちかまえているわれわれの仲間の一人がその男の喉を押さえつけ、首をつかんでひっぱりこみながら自分が仰向けざまにマットレスに倒れる。そうすると相手はでんぐり返しをする形になるのだが、そのあいだ首をしっかりつかまれているので、その拍子に窒息してしまうか、首の骨が折れてしまうかどちらかなのである。だから、相手の男はひとことも発せず、叫び声さえあげずに死んでしまうのである。

ある晩、われわれは元SS将校が住んでいる家のドアをノックした。夫人がドアをあけると、例によって、クラウスが、ご主人にイギリス軍当局まで来てもらうために迎えにきたのだと言った。夫人はびっくりして、主人を行かせるのはいやだ、と言った。「台所へ行って、コーヒーでも沸かしているんだね。コーヒーを飲めるころにはだんなも帰ってくる」と、クラウスは威圧的に言った。

その元SS将校が外に出てきたとき、夫人も一緒にトラックのところまで来た。元SS将校はバンパーに片足をかけ、幌をかきわけて荷台のなかに頭を突っ込み、トラックのなかに消えた。もし、このときに夫が何か言ったり、声を立てていれば、夫人は悲鳴をあげていたかもしれず、そうなれば、われわれにとって具合のわるい事態になっていたかもしれない。このときは、わたしは運転台にいて、ドイツ人の姿がトラックのなかに見えなくなったとたんに、クラッチをつないで走りだした。夫人はわれわれの車が走り去るのを見送っていたが、トラックが動きだしたときには夫がすでに死んでいたのだとは思いもしなかったであろう。

だが、この方法をとるのは、すばやくことを運ばなければならないときだけだった。たいていの場合、われわれはナチ党員を山のなかの人里離れたところにある防衛陣地跡に連れていった。そこで死刑の判決文を読みあげる。そうするとナチ犯罪者らはほとんどみんな、自分を失い、あのかつての傲岸な態度はどこへやら、めそめそ泣きだすのだ。「妻や子供が可哀そうだと思ってください！」たいていそんなふうに頼みこむ。そんなとき、われわれはその男が強制収容所でユダヤ人を虐殺しようとして、同じように哀願されたことが幾度あったであろうかと、しみじみ思ったものだった〉

ハガナの命令により、ユダヤ旅団のメンバーで構成する第二の復讐者グループがつくられた。ふたつのグループはどちらも別のグループの存在を知らなかった。双方のリーダーだけがすべてを知っていたのである。ふたつのグループは、基本的には同じ方法をとっていた。マルセル・トビアス中佐は、当時若い志願兵として第二グループに所属していたが、一九六四年にイスラエル人のジャーナリストにつぎのように語っている。

「われわれの乗った幌つきトラックは、教えられた所番地の家のまえで止まり、われわれは目ざす相手のSSを、『ちょっとたずねたいことがある』と言って連れだします。トラックの後部の荷台には、MPの制服を着た、三人の仲間が黙って待ちかまえていて、湖か川に出たところで、われわれはそのSSを処刑します。そして死体に大きな石を結びつけ、水のなかに投げこむのです。帰りは、われわれのキャンプからおよそ一マイルぐらい手まえでトラックを降り、疑われないようにそこから歩いて帰りました」

数カ月のあいだ、ユダヤ旅団の復讐者グループは、毎夜のように、北イタリアの町や村やオーストリアやドイツの南部国境を越えたあたりでナチスの残党を探しまくった。グループのリーダーになっていたパレスチナの将校が当直のときや、特別の任務で、駐留地を離れたとき以外、グループは復讐活動をつづけた。しかし、噂がひろまって怪しまれ、ナチの討伐作戦を中止したこともあった。ナチスのだれかがふいに謎の失踪をすると、身内の者がイギリス当局に赴いて、夫や父親がMPの尋問を受けに連れていかれたまま帰ってこないがどうしたのかと消息をたずねることがあったのである。村人や軍のパトロール隊が、森の片隅や道ばたで死体を発見する場合もあった。湖から死体があがったこともあった。タルヴィジオの病院に入院していた患者が、それほど重体でもないのに、ふいに謎の死をとげる例や、イギリス軍管轄の捕虜収容所に入れられていたナチスが〝逃亡した〟こともあった。そういうときは、いつもきまって、ユダヤ旅団の兵士が歩哨に立った日であった。

「われわれが警衛勤務にあたっている仲間のユダヤ兵に命じて、捕虜が脱走したという報告をイギリス軍当局に出させていたのです」X将軍は筆者に教えてくれた。「収容所に入れられているドイツ人をおびきだして、われわれが処刑し、死体を隠します。それから歩哨に立っていた仲間が、イギリス軍当局に捕虜脱走の報告をし、見張りを怠った罰を受けるのです。罰といっても、給金をカットされるか営倉に入れられる程度ですみましたし、そのことで文句を言う仲間はひとりもいませんでした」

イギリス軍当局の調査では、表向きは何もわからないとされた。だが、イギリス軍司令部が疑いをいだかなかったとは信じがたい。おそらく、調査にあたったイギリス軍当局は見てみぬふりをしていたのであろう。

復讐をとげることだけが、ユダヤ旅団の特別グループに託された秘密の活動だったわけではなかった。旅団の幹部全員がハガナのメンバーであり、かれらにとっては、同胞のパレスチナへの移住を推進することのほうが重要な任務であった。

ユダヤ兵によって結成された部隊がイタリア国内のオーストリアとの国境から数マイルのところに駐屯しているというニュースがひろまると、この旅団があたかも磁石のような働きをして、強制収容所を生き残ったユダヤ人がそこを目ざして集まってきた。数千人ものそうした人々は、それぞれにひじょうな危険を乗りこえて、タルヴィジオにたどりついた。ぼろをまとい、憔悴しきった同胞のために、ユダヤ兵たちは臨時のキャンプを設け、食糧と衣服の手当てをした。当時、パレスチナはまだイギリスの委任統治下にあって、ユダヤ人の移住は制限されていたのだが、やがて、こうしてたどりついたユダヤ人男女をパレスチナに送りこむ秘密のルートができあがったのである。

まさかと思われるだろうが、ナチの犯罪者のなかには、こうしたユダヤ人難民のなかにうまくまぎれこんだ者さえいたのである。ギルアドの報告書にもそのような例が記されている。〈SSの女将校の一人が捕虜収容所を脱走し、ユダヤ人難民の仮設キャンプにまぎれこんだ。彼女はユダヤ人になりすまし、ハンガリーから来たのだと言った。このケースでは、ユダヤ旅団が独自のMPを擁していたことがさいわいした。というのは、この女性の脱走を察知したイギリス軍から、彼女の人相書きや写真をそえた手配書がわれわれのMPもふくめたすべての保安部隊に配布されてきたのである。われわれは難民たちをチェックしてまわり、すぐにその女をみつけだした。

しかし、われわれは女を公に逮捕するのはさけ、彼女に身元がばれていることを感づかれないようにしておいた。そしてわれわれのグループのひとりを彼女のもとにやって話をさせた。ドイツ語で話しかけると女は、ドイツ語はわからないとハンガリー語で答えた。そこでグループの別のメンバーでハンガリー系のユダヤ人を女のもとにやり、「移民船がパレスチナに出発するので、荷物をまとめて一緒に来なさい」と言わせた。

そんなチャンスをのがすわけにはいかずに、女は即座に餌に喰いついてきた。われわれは女をトラックに乗せて連れ出した。このときは、わたしはザロと一緒にトラックの後部の荷台に隠れていて、カルミが運転していた。出発するまえの約束で、カルミが〝山のなかに入ったら、合図の警笛を鳴らす〟ことになっていた。

カルミの警笛を合図に、われわれは女を処刑した。「いったいどういうこと?」とドイツ語で言ったのが、彼女の最後の言葉だった〉

3 〝ドイツ大隊〞

一九四五年の秋、もうひとつ別のユダヤ人部隊、通称〝ドイツ大隊〞がタルヴィジオでユダヤ旅団に加わった。この部隊は、おそらく、第二次世界大戦中におけるもっとも特異な部隊のひとつであったろう。当時イギリスの委任統治下にあったパレスチナで結成された部隊で、隊員はすべてユダヤ人、それも特別に選抜されたユダヤ人だけで構成されていた。選抜されたのは、金髪、碧眼のユダヤ人で、しかもドイツ語が流暢に話せる者だけだった。部隊内で話す言葉はドイツ語にかぎられ、全員がドイツ式の訓練を受けた。

この部隊の起源は一九四二年にさかのぼる。当時、ドイツのロンメル将軍率いるアフリカ軍団がリビアに進攻し、イギリス軍を撃退して、カイロを脅やかしていた。パレスチナのユダヤ人指導者たちは、ドイツ軍がエジプトに攻め入って自分たちの土地まで侵略するのではないかと恐れた。この時、こうした脅威に立ち向かうハガナの擁する戦力は、パルマッハと呼ばれる小規模の精鋭部隊が一隊あるだけだった（そのほか、〝カルメル要塞〞計画も立てられていた。これはカルメル山を要塞化して、ドイツのあらゆる攻撃に備えようという計画だった）。パルマッハの構成人員は二千五百名で、大半が集団農場キブツから集められた開拓青年だった。そこでパルマッハの首脳部は、若き闘士モシェ・ダヤンの提案にしたがって、新たに特別部隊を編成することにきめたのである。敵の背後で行動しながら通信線を破壊し、混乱を引き起こす特殊部隊である。（一九四四年十二月にオットー・スコルツェニー率いる同じような部隊が、フォン・ルントシュテットの指揮するアルデンヌ攻撃作戦に参加した。そのおり、隊員はアメリカ軍の軍服を着ていた）パルマッハ特別部隊はドイツ軍の軍服を着用することにした。

ナチズムの台頭以来、ドイツやオーストリアに居住していた数多くのユダヤ人が、パレスチナに移ってきていた。したがって、ドイツ語を母国語のように話せるユダヤ人志願兵を集めるのは、むろん、むずかしいことではなかった。まもなく、集まった志願兵たちはエズレル渓谷の入口にあるミシュマル・ハエメクの森で訓練を開始した。全員が金髪、碧眼の若者で、プロイセンの将校さながらに厳格な訓練を受け、背筋を伸ばし、かかとをカチリと鳴らして敬礼をかわしては、いつでも「ハイル・ヒトラー！」と言えるように訓練されたのである。口ひげをはやした大柄な男、シモン・コッホがこの〝ドイツ大隊〟の指揮をまかされた。のちに彼は、アヴィダン大佐として、イスラエル独立戦争の際にパルマッハ随一の精鋭部隊を指揮して勇名をはせた。

志願兵たちは、ヘブライ語を話すことを禁じられ、ドイツの軍隊用語や慣習をたたきこまれた。ドイツ軍のマニュアルを使用し、洞窟のなかに設けられた本部には、第三帝国の国旗と鉤十字（かぎじゅうじ）の旗がかけられていた。身内の者がガス室で死の迫害を受けているころ、この若い志願兵たちは、行軍のときや夜間にたき火を囲んですわるときに、《ホルスト・ヴェッセルの歌》などドイツの軍歌を声高らかに歌うことさえした。やがて、二人の志願兵が、エジプトのドイツ兵捕虜収容所に潜入することに成功した。二人の使命は、捕虜のなかにナチがいないかどうかをさぐることではなく、ドイツ兵に特有の日常のちょっとした習慣を知るのが目的だった。たとえば、ベッドの用意の仕方、缶詰のあけ方、軍隊内の俗語などを身につけるのである。

この特別部隊は、全員が戦闘にかり出されることは一度もなかった。訓練期間が終わるころには、ドイツのアフリカ軍団が撤退し、連合軍が攻勢に転じようとしていたのである。パルマッハの幹部は、イギリス軍に対して、〝ドイツ大隊〟を戦場で使ってほしいと要請した。しかし、主としてアラブ人を刺激しないためという政治的な理由から、イギリス軍はこれをしぶっていた。だが、まもなくシモン・コッホの率いる部隊は〝特別調査隊〟として、ヨーロッパに派遣されることになった。かれらがイタリアに上陸したのは、戦闘行為が止んで一週間ほどたったころだった。それから数カ月後、この特別グループはユダヤ旅団に加えられることになった。そして、シモン・コッホは自分のもっとも信頼する何人かの部下とともに、復讐者のグループに加わったのである。

「わたしたちがヨーロッパに着いたときは、時すでに遅しでした」〝ドイツ大隊〟の幹部のひとりだったB大佐は、後日テルアヴィヴのアパートの自室で筆者に語った。「戦争はもう終わっていたのです。ちょうどその頃、イスラエル・カルミ、ゾレア、ラスコフなど復讐者グループのメンバーからわれわれに接触があり、仲間に加わるように言われたのです。活動基地はタルヴィジオからおよそ一マイルほど離れたカンポロッソという村でした。われわれが活動したのは、イタリアのタルヴィジオとオーストリアのインスブルックとユーゴスラヴィアのリュブリャナを結ぶ三角地帯のなかでした。わたしが仲間に加えられたのは、トリエステの大学にいたことがあった関係でイタリア語ができ、クロアチア語もすこし話せたからだったようです。

その当時、インスブルックは世界の列強の情報活動の中心地でした。町にはスパイや二重スパイ、情報提供者などがわんさといて、わたしはその何人かの人間と接触するようになりました。とても尊敬できるような連中じゃありませんが、われわれにとっては役に立ちました。

クラーゲンフルトで知り合った男はいっぷう変わっていて、ユーゴスラヴィアの将校でヨシップ・ブロズ・チトーの信奉者でした。ヤンコという呼び名で通っていました。本名はきいたことがありません。どうせきいても、本当のことは言わなかったでしょう。戦時中はスパイだったという噂でした。とにかく、戦時中の大半はインスブルックにいたというのです。鼻筋の通った小柄な男で、ドイツ語がひじょうにうまく、かなりの情報を持っていたようでした。

わたしたちが会う場所は、クラーゲンフルトにあるイギリス軍の酒保の外でした。まえもって合図を決めておき、どちらか一方が尾行されているとわかったときには、たがいに知らぬふりをして通りすぎることにしていました。さもなければ、遠くの市民公園に出かけていき、そこのベンチに腰かけて待っていました。

　そういう折りに、ヤンコが教えてくれたのが、ヒトラーのユダヤ人に対する《最終的解決》に重要な役割を演じたひとりのナチの名前と住所でした。その男はスティリアの大管区指導者（ガウライター）の弟で、インスブルックに住んでいました。

　いまでも憶えていますが、その男を捕まえにいったとき、わたしの仲間はイギリス軍の軍服を着て、インスブルックに駐留する部隊のバッジをつけていました。全部で六人でした。ひとりはエプスと言い、現在はガリラヤで農業を営んでいます。もうひとりは〝チビしょうが〟というあだ名の男でしたが、イスラエルの独立戦争のときに、ヤフードというアラブの村の近くで装甲車に乗っていて殺されてしまいました。別のひとりは、一九四八年のワーディ・マハルールの攻撃を擁護していたときに直撃弾を受けて戦死しました。当時、わたしの仲間の大半は十八、九歳でしたが、わたしは三十八歳でした。だもので、わたしはみんなと一緒にトラックに乗ってはいきませんでしたが、万事うまく運んだようでした。

　そのオーストリア人のナチは背が高く、金髪で、レーデルホーゼンというチロル地方特有の短い革ズボンをはき、色のついたストッキングに半長靴という格好でした。わたしの仲間たちはその男に、隊の本部に登録しなければいけないと言って同行を求めました。そして男をトラックに乗せ、国境を越えてイタリアに連れてきました。そのころには、相手にも本当のことがうすうすわかってきた様子だったそうです。わたしは友人のサシャと二人で、タルヴィジオからさほど遠くないポンテッバの村の近くの空き家で、みんながもどってくるのを待っていました。やがてわたしたちのところに連れられてきたそのオーストリア人に、サシャがいろいろ尋問しました。はじめは、男は何もかも否定しました。しかし、わたしたちの仲間に、二人のポーランド系ユダヤ人がいたのです。二人は国を逃れて、旅団に加わっていたのですが、ナチにさんざん苦しめられた経験があったので、いつまでもがまんしていられず、とうとうそのオーストリア人のナチを殴りはじめました。尋問しては殴り、またべつのことを問いただしては、打擲するという具合でした……。

とうとう、そのオーストリア人はすべてを認め、ユダヤ人を絶滅収容所に送ったことを白状しました。しかし、彼は命令に従っただけで、自分に罪はないと言い張りました。そして自分の親しい親類がユダヤ人をかくまっていたと訴えました。これは事実で——彼のいとこがユダヤ人の二家族に隠れ家を提供していました。ユダヤ人を匿っていることを知りながら、自分はそのいとこを告発しなかった、と彼は言うのです。

けれども、わたしたちにしてみれば、そんなことで彼の罪を赦すことはできません。彼には自分の犯した罪の代償を払ってもらわなければならないのです。しまいに、彼はすべての責任を兄の大管区指導者のせいにしました。

わたしたちは彼を空き家の裏庭に連れていきました。そこにはすでに穴が掘ってありました。

「おまえはまだ一切を白状したわけではない。われわれには何もかもわかっているんだ」サシャが彼に言いました。「さあ白状しないと、撃ち殺すぞ」オーストリア人はどもりながら何か言いはじめました。もっといろいろなことを聞きだせただろうと思うのですが、そのとき、さきほど言った仲間のポーランド人のひとりがそのオーストリア人の首を背後から撃ってしまったのです。わたしたちは彼の死体を穴に埋めて、そこを立ち去りました」

その後まもなく、ユダヤ旅団はドイツに向かうよう命令を受けた。こんどは命令が取り消されることもなかった。ダヴィデの星が描かれた何台もの車両が国境を越えて、ドイツの中心部へと入っていった。

ハガナの密命をうけた復讐者たちはドイツに到着してからも活動をつづけたが、なかには、なんとも悲痛な状況に見舞われた者もいた。ギルアドはとくに悲しいケースを話してくれた。

「グループの若いメンバーのひとりに、〝ドイツ大隊〟から加わった者がいました。父親はユダヤ人で、母親はドイツ人でした。シュトゥットガルトの生まれで、グループがその生地の近くに着いたとき、彼は家族の様子を見てきたいと、言いました。そして、ステン軽機関銃を持って、オートバイで出かけていきました。彼は連絡軍曹だったのです。

彼は母親と妹に会えたのですが、二人とも彼とかかわりあいをもちたがりませんでした。彼が父親はどこにいるのかとたずねると、二人は重い口をひらいて、父親は死んだとそっけない口調で言いました。さらに彼はしつこく問いつめて、父親が何人かのドイツ人に殺されたことを知りました。彼はそれらのドイツ人がだれなのか知ろうとしましたが、母親と妹はどうしても教えようとしませんでした。そこで彼はやむなく機関銃で二人を脅して、父親を殺した犯人の名前と住所を聞き出したのです。

キャンプに帰ってきた彼は、まるで身も世もないような様子で、子供のようにおいおい泣きました。われわれは、彼に同行して、彼の父親を殺したドイツ人らを捜し、とうとうみつけだしてその場で処刑しました」

ユダヤ旅団はドイツへ行ったものの、ほとんど通過しただけで、それ以上のことはあまりできなかった。それというのも、イギリス軍最高司令部がユダヤ旅団をベルギーに移動させるほうがよいと考えたからだった。結局、旅団はベルギーから、さらにオランダに派遣され、それからフランスへ行った。もちろん、これらの国々では復讐のための活動をつづけることはできなかった。

しかし、その後の数カ月間に、グループのなかの何人かがナチを追いもとめて、処刑したこともあった。が、これは個人的な活動だった。ハガナは、隊員の熱意と技能を一つの目標に向けさせる命令を出した。すなわち、独立したユダヤ人国家をパレスチナに誕生させるという目的にである。その結果が現在のイスラエルである。

ユダヤ旅団のメンバーはいったい何人ぐらいのナチを処刑したのか、だれにもわからない。推定人数は、人によりさまざまな数字が挙げられたが、これは復讐者たちがいずれも自身の行動のことしか知らなかったことを考えれば納得できる。マルセル・トビアスの話では、

〝五十人以上〟のナチが処刑されたというが、同じグループのほかの者はもっと多い数字を挙げている。ギルアドによれば、グループは半年のあいだ、ほとんど毎晩のように復讐のための行動をしていたということで、そうなるとおよそ百五十人ぐらいを処刑したことになる。そしてさらにこの数字に、病人を装って潜伏していたタルヴィジオの病院から連れ出されて射殺されたナチの人数も加えるべきであろう。当時の事情に詳しいと思われる別の復讐者は、〝二百人から三百人のあいだ〟という推定人数を挙げている。

殺されたナチの数は、いずれにしろ、かれらの犯罪の規模と犠牲になった人たちの数に比べれば微々たるものである。そうした人数よりも筆者が気になったのは、復讐者たちの気持ちの問題である。かれらはどういう心理状態にあって、どのような動機で復讐をしたのであろうか。筆者は、かれらが復讐をとげてから二十年以上を経たいま、そのことをどう思っているかきいてみた。

何人かの復讐者とじっくり話をした結論として、かれらの全員が、例外なく、国家のための歴史的な使命を託されたと感じており、民族全体の代表者であると思っていたようである。今日でもなお、かれらは義務を果たしただけであると信じきっている。復讐の願いを果たした喜びを味わったことが、道徳観念や精神状態に影響を及ぼしたということはないようである。そしてかれらのほとんど全員が、過去の行為を他人に知られている、いないにかかわりなく、現在はイスラエルの軍人や文官として重要な地位についており、普通の人たちとすこしも変わりない。

しかし、おそらく普通の人間だからであろう、復讐という行為をするにあたって躊躇したこともしばしばあったという。X将軍は筆者にこう語っている。「そうしたナチの捜索にいくときは、死の収容所やわが民族の絶滅についてユダヤ人機関が書き記した報告書を読んでから出かけました。そうすると、心の準備ができて、復讐をしようという気がまえができたのです。わたしたちは殺人犯ではありません。信じていただきたいのですが、いつもそんなに簡単に人を殺せたわけではありません。

わたしたちは危険を恐れたりはしませんでした。わたしたちの行為は、ナチズムとあの恐怖をもう一度復活させたがっている人たちに警告しようというのではありませんでした。そうではないんです。わたしたちの行為は秘密裡につづけられたのですし、ずっと秘密にしておかなければなりませんでした。……まあ、わたしたちのしたことは、純然たる復讐だったといってよいかもしれません。〝復讐の味は格別うまい〟という言葉を聞いたことがありませんか？　たしかにわたしがそういう気持ちを味わったことは認めます。わたしはひとりのナチを殺したとき、その男や同類の人間たちがかつて母親の手から赤児をひったくり、その赤児の頭を壁にたたきつけ、それから母親を夫の眼のまえで撃ち殺したことを知っていましたから、復讐を果たした味は格別でした。本当に胸がすっとしました。ええ、わたしが殺したのは一度だけではありません。それに、言いましょうか。もしもう一度やらなければならないとしたら、やりますよ。道徳的にも、わたしたちには正当な理由があったのです。いままでに良心の呵責はみじんも感じたことはありません」

B大佐も、ユダヤ人による復讐は正当で必要なものだったと信じているが、多少の良心の痛みも感じていることは認めている。「人を殺したあと、どんな気持ちがしたか知りたいのですか？ いつだって同じでした。胸がむかつくようないやな気分でした。もちろん、ナチが死ぬのを見て満足しました。けれども、それは人間の闘争本能を満たすものであり、復讐の残忍な味だということはわかっていました。それだけです。結局、六百万人の命はとりもどせないのです」

ゾレア将軍は若くしてイギリス陸軍に志願したとき、すぐさま奇襲部隊（コマンドー）に配属してほしいと願い出た。「ナチを殺したかった」と、彼はジャーナリストに言ったことがある。しかし、彼の願いは聞き入れられなかった。パレスチナ人はコマンドーに受け入れてもらえなかったからである。

ゾレアはこれまでずっと復讐については口をつぐんできた。しかし、キブツにある小さな自室で筆者に会ってくれたとき、彼はこう言った。「わたしは殺し屋ではありません。しかし、わたしはかつて、計画的に合理的な方法で、大勢の人間を殺害したことがあります。けれども後悔はしていません」

筆者はラスコフ将軍にも会いに行った。かつてのイスラエル軍の総司令官で、いまは港湾局の局長をしている人物である。彼は筆者にこう語った。「復讐？ ナチの処刑は二の次でした。われわれは旅団に志願したとき、四つの目標を念頭においていました。すなわち、人間としてナチスと闘うこと、ユダヤ人としてナチスと闘うこと、ホロコーストを生き残った人たちを救ってパレスチナに連れていくこと、イスラエル軍の基礎を築くこと、この四つです。われわれの真の復讐は、数多くのユダヤ人がイタリア戦線で勇敢に闘って、軍歌を歌いながら戦場へ赴いたことなのです。われわれの真の復讐はユダヤ軍の創設なのです。独立国イスラエルを誕生させたことが、すなわち復讐だったのです」

ユダヤ旅団から生まれた復讐者グループは活動を終えたが、別のグループが、これに代わってもっと密かに、もっと執念深く活動をつづけた。この第二グループの話はいままで一度も語られたことがなかった。B大佐が、はじめて筆者に、このグループについて話してくれたのである。

「われわれがタルヴィジオにいたとき、東ヨーロッパからユダヤ人難民の一団がやってきました。この人たちは謎めいたところのある集団で、かなりの現金や偽の身分証明書などを持っていました。そして、全員が心にいだいていたのはただひとつ——復讐でした。わたしは、かれらが何か恐ろしいことをやったということだけしか知りません。もしその話をきかせてくれる者がいるとすれば、リーダーを務めた男たちだけでしょう。それもその人たちをみつけだすことができて、しかも、かれらが沈黙を破ってくれればの話ですが」

じつは、筆者はそのリーダーたちをイスラエルでみつけだして、話をきかせてもらうことができたのである。それは、一九四五年が明けてまもないある夜、男女あわせて五十人ほどが、ポーランドの廃屋で、民族の復讐のために一生を捧げることを誓ったという物語である。

4　毒入りパン

「ルブリンの話からはじめるのがよいでしょう」筆者がこれからベニと呼ぶその男は言った。

わたしたちは、あるキブツの小さな部屋にいた。午後のまぶしい陽光をうけて、窓のシャッターを降ろしてあったが、それでも、日差しは数百冊もの本の並ぶ書棚にあたって、奇妙な模様をつくっていた。筆者の向かい側には、一人の女性と三人の男がすわっていた。そのなかの筋骨たくましい、赤毛の男は、テルアヴィヴで事業を営んでいるという。二番めのきらきらした眼をした、頭のほとんど禿げあがった男は、どこか大きな学校の校長先生である。三番めの男はそこのキブツの一員で、作家だという。この三番めの男にはじめて会ったとき、筆者はその眼にとりわけ強い印象を受けた。深くくぼんだ、憂いをおびた茶色の眼は、何か恐ろしい秘密の思い出を隠しているように見えた。アウシュヴィッツで生き残っていた子供たちの眼を思い出させるように筆者には思えた。

この男ベニは、筆者に語ってくれた以下のような事件にかかわったグループのリーダーだったのである。

「そもそものはじまりは一九四五年の初頭のことで、まだ戦争がつづいていたときでした」

ベニはこう話しはじめた。「ワルシャワはまだドイツの支配下にあったのですが、ルブリンはソヴィエト軍の手で解放されたばかりで、ポーランドの臨時の首都になっていました。ですから、大勢のユダヤ人がそこに集まっていました。パルチザンの闘士やレジスタンスの活動家もいましたし、なかにはゲットーから来た者やそれまで森に潜んでいた者もいました。かれらはそれぞれのパルチザン・グループに別れをつげて、昔住んでいた故郷の町や村に向かいました。ところが、帰ってみると自分の家は廃墟と化し、家族は殺され、あるいは行方がわからなくなっていました。一方、かれらの周囲では、ドイツの支配から解放された人々が生気をとりもどし、ポーランド人、ロシア人、リトアニア人などが、自分たちの家の復興や祖国の再建に取り組んでいました。これらの人々は過去のことにいつまでもこだわってはいません。それというのも戦争の傷跡を取り除き、自分たちの町を再建するという大きな仕事だけを考え、精力を注いでいたからでした。

しかし、ユダヤ人には祖国もなければ、再建する町もないのです。モスクワやロンドンに亡命政府があるわけでもありません。まわりで熱心な復興活動がおこなわれているのを見て、ユダヤ人はかつてないほどの孤独を味わっていました。さびしくて仕方がないのです。かれらには、生き残った仲間たちがどうなったかということさえわかりませんでした。みんなの思いははるかなパレスチナ、イスラエルの地に向けられました。伝統と宗教によってパレスチナとは切っても切れないつながりがあると思えたからです。そこで、かれらはパレスチナに向かうことに決めました。

東ヨーロッパにいたこうした闘志あふれるユダヤ人は、ハガナと接触をもっていたわけではありませんでした。かれらは自分たちの意思で、だれからも命令や援助を受けずに自発的に行動していました。全部で四十人から五十人いたでしょうか。自分の意思とエネルギー以外何の資力もなかったのですが、ついには巨大な組織をつくりあげて、何万人ものユダヤ人を中部ヨーロッパや東ヨーロッパからパレスチナへ送ることができたのです。

かれらは徹底した秘密の連絡網をはりめぐらしました。メンバーは遠くバルト海や黒海、さらにはソヴィエトの奥地まで行って、ユダヤ人を集めました。そして、民族大移動さながらに、大勢のユダヤ人グループを率いてきました。もっとも、そのまえに、移住者たちをヨーロッパから連れ出すために、まず突破口をみつけるか切り開くかしなければなりませんでした」

ベニはここでひと息ついて、タバコに火をつけ、沈思するようにゆっくりとくゆらしていた。わたしたちがいた建物は、開拓者たちの手で植えられた濃い緑の木々に囲まれたキブッツのなかにあり、平和なその雰囲気のなかで当時を思い出すのはベニにとってどれほど努力を要することか想像できるような気がした。彼の心にうかぶ情景は、単に時代が違うだけでなく、まったく異質の世界のものでもあった。辛く、苦悩にみちた世界だった。

「ルブリン・グループのユダヤ人たちは、それまでの三年間ゲリラ活動に加わっていました」ベニは話をつづけた。「東ヨーロッパに何十万人といたほかのパルチザンと同じようにかれらは、大勢の同胞たちがガス室に送られていたころ、ナチの圧政者に対する武装蜂起に参加しました。そのとき、ほかの同志たち、とりわけソヴィエトやポーランドのパルチザンたちがゲットーや森のなかで見せた素晴らしい友愛の情に、かれらは大いに感動したのです。しかし、そうした感動と同時に、大きな失望も味わっていました。パルチザン・グループや地下組織に加わっていたユダヤ人の若者たちは、ほかの国の同志と一緒にドイツ人と闘いつづけるにあたって、ユダヤの旗を仰ぐユダヤ人として闘いたかったのです。けれども、その願いはかなえられませんでした。

ポーランドの解放後、戦いの場がドイツの内陸部へと移っていくにつれて、こうした満たされない思いはますます募っていきました。そこで戦闘的なユダヤ人は、自分たちで部隊を結成してナチス・ドイツとの戦いを続行させてほしいと許可を求めたのです。しかし、それも許されませんでした。それなら、すくなくともイスラエルの土地の解放に力を貸すことはできないだろうかと考えました。しかし、それも当時は不可能でした。パレスチナまではあまりに遠く、そこへ行く手段もまったくなかったからです。

ルブリンのユダヤ人は苦々しい思いをいだきつづけていました。まわりのほかのユダヤ人を見ても、不満がつのるばかりなのです。すでに、ひじょうに用心深くではあっても、少人数のユダヤ人社会が形成されていましたが、その制度や生活様式は戦前のユダヤ人社会とすこしも変わっていませんでした。上に立つ人たちは、戦前と同じように、地位を得ることにばかり熱を入れていました。新しいスタートのはずなのに、まるでアウシュヴィッツやトレブリンカなど存在しなかったような状態で、相も変わらぬ古い慣習がはびこり、人々は私利私欲を求め、けんかや政治的な争いが絶えない。このような状態は、とりわけわたしたちには耐えがたいものでした。わたしのグループの者たちはそうした生活にほとほと愛想がつきていました。死の焼却炉の煙突はあいかわらず煙を吐き出しているというのに、運よくその難をのがれた者のあいだでは、すべてが旧態依然のままであるように思えました。しかし、そんなことは許されない。グループは行動を起こさなければならない。ほかにだれも手を下さず、これからも下しそうもない以上、しかも、アウシュヴィッツやトレブリンカが存在した以上、どうしてもやらなければならない——われわれはそう思ったのです」

夜の闇がキブツをおおいはじめていた。小さな女の子がにこにこ笑いながら部屋に入ってきて、父親におやすみなさいのキッスをすると、また出ていった。コーヒーを飲みながら、わたしたちは一晩じゅう語りあった。ときどき休憩して、冗談を言いあったりしたが、向かい側にいるだれかが話をつづけるたびに、筆者は現実離れしたような気持ちにおそわれた。じっさい、筆者にはその人たちの話す世界を思い起こすことさえできなかったのである。

「復讐は弱い者の武器だということはわかっています」ベニは話をつづけた。「しかし、あのような犯罪を人々に忘れさせないためには、われわれは何をすべきなのか？　悪魔のような、あれだけの行為をすれば、かならず罰を受けるということをどうやって人々にわからせたらよいのか？　そういう思いが絶えずわたしたちの頭のなかにありました。ただ、どうすればよいのかわからなかった。

ただし、やりたくないことははっきりしていました。われわれは特定の犯罪者を追跡するつもりはありませんでした。われわれの仲間で強制収容所に入れられた者はひとりもいなかったのです。わたしたちがやろうとしたことを〝復讐〟と呼びたければ呼んでもけっこうです。けれどもそれは、ほかにもっと適切な言葉がないからです。形而上学的な考えに駆りたてられていたといってもよいでしょう。つまり、あのような恐ろしいことがあったからには、こんどはあの虐殺者たちに悲鳴をあげさせる別の恐怖があって然るべきだという考えです。ゲットーにいた人たちはだれも闘ってこいなどとは言いませんでした。各自が自分で決意をしたのです。ですから、だれかが〝復讐せよ〟という命令を下すような状況ではありませんでした。みずから選択をし、自分でその責任をとろうと思ったのです。そして、われわれは復讐という手段を選びました。なぜなら、復讐をしなければならなかったからです。虐殺者や圧政者たちが、ドイツやほかの国でのうのうと暮らしていられるなどということはとうてい考えられないことでした。そこで、われわれは思い切ったことをしてみんなに強く印象づけ、あのような恐ろしいことが二度とふたたび起こらないようにしようと決意したのです。それが、われわれがみずからに課した任務でした」

かれらは一九四五年の春まだ浅いころ、ドイツに向けて出発した。戦争はまだ終わっておらず、〝五十人グループ〟は警戒の眼を光らせていたソヴィエトの秘密警察NKVD（後のKGB）との衝突を避けながら、東ヨーロッパを横断していかなければならなかった。当時、強制収容所のユダヤ人たちが着せられていた縞の上着はいわば通行手形のような役割をしていた。そのために、グループのなかにはその上着をみつけてきて着用した者もいたが、全員というわけではなく、ヤコブもその上着を持っていなかった。ベニはその代わりにポーランド国民軍の将校の制服を着ていた。ヤコブはベニに、腕に番号を入れ墨してほしいと頼んだ。強制収容所に入れられたユダヤ人は腕に番号を入れ墨されていたからである。ほかに、身分証明書を偽造してブルガリアのパルチザンになりすました者もいた。女性のメンバーのひとりはギリシャから追放されてきたことにしていたが、ギリシャ語はひとことも話せず、質問されたときはヘブライ語で答えていた。

結局、五十人のうちの何人かがNKVDの検問にひっかかり、偽の身分証明書を携帯していることが発覚して、投獄された。尋問にあたった将校は、偽造証明書の印刷機械がどこにあり、どこの国の援助を受けてそれを手に入れたのかを知りたがった。

収監された若者たちは口をつぐんでいた。じつは、〝秘密の印刷機械〟はそこの刑務所の独房にあった。つまり、〝どこの国〟ならぬ、ひとりの男が証明書偽造用の道具一式を小さなかばんに入れて持っていたのである。

投獄された者たちは、やがて釈放された。

どこへ向かう道も、難民や強制移住者たちであふれていた。脱走者や犯罪者も混じっていた。だれもが飢えに苦しみ、掠奪(りゃくだつ)が横行していた。ときには殺人事件までも発生し、ひとり歩きはきわめて危険だった。教会やシナゴーグをたまり場にして、闇取引や金の密売、売春などがおこなわれていた。収容所が解放されたその翌日に、解放された三百人の女性が解放した者にレイプされるという事件まで起こった。たまに走る列車は混雑をきわめ、あふれた人たちがデッキにぶらさがったり、車両の屋根にまでまたがっている有様だった。

「パンやチキンのひとかけらでも持っているのをうっかり見せたりすれば、たちまち襲われて殺され、線路に投げ捨てられるのがおちでしたよ」と、筆者の向かい側にすわっていた四人のなかの一人、モシェが言った。「ポーランド人は、そんなふうに殺されるのを〝メキシコへ旅をする〟と言っていました」

戦闘は依然つづいており、国境や重要な交差路ではかならず検問がおこなわれていたため、ルブリンの〝五十人グループ〟は復讐を果たそうにもできない状態だった。そこで、グループはほかの、もっと建設的な仕事に取り組むことになった。すなわち、強制収容所から解放された、ぼろをまとい飢えにさいなまれながらさまよい歩くユダヤ人を集めて、パレスチナに送る手助けをすることにしたのである。

ベニをはじめグループの者たちは、最初、集まってもせいぜい数百人ぐらいのものだろうと思っていた。しかし、まもなく、その数は何千にも達することがわかった。いずれもやせ衰え、だれもが放心状態で、身ひとつだけという惨状だった。ベニたちは、こうして集まった群衆を軍隊にならって、〝東ヨーロッパ生残者部隊〟に編成した。そうするよりほかに、絶望にうちひしがれて立ち直ることもできないでいる哀れな大勢の人たちをまとめる方法はなかった。やがて〝生残者部隊〟は行軍を開始し、徒歩でポーランドを越えてルーマニアへと入っていった。食糧の調達は特別分遣隊が担当し、ひと足先に発った別の分遣隊が宿営の手配をした。

「密命を帯びた班も編成され、わたしはその班の責任者でした」ヤコブが口をはさんだ。「わたしは以前NKVDにいたことがあったうえ、要注意人物のファイルや名前のリストを持っていたからです。……この班の目的は敵に協力した者を罰することでした」

〝生残者部隊〟の統率者が、パレスチナからきたユダヤ人の使者とはじめて出会ったのはブカレストでだった。

モシェが話を引きついだ。「はじめの計画では、黒海のコンスタンツァ港で船を調達して、その船でみんなをイスラエルに連れていくつもりでした。しかし、その計画はとりやめになりました。イギリス軍のパレスチナ旅団がイタリア北部にいることがわかり、この旅団に連絡することにしたのです」

〝生残者部隊〟はふたたび出発し、ユーゴスラヴィアを横断してイタリアとの国境の近くに到着した。そこで、かれらはユダヤ（パレスチナ）旅団の兵士たちと出会い、感激の涙にくれたのであった。

筆者のななめ向かいにすわっていた女性が、がっしりした体格の赤毛の男を目顔で示した。「彼がある晩、偵察に行ったんです。そしてトリエステからさほど遠くない国境の付近を、ヘブライ語で歌を歌いながら歩いていると、突然、国境のむこうから声がきこえてきて、やがてヘブライ語で一緒に歌いはじめたのです。やってきたのはなんとパレスチナの部隊だったのです！」

ユダヤ旅団の兵士たちは難民の長い列が近づいてくるのを見たとき、わが眼を疑った。ユダヤ人のなかには、途中の倉庫でみつけたヒトラー青少年団（ユーゲント）の制服を着ている者もいたのである。

「最初の使命は無事に果たされました」ふたたび、ベニがつづけた。「〝生残者部隊〟は安全地帯にたどりついたのです。そこから先はパレスチナ旅団とハガナが難民たちの面倒をみることになりました。はじめは、われわれが〝生残者部隊〟の世話をそのまましつづけて、パレスチナまで送りとどけるようにと言われました。われわれがそれを断わると、その理由がわからないという人もいました。しかし、ルブリン・グループに所属しているわれわれには、忘れることのできないひとつの目標がありました。復讐です。われわれはその目標のために全精力を注ぎたいと思ったのです」

しかし、ハガナはなかなか主張を譲らなかった。ルブリン・グループと〝生残者部隊〟は、ハガナの活動に大いに役立ってきたからだった。「われわれの仲間が、イタリアからポーランドへ極秘の無線送信機を運ぶ役を買ってでましたし、われわれには多額の資金があると、ハガナの密使たちは思っていたのです。かれらは、何とかしてわれわれから五十万ドルを借りうけようとしました。じっさいは、われわれにはごくわずかばかりの金しかありませんでした。むろん、五十万ドルなんてありはしません。それに、その少しばかりの金は、これから果たすべき使命のためにとっておきたかったのです」

話し合いがおこなわれ、激しい議論の応酬もあった。ルブリン・グループは、そのままパレスチナへ行くのは拒否するという立場を譲らず、「気でも狂ったのか！」とまで言うハガナの使者もいた。

「あのような大量虐殺をわれわれ五十人は生き延びたのです。われわれが気が狂ったとしても当然ですよ」と、ベニは言った。

ルブリン・グループの決意がどうしても変わらぬのを見て、シモン・コッホをはじめとするハガナのメンバーですでに復讐に参加したことのある者や、〝ドイツ大隊〟に所属していた者が、グループの考えを支持した。これらの支持者のなかには、その後ルブリン・グループの活動に参加することになった者も数人いた。

「一九四五年七月、われわれはドイツに向かう準備をはじめました」ベニは話をつづけた。

ルブリン・グループは〝ナカム〟という暗号名を使うことにした。ヘブライ語で復讐という意味である。八人の女性を含む五十人のパルチザンは、それぞれ特定の任務を受けもつ幾つかの班に分かれた。モシェは〝ヨーロッパ作戦班〟の班長になった。各自が数種類の偽の身分証明書を支給され、場合に応じてフランス人、オランダ人、デンマーク人、ドイツ人などになりすました。組織に必要な資金の調達を受けもつ班もあった。

「われわれは多額の偽ポンド紙幣を持っていましたが、それはナチの秘密の隠し場所から取ってきたものでした」ベニの説明はつづいた。「しかし、それではまだまだ足りず、金はいくらでも必要でした。それを手に入れるために、かなり怪しげな手を使ったこともたびたびありました」

「はじめて盗みをしたときのことは忘れられませんよ」ヤコブが口をはさんだ。「ルブリンにいたときのことです。仲間のひとりがポーランドの警官の制服を着て、その町の金持ちのユダヤ人の家に行き、〝宝物〟を没収してきたんです。その家の主人は事情を察したらしく、その後われわれのあとを追ってイスラエルに来ました。金を返してもらえると思ったんです。その男はいま、ここからそれほど遠くないところに住んでいますよ」

当時、大金を手に入れる手っとり早い方法がひとつあった。密輸である。そこで、ナカムのメンバーは密輸をはじめた。まもなく、かれらはその世界では確固たる評判を得るようになった。取引の対象はあらゆる物品にわたり――外国通貨、タバコ、医薬品などが主だった。腕ききの強者(つわもの)がソヴィエトに出かけていって金を安く買い入れ、それをイタリアで高く売りつけて荒稼ぎしたこともあった。

「ときには、地下の犯罪組織やプロの密輸業者と区別のつかないようなこともしなければなりませんでした」ヤコブは率直に認めた。「しかし、これだけは言っておきたいのですが、われわれの仲間のだれひとりとしてそれで私腹を肥やしたりはしませんでした。みんなで分けあい、できるかぎりつましく暮らしながら、復讐というひとつの目標をめざしていました。蓄えた金は全部その目標のために使われました」

ナカムのリーダーたちは三種類の計画を立て、それをA、B、Cと名づけた。

「B計画が一番重要な計画でした」ベニがつづけた。「われわれがやらなければならないことは、捕虜収容所にいるSSとナチス幹部に大きな打撃を与えることでした。われわれが当然ながら恐れたのは、そうした幹部たちが罰を受けることもなくやがて自由の身となって、故郷へ帰ってしまうのではないかということだったのです。B計画を実行してから、C計画に移ることになっていました。C計画は、悪名高いナチ戦犯を一人残らずわれわれに可能なかぎり追跡して、処刑しようというものでした」

「A計画というのはどんな計画ですか」筆者は質問した。

ベニはやや当惑したようすでしばらく躊躇していたが、やがてまた語りはじめた。「ナカムの幹部が考えていた計画で、これはごく少数の人にしか打ち明けていませんでした。その計画の準備にはずいぶん多くの時間をかけ、お金も使いました。それが成功すれば、ほかに何もしなくてすむものでした。いまふりかえってみると、悪魔の計画とでも呼ぶべき計画でした。何百万人ものドイツ人を殺害する計画だったのです。そうです。数百万という人間を、しかも老若男女を問わず全員一度に殺すのです。いちばん問題だったのは、われわれが殺したいのはドイツ人だけなのに、ドイツには大勢の連合軍兵士やいろいろな国からの強制移住者が数千人もいたことでした。それに、いくら相手がドイツ人であっても、そんな恐ろしいことをするのはどうしてもいやだという者が仲間のなかにいたのです。

そんなわけでわれわれはB計画を中心に進めていました。数カ月にわたって周囲の状況を調べたすえに、攻撃目標をみつけました。あのナチズムの温床だったニュルンベルクの近くにある捕虜収容所です。そこには三万六千人のSSが収容されていました。一九四六年の年明け早々に、われわれは先遣隊を現地に送って、最初の復讐をおこなう準備をはじめることになりました」

ヤコブが話を引きついだ。「三万六千人のSSに毒を盛ることに決め、わたしがその計画の責任者になりました。まず、二人の仲間を収容所にもぐりこませることにしました。ひとりは運転手に、もうひとりは倉庫の管理人になりました。それから、別の仲間が収容所で事務員として働くことになりました。この三人が内部の事情をさぐった結果、収容所には、ニュルンベルクの町はずれの、鉄道の近くにあるパン屋から、パンが毎日配達されてくることがわかりました。毎日数千個のパンが配達されていたのです。

われわれがまず知りたかったのは、収容所に配達されるパンのうちで、警備にあたるアメリカやイギリスやポーランドの部隊にふりわけられるパンはどれかということでした。そこで、仲間のひとりをそのパン屋に職人として働かせることにしました。その男が、われわれの知りたいことを全部さぐりだしてくれました。パンの作り方、使用される粉の種類、オーブンの温度、収容所にパンを配達する方法、配達されてから受刑者に支給されるまでの時間、などです。それでわれわれはつぎの段階に進み、パンのサンプルを手に入れて知り合いの毒物の専門家にそれを送ったのです」

ナカムの元メンバーたちは、どこでパンに加える毒物の実験をしたのか、いまだに明かそうとしないが、実験所はタルヴィジオに一ヵ所とフランスのどこかにもう一ヵ所あったと考えてよさそうである。それぞれの実験所で工業化学の専門家が、いろいろな毒物について実験をおこなった。遅効性の毒物でなければならなかった。そうでないと、先にパンを食べた者がばたばた倒れるのを見たならば、大半のSSは用心してパンを食べないだろうと思われたからだった。もうひとつの問題は、どのようにしてパンに毒を入れるかであった。一個ずつのパンに毒物を注入したのでは、毒が均等にひろがらない恐れがあった。実験の結果、それぞれのパンの上部に毒を塗るのがいちばんよいということがわかった。パンの上部には粉がふりかけられており、砒素を混ぜた毒物も同じように白いので、気づかれないだろうと思われたからだった。

収容所の警備にあたるアメリカ軍のなかにユダヤ人兵士がいて、その何人かの協力が得られることになった。また、復讐計画を果たしたメンバーが脱走する際には、〝ドイツ大隊〟の隊員に手を貸してもらうことになっていた。脱走のルートをいくつか決めておき、二人ないし三人ずつかたまって、ソヴィエトの占領地区やチェコスロヴァキア、オーストリア、フランスなどへ逃げる手筈であった。

一九四六年四月、計画を実施に移す準備がととのった。計画遂行の日の三日まえに、〝ドイツ大隊〟に所属していた〝金髪のアーリア人〟ことヨーゼフが、車で毒物を運んできた。彼はメンバーの逃亡を助けることにもなっていた。夜になってから、ヤコブとヨーゼフがパン工場の周囲をチェックした。工場の近くにはアメリカの部隊が警備している軍用品の店があったからである。パン工場から逃げる際の実地演習もおこなわれた。

翌日、グループのメンバーでパン工場の従業員になっていた者たちは、どこか具合の悪いところがあるような格好で出勤してきた。着ぶくれたような姿で、歩きにくそうにしてやってきたのだが、じつは衣服の下にゴム製の大きな水筒を隠しもってきたのである。水筒のなかにはねばねばする濃い液体の毒物が入っていた。工場に着くと、メンバーはその水筒を木造の倉庫に隠した。オーブンから取り出されたパンは、収容所に配達されるまでそこに保管されるのである。パン工場のほかの従業員たちがいないあいだに、復讐者たちはその倉庫の床板をはずして、身体が入るくらいの深さの穴を掘った。パンに毒を塗っている最中に邪魔が入った場合、そこに隠れるためだった。この隠れ場所に、毒物の最終的な混合に使う大きなポットと、パンの表面に毒を塗る刷毛（はけ）、それに手袋なども隠しておいた。脱走の際には、工場の外塀にみつかった穴から抜け出る算段だった。

「アメリカ軍の店の警備はひじょうに厳重でした」ヤコブは話をつづけた。「MPが番犬を飼っていて、あたりは一晩じゅう煌々と明かりがついていました。でも、われわれは、それほど心配していませんでした。アメリカ兵なら、なんとかうまく対処できると思っていたからです。もしドイツ人がふいに現われたら、二つに一つ、つまり殺すか、こっちが逃げるかです。ただし、わたしは作戦を遂行する夜は拳銃を携帯しないよう部下に命じておきました。われわれの仲間の人数が少ないので、一人の命でも失うような危険はおかしたくなかったからです。

わたしたちは一万四千個のパンに毒を塗りたいと思っていました。ということは、五人ですくなくとも六時間かかる計算です。二人はポットのなかの毒物をかき混ぜつづけていなければなりません。砒素はほかの物質と分離しやすい性質があるのです。

土曜日の夜がいちばん好都合であろうということになりました。パン工場は日曜日が休みですから、パンを焼きおわってから収容所に配達するまでの時間が、ふだんより二十四時間余分にあるからです」

一九四六年四月十三日の土曜日の夜が、計画遂行の時と決まった。

土曜日のこの朝、パン工場の従業員になりすましていたメンバーの一人が一番乗りをして工場に出勤し、木造の倉庫に残りの水筒を隠し、仲間の来るのを待っていた。まもなく、ほかの二人の仲間もやってきて、最初にきたメンバーと一緒に隠れた。ヤコブと別のもうひとりは、午後の一時に来ることになっていた。

しかし、運命のいたずらとでもいおうか、パン工場の従業員たちはその日の午前中に、経営者とやりあったすえ、ストライキに入ることになったのである。正午になると、従業員たちは全員工場を出て、すべての出入口に鍵をかけてしまった。それから一時間後にヤコブは仲間のひとりと一緒に工場に来たのだが、中に入れず、近くの隠れ場所で待っているよりほかなかった。したがって、工場内には、五人のはずが三人しか入れなかったのである。

暗くなると同時に、三人は決められた作業を開始した。砒素入りの混合液をポットに注ぎ、一人がそれをかきまわしているあいだに、残りの二人がパンに毒を塗りはじめた。ひとつひとつ、ろうそくの明かりをたよりに塗るのである。この日は嵐となり、風が吹き荒れていた。ふいに、激しい一陣の風が吹いて木製のシャッターがはずれ、窓にぶつかってガラスが割れてしまった。その音を聞きつけて、ドイツ人の夜警が急いで調べにきた。

「当時、ドイツではパンが手に入りにくかったのです」ヤコブは説明した。「それで、われわれはあらかじめ手筈をきめておき、もしだれかにみつかったら、パンを盗もうとしていたように見せかけることにしていました。そこで、三人は、申し合わせどおりに、パンをそのへんにまき散らし、二人が塀の穴から逃げ、もう一人はポットを持って、床下に掘ってあった穴に隠れました。

夜警はあたりの散らかっている様子を見て、警官を呼びにやりました。まもなく警官がきて、現場をひと目見るなり、われわれが予想したように、パン泥棒が入ったのだと判断しました。刷毛と手袋には気づきませんでした。警官と夜警がいなくなってから、三人めの男が穴から出て道具類を全部床下に隠し、ほかの二人と同じように塀の穴から逃げました。外にはヨーゼフが車で待っていて、われわれはその晩のうちにドイツから国外へ脱出しました」

こうして〝毒入りパン作戦〟は失敗したが、まったくの失敗に終わったというわけではなかった。復讐者たちは、二千個以上のパンに毒を塗り終わっていた。一九四六年四月十五日月曜日、この日作られてあったパンはすべて、毒入りのものもそうでないのも、捕虜収容所に配達された。一個は五、六人分だった。その日のうちに、数千人のＳＳが激しい腹痛におそわれた。ニュルンベルクの新聞によると、一万二千人の捕虜が砒素中毒にかかり、そのうちの数千人が死亡したとされている。

しかし、この数字は著しく誇張されていた。復讐者たちの推定では、砒素の影響を受けた捕虜は四千三百人で、およそ一千人がアメリカ軍の病院に運びこまれ、数日以内に七百ないし八百人が死亡したという。身体が麻痺したり、この年の末までに死亡した者もいた。合計一千人ほどが死亡したと、復讐者は推定している。

アメリカ軍MPは、まもなく中毒の原因を突きとめた。パンが原因であると判明したため、パン工場が調べられた。その結果、毒物の残りが入っていたポットと道具類が発見されたが、犯人はどうしてもわからなかった。アメリカ軍当局は事件をほかの捕虜収容所やドイツ人の一般市民に知られるのを防ぐため、もみ消し策を講じた。ドイツの新聞は事件の報道を禁じられたが、一社だけそれを許された通信社があった。連合軍の統制をうけていたDANAで、その記事にはつぎのように書かれていた。〈現在はSSの捕虜が収容されている元第八収容所で、パンに毒が塗られていたことが判明した。犯人グループは強制移住者もしくは国外追放者で、パン工場で働いていた。……アメリカ軍MPは空びん四本と砒素の入ったびんを多数発見した〉この記事によると、二千二百八十三人の捕虜が中毒にかかり、二百七人が病院に収容されたが、死亡者はいなかった、となっている。じっさいは、かなりの死者が出たようであるが、アメリカ軍当局は当然ながら、その事実を伏せておきたかったのである。

警察の特別捜査班はナカム・グループの足取りを追ったが、失敗に終わった。しかし、グループのなかのヤコブたち二人は、国境を越えてチェコスロヴァキアに逃れようとした際に、ドイツ国境警備隊に捕らえられた。だが、ドイツ警察は明確な逮捕理由を挙げられなかったため、二人は翌日釈放された。当時チェコスロヴァキア当局は、ユダヤ人組織にひじょうに好意的だったため、二人はチェコスロヴァキアに入国を許された。

グループのほかのメンバーはイタリアとフランスへ逃亡した。〝作戦班長〟だったモシェがドイツにいて、〝毒入りパン〟計画の指揮をとっていたあいだ、ナカムのほかの幹部たちはパリにいた。その間、フランスのレジスタンス組織の友人たちから通信サービスを受け、事件後は組織の助けを借りて地方の町にしばらく身を潜めていた。

しかし、「フランス情報部は独自に毒入りパン事件の謎を追及し、復讐者の正体を見破ってさえいた」という話を、筆者は個人的情報筋からきいている。

いずれにせよ、復讐者たちはフランスにもイタリアにもチェコスロヴァキアにも長くは留まっていなかった。ほとぼりがさめると、かれらはふたたびドイツにもどって復讐をつづけたのである。

5　〝アイヒマン〟の死

ナチス・ドイツが降伏してから一九四六年の夏まで、復讐者たちはドイツ本国やオーストリアやタルヴィジオの近辺のみならず、ヨーロッパのほかの各地においても積極的に活動していた。

イスラエル陸軍の退役上級将校であるナタンはつぎのように語っている。「わたしが所属していたグループは、主としてユーゴスラヴィアとポーランドで行動していました。ユーゴスラヴィアでは、何人かのチェトニクを殺しました。チェトニクというのは、あの悪名高いファシスト・ゲリラで、大勢のユダヤ人を殺害しているのです。われわれはソヴィエトでも活動しましたが、わたしのグループの一部のメンバーは、そこで不運な目にあいました。それらのメンバーがソヴィエトに派遣された目的は、ウクライナをはじめ、いたるところで残虐な罪を犯した白ロシア人に復讐をするためでした。われわれの仲間は目当ての白ロシア人のうちの数人の居所を突きとめ、それらの犯罪者を処刑しましたが、そのなかにはソヴィエト政府に情報を提供することを申し出て、その見返りに過去の行為には目をつむってもらっていた者もいたのです。ソヴィエトがわれわれの行動をこころよく思っていなかったこともあって、同志たちは逮捕されてしまいました。そのなかにはまだ獄につながれたままの者もいるのです」

ドイツでは、ナカム・グループがふたたび活動を開始していた。このグループはほかの捕虜収容所に眼を転じた。アメリカ軍やイギリス軍、ポーランド軍などの軍服に身をつつみ、〝架空の軍隊の制服〟を着る者もなかにはいた。ナカムのメンバーは捕虜収容所に行っては偽の命令書を提示し、SSの将校やナチの幹部だった捕虜の身柄の引渡しを求めた。たとえば、ほかの収容所に移送するとか、外で作業をさせたいなどいろいろな口実をもうけてその捕虜を外へ連れ出しては、収容所から離れたところで処刑したのである。

B大佐は、別の復讐者グループについてつぎのような話をきかせてくれた。

「トリノの近くの捕虜収容所で、仲間のひとりがみつけだしたポーランド人の医師がいました。その医師はSSの隊員にひそかに手を貸して、かれらの腕に入れ墨してある血液型のマークを取り除いてやっていたのです。そのマークこそ、SS隊員だったことを示す動かぬ証拠だったからです。

毎晩、大勢のSSがその医師の家にこっそりやってきて、血液型のマークを焼灼(しょうしゃく)してもらっていました。そこで、われわれのグループの二人のメンバーがその家を襲い、医師を拉致してきたのです。わたしはそのとき現場にいませんでしたが、あとできいた話によると、二人はその医師に、血液型を焼灼してもらいに来たSS全員の名前を教えるように言ったそうです。するとポーランド人の医師は、「おまえたちに教えることなど何もない」とうそぶき、さらに声高につづけた。「おれは大勢のユダヤ人を殺した。約束してやろうじゃないか、これからだってもっともっと殺せるだけ殺してやる！」あまりにもひどい言葉でした。われわれのグループの二人は医師に襲いかかりました。復讐者がナチの戦犯をなぶり殺しにしたという例はごくわずかで、わたしが耳にしたのもこの例だけです」B大佐は話をつづけた。「二人は医師を何時間にもわたって殴りつけ、足蹴にし、とうとう息の根をとめてしまいました。でも二人を責めることはできません。医師の吐いた言葉を考えれば、二人の行為は理解できます。そこの収容所では、ワロン師団にいたベルギー人のSSも、十人あまりみつかりました。この十人も全員殺されましたが、それらの者に同情した人はいませんでしたよ」

一九四六年、ユダヤ人自身のあいだに問題がもちあがった。ハガナをはじめとするユダヤ人組織のリーダーたちは、復讐者たちの行動をしだいに容認できなくなったのである。「わたしたちは、意欲をくじかれるような気がしました」と、ナカムの〝ヨーロッパ作戦班長〟だったモシェは筆者に言った。「すでに、わたしたちはベルギーやオランダ、フランスで復讐を果たしていました。が、それらの国々では、われわれが接触したユダヤ人よりもユダヤ人以外の人たちのほうが、わたしたちの行動を理解してくれました。もちろん、パレスチナの同胞よりも強い味方になってくれるだろうとわれわれが期待していた人たちと激しい口論になり、絶望的になったこともありました。たとえば、ハガナの密使たちにはこんなことを言われたのです。「もっともすぐれた軍人というのは、攻撃をしかけに出ていくのではなく、塹壕に身を潜めてチャンスの到来を待つものだ」と。

しかし、われわれには、何もせずただ待っている時間などないと思われたのです」

ベニがあいづちをうった。「仲間のひとりがパレスチナに行って、ユダヤ人地区のリーダーたちと接触したことがありました。期待どおりに励ましてくれたリーダーもいましたし、われわれの復讐計画に物質的な援助をしようという人もいました。しかし、大半の人たちはわれわれの復讐計画に反対しました。その人たちの第一の目的はイスラエルの建国だったからです。イスラエルの建国こそ、その人たちにとって何よりも重要な問題だったのです」

とくに世間をおどろかすような計画については、グループはハガナからはっきりと反対されていた。じつは、かなり大胆な計画もあって、たとえば、ニュルンベルク裁判で訴追されたドイツ人の戦犯二十一人に、毒を盛るか、裁判所に爆弾を仕掛けるか、あるいは奇襲攻撃を仕掛けて殺害しようという計画も立てられていたのである。

「そうした計画はすべて破棄されました」ヤコブが話を引きついだ。「でも、これだけは言えます——つまり、そういう計画は実行不可能というわけではなく、われわれの準備はかなり進んだ段階にありました。それでいて、どの計画も実行しなかったのは、これらの計画は罪もない人たちを巻きぞえにするおそれがあったからです」

ナカム・グループは、その代わりにA計画を検討しはじめた。数百万人のドイツ人をなんらかの方法で抹殺するという計画である。そのようなことがおこなわれれば、ユダヤ人がひじょうに不利な立場に追い込まれることは、ハガナは充分すぎるほど承知していた。そこでナカムを抑制する種々の措置を講じたのである。はたしてナカム・グループは、ハガナの意に逆らってA計画を遂行しようとしたのであろうか？

ひとつたしかなことがある。毒入りパン事件から二ヵ月たったころ、ナカムの復讐者たちはドイツならぬパレスチナにいたのである。この復讐者グループの元メンバーたちは、ナカムの活動が終わりを告げた経緯について、筆者が耳にしたことを肯定も否定もしなかった。とにかく、真相はつぎに述べるような次第であったと思われる。

「一九四六年は、ひそかにパレスチナに移住するユダヤ人たちの群れがピークに達した年でした」筆者が聞いた話はこんなふうにはじまった。「そして、民族の力がイギリス軍やアラブ軍に対抗できるかどうか試される機会も近いと思われました。復讐行動に参加したユダヤ人たちも大半がパレスチナに移動しました。それもこの地でその力が必要とされているのを感じたからでした。ナカム・グループのメンバーのなかにもパレスチナに行くことに賛成だった者もいました。しかし、復讐をつづけたいという者もいたのです。一方ハガナは何ヵ月かまえから、ナカムの復讐行動に遺憾の意を表明していたのですが、やがて決定的な措置を講じざるをえない事態が起こりました。ナカムのメンバーの何人かがハガナの命令を無視して、A計画を進めようとしたのです。そこで、ハガナは一分隊をドイツに派遣してナカムの急進派を抑え、ひそかに身柄を拘束しました。ここに至って、当時パリにいたナカムの〝作戦班長〟は、グループにすべての活動を中止するように命令を出しました。ナカムのメンバーはイタリアに連れていかれ、ハガナの支配下にあるミラノ近郊のトレカテの小さな収容所に入れられてしまいました。そこからメンバーはパレスチナに連れていかれたのです。こうしてナカムの活動は終わりました」

だが、別の復讐者グループがドイツ人の大量虐殺を計画しており、しかもその計画は最終段階にあった。このグループはほかのグループと異なり、メンバーのなかにユダヤ人がほとんどいなかった。

イスラエルのジャーナリスト、S・ナクディモンが、はじめてこのグループの活動を明かしたのである。（このグループについて、筆者は個人的な筋からさらに情報を入手したが、情報源を明かすことは禁じられている）

このグループが最初に考えたのは、ドイツのいくつかの町に同時に放火するという計画だった。その後、グループはベルリン、ナチ党の発祥の地ミュンヘン、ニュルンベルク、ハンブルク、フランクフルトの住民を毒殺することはできないかと考えて、具体的な方法をさぐった。技術的な問題は解決できないわけではなかった。町の貯水池に毒を入れさえすればよかったからである。だが、ここでも大きな問題は、それらの地域に駐留している連合軍の占領部隊や町内および近辺に居住している非ドイツ人難民をどうやって巻きぞえにしないようにするか、ということだった。

ニュルンベルクは、かつて勝利に沸くナチが勢力を誇示する舞台となったところであり、最初の標的に選ばれた。「われわれのグループの何人かが、水道局の作業員や技師に変装しました」筆者が話をきいた相手は説明した。「水道の配管系統を徹底的に調べてから、複雑きわまる計画を立てました。まえもって決められた時間になったら、連合軍部隊の駐屯する兵舎一帯と、ドイツ人以外の住民が過半数を占める地域への送水をとめるのです。そのほかのニュルンベルク市民全員が毒入りの水を飲まされて、ドイツ人で生き残れるのは酒をくらっている連中だけになるはずでした」

しかし、何よりもまず大量の毒物を手に入れなければならず、これは容易なことではなかった。国外に住んでいるある科学者に連絡して、グループが必要とする毒物を送ってもらうことになった。毒物は軍用のリュックサックに入れられ、休暇でヨーロッパに帰る兵隊に託して運ばれることになった。その兵隊がそのリュックサックをフランス国内の定められた住所にあてて発送する手筈なのである。

しかし、密告者がいたとみえて、船がフランス海域に到着したとき、その兵隊を逮捕せよという命令が船長のもとに届いた。が、兵隊はうまくそのリュックサックを別の男に委ねることができた。ところが、その男は警官が乗船してくるのを見て恐ろしくなり、リュックサックを便所の窓から海中に投げ棄ててしまったのである。

だが、この復讐者グループはあきらめなかった。ほかの種類の毒物で実験をおこなって、計画の条件にかなった毒物をとうとうみつけることができた。しかし、結局、その計画は実行されずじまいだった。

その理由についてはいろいろな説明がなされた。どんなに慎重に準備しても、大勢の非ドイツ人住民を巻きぞえにすることは避けられないからだと説明した者もいた。地元の警察当局に陰謀が発覚したためだという人もいた。三番めに挙げられた理由は、あるレジスタンス組織がこの計画をききつけ、復讐者たちを脅迫して取りやめさせたためだという。「わたしは毒物の実験に参加しました」と、ある退役軍人は語った。「わたしは後悔していません。しかし、いざ実行するとなったら、わたしたちにはとても計画をやりとおすほど残酷にはなれなかったでしょう」

ドイツ人に対する復讐はイスラエルでもおこなわれた。パレスチナには、第二次世界大戦がはじまるかなりまえから、ドイツ人の入植地が存在していた。現在でも、エルサレムには〝ドイツ人街〟と呼ばれる地区がある。このほかにも、ヴァルトハイム、ザロナ、ヴィルヘルマなどのドイツ系の名前がつけられた町があった。ドイツでヒトラーの勢力が増大していたころ、きわめて戦闘的なナチズム運動がパレスチナのドイツ人のあいだでひろまっていた。かれらは軍隊に似せた組織を結成して、鉤十字の旗を持ち、「ハイル・ヒトラー!」を唱えてナチ式の敬礼をかわしていた。

第二次世界大戦の勃発と同時に、パレスチナのイギリス軍当局は、これらのドイツ人の大半を強制収容し、一部をオーストラリアに送った。一九四六年、イギリス軍はこれらのドイツ人を釈放すると発表した。思いもかけないこの措置に、パレスチナのユダヤ人がどれほど愕然としたかは、だれしも想像できるであろう。

イスラエルのイーガル・アロン労働大臣は、一九四六年当時、パルマッハ部隊の上級将校だったが、このときのことを回想録につぎのように書いている。

〈これらのドイツ人の大半がナチ党員であり、一九三六年から一九三八年にかけて多数のユダヤ人を殺害したアラブ集団の暴動に加担した者もかなり大勢いた。なかには、戦時中連合軍に対してスパイ行為を働いたとされたドイツ人もいたのである。若い者の多くは、戦争の勃発する直前にドイツに送還され、そのなかには、〝ユダヤ人問題の専門家〟として《最終的解決》の実行に重要な役割を演じた者もいた。

そこでパルマッハは、ユダヤ人地区のリーダーたちの同意を得て、パレスチナに抑留されているドイツ人の釈放を中止するよう要請した。イギリスの高等弁務官に対して、ドイツ人がパレスチナで自由に暮らすことは許されないと訴えたのである。ところが、イギリス当局はわれわれを欺き、ドイツ人に完全な自由を与えるわけではないと言いつづけた。ザロナ、ヴィルヘルマ、ヴァルトハイム、ベツレヘムなどの町でドイツ人が商売をしたり農業を営むことを許可するだけだというのである。しかもドイツ人は警察の監視下におかれるというのだが、じつはこれは、かれらをわれわれの復讐から守るのが目的だったのである。

しかし、そのように警戒されていたにもかかわらず、われわれは復讐計画を遂行することができた。一九四六年八月はじめ、パルマッハの分遣隊は、もっとも積極的な行動をとっていたヴァーグナーという名前のナチ実業家を射殺した。その男の警備にあたっていたイギリス兵には何の危害も加えずにすんだ。九月十七日、パルマッハ第一大隊の一隊は、アラブ人警察官に護衛されながらハイファにある自分たちの店や会社に向かう途中のナチ数人を処刑した。

状況を察したイギリスは、ついにドイツ人をパレスチナから追放し、その財産を没収して、死の収容所を生き延びたユダヤ人難民に手渡さざるをえなくなった〉

ユダヤ旅団のメンバーをはじめ、復讐者の大半は、一九四七年の末までにパレスチナにもどった。だが、ナチ犯罪者の追跡は散発的につづけられており、とくに、個人や単独のグループが大物の戦犯を追っていた。

ナチスの大物戦犯の多くが処罰を逃れて行方をくらましていた。どこかに潜伏していたのだが、いずれもじつに巧妙に身を潜めていた。

「一度、大騒ぎになって興奮したことがあったのを憶えています」B大佐の話である。「ハガナの密使に守られてパレスチナに向かったユダヤ人グループは、途中のローマでひとりのナチを捕らえました。南アメリカに逃亡する寸前だったその男を、われわれはいろいろ尋問した結果、処刑することにしました。「わたしを殺したければ殺すがいい。だが、このローマにはもっとすごい大物がいる。モンテヴェルデ地区に潜伏しているんだが、ヒトラーの側近だった人間だ」男は殺される直前に、重要な事実を明かしたのです。「つまり、その男というのはマルチン・ボルマンだ。だが、彼の居所は絶対にわかるまい」そう言って、男は秘密を胸におさめたまま死にました。

一九四六年から四七年ころ、ボルマンはまちがいなくローマにいると、われわれも確信していましたが、彼の足取りをつかむことはどうしてもできませんでした」

ヒトラーの代理をつとめたボルマンはとり逃がしてしまったが、復讐者たちはもう一人別の大物戦犯、アドルフ・アイヒマンはつかまえたと思っていた。

SSの連隊長としてヒトラーに従順に仕え、おせっかいで、ずるがしこく、しかもユダヤ人問題の《最終的解決》の首謀者でもあったアイヒマンは、つねに巧妙に陰にかくれていた。彼は自分の存在を絶対に人に知られぬようにと願い、ほぼその願いどおりになっていた。彼の写真らしいものもほとんどなく、容貌についての情報は何もないに等しかった。ニュルンベルク裁判でも、開始されてから数カ月も経ったころにはじめてアイヒマンの名前が口にされたのである。彼は妻のヴェラと離婚し三人の子供を棄てて姿を消し、友人たちからも死んだと思われていた。だが、じっさいは、アイヒマンはだれにも知られずに、ドイツのアメリカ軍占領地域にある捕虜収容所に偽名をつかって身を潜めていたのである。

アイヒマンの名前がニュルンベルク裁判ではじめて出されたのは、一九四六年一月三日のことであった。この日、ナチ戦犯ディーター・ヴィスリツェニーがユダヤ人に対する犯罪の裁きをうけていて、自己弁護のために、「ヴィスリツェニーはほんの仔豚にすぎないのに、アイヒマンがここにいないから大豚のように見える」というゲーリングの言葉を引用したのである。

だが、アイヒマンはいったいどこにいるのか? 当時ヨーロッパにまだ残っていた少数の復讐者のグループは、この男を見つけだすことを使命としていた。グループのメンバーは、それまで〝ドイツ大隊〟かナカムのいずれかに属していた者たちで、リーダーは有名なパレスチナの闘士だった。その名をルーヴェンという。

ユダヤ人情報組織の協力を得て、ルーヴェンはアイヒマンの家族の居所を突きとめた。両親と兄弟、姉妹はオーストリアのリンツに住んでおり、父親は電器店を営んでいた。離婚した妻ヴェラと子供たちはバートアウスゼーに住んでいた。ルーヴェンの率いる復讐者のグループは、この家族からアイヒマンについての情報を得ようといろいろな手をうったが、ことごとく失敗した。そこで復讐者たちはアイヒマンの家族の動向を監視することにし、そのうちにアイヒマン本人に結びつく道がみつかるのではないかと期待した。

数週間ほどしてわかったことがひとつあった。アイヒマンの兄弟のひとりが二週間に一度、リンツとザルツブルクの中間の小さな村に出かけていくのである。そのときはいつも食糧の入ったかばんを持っていき、帰りは手ぶらだった。さらに、アイヒマンの元の妻ヴェラも同じ村に定期的に出かけていくのである。

復讐者グループの二人のメンバーがアイヒマンの弟のあとをつけていくと、医師の名義になっている小さな家に入っていった。数時間ほどして、ヴェラも同じ家にきた。二人のユダヤ人がそのまま見張りをつづけていると、暗くなったころに、その家からさきほどの男女があたりをうかがうようにしながら出てきた。ユダヤ人たちはあとをつけた。アイヒマンの弟とヴェラは村を出て、小高い丘に登り、松林のはずれにある山荘に入っていった。しばらくすると、二人は山荘から出てきて、はじめの医師の家にもどっていった。翌日、二人は別々に村を出ていった。

復讐者グループの数人がドイツ人になりすましてその村に行くことにした。そして小高い丘にある謎の山荘の見張りをつづける一方、ひそかに手をつくして村人からその別荘についての情報を聞き出そうとした。その結果、四人の男が別荘に住んでいることがわかったが、その四人については村人にいくらきいても、だれも何も知らないというのだった。復讐者たちが見張りをつづけた結果わかったのは、四人の男が外出するのはきまって夜だけで、しかも四人は別々に出ていくということだった。山荘には三匹の番犬が飼われていた。アイヒマンの弟と、元の妻のほかには、別の男がひとり訪ねてくるだけで、その男は暗くなってから毎晩やってきた。どうやら食糧を運んで来るらしかった。

四人のうちのひとりがアドルフ・アイヒマンであることはまちがいないように思われた。

復讐者たちは、ウィーンとリンツで、アイヒマンの人相や風体についてできるだけ多くの情報を集めた。彼の容貌の特徴がかなり詳しくわかり、歯についての詳細なデータさえも入手できた。写真は手に入らなかったが、判明した容貌の特徴だけでも充分であろうと思われた。

さらにもう一ヵ月かけて復讐者たちは山荘の見張りをつづけた結果、四人のうちのどの男がアイヒマンであるか確信がもてるようになった。身長、身体つき、容貌が、手元にある手配書とぴったり符合するのである。四人のなかでその男だけは、夜の散歩のときに二匹の犬を連れていった。グループはつぎにその男が出かけるときをねらって、捕まえることにした。こんどの散歩が最後になるはずだった。

復讐者グループの四人が、イギリス軍の制服に身をつつみ、ジープで丘の上の山荘に向かった。樹木の下にジープを隠すと、四人は腹這いになって前進した。

暗くなってかなり時間がたったころ、待ち伏せしている四人のユダヤ人の眼のまえで山荘の入口の扉があいた。背の高い、やせた男の影が、明かりのついた戸口に見えた。男のそばにいる二匹の犬が吠えはじめた。だが、犬を処理するのは簡単だった。四人のユダヤ人のうちのひとりはユーゴスラヴィアでチトーのパルチザンと一緒に闘った経験があり、犬をおとなしくさせる方法を知っていた。彼は犬の吠え声を真似して呼び寄せ、近づいてきた犬に毒入りの肉を投げてやった。犬はそれでおしまいだった。ついでアイヒマンの番である。四人は、暗い林のなかを歩いてくるアイヒマンの後頭部を拳銃のグリップでなぐりつけた。倒れたアイヒマンを引きずってジープに乗せ、四人は車を数マイル走らせて二人の仲間の待つ森へ行った。ジープが止まると、脳震盪を起こしていたアイヒマンが眼をあけた。復讐者たちはアイヒマンを森へ引きずっていき、そこでルーヴェンが、「われわれはユダヤ人だ、アイヒマン」と言った。男は笑いだした。ひきつったような、それでいてあざけるような笑い方だった。「おまえには片をつけなければならない貸しがいろいろとある」ルーヴェンはつづけた。「おまえもユダヤ人に何をしたか、自分でわかっているだろう。……」

そのドイツ人はすこしも恐れる様子がなかった。彼は背筋をのばし、胸をはって傲慢に言い放った。「おまえたちになんか、このわしに何もできやしまい――」

軽機関銃が一連射火をふいて、男の頭ががっくりたれた。復讐者のひとりがかがみこんで、男の口をあけて歯を調べた。かれらはまちがいなくアイヒマンを殺したと信じた。

アイヒマンを殺した、と復讐者たちは思っていた。十四年間そう思いつづけていたのだが、やがて一九六〇年五月、イスラエルの秘密情報員がアルゼンチンで本物のアイヒマンを誘拐するという事件が起きたのである。

そのイスラエル情報員は一九五六年にアルゼンチンから報告書を書いているが、その報告書を読みながら、筆者は南アメリカで彼がアイヒマンの身元を確認した時のことを記した箇所に眼をとめた。

〈わたしがこの知らせをイスラエルの友人たちに伝えると、友人たちは一様にこう答えた。「ルーヴェンは、アイヒマンは戦後まもなく復讐者たちの手で殺されたのだといまでも確信している。かれらが撃ち殺した男の歯型はアイヒマンの手配書にあったものと完全に一致した」と〉

この記述から、筆者はルーヴェンの行方を探すことを思いたった。彼なら事情をよく知っているはずだと思ったからである。ルーヴェンはガリラヤのキブツで働いていた。ジーンズをはき、青い眼を隠すように帽子を深くかぶっていた。トラクターの運転をしている彼は、節くれだった太い手を筆者に差し出した。

「そうなんです、われわれは人違いをしてしまったのです」ルーヴェンは言った。「あのことについてはすべてをお話しするわけにはいきません。復讐をいまなおつづけている人たちの生命を危険にさらすかもしれないからです。……」

偽のアイヒマンはいったいだれだったのであろうか。ルーヴェンは、ナチのひとりだったことはたしかだが、とくに重要な人物ではなかったのだと言った。それ以上のことはおそらくわからないままであろう。

6　黒いノート

ヒトラーが政権の座についた一九三三年、十一歳のヘニエック・ディアマントは、ポーランドのカトヴィーツェにあるドイツ領事館の真向かいの家に住んでいた。

「ですから、ナチの鉤十字は子供のころから、眼のまえにぶらさがっていたのです」

当時、ディアマントは、同じ年ごろのユダヤ人少年のする悪戯に夢中だった。たとえば、夜の闇にまぎれて領事館の塀に大きな〝ダヴィデの星〟を描いたり、領事の車から鉤十字の小旗をむしりとったりした。また、アメリカ最強の黒人ボクサー、ジョー・ルイスが、ドイツ人ボクサー、マックス・シュメリングにノックアウト勝ちした試合の写真を、領事館の庭にばらまいた。その後、シオニストの青年隊に加入したヘニエックは、ドイツ映画を上映中の映画館をボイコットするようユダヤ人に呼びかける運動に加わった。〝水晶の夜〟事件後の一九三八年の終わりごろには、ヘニエックと友人たちは、ドイツを放逐されたユダヤ人のポーランド定住を支援していた。ドイツ軍がポーランドに侵攻したとき、ワルシャワにいた彼は、両親とともにソスノヴィエツへ疎開した。

しかし、ナチスのユダヤ人対策は、一九四〇年から一九四一年にかけて、残虐の度を増すヴァンゼー会議で《最終的解決》が採択されて、一九四二年五月、ポーランド系ユダヤ人の死の収容所送りが、大規模かつ組織的に開始された。ついに一九四三年、ソスノヴィエツのユダヤ人も家畜用トラックに押し込められ、アウシュヴィッツへ送られた。が、かろうじて難を逃れた者たちもいた。その多くは使命感に燃えた若者たちで、すぐやられるのはわかっていても、せめて自分たちの名誉を守るために、あくまでドイツに抗戦する決意を固めていた。

「わたしはいちばんいい服を着、手には真っ赤なバラの花束を持ってゲットーを脱け出しました」何年もまえの当時を回想して、ヘニエックはイスラエルで筆者に語った。「家族が死出の旅についているとき、わたしは結婚式へ行くふりをしたのです。周囲の人間はことごとく敵でした。わたしは闘士になろうと思っていましたから、そのためにはまず生きていることがかんじんです。そこで、手はじめにユダヤ人以外の者に見せかけねばなりませんでした」

ヘニエックは口ひげをたくわえ、髪と眉を脱色した。さらにチロリアン・ハットを買ってかぶると、眼も青かったからジプシーの息子で通った。

それ以来何カ月も、彼は各地を転々とわたり歩いた。名前はもちろん、住所や仲間を変え、ゲットーからゲットーへ、レジスタンス組織からレジスタンス組織へと移動した。こうして若きディアマントは、ドイツ軍ばかりでなく、地元住民の激しい反ユダヤ主義と闘う勇猛果敢なユダヤ人闘士の一人となったのである。これら闘士の多くが無残な最期をとげることになるが、かれらは驚異的な〝第六感〟を発達させ、想像を絶する状況下で長く戦いぬくことができた。そのなかでも、ディアマントは群をぬいて有能な闘士の一人だったにちがいない。まもなく、持ちまえの沈着冷静さと巧妙さと勇猛さゆえに、〝手（マノス）〟というあだ名を奉られた。まさに彼は神出鬼没、しかも、つねに捕らえようがなかった。

一九四三年、ハンガリーにいたディアマントはある病院を訪ね、医師のウレンスキーと名のった。むろん医学の免状など持っていなかったが、その自信に満ちた態度を見て、彼の言葉を疑う者はだれもいなかった。病院側に遺体解剖を命じられ、ディアマントは数カ月間遺体を切りきざんでいた。ついに周囲のドイツ人たちが怪しみだしたときには、ディアマントはとっくに手のとどかないところに逃げのびていた。彼はハンガリーとポーランドを縦横に移動し、ゲシュタポやドイツ軍に対する攻撃を組織していった。

ディアマントは大胆不敵であると同時に、驚くほど強運であることでも有名だった。それを裏づける逸話がある。ある日、友人の勧めで、割礼の事実を隠すためのプラスチックのサックを性器にかぶせた。その直後、路上でパトロール隊に捕らえられたが、彼を子細に調べたドイツ人の〝専門家〟たちは、なんとディアマントを正真正銘のアーリア人と断定した！

ディアマントが直面した危機はこのときばかりではない。捕らえられ尋問されたことは数回にのぼる。が、正体を見破られたことは一度もなかった。医師ウレンスキーのあとはヤノフスキー博士、ヴァルター、ハインリッヒなどの偽名をつぎつぎ使用し、自分に対して仕掛けられた罠をことごとく突破していった。並みはずれた勇気、明晰な頭脳、図太い神経と三拍子そろったレジスタンス・リーダー、それがヘニェック・ディアマントだった。

自分に対する包囲網がせばまりはじめた一九四三年十月、ディアマントはしばらくポーランドの山村に潜伏し、スタシェクという名の休暇中の職工だと名のった。彼のことをアーリア人と信じこんだ宿の女主人は、ある晩、笑いながら言った、「スタシェクさん、もしかまわなかったら、ユダヤ人の真似をしてくれません？　子供がなかなか寝ないもので」

そこで〝スタシェク〟は子供の寝室へ行き、扉のうしろに隠れた。そして、母親が子供に、「寝ないでいると、ユダヤ人がさらいにきますよ！」と言うのを合図に、恐ろしいうなり声をあげた。

当時のポーランドの地方の人間は、ユダヤ人をこのように狼並みにみなしていたのだ。

一九四四年八月、ディアマントは多数のユダヤ人をハンガリーから、《最終的解決》がすでに破棄されたルーマニアへ脱出させる計画を敢行し、ノヴゴロドからトランシルヴァニアの国境案内人の組織を指揮した。戦争が終結したときブダペストにいた彼は、左の耳たぶを失った以外、怪我ひとつしていなかった。耳たぶを吹き飛ばした弾丸はあわや命中するところだったが、強運は依然彼についてまわっていたのである。

数えきれぬほどの秘密工作を通じて、ディアマントは、のちに自分と同じように復讐者となったユダヤ系レジスタンス運動員三人と知りあった。アレックス・ガトモン、エミール・ブリク、そして、ダフナという若い女性である。

アレックス・ガトモンはシュレジエンで生まれ、戦争勃発当時は十三歳だった。ディアマント同様、彼もゲットーを脱け出し、戦争中はポーランド、スロヴァキア、そしてハンガリーを転々とした。最初の拳銃を手にいれるため時計とリボルバーを交換したのは、まだほんの子供のときだった。十六歳のときポーランドで、パルチザン・グループのために武器を調達する襲撃に数回参加したが、最後の襲撃は失敗におわり、あやうく命を落とすところだった。自転車で逃亡するすぐ背後から警察が迫ってきた。死にものぐるいで自転車をこいでいると、〝アウシュヴィッツ三十二キロ〟という標識が眼に入った。

恐怖にとりつかれたガトモンは、来た道をすぐ引き返しはじめた。しばらく行くと、一人のポーランド人に呼びとめられたが、自転車と引き換えに見逃してもらった。

エミール・ブリクは、タルノフ周辺を活動の拠点にしているパルチザン・グループに属していた。ある日、ドイツ軍の奇襲を受け、グループは全滅の淵にたたされた。後年、その勇猛果敢さが伝説にまでなるブリクは、数少ない生き残りの一人だった。その後、彼が参加したハンガリーの組織には、アレックス・ガトモンも所属していた。この二人の若者はともに数多くのレジスタンス活動に加わった。が、やがて二人の運もつき、ダフナと共に捕らえられ、ゲシュタポの情報提供者を殺害した罪にとわれた。じっさいそのスパイは、二人の組織が射殺したのだった。

二人は死刑を宣告され絞首刑に処せられた。筆者はイスラエルでアレックス・ガトモンと会い、その処刑の模様を詳細にわたって語る彼の話に耳をかたむけた。絞首刑になった者から話を聞くというのは、ふつうはまず不可能なことだ。

「わたしは殺人容疑を否認し、仲間の名前も教えませんでした」アレックス・ガトモンは説明した。「死刑執行の日、わたしは牢から出されて絞首台へ連れていかれました。兵隊、法務大臣代理の判事、教誨師など、役者はそろっていました。刑が読み上げられ、わたしはロープの輪の下に立たされました。すると、将校が近づいてきて、『もし罪を認め、仲間のテロリストの名前を白状すれば、命は助けてやるぞ』と言うのです。わたしはがんとしていやだと言いました。ロープの輪が首にかけられ、つぎの瞬間、足元にぽっかり穴が開き、わたしは息がつまって眼のまえが真っ暗になりました。

何時間かたって眼をあけると、なんと監獄の診療所にいるではありませんか。すべてはわたしの口を割るために仕組まれた茶番だったのです。もし知っていることを何もかも白状していたら、まともに絞り首になっていたはずです。ところが、口を割らなかったために、ほんの二、三秒首をつられただけですんだのです。エミール・ブリクも同じ目にあったとあとできました」

二人に対する尋問が再開されたが、両人とも依然白状しようとしなかったため、こんどこそ本当の処刑が一九四四年十一月三十日に執行されることになった。

そのあいだ、ブダペストのレジスタンス組織は、アレックス、エミール、ダフナの救出作戦を練っていた。SS将校に変装した数人のパルチザン隊員がメルセデスで監獄に乗りつけ、三人の囚人の引渡しを要求する偽の命令書を提示する手筈がととのえられた。三人にも事前に計画が知らされていた。

「わたしの監房には、ハンガリーでレジスタンス運動にたずさわり、死刑宣告を受けたという若い男が入っていました」アレックスは説明をつづけた。「その男は救出作戦のことを知ると、うまくいくよう幸運を祈ってくれました。ところが救出計画遂行の日、その男は監房から連れていかれたのです。そして、その夜、監視が強化され、新しく設置された投光器が、わたしの監房も、エミールとダフナの監房もそれぞれ明るく照らし出したのです。

とっさに、裏切られたと感じました。はたしてそのとおりで、同志を乗せたメルセデスが監獄の中庭に乗りつけるやいなや、一斉射撃がはじまりました。が、まさに奇跡的に、仲間は車をUターンさせて、闇のなかに逃げることができました。

翌朝の点呼のとき、レジスタンス運動の一員だと言った若い男の姿が見えました。看守たちと並び、ハンガリー・ファシスト党の制服を着ているではありませんか。われわれはまんまとだまされたのです。脱出の希望は完全になくなりました」

だが、運命はときとして思いもよらぬ展開をみせるものだ。十一月二十九日の朝、アレックスとエミールの処刑の日の前日、ソ連軍が監獄を占拠し、囚人たちを解放したのである。

それから一カ月後、ハンガリーのカニヤという小さな町を四人の赤軍兵士が一軒の家に向かって歩いていた。そのうちの二人、身体にぴったりの軍服を着た大柄で屈強そうな男たちはその家にまっすぐ入っていった。それは死刑宣告を受けたパルチザン、ガトモンとブリクにほかならなかった。二人のロシア人軍曹につきそわれ、自分たちを陥れた男に借りを返しにきたのだ。めざす相手は家にはいなかった。その男は町役場の式場にいた。結婚式をあげたばかりで、披露宴の最中だったのである。

「われわれはゆっくりと、ひどくゆっくりとひろい式場を進んでいきました。その両側では男も女も子供も色を失って震えていました」と、アレックスは語った。「エミールとわたしが先頭にたち、二人のソ連兵があとにつづきました。あたりはしんと静まりかえり、夢のなかを歩いているようでした。

われわれは花婿のまえで止まりました。相手は震えおののき、顔は蒼白です。足元にひれふし、命だけは助けてくれと哀願している花嫁を、われわれは押しのけました。

すべてを清算する日がきたのです。報復の時がきたのです。この町にやってきたのはそのためでした。その瞬間までわれわれが考えていたのは、その男を犬のように撃ち殺すことでした。しかし、われわれは名誉ある復讐、すなわち個人的な敵討ちではなくわが民族のための復讐に生涯を捧げる誓いをたてたことを思い出しました。われわれの使命は恨みを晴らすことではなく、昔の借りを返すことでもなかったのです。そんなことで手を汚したくありませんでした。

その裏切り者にそういった趣意のことを言いきかせても、相手はこちらの言葉をひとことも理解できず、また、信じられずに聞いていました。やっとみつけた敵を殺さないなどということが信じられなかったのです。しかし、復讐は実行されないこと、自分が死なないですむことがやっとわかったその男は、テーブルの上にのっていた披露宴でのいちばんのご馳走の焼きたての仔豚を、命を救われた礼に差し出したのです。人間の命のかわりに仔豚をです！　相手が何一つ理解しなかったのを痛感しながら、われわれは踵を返してそこを去りました」

ユダヤ人が復讐を思いたったのは終戦前後のことだが、すでに戦争中に純粋な本当の報復がどうあるべきか、手本を示した男がいた。その名はハイム・テネンヴルツェルといった。

このハイムについても、アレックス・ガトモンから話を聞くことができた。

「《最終的解決》がその頂点に達し、ヨーロッパじゅうでユダヤ人がかり集められていたある日のことです。抵抗運動をつづけていたわれわれのグループは、同志の一人から手紙を受けとりました。その手紙には〈いま、スロヴァキアのジリナにいます。ここのユダヤ人は迫害を全然受けていません、まったく素晴らしいことです〉と書かれていたのです。

そんなことはまるで信じられませんでした。スロヴァキアは第三帝国の保護領で、統治者のティソー枢機卿は、ナチとの全面協力を政策の土台にしていたのです。ユダヤ人がスロヴァキアで迫害されず、自由に生活しているなどということはありえなかったのです。そこでわれわれは、女の同志を送り込み、様子をさぐらせました。二、三週間後、彼女から絵葉書が来ました。それには、〈見にきてください、地上の楽園です〉と書いてありました。

現地に行って状況報告をするため、二名の者がグループから選ばれました。ハイム・テネンヴルツェルとわたしです。国境を越えてスロヴァキアに足を踏みいれるや、まさに楽園がひろがっていました。立派な車に乗った三人のユダヤ人が迎えにきていました。きちんとした身なりでユダヤ人を識別する黄色の星印もつけていません。スロヴァキアに住む九十パーセントのユダヤ人が、〝国家にとって必要〟と見なされ、だれからも虐待されることはなかったのです。わたしたちはスロヴァキアのユダヤ人社会の指導者をはじめ、政府代表のローマ・カトリック教会神父に町で会いました。あの時代に、ユダヤ人がドイツから何の迫害も受けずにいるのをわれわれはたしかにこの眼で見たのです。かれらはわれわれに大きなアパートを貸してくれ、ハンガリーやポーランドにまだいる同志も呼び寄せてはどうか、とすすめてくれました。

何から何までまるで夢のようでした。お茶に招かれていくと、その家の娘がピアノを弾き、われわれは談笑し、ペストリーを食べ、ダンスもすこし踊りました。そこから何マイルと離れていないところでは、ユダヤ人が毎日強制収容所へ送られているというのにです。

そんなスロヴァキアに住むユダヤ人の上流階級に属する人たちのあいだで、シオニズムとパレスチナへの移住問題について激論がたたかわされることがありました。が、ハイムもわたしもパレスチナには何の関心もありませんでした、というのも、戦後まっさきにやらねばならないわれわれの責務は、復讐を遂行することだと信じていたからです。この点のハイムの決心はだれよりも固いものでした。だからこそ彼はポーランドへ、カトヴィーツェへ、すなわち地獄のただなかへ帰っていったのです。

彼の冒した計りしれない危険を考えてみてください。戦後になって復讐を実行したわれわれには、たいした危険はありませんでした。しかし、戦争のさなかに、ポーランドにもどり復讐を実行する決心をしたとき、ハイムは死を覚悟していたのです。

カトヴィーツェで消すつもりだった男は、ドライアーと言うゲシュタポ長官で、ユダヤ人の強制収容所送りを指揮していた人物です。ハイムとわたしのどちらが暗殺を決行するか、コインを投げて決めた結果、わたしがやることに決まりました。ところが、「それでもかまわないが、きみはまだ十六だ。ここに残りたまえ。死んだ同胞の仇は、かわりにぼくが討ちにいこう。ドライアーはかならず殺ってみせる」とハイムは言いました」

ハイム・テネンヴルツェルは、カトヴィーツェで汽車を降りたところでみつかり、撃たれて死んだ。結局、使命は果たされず、ドライアーを殺すことはできなかったが、彼のはらった犠牲はむだではなかった。その高潔さと勇気は、あくまでも自由を守りぬこうとする自由人たちの手本としていつまでも消えることはない。

牢獄から解放されたあと、アレックス・ガトモン、エミール・ブリク、ならびにダフナはソ連軍に入隊した。多くのユダヤ人同様、かれらも前線へ配属されることを志願した。が、願いはかなえられず、そのかわりに三人は、後方における翻訳、通訳、諜報活動に従事することになった。このときの経験は、自らに課した使命をかれらがのちに遂行するにあたって大いに役立つことになった。

しかし、そんなあるとき、三人はあやうく窮地に陥るところだった。

「一九四四年の十二月のことでした」エミール・ブリクは語った。「ハンガリーはすでにソ連軍に占領されていました。われわれは二人のSSを捕らえ、ソ連軍当局に引き渡しました。その二人がどんな残虐行為をはたらいてきたか、その地域で知らない者はいないほどでしたが、ソ連軍当局はこの二人の極悪犯に関心を示さず、そのまま釈放してしまったのです。そんなことを黙って見逃すわけにはいかないわれわれは、二人のSSのあとを追い、路上で射殺しました。

ソ連軍当局者はかんかんになって怒り、われわれはもうすこしで軍法会議にかけられるところでした。

ところで、あきらかにSSやハンガリー・ファシスト党員が潜伏していると思われる村に着くと、われわれはラウドスピーカーを持って村を巡回し、十六歳から五十歳までの者は、男女を問わずソ連軍が労働に徴用するから、三日分の食糧を持って村の広場に集まるようにと命令してまわりました。ちなみに、ソ連軍が徴用うんぬんというのは嘘ではありませんでした。

全員が広場に集まるや、われわれは手元のリストに記された住所、すなわちファシストやナチの隠れ家に急行し、家を包囲し、窓という窓を見張りました。そして仲間の一人が玄関の扉をたたき、かならず裏口から逃げようとする目当ての相手を、そちら側に待機していた仲間がその場で射殺しました」

ソ連軍はアメリカとの協定により、ヴラディヴォストークへ軍隊を派遣することになった。アレックス、エミール、ダフナは自分たちも派遣されてしまうのではないかと不安をおぼえた。自分たちのほんとうの使命は別のものであると確信していたからだ。そこで、エミール・ブリクは組織のしっかりした密入国ルートでパレスチナへ渡った。その後、アラブ諸国とのイスラエル独立戦争で殊勲をたてた彼は、軍最高の栄誉に浴し〝イスラエルの十二勇士〟の一人に名をつらねた。一方、ガトモンとダフナはウィーンへ向かい、そこで先に来ていた〝マノス〟・ディアマントと合流した。また、この街で三人が出会ったのが、ナチ戦犯の身元割り出しと、その後の追跡で重要な役を演じるひとりの男だった。この人物は、イギリスおよびアメリカの数紙の通信員をつとめるジャーナリストであると同時に、ハガナ諜報機関の幹部で、ユダヤ人をヨーロッパからパレスチナへ移住させる秘密組織をとりしきり、その名をアルトゥール・ピーアといった。

ナチス・ドイツによるオーストリア併合後、アルトゥール・ピーアは、一九二一年に自分が生まれたウィーンを離れギリシャへ渡った。そこから彼はパレスチナへ行き、キブツに参加したが、そこに長期間とどまることはなかった。

一九四一年、ユダヤ人をヨーロッパから連れ出し、パレスチナへ密航させる組織で働いていたピーアは、一九四四年、ハイファの港近くに小さな事務所をかまえ、ヨーロッパからの脱出に成功した何百人というユダヤ人の証言と体験談の収集にのりだした。こうして彼は大量虐殺の全容をまとめ、ヨーロッパに数多く存在したユダヤ人口密集地が消滅した経緯をはじめて子細に記録した。また重要度順にナチ戦犯の名簿を作成したのもピーアが最初だった。収集された情報はすべて、〝アメリカ戦略事務局（OSS）極秘情報〟と押印された黒いノートにおさめられた。このノートはアメリカ諜報機関がのちに、ドイツにおけるナチズム一掃の政策を実行するうえで貴重な参考資料となった。

一九四五年九月、パレスチナ滞在中アシャー・ベン・ナタンという変名を用いていたアルトゥール・ピーアは、極秘命令のもとヨーロッパへ派遣された。二重底になったスーツケースには、マイクロフィルムにおさまった例の黒いノートと、大量のソヴリン金貨がつまっていた。金貨はユダヤ人がパレスチナへ密航するための資金として使われることになっており、マイクロフィルムは復讐の道具となるはずだった。

ピーアは一九四五年十一月一日ウィーンに到着し、フランク通り二番地にあったユダヤ人移住組織の秘密本部の仕事に着手した。手はじめに数人の復讐者に連絡をとり、〝マノス〟・ディアマントとアレックス・ガトモンのほか、ポーランド諜報機関の一員だったトゥヴィア・フリードマンに会った。

ウィーンに滞在した二年間のあいだ、ピーアは指名手配中の多数のナチをアメリカ軍が逮捕するのに必要な協力をおしまなかった。が、ピーアが着任してまもなく、フランク通り二番地の事務所は、当時ウィーンに横行していたスパイの巣ではないかと疑われ、アメリカ軍によって捜索され、黒いノートのマイクロフィルムを発見されてしまった。アルトゥール・

ピーアはあやうく逮捕されるところだったが、ウィーン、ワシントン、ハイファ間で外電のやりとりがおこなわれ、その結果、事態は収拾し、それ以来、ピーアとアメリカ情報機関との緊密な協力関係がはじまったのである。

ピーアはナチ戦犯の情報収集にあたる〝ユダヤ人迫害記録センター〟を設立した。同センターは正式には〝ユダヤ人学生協会〟に所属しており、この学生協会の会長が、ウィーン大学に入学したアレックス・ガトモンだった。もっとも活動的な会員は、〝マノス〟・ディアマント・アーノルト・シュモラク博士、トゥヴィア・フリードマン、そして、法学部学生のルート・ヒルシュラーだった。

ガトモンはユダヤ人迫害記録センターのセクションAをうけもっていた。このセクションの目的は、ニュルンベルクなどでおこなわれた連合軍による裁判の結果、禁固刑しか受けなかったナチ戦犯の記録を作成することだった。

「これら戦犯によってもっともひどい仕打ちを受けた者たち、つまりユダヤ人の代表は、ただの一人も裁判に出席していなかったのです」と、ガトモンは言った。「われわれの狙いは、死刑判決を受けなかった戦犯が出所するのを待って、かれらを捕まえ、ユダヤ人の裁判官によって二度めの裁判をおこなうことでした。この計画のためには入念な準備がすすめられていて、じつは、わたしが法学部にいたのもそのためでした」

ガトモンとディアマントら復讐者たちは、パレスチナへ行く途中でウィーンを通過する何千というユダヤ人の証言から情報を引き出し、ナチ戦犯追跡を開始したのである。しかし、アルトゥール・ピーアは法を自分たちの手で執行することには反対だった。「正規に任命された法の代理人である裁判官のみが、犯罪人を罰する権利を持っている」と、彼は同志に言った。「われわれの役目は、指名手配中のナチをみつけだし、連合軍に逮捕させることだ。個人的な復讐行為は、できるだけ多くのユダヤ人をパレスチナに移住させるというわれわれの第一目標の妨げとなりかねない」

かれらの活動の結果、数十名にのぼるSS将校をはじめ、ユダヤ人を虐待、殺害した者たちが、ソ連、ポーランド、およびチェコ当局に引き渡された。ナチ戦犯に対する対応がなまぬるいイギリスやアメリカなどの国々に引き渡されることは少なかった。

「当時」と、ディアマントは回想する。「ウィーンの警察は共産主義の影響下にあって、われわれの提供した情報をすべて信用し、戦犯たちを即座に逮捕してくれました。逮捕された者のなかには、ポーランドやほかの東欧諸国に引き渡され、絞首刑に処せられた者もいました」

ウィーンの復讐者仲間のなかでも辣腕家のひとりとして知られたトゥヴィア・フリードマンは、ラドム（ポーランド）、ボリスラフ（ソ連）、ドロゴヴィチ（スロヴェニア）などの町でユダヤ人住民の虐殺を指揮したナチを逮捕する責任を負っていた。最終的には、これらの戦犯は全員各国に引き渡され、裁判にかけられたうえ処刑された。〝マノス〟・ディアマントは二名の悪名高きナチ戦犯、すなわち、テレジエンシュタットの元収容所長、SS大隊長アントン・ブルガーと、スロヴァキアのユダヤ人に対する一連の〝残虐行為〟の指揮をとったヴィクトール・ナーゲラーの足取りをつきとめるのに成功した。

「ブルガーがインスブルックからさほど遠くないグラーゼンバッハの捕虜収容所にいるのがつきとめられました」と、ディアマントは言った。「ブルガーは発見されたとき、荷物をまとめて収容所を出る寸前でした。彼の顔を判別できたのは、SS将校数人と一緒に撮った写真のおかげでした。即刻、ブルガーは投獄され、スロヴァキアに護送されて死刑を宣告され、絞首刑になりました。

ナーゲラーを発見できたのは、これはまさに幸運でした。彼はウルバッハの刑務所にいたのです。隣人何人かに告発されて刑務所にいたのですが、その正体はだれも知らなかったのです。しかし、またしても写真によって識別することができ、チェコ当局によって絞首刑になりました」

「われわれはもうひとりの大物戦犯の行方を突きとめました」と、アルトゥール・ピーアは語った。「その男はアロイス・ブルンナーといい、アイヒマンの右腕でした。しかし、ブルンナーは、偽名を使って隠れていたアメリカ軍管理下の捕虜収容所から、まんまと逃げ出してしまったのです」

アルトゥール・ピーアの厳命にもかかわらず、当時、ピーアには内緒で自らの手で復讐を実行した者がいた。

ウィーン・グループの一人、アリーはイスラエルでのインタビューでつぎのように語った。

「わたしは四人のナチ戦犯を殺しました。オーストリアのグラーツに近いユーデンブルクには強制追放者の収容所があって、大勢のユダヤ人が住んでいました。そこにはユーゴスラヴィアから来た者も収容されていました。収容所を管理していたイギリス人やアメリカ人と仲がよかったわたしは、アロイス・ガヴェンダという名のナチ戦犯がその地区にいることをききだしたのです。収容所のユダヤ人何人かにその男について質問してみると、さらに詳しいことをききだすことができました。ユーゴスラヴィア出身のユダヤ人は、この男のことを忘れようにも忘れられなかったのです。ガヴェンダは、クロアチア極右国家主義運動組織ウスタシの、アンテ・パヴェリチ率いる悪名高き一派のメンバーで、ザグレブで一時期活動していたことがありました。この街で、彼はその嗜虐的な頭が考えうるかぎりの残虐な工夫を凝らして、ユダヤ人や共産主義者の〝尋問〟をおこなったのです。ユーゴスラヴィアには強制収容所がない地域もあったため、ユダヤ人たちは死の収容所に送られるまで、吹きさらしの畑に集められました。ガヴェンダはかならずそのような場に立ち会っていました。ガヴェンダが子供たちを撃ち殺し、母親の腕から赤ん坊を奪いとり、地面に投げつけて頭を叩き割るのを目撃したという証言を、わたしは何十人という者からききだしました。

形勢が不利な方向へ転ずると、ガヴェンダは姿を消しました。彼は国外にでて、巡回市で仕事にありつき、その巡回市がちょうどそのときユーデンブルク近郊に屋台や余興小屋をだしていたわけです。ガヴェンダの仕事はまさにその〝才能〟にふさわしく、射的係でした。

われわれ四人、つまりユーゴスラヴィアから来た三人のユダヤ人とわたしは巡回市へ行きました。収容所の警護にあたっていた連合軍兵士が数人、われわれに拳銃を貸してくれました。射的場についたのは朝の十時ごろで、あたりにはガヴェンダ以外だれもいません。射撃の腕だめしがしたいと言って、ガヴェンダからライフルを受けとると、われわれは小屋の奥を通りすぎる標的の人形を撃ちました。しばらくして、仲間二人を見張りに立たせ、わたしはガヴェンダに言いました、「おまえの正体は割れている。ザグレブでウスタシに加わっていただろう。何百人もの罪のない人間を殺したな」

罠にはまったのに気づくと、彼はほかの者たちと同じように、お決まりの弁解をならべて時間稼ぎをはじめました。「わたしが悪いのではない——ただ命令に従っただけだ。……」

われわれは相手のライフルと持ってきた拳銃の両方で撃ちました。ガヴェンダはその場に倒れ、自分の射的場で息絶えました。

それが最初でした。二人めはアイヒマンの別れた妻子が住んでいたバートアウスゼーの街で殺しました。わたしがそこへ行ったのは、ほかの多くの仲間同様、何か手がかりを見つけたかったからです。わたしはSSワロン師団にいたということにしていました。

まったく偶然に、わたしはギュンター・ハレという名の骨董屋と知り合いになり、その骨董屋はわたしのことを気にいってくれて、自分が売っている品の大部分はユダヤ人の家から盗んだものだと打ち明けたのです。彼はなおも話しつづけて、ワルシャワ・ゲットー蜂起の鎮圧に参加したのを自慢し、最後まで生き残ったわずかなユダヤ人をどのように狩り出して殺害したか、ことこまかに話してきかせました。わたしはそのあいだ感情を顔に出すまいと努力しながら、身じろぎもせずに聞いていました。

ある晩、同志数人とわたしはこの骨董屋の家に行き、彼を捕まえました。われわれは正体を明かし、死んでもらうと告げました。それからその男を町はずれにある大きなアルトアウスゼー湖に連れていき、手足を縛り、さるぐつわをはめ、大きな石を結びつけると、生きたまま湖に投げ込みました。わたしの知るかぎり、骨董屋の家族のだれにも彼がどうなったのかわかりませんでした。

三番めの殺人は、どちらかというと個人的仇討ちの色合いが濃く、正直言って、あまり気がすみませんでした。ことの次第はこうです。ウィーンの記録センターから遠くないところに、戦前ユダヤ人のやっていたパン屋がありましたが、そこの主人はナチに密告され、家族全員が強制収容所送りになったのです。息子ひとりだけ生きのびて、戦後ウィーンにもどってみると、店は父親を密告したナチの手に渡っていたのです。

われわれは空き地でその男が通りかかるのを待ち伏せしました。われわれの計画では、棍棒や鉄の棒で殴るだけで、殺すつもりはなかったのです。ところがまずいことに、男はパン屋の息子に気づいて警察に届けるぞと脅したので、片づけざるをえなかったのです。

四番めの処刑は、ウィーン郊外のいわゆる〝ウィーンの森〟の美しくも不気味なセッティングのなかでおこないました。記録センターにやってくるユダヤ人難民やロートシルト病院に収容されている者のなかには、生活のために闇市にかかわっている者がいました。そんな連中のところに闇取引をしにときどきやってくる男がいました。あるとき、難民の一人が、以前その男にどこで会ったか思い出したのです。男の名はヨーゼフ・ベルキといい、ポーランドのチェンストホーヴァで多くのユダヤ人を殺害した男でした。

ヨーゼフ・ベルキは、ドイツ軍がその町を占領したとき接収した軍需品工場の管理をまかされた人間の一人でした。工場の部署によっては、酸から手や顔を保護するための特殊な手袋とマスクを労働者に支給していました。ところが、女、子供をふくむユダヤ人が強制労働者として連れてこられると、手袋もマスクも支給するな、とベルキは命令を出しました。酸をあつかったあと、ユダヤ人があまりの痛さに身もだえするのを見るのが楽しみだったのです。医者に行かせてくれと頼むユダヤ人たちは、その場でベルキに殺されました。

彼は金のためなら何でもやる男ですから、われわれは取引をしたいという口実で、ある暗い夜に森におびきだしました。そして、たいまつの光のもとで罪状を読みあげ、すぐさまその場で裁判にかけて死刑の宣告をし、絹のストッキングで首をしめ、死体は木の根元に埋めました。

自分のしたことを？　いいえ、とんでもない。後悔なんてしていません。後悔する者などいるでしょうか？」

復讐が第一の目的ではないアルトゥール・ピーアやその記録センターのスタッフでさえも、是が非でも捜し出したい男が一人いた。それはアドルフ・アイヒマンだった。

「アイヒマンはナチ首謀者のなかでだれよりもずる賢く、冷血で、危険きわまりない」ある日、ピーアはトゥヴィア・フリードマンに言った。「アイヒマンこそ殺人鬼のなかの殺人鬼だ。表面にこそでなかったが、ユダヤ人絶滅を画策し、準備したのは彼だ。アドルフ・アイヒマンの名はけっして忘れてはならない。

ヒトラーの死体は焼かれて灰になり、ハインリヒ・ヒムラーは自殺した。カルテンブルンナーはニュルンベルクで裁判中の戦犯の一人として名をつらね、絞首刑の可能性が高く、ハイドリッヒは一九四二年チェコ人に消されている。となると、いまだ捕まらずに生きのびている大物殺人鬼は、ナチ党幹部としてヒトラーの片腕だったマルチン・ボルマン、ゲシュタポ長官ハインリッヒ・ミュラー、それに、アドルフ・アイヒマンだ」

ピーアは肌身はなさず持っていた小さなノートをポケットから取り出した。ノートはユダヤ人迫害に中心的な役割を演じた六百人のナチの名で埋まっていた。

「このとおり書いてある」と、ピーアはフリードマンに言って、アイヒマンの名を指した。

「線を引いてこの名を消したいものだ」

ところで、ニュルンベルク裁判でアドルフ・アイヒマンの名を暴露した戦犯ディーター・ヴィスリツェニーは、アイヒマンを捜し出すという難題に、思いもよらぬ手助けをすることになった。軍事裁判で死刑を宣告されていたヴィスリツェニーを、ある日、ギデオン・ルフエルという、アルトゥール・ピーアがパレスチナで黒いノートを作成していたときの上司が拘置所に訪ねると、ヴィスリツェニーは減刑されたい一心で何か役にたつことがあれば何でもしようと言いだした。

しかし、ルフェルは、「われわれはきみに別の計画をたてているんだ」と答えた。

「どんな計画なんです?」ヴィスリツェニーは希望で眼を輝かせてきいた。

ルフェルは答えるかわりに、空中に首つりの輪を描くと天井を指さしてみせた。

ヴィスリツェニーはチェコ当局によって絞首刑に処せられた。が、刑執行の直前、ブラティスラヴァの死刑囚監房に入れられていたとき、訪ねてきたアルトゥール・ピーアに、ハンガリー人のマルギット・クッチェラとオーストリア人のマリア・マゼンバッハーというアイヒマンの愛人二人の名を告げたのである。

ピーアは即座に、この情報で、捜索にたずさわっている連合軍およびユダヤ人双方の情報機関が直面している最大の難問、すなわちアイヒマンの写真の欠如という問題が解決できると思った。この二人の女のどちらかが、アイヒマンの写真をもっている可能性があったからだ。

しかも、タイミングよくウィーン警察がアイヒマンの元運転手ヨーゼフ・ヴァイゼルを逮捕した。彼からマリア・マゼンバッハーの住所をききだすことができたのである。ピーアはもっとも優秀なエージェント、〝マノス〟・ディアマントを調査に向かわせることにした。

〝マノス〟はそのすっきりした顔だちと落ち着いた身のこなしで、女たちにとりいるコツを心得ていた。それから二、三日後、ハインリッヒ・ヴァン・ディアマントと名のる、逃亡中のオランダ人SSを装ったひとりの男が、ウルファールのハーバッハジードルング二〇番地の家の扉をたたいた。容貌の衰えはじめた女が扉をあけて、自分がマリア・マゼンバッハーだと名のった。

アイヒマン逮捕の経緯を記した本に、イスラエル人著述家モシェ・パールマンはディアマントが女にきかせた話を載せている。

〈"マノス"はマリア・マゼンバッハーに、アイヒマンは自分の家族の友人で、よく彼女の話もしたと語った。じつは、アイヒマンは自分の家族のところに高価な品々を残していったのだが、それらの品をどこに返してよいかわからず困っている。こうして彼女に会いにきたのも、何かわかるのではないかと期待したからだ、と彼は言った〉（『長い追跡（ラ・ロング・シャス）』モシェ・パールマン著、フランス・アンピール社版、パリ、一九六一年）

マリア・マゼンバッハーはいくばくかの興味は示したものの、アイヒマンにかんする情報は何も漏らさなかった。しかし、疑いをいだいている様子はなく、十五歳年上だったという夫と離婚してから独り暮らしの彼女は、ディアマントにまた遊びにくるようにすすめた。二人は親しくなった。二、三週間後のある午後、居間にすわっていると、彼女はアルバムを取り出して思い出話をはじめた。

「このアドルフ、よく撮れているでしょう？」一枚だけ写真がはってあるページをひらくと、彼女が言った。

ディアマントは引き込まれるように見入り、適当に返事をした。写真は一九三五年に撮ったものだった。

ディアマントはマゼンバッハーの家を辞すと、すぐさま電話でアルトゥール・ピーアにニュースを伝えた。数日後、アルトゥール・ピーアの友人の、ウィーン警察の警視の署名入りの捜索令状を持った警官がその家にやってきた。マゼンバッハーが配給カード偽造にかかわっている情報をつかんだ、というのが捜索理由だった。ディアマントも警官に同行し、家宅捜索のあいだにアルバムをみつけだし、アイヒマンの写真のあるページを破りとった。

写真のコピーが連合軍情報機関、各国警察、そして、復讐者たちの組織に送られた。写真のコピーがルーヴェンの手元に着いたのは、彼とその仲間がアイヒマンと信じた男を殺害してから一週間後のことだった。コピーのもととなった写真はすくなくとも十年まえのもので、ルーヴェンと仲間はコピーを子細にわたって調べたが、自分たちがミスを犯したと思わせるものは何ひとつ発見することができなかった。

7 最後の復讐者たち

アレックス・ガトモンは書類に書き込みをしたり、報告書を作成するのに嫌気がさしてきた。記録センターの仕事はますます事務処理が多くなっていたが、デスクワークはアレックスの性に合わなかった。

ついにアレックスは、一九四七年パレスチナへ向けて出発し、反英武装秘密組織イルグンに加わった。しばらくすると、〝マノス〟・ディアマントにも似たような苛立ちがあらわれた。

〝マノス〟はアイヒマンの写真を入手してから、アイヒマンを自首させる手段として、その子供の誘拐計画を練っていた。同じ考えをいだいた者はディアマントのまえにもいた。しかしアルトゥール・ピーアはこれに反対し、ディアマントは計画を断念せざるをえなかった。たしかに、たとえ子供を誘拐したとしても、何の役にもたたなかったにちがいない。アイヒマンの居場所はどことも知れず、家族との連絡はとだえていた。その時点ではユダヤ人側には、アイヒマンの妻が何も知らないということは考えられなかっただろうが、アイヒマンの別れた妻はアイヒマンがどうなったかほんとうに知らなかったのだ。

「ガトモンがわれわれから離れたほんとうの理由がわかっているんですか？」ある日、〝マノス〟はフリードマンに激しい剣幕できいた。「これ以上ハガナのやり方にがまんがならなかったからですよ。彼はイルグンに入りに行ったんです。わたしもそうですが、彼は行動したいんです。くだらんおしゃべりはもうたくさんです」

一九四七年十一月、国連総会でユダヤ人国家の建設が承認されると、アラブ諸国はこぞってそれに反対し、パレスチナに戦争の危機が迫った。アルトゥール・ピーアは召還され、記録センター所長の後任にはトゥヴィア・フリードマンが選ばれた。一九四八年、アラブ・イスラエル戦争が勃発したとき、フリードマンはヨーロッパにとどまるユダヤ人復讐者の最後の一人だった。

フリードマンは一九二二年ポーランドのラドムで生まれた。ドイツ占領時代、家族は妹一人をのぞいて全員トレブリンカに送られ死亡した。フリードマンは数回逮捕されたが、奇跡的に強制収容所送りは免れていた。一九四四年六月、彼はラドムを離れ、森のなかに身を隠して、ロシア戦線に参加する機会をうかがっていた。ソ連軍がポーランド赤軍と到着するまでパルチザン・グループに参加していた彼は、タデク・ヤシンスキーという名で赤軍に入隊した。まもなく保安部隊の中尉の位を与えられた彼は、解放されたばかりのダンツィヒに送られ、その一帯のナチ一斉検挙にたずさわった。自分の家族をナチに虐殺されたことが脳裏から離れなかったフリードマンは、捕まえたナチの尋問にあたった者のなかで、だれよりも無慈悲で冷酷だという評判をとった。

復讐者としてのフリードマンの最初の成功は、幸運と偶然によるものだった。ある日、ウィーンの通りを歩いていたフリードマンのところに、ラドム時代の旧友、ハインリッヒ・ラコシュがひどく興奮して駆けよってきた。

「ブッフマイアーを憶えているかい、ラドムで大勢のユダヤ人を殺したSSだ。ウィーンにいる。ここから遠くないところに店をかまえているんだ」

フリードマンは教えられた住所に急行したが、ブッフマイアーはアメリカ軍占領区のザルツブルク近郊の捕虜収容所に送られたところだった。フリードマンは許可証を手に入れ、収容所に向かった。そして、ドイツ人捕虜になりすまし、収容者にまぎれて、ついにブッフマイアーをさがし出した。その男こそフリードマンのさがし求めていた、ラドムのユダヤ人弾圧者だった。フリードマンは収容所長に事情を説明し、ブッフマイアーの罪科の証人を呼び、本人とひき合わせた。最初、罪状を全面的に否認していたブッフマイアーも、ついに罪を認め、その身柄はポーランド当局に引き渡され、裁判にかけられて、刑を言いわたされた。

この最初の成功につづいて、フリードマンは自分の家族をトレブリンカに送ったナチ、シェーグルを捕らえることができた。アルトゥール・ピーアは例のノートに書きこんだこれらの名前を、つぎつぎと線で消していった。そして、さらに多くの名前の上にも線が引かれることになった。

フリードマンはハンブルクやリューベックに至るまでドイツじゅうを旅してまわり、ラドムでのユダヤ人大虐殺のもうひとりの責任者、SS大隊長ヴィルヘルム・ブルムを追跡していた。多くの指名手配中の戦犯同様、ブルムも捕虜収容所にいるのが発見された。フリードマンがその居場所を突きとめたとき、ブルムは釈放寸前だったが、釈放されるかわりに、ポーランド当局に引き渡され、結局、絞首刑に処せられた。

フリードマンは、マウトハウゼン強制収容所にいたことのあるポーランド系ユダヤ人の助手を一人使っていた。この助手がのちにナチ戦犯追跡者として独立して名をなすジーモン・ヴィーゼンタールである。

フリードマンは記録センター所長に就任すると同時に、その復讐者としての役割以外に、ナチ戦犯をさがし出す役割を担うようになった。こうして捕らえられた者たちは連合国に引き渡されることになっていたが、一九四八年、東西間の冷戦およびアラブ・イスラエル間の武力紛争がはじまると、世界の列強はもはや連合国ではなくなりつつあった。

その結果、鉄のカーテンの両側で、保安部隊および情報機関は諜報活動もしくは防諜活動で手いっぱいとなり、ナチ戦犯追跡にさく時間がなくなって、東西に分割されたドイツに対する戦勝国の態度は、一層手ぬるいものとなった。世界的規模の新たな紛争が水平線上に見え隠れするとき、古傷をむしかえすのは得策ではなかったのだ。きのうの敵はあすの味方にならないとはかぎらない。ボルマン、ミュラー、アイヒマン、メンゲレ一味はおとなしくしているかぎりそっとしておけ、である。その結果、世界の列強に関するかぎり、ナチス一掃は過去のものとなった。オーストリアにおける記録センターと警察との協調関係は弛緩し、後者は新たな獲物を追いはじめた。

一九四八年は戦後の終わりを意味した。だが、ユダヤ人による復讐はかならずしも終わりを告げたわけではなかった。

イスラエル独立戦争でイスラエルがアラブを破り、新国家の基礎もかたまった一九四九年のある日、三人の男がテルアヴィヴの風光明媚な郊外ラマトガンの一室で会合をひらいていた。そのうち二人はアレックス・ガトモンとエミール・ブリクだった。ガトモンはイスラエル空軍将校の軍服を着、ブリクの上着の襟の折り返しには〝イスラエル英雄章〟の綬(ひも)がついていた。三人めの男はコウバ・シャインクマンといい、家族全員がトレブリンカのガス室で殺されていた。ポーランド赤軍では格闘戦部隊の指揮官として戦ったシャインクマンは、かつて友人につぎのように語ったことがある。「これまで聴いたなかで最高のシンフォニーは、ベルリン爆撃の音だ」一九四六年、彼は荷物のなかにトレブリンカで集めた一握りの土と人間の灰をしのばせてハイファに降りたった。独立戦争では大隊の副隊長を務めた彼は、テロリスト組織レヒの幹部の一員でもあった。

三人が集まったのは、復讐について討議し、中断されたままの責務を続行するためにヨーロッパへもどるべきか否か決定するためだった。その結果、全員がヨーロッパへもどることに賛成だった。

「だれひとりとして所帯を持っていなかったのは、単なる偶然ではありません」ブリクはのちにこう語った。「まだやらねばならない復讐があるかぎり、個人の生活は持つまいとたがいに誓いあっていたのです。われわれがイスラエルに来たのは、闘士が一人でも多く力をあわせて国家建設にあたる必要があったからです。しかし、戦争が終わった以上、やり残した仕事を片づけにもどらねばなりません」

三人はイスラエル軍から休暇をとると、旅費は自分たちの貯えからまかなってミュンヘンへ飛んだ。ドイツに着くと、シャインクマンは〝ベテラン〟のひとり〝マノス〟・ディアマントに会うためにウィーンへ行き、残りの二人はベルリンへ向かった。

「われわれが持っていったのはイスラエルのパスポートだけです」と、ガトモンは語った。「武器は持っていませんでした。というのも、有力なコネがありましたから、武器も偽の身分証明書もドイツで調達できるとわかっていたのです」

その〝コネ〟とは、ベルリン在住の裕福なユダヤ人たちのことで、四人の計画については何も知らされていなかったが、車などの手配と金銭的な援助をしてくれていた。ディアマントは両親が所有していた家を売却して資金の足しにした。

この四人の復讐者があたためていた計画は、目新しいものではなかった。多くの組織、とりわけナカム・グループが、すでに検討したもので、ルドルフ・ヘス、フォン・シーラッハ、シュペーアなど、シュパンダウ刑務所で服役中の大物ナチを処刑することだった。

イスラエルからきたこの四人の男たちに、アルトゥール・ブラウナーという映画プロデューサーは、自分のスタジオや事務所を四人がその目的達成のために使用する許可をあたえた。もちろん四人の目的が何であるか、彼は知る由もなかった。一方、復讐者たちはブラウナーの援助の重要性を痛感していた。というのもブラウナーのスタジオはシュパンダウ刑務所を見下ろす位置にあったからである。

何週間も費やして、かれらは刑務所を見張り、写真を撮り、内部からの協力の約束をとりつけた。

「そうこうするうち、ディアマントとシャインクマンがわれわれと合流しました」と、ガトモンは語る。「そして二人の助けさえあれば、計画はほぼ成功まちがいない、と確信するまでに準備はすべて整っていました。刑務所の監視態勢は細部にいたるまで把握していましたし、ひじょうに重要な点は、もし刑務所が襲撃されるとすれば、それは元ナチ関係者やネオ・ナチズムの信奉者による救出作戦の形をとるにちがいないという前提の上に、あらゆる安全対策がたてられていたという点です。それ以外の、ましてわれわれの計画のようなことが起ころうとは、刑務所側は想像もしていなかったはずです。ええ、まちがいなく、どんな困難をも乗り越えてシュパンダウ刑務所の戦犯を暗殺することはできたはずだといまでも確信しています。……」

ところが、計画は実行に移されなかった。

「想像していた以上に金がかかることがわかったのです」と、ブリクは言う。「もっと資金にめぐまれていたら、決行していたでしょう。われわれユダヤ民族の考え方に問題があるのです。なかでも、われわれを援助しようとしなかったイスラエルという国の考え方に」

現在教授の職にあり、輸送問題に関する世界的権威であるシャインクマンは、つぎのような説明をジャーナリストのアレクサンドレ・ドーロンにしている。

「いまとなれば、事の真相を話してもいいでしょう。イスラエル政府とヨーロッパ、とくに西ドイツとオーストリア駐在の政府代表が邪魔だてし、われわれが使命を遂行するのを妨害したのです。われわれとイスラエル当局とのあいだでは激しい意見の応酬が起こり、ついに、即刻イスラエルへ帰国するよう命令がでるまでに事態は悪化しました。命令には従いましたが、無念でしかたありませんでした」

しかし、アレックス・ガトモンは状況を別の視点でとらえていた。

「資金や装備をあまり必要としない計画をほかにもいろいろ練っていました。たとえば、投獄されずにふつうの生活を送っているナチ戦犯を見つけだし、処刑するというものや、あくまで象徴的な意味しかないのですが、ヒトラーが幼年期を過ごした家を爆破する計画もありました。ところが何も実行に移されませんでした。休暇期間は終わっていましたが、提出した休暇延長願いは受理されました。それにもかかわらず、われわれは任務を遂行することなくイスラエルに帰りました。そうです、失敗でした。あくまでも観念的な問題ですが、倫理面でわれわれは破綻したのです。そのときの自分の気持ちはいまでもよく憶えています。つまり、たとえ国を遠く離れてはいても、イスラエルのパスポートとイスラエル軍将校の身分証明書類を持っているからには、以前の自分にもどるのはけっして容易なことではなかった。大戦が終結してから月日もたち、いまや立派な祖国が存在するのです。わたしは社会や組織の一部になったのです。イスラエルという国家の存在と、われわれの使命は国家の命令のもとに遂行しなければならないという事実が、わたしに強く作用したのです。計画実行の許可をイスラエル政府からとりつけようとまでしたのですが、長いこと待たされたあげく、結局許可はおりませんでした。国益に反することをしたら、当然国に背くことになります。国家の栄誉は絶対に守らねばならない。復讐は実行すべきだが、国家権力をないがしろにしたり、国家に反抗するようなことがあってはならない、とわたしは自分に言いきかせたのです。

個人の活動が許される時期は過ぎていました。おそらくわれわれは軟弱すぎて、復讐を願いながらも大胆な行動に出られなかったのでしょう。しかし、わたしに関するかぎり、ジレンマは解決済みでした。なによりもまず、わたしはイスラエル国民なのです！」

最後まで海外に残っていた復讐者たちがつぎつぎとイスラエルに集まってきた。ウィーンの記録センターは仕事もなくなり、トゥヴィア・フリードマン自身、一九五二年、イスラエルに移住した。

アレックス・ガトモンの言うとおり、個人による復讐も集団によるそれも終わりを迎えたのである。

8　イスラエル建国こそわれらが復讐

前述の数々のエピソードでは、あるがままの事実を羅列するだけにとどめ、あえて余分な説明を加えることは差しひかえた。何十人もの人間の告白からだけでも、ユダヤ人による歴史に類のないこれら一連の報復行為の特殊性を解明するのに必要な事実、および思想的背景がある程度は浮き彫りになったものと思う。

まず、報復にかかわった者たちはどうだったか。ここで印象に残るのは、その所属するところが、ユダヤ旅団であれ、ナカムであれ、〝ドイツ大隊〟であれ、記録センターであれ、あるいはもっと知名度の低い団体であろうとも、復讐者全員が正義を愛する高潔な男たちだったということである。かれらの行動は、知性、モラル両面においてかれらがいかに潔癖であったかをよく示している。かれらは、殺人狂やナチ戦犯に対するのと同じように、自らに対しても厳格だった。復讐者たちは正義を目的とし、罪のない者が苦しむことのないよう、細心の注意を払った。だからこそ、ドイツ国民に対する無差別の報復計画が実行されることはついになかったのである。

復讐者のなかには、死の収容所で親戚はおろか家族全員を失った者もいた。しかし、かれらが実行に移した復讐は、父親や兄弟のための個人的仇討ちというよりも、ユダヤ民族全体のための復讐だった。死者もふくむ全ユダヤ民族の代表として、復讐の使命を負っているという誇りを復讐者各自が持っていた。そして、その復讐とは、ナチ戦犯の犯した罪にふさわしい罰をかれらに加えるというものだった。すなわち非武装の男女、子供を何百人となく虐殺した者たちが、捕虜収容所に二、三ヵ月収容されたり、ばかばかしいほど短い刑期をつとめただけで、平穏無事に家に帰れる道理がないことを世に知らしめることだった。

ナチに対する一連の報復行為が、人種的にみてなぜユダヤ人だけの手でおこなわれたのか不思議に思う向きもあるだろう。まず第一の理由は、ユダヤ人が受けた迫害に匹敵する苦しみをナチから受けた民族や国家がほかに存在せず、ユダヤ人は戦犯の処罰を自分たちの手で直接おこなうべきだと考えたからである。第二の理由としては、ナチが犯した法外な犯罪行為につりあう厳正な態度を、連合国側がかならずしもとるとは思われず、また、ナチ戦犯がだれであろうと、どこにいようと是が非でも見つけだそうという情熱に連合国側は欠けていたからである。復讐者たちは全員、戦時中ドイツ軍を相手に戦った経験の持ち主だった。ナチをだれよりも熱心に追跡したのは、強制収容所を生きのびたユダヤ人だと考えられがちだが、事実はそうではない。それは、強制収容所を生きのびた者たちが正義の貫徹を希求しなかったというのではなく、その恐ろしい体験によって身も心もぼろぼろにされていたからだった。

「戦争中、ドイツの列車を爆破したとき、死んだ同胞の敵を討っているのだと感じました」

と、ベニは語る。

〝マノス〟・ディアマント、エミール・ブリク、アレックス・ガトモンをはじめ、リビア砂漠やイタリアでの勇猛な戦いぶりをウィンストン・チャーチルも誉めたたえたパレスチナ旅団の兵士や将校たち——じっさい、これらの者たちは闘士であり、兵士であり、屈辱を甘受するような人間ではなく、また、臆病でも狂信的でもなかった。ドイツ軍に対して武器をとった時点で、すでにかれらは復讐の決心をかためていた。そして、ついにドイツが敗北を喫したとき、ユダヤ人兵士としての精神力と尊厳を失わずにきたこれらの者たちは、虐殺された同胞、そして、ナチの地獄を生き残りはしたが衰弱し打ちのめされてナチを罰する任に耐えない者たちにかわって、行動をおこすことができたのである。

復讐者たちは、その〝活動〟を支える資金を必要としたにもかかわらず、処刑した相手の財産に手をつけることはけっしてしなかった。ときには、うさん臭い取引をしたり、当時のヨーロッパで横行していた数々のいかがわしい商売をして、金を工面することを余儀なくされることもあった。「かならずしも、きれいごとばかりじゃありませんでした」と、ルーヴェンも認めている。しかし、処刑した者からは、びた一文とることはなかった。ナチを溺死させ、毒殺し、頭部を撃ちぬきはしたが、掠奪をはたらいたことは一度としてなく、〝甘い汁〟にあずかったことはなかった。自分たちの復讐は非のうちどころのない復讐であるべきだと各自が肝に銘じていたのだ。

「相手の物に手をつけないということは、まさに強迫観念でした」アレックス・ガトモンは語った。「仲間とともにソ連軍にいたときのことですが、まわりには掠奪や盗みを働く兵士があふれていました。しかし、われわれはけっして何にも手をつけませんでした。ある日、ドイツ人将校の家を捜索中に、仲間の一人が手袋を盗んだときのことをいまでもよく憶えています。将校の妻さえも盗みには気づかず、しかも冬の一番寒いころで、たしかに手袋がひどく必要だったのです。しかし、宿舎に帰ると、われわれはそのことで何時間も議論をし、そして、冗談だと思うかもしれませんが、その日の晩、手袋を将校の妻に返しにいったのです。大切なのは復讐です。しかも、それに汚点を残すことは許されなかったのです」

内部事情に詳しい者によると、復讐者が処刑したナチの数は千から二千のあいだである。この数字は、第二次世界大戦中に殺されたユダヤ人の数に比べれば、まるで無意味のように思われる。ユダヤ人をはじめ異教徒の有識者数人に、処刑されたナチの総数がこれほど少ない理由は何かとたずねてみた。すると、ユダヤ人は二千年におよぶ虐待と屈従によって、殴られたら殴りかえす能力を失ったのだ、という答えが返ってきた。また、強制収容所を生きのびた者たちは、自分たちが経験した恐ろしい悪夢など忘れて、人生の再出発を望んでいるのだという意見もあった。

これらの意見はある程度もっともだが、どこか説明不足のように思われる。より適切な理由は、ユダヤ人自身のうちにあるのではないか。つまり、あまりにも残酷な試練をなめたかれらは、古くからの〝眼には眼を、歯には歯を〟という教えを断固として拒絶する深い人間愛と高度の文化的洗練の域に達したのである。もし、そうでなければ、どんなに身の毛のよだつ報復がおこなわれたことだろう。この意見は、何十人という復讐者との対談、ならびに、ユダヤ人ほどの迫害にあわなかった国々の復讐行為に比べ、ユダヤ人の復讐の規模が極端に小さいという事実に基づいている。

また、ユダヤ人の報復がある一定の限度を超えなかったのは、逆説的ではあるが、主にイスラエル国家建設に負うところが大きいのではないか。国家建設の生みの苦しさがさほど長期化せず、全ユダヤ人の力と犠牲を結集しなくても達成されていたら、処刑されたナチ戦犯の数ははるかに多くなっていたにちがいない。復讐者のグループとパレスチナのユダヤ当局とのあいだには、シュパンダウ計画のときのように、意見の衝突と激しい非難の応酬があったが、復讐かイスラエル国家建設かという二者択一をせまられた場合、復讐者にしてみれば両方とも神聖な使命であり、どちらかを選ぶのは容易ではなかった。

復讐者に対して大きな影響力を持っていたハガナ幹部は、世界の世論が反ユダヤ的に傾くのを恐れ、ドイツ人に対して大規模な報復にでることに強く反対した。そして復讐者たちは、復讐を開始した初期のころはユダヤ人組織から、イスラエル誕生後は新生国家から正式に認可されることを望んでいた。承認が得られれば、正々堂々と復讐を遂げ、だれが何の目的で復讐をしているのか世界に知らせることができるからだ。

「われわれは復讐者の紋章をきめていました」ディアマントは語る。「それはモーゼの律法の板にボーイスカウトのユリの花をあしらったもので、ナイフか拳銃をつけ加えようか、すのユダヤ人は生き返りはしないのである。にせよ、復讐者による復讐の範囲がどこまでおよぼうとも、ナチズムの犠牲になった六百万った者は、一人もいない。反対にユダヤ人の報復は寛大だったと全員が信じている。いずれついたり、農業に従事したりしている。しかし、自分たちの過去の行為を後悔していると言活を営むことができた。現在、かれらは軍の幹部をはじめ、ビジネスマン、教師などの職に

このように、復讐者たちはあくまでノーマルな者たちだったから、全員がごくふつうの生

と、わたしは嘔吐しました」と、B大佐は言った。

ということを口にしたが、大部分の者は殺人のあと嫌悪感をいだいたようである。「そのあるとは想像しがたい人々だった。ただひとり、あるパレスチナ人だけが〝甘美な復讐の味〟

しかも、復讐者となった者たちの大多数は知識人か学生で、復讐などという行為を実行す坊も殺そうというのですか？　だめです、断固そんな行為を許すわけにはいきません！」の町の住民全員を抹殺する計画の話をきくと、すっかり動揺して叫んだ。「女や老人や赤ん範囲を逸脱せずにすんだ理由なのである。イスラエルの詩人のハイム・グーリはあるドイツ

まさに、復讐をおこなったのがユダヤ人であったということこそ、報復行為が〝人道的〟

とを知ってほしかったのです」

こし議論しあったものです。処刑したナチひとりひとりの片耳を切りおとすか、額にカインの印をつけるか、胸の上にわれわれの紋章と〝忘れるなかれ！〟という言葉を書いた紙きれをとめるかして、われわれの印を残したかったのです。ユダヤ人が復讐をおこなっていること

しかし、真の復讐、いまだかつて例がないほど絶妙な復讐は、二千年の空白ののちイスラエルが誕生し、自由で、勝利に輝き、未来に眼をむけたユダヤ人の新国家が建設されたことではないだろうか？

第二部　逃亡

9　難攻不落の要塞

「五年待ってくれたまえ。ドイツは見違えるようになっているだろう！」ヒトラーが誇らしげに述べたこの約束はたしかに果たされた。千年の長きにわたって繁栄し、全世界を隷属させると思われた第三帝国は、一九四五年の春のはじめ、最期の息をひきとろうとしていた。

東西から進攻してきた連合軍は、強制収容所の肌に粟だつ光景に出くわした。ブルドーザーなくしては共同墓地に埋葬しきれない累々たる死体の山、そして、主にハンガリー系ユダヤ人九千人が一日のうちに抹殺されたアウシュヴィッツのそれに代表されるガス室の数々。もはや、連合軍が抵抗にあうことはほとんどなかった。ドイツ国防軍は戦闘部隊たりえず、包囲されたベルリン市内だけでまだ戦闘がつづいていた。抗戦していたのは、故国に帰れば激しく糾弾されるにちがいない外人部隊と、対戦車用手榴弾で武装したナチス・ドイツ青少年団だった。総統府敷地内の地下壕のヒトラーは、絶体絶命の窮地にたった独裁者の狂った脳裏にのみ存在する戦闘部隊による反撃をもくろんでいた。しかし、そんなヒトラーもついに自殺し、遺体は焼却され、ゲッベルスも自ら命を絶った。ヒムラーとゲーリングは西側と接触し、対ソ戦は続行するが、西側には降伏することを条件に難を逃れる算段をたてていた。一方、地方における虐殺行為にたずさわった何千という下級ナチ、それから当然ながら、警察、諜報機関、人種政策、ユダヤ人問題の《最終的解決》などの責任者に総統自身が任命した何百人もの大物ナチ、すなわち、マルチン・ボルマン、アドルフ・アイヒマン、ハインリッヒ・ミュラー、ヨーゼフ・メンゲレ、フォン・レーアスたち、そして、レオン・ドグレルやアンテ・パヴェリチなどの売国奴たちにとって、唯一の希望は逃亡することだった。

かれらはまだ逃亡に必要な権力や資金があるときから、逃亡手段の綿密な準備をすすめていた。ヒトラーの計画をどんなに熱心に支持していようとも、また、自分たちの恐るべき意図が究極的には成功するとどれほど強く確信していようとも、まんがいち政権が倒れた場合に平穏な生活を営むことができる隠れ家と逃亡ルートを整えることを忘れてはいなかった。また、かりに最終的な破局が訪れた場合を考え、それまで貯えてきた富が自分たちの自由になる方法を講じることも怠らなかった。

一九四四年八月十日、ストラスブールのメゾン・ルージュ・ホテルにおいて、ドイツの何人かの高官と産業資本家の、きわめて奇妙な会議がひらかれた。この〝赤い館（メゾン・ルージュ）〟会議の内容は、OSS（アメリカ戦略事務局、後のCIA）が戦後になって入手した速記記録からうかがい知ることができる。レーヴェースと称する中尉にその記録を見せられたジーモン・ヴィーゼンタールは複写をとり、数年後これを公表した。

それによると、会議の出席者は、軍需省および外務省の役人たち、クルップ、メッサーシュミット、レヒリング、ゲーリング・ヴェルケ、ヘルマンスドルフヴェルケなど巨大産業の代表者、そして数人の上級官吏だった。会議の趣旨は第三帝国の財宝の安全な保管方法を決議することで、その結果、二つの重要決定がなされた。第一の決定は、財宝の一部を第三帝国領土内に隠すこと、第二の決定は、ドイツ資本を海外に送付することに関するものだった。

財宝の隠し場所に選ばれたのは、オーストリアのアウスゼーラント、とくにトプリッツ湖、グルンドルゼー湖、そしてアルトアウスゼー湖で、その湖底に金属容器に入れた財宝を沈めることが決定された。また、トーテンゲビルゲの森の廃鉱も財宝の隠し場所として活用されることになった。これら山深い湖、なかでもナチの最後の防御拠点となる予定だったヒトラーの〝山岳要塞〟の中心に位置するトプリッツ湖近くには、〝工業用水実験場〟が建設されることになった。じっさいにはこれら〝実験場〟は、財宝になんらかの処理を加えて特製の防水容器につめる作業場だった。

財宝の主な内訳は、金と宝石類で、銀、外国通貨、各種特許、秘密兵器の図面、そして、薬類なども含まれていた。

メゾン・ルージュ会議でくだされた二番めの決定は、きわめて現実的、かつ、重要なものだった。この決定により資本の海外送付に課せられていたさまざまな規制が除去され、スイス、リヒテンシュタイン、スペイン、アルゼンチン、そして、ラテン・アメリカ諸国など、友好国および中立国の銀行口座開設を許可、奨励する措置がとられた。国外では〝代理人〟がドイツにかわって大企業をつぎつぎに買収していた。また、必要な時期がきたとき、資金がまちがいなくそれを必要とする者の手にわたるよう、代理人の氏名と資金譲渡の写しが山深い湖水に沈める容器のなかに収められた。

会議ではまた、敗戦に追いこまれた場合にはナチ党は地下に潜伏し、安全な場所に隠された財宝をうしろ盾に権力に復帰する準備にとりかからねばならないことが重ねて強調された。

これら決議事項はその後の何カ月かのあいだに実行に移されていった。まず〝実験場〟がトプリッツ湖畔に建てられ、主に偽造ポンド紙幣と書類が入った多数の容器が湖底に沈められ、また、別の容器が丘の廃鉱に隠された。が、連合軍がその地域に進攻してきたときには、これら容器の大部分がほかの場所に移しかえられていた。連合軍が財宝の隠し場所の全容をつかむのは、メゾン・ルージュ会議の記録を入手してからのことだが、ナチスの戦後のための準備計画に関する情報は、断片的には一九四五年はじめから連合軍諜報機関にとどいていた。その年の三月、この問題に関する詳しい報告書がワシントンの国防省に提出されている。

〈ナチ政権は戦後においても、その教義と自らの優位を永続させる目的で周到な計画を練っている。なかにはすでに実行に移された計画もある。

ナチ党員、ドイツ産業資本家、および軍首脳部は、戦勝の望みのないことを認識し、戦後の通商計画をたてているが、現在その一環として、戦前のカルテルの再編成を願って、諸外国の産業界との結びつきを刷新する努力をはらっている。計画では、戦後は、戦争勃発と同時に連合国によって〝不当に〟没収されたドイツ系企業、およびそのほかのドイツ利権に対して、〝代理人〟が各国の裁判所に訴訟をおこすことになっている。この方法が成功しない場合は、必要な市民権を有する名目上の人物による、ドイツ利権の回収を画策している。また、戦後すぐに予想される技術革新の管理、発展に一枚加わろうとするドイツの姿勢は、過去二年間に特定の国々で登録されたドイツ保有の特許件数の驚異的な増加に反映されている。特許登録件数がその頂点に達したのは一九四四年で……。

ドイツは超近代的な技術専門学校と科学研究所の建設計画、およびそれに必要な資金をきわめて有利な条件で諸外国に提供し、これによって新兵器の完成、製作をもくろんでいる。

ドイツによる宣伝戦は、戦後に向けての包括的計画の重要な一環をなしている。宣伝戦の直接の目標は、連合国が〝まっとうに〟ドイツ問題に対処せざるをえないようにして、連合国によるドイツ占領を緩和することにある。しかし、のちに、この作戦は拡大強化され、ナチズム復興とドイツによる世界制覇の野望追求にふたたび結びつく危険性がある。これらの計画を阻止しないかぎり、戦後世界の平和と安定はつねに脅威にさらされることになるだろう〉

戦争終結までには、アメリカの専門家たちはこの問題に関するきわめて広範な情報を入手して、まもなく、ドイツ資本によって設立もしくは買収され中立国に本社をおく七百七十七社にのぼる企業の一覧表を作成した。最高はスイスの二百七十四社、ついでポルトガルの二百五十八社、スペインの百十二社、アルゼンチンの九十八社、トルコの三十五社の順であった。アルゼンチン以外の南アメリカの国々でも多くの企業が買収された。

スイスおよびリヒテンシュタインの銀行の特別口座はアルゼンチン政府に委譲され、その表向きの目的は産業育成援助というものだったが、なかにはアルゼンチン首脳たちが個人的に出し入れできる口座もあった。

軍事的敗退と最終的な破局が避けられない状態になると、ナチ首脳部は希望の持てる将来の準備に本腰を入れはじめた。その結果、莫大な額にのぼる金が中立国の銀行に預けられ、それに劣らぬ額がリヒテンシュタイン、ポルトガル、パタゴニアの名士たちの有価証券類として塩漬けにされ、膨大な財宝がオーストリアの古い岩塩採掘場の地底深くや山奥の湖の暗い湖底に隠された。こういった財宝を活用するナチが存在するかぎり、いつの日か、この隠し財産がナチズム再興をもたらさないとはかぎらない。

しかし、一九四五年の春、ナチ首脳部の最大の関心事は、まだ温かい灰から第三帝国という不死鳥をよみがえらせることではなく、自分自身ができるだけ早く遠くへ逃亡することだった。

一九四三年、ドイツ海軍総司令官デーニッツはつぎのように宣言した。「わがUボート艦隊は、総統閣下のために、この世の天国ともいうべき難攻不落の要塞を世界のある場所に構築したことを誇りとしている」

この要塞が世界のどこに存在するかは述べられていないが、南アメリカであることにほぼまちがいない。

一九三三年にさかのぼって、ナチ党が政権を握った当初から、第三帝国の新首脳部はナチズムを南アメリカ諸国に伝播するために格別な努力をはらってきた。これらの国々は数々の理由で将来性豊かな地域だった。まずラテン・アメリカの多くの地域には、大規模なドイツ人居留地がすでに確固たる基盤を築いて存在していた。ブラジルには数十万ものドイツ人およびドイツ人の子孫が住み、サンタカタリナ州のブルメナウやフロリアノポリスは今も昔も、その田園風景、家の造り、住民の外見、言語など、あらゆる点でドイツを髣髴とさせる。アルゼンチンにも同様の地域があり、首都のブエノスアイレス、トゥクマン、フォルモサ、コルドバ、コルディエ、そして、グラン・チャコや広漠たるパラナ・ミシオネス、また、松の木と雪をかぶった山並みによって南半球のスイスといった趣のサン・カルロス・デ・バリローチェ、これらすべての地域にドイツ人居留地は根をおろし、驚異的な速さで拡大していた。パラグアイでも何万というドイツ移民が、アスンシオン東部にひろがる未開地を開拓耕作し、自分たちの母国を忘れないためにホエナウといった名を町々に冠した。首都のサンチアゴをはじめ、チリ南部の町々、オソルノやバルディビアやチロエ島周辺地区にも、ドイツ移民たちはひろがっていた。また、ペルー、ウルグアイ、そして、これ以外のラテン・アメリカ諸国にも多数のドイツ人が移住していた。

奇妙なことに、これらドイツ移民の大部分は、皇帝ヴィルヘルム二世の独裁支配を逃れて南アメリカに移り住んだのであり、各集団の指導者たちは概して進歩的自由主義者だった。

しかし、祖国を離れた者たちのあいだに、強固な愛国主義と狂信的排外主義が高まっていくのはめずらしいことではない。しかも、南アメリカ諸国に生まれ、閉鎖的な狭いドイツ的世界で育った世代のドイツ人は、国家社会主義の〝ダイナミックな〟教義にいやがうえにも魅了されていったにちがいない。ドイツの血をひく移民の存在は、ラテン・アメリカ諸国でナチが大規模な運動を展開するのを大いに助け、第三帝国幹部は、各国に確固たる基盤を築いた忠実で信頼すべき味方を獲得したのだった。移民の多くは経済的、社会的、政治的分野で重要な地位についていたのである。

これ以外に、ナチが南米に浸透するのを助長したものに、ラテン・アメリカの大衆が昔から、そしていまでも、ドイツ的なもの全般に対していだいている素朴であからさまな賞賛の念がある。チリ、パラグアイ、アルゼンチンの国民はだれもが、自分たちの文明に欠けている能率、秩序、規律、そして組織力といったものをドイツ人は備えていると信じていた。この事実を裏づけるよい例が、南アメリカに定着し、好成績をあげている多くのドイツ系銀行および企業だった。また、ドイツ人社会は軍隊を所有し、その大半がドイツ軍将校によって編成および訓練されたもので、ラテン・アメリカのほぼ全域の政治に決定的影響をあたえていた。アルゼンチン陸軍は第二次世界大戦の終わりまでプロイセン風の突起のついたヘルメットを使用していたし、チリ陸軍の士官候補生は現在でもひざを曲げない観兵式歩調を採用している。ファン・ペロンは、第二次世界大戦がはじまる数年まえにイタリアへ軍事訓練を受けにいった若き将校時代から、すでにヒトラーの絶対的な崇拝者だった。そして、今日でさえ、南アメリカ諸国は、金髪を非凡さと社会的地位の高さの象徴とみなしている。

このような順境にあっては、ナチズムがぬくぬくと繁茂しても驚くにあたらない。戦争勃発前の一九三九年にはすでに、ベルリンの指揮下にあるナチ組織が南米各地に多数存在し、各国の指導的立場の人物から、支持とまではいかないまでも好意的な処遇を受けていた。これらの組織は、必要とあらば、後方攪乱、味方の援助などに力を発揮することができた。いよいよ戦争が勃発すると、ほかの民族グループに属する南アメリカ人の一部が参戦したように、南アメリカ生まれのドイツ人もこぞって国防軍に志願した。（ドイツに対するアルゼンチンの好意的感情を示すよい例として、船体に穴をあけられて沈没した小型戦艦アトミラール・グラーフ・シュペー号の不運な船員たちを歓迎した民衆の熱狂ぶりがあげられる）

この時点では、ヒトラーとその閣僚のために〝難攻不落の要塞〟を建設するなどということはまだ話題にもならなかった。ナチスの勝利は確実と思われ、広範なドイツ人居留地が存在し天然資源と人材にめぐまれたラテン・アメリカを領土化する計画がすすんでいたのだ。ある国の政権を打倒する好機到来と思われる場合など、ナチスはその国の権力掌握のための破壊活動をおこなうことも辞さず、その結果誕生した新支配者層と友好関係を結ぶ努力を怠らなかった。

この作戦の主要目標がアルゼンチンだった。

アルゼンチンにおけるナチスの先兵たちは、数年にわたってマドリードから命令および指示をあおいでいた。マドリード駐在のドイツ大使、ヴィルヘルム・ファウペル将軍はベルリンのラテン・アメリカ協会の会長で、この協会はナチスが南アメリカに浸透するための手段以外の何ものでもなかった。

そしてブエノスアイレスのドイツ大使館の上級職員たちは、群を抜いて優秀な頭脳の持ち主だった。そのブエノスアイレスにおけるファウペルの代理が、海軍大佐ディートリッヒ・ニーブールだった。両者のあいだでとりかわされた書簡および、連合国委員会がドイツ大使館員を戦後尋問したときの報告書から、一九三九年から一九四五年にかけてナチズムがアルゼンチンに浸透していった状況が如実に読みとれる。

一九四〇年、ドイツ大使フォン・テルマンの家で友好的な雰囲気のなか、ポーカーがはじまった。ドイツ側の参加者は、大使夫妻をはじめ、シャウムブルク＝リッペ皇太子夫妻、ニーブール大佐、ゴドフレード・サンステーデ（ゲシュタポ・エージェント、表向きは大使館付き報道官）、ルクスブルク伯、リカルド・フォン・ロイテ、F・ヴァルター・シュタート、ルートヴィッヒ・フロイデ、フォン・ジーモンだった。アルゼンチン側の出席者は、政治的野心を持つ軍幹部の、ラミレス将軍、ペルチネ将軍、ファレル将軍、スカッソ提督、テイサイレ提督、ブリクマン大佐、ヘブリン大佐、ミッテルバッハ大佐、タウベル大佐、ヒルベルト大佐、ゴンサレス大佐、そしてファン・ペロンだった。

不思議なことに、アルゼンチン側がつねに勝運にめぐまれて、多額の賭け金を手中にした。のちにフォン・テルマンは連合国委員会につぎのように告白している。「友人たちを満足させるために、いつもわざと勝たせたのです」

こういった小口の散財は、ブエノスアイレスのドイツ宣伝工作員が自由にできる資金の流れを示すほんの一例にすぎない。たとえば、ゴドフレード・サンステーデはアルゼンチン報道機関に定期的に金を払っていた。たとえば、一九四〇年六月二十四日から二十七日のあいだに、《エル・パンペロ》紙は六万六千四百九十二・二〇ペソ受領し（小切手番号六八二一〇六、ドイツ銀行で振り出す）、《ドイチェ・ラ・プラタ・ツァイトゥング》は三万二千九百十・一〇ペソ（小切手番号四五八四〇五）、《クラリンダ》紙は二万三千九百十六・三〇ペソ（小切手番号四六三八〇四）をそれぞれ受け取っている。

皇太子シャウムブルク＝リッペは、一九四一年六月にアルゼンチン名士多数に一人あたり二万五千から二十万ペソにおよぶ額の金を贈与したと、のちに告白した。その主な内訳は、ミゲル・ビアンカルロスの二万五千ペソ（小切手番号四六三八〇一、六月二十四日付）、のちにペロンと結婚するエバ・デュアルテの三万三千六百ペソ（小切手番号四六三八〇三、六月二十六日付）、ベリサリオ・ガチェ・ピランの五万ペソ（小切手番号六八二一一三、六月二十八日付）、それにファン・ドミンゴ・ペロン大佐の二十万ペソ（小切手番号六八二一一七、一九四一年六月三十日付）である。

フォン・テルマンによると、これらの贈与はアルゼンチン政界の裏取引に精通したニーブール大佐の要請でおこなわれたという。一九四三年五月、ファウペルがマドリードから訪れニーブールと会った。この会合は極秘裡におこなわれたため、フォン・テルマン大使でさえ何カ月か後になって、ようやくその事実を知ったほどだった。この隠密旅行に関するつぎのような詳細な報告が、連合国委員会に戦後提出されている。

〈ファウペル将軍は、ゴドフレード・サンステーデを伴い、一九四三年四月中旬、Uボートでカディスを出航。五月二日の朝、将軍はアルゼンチンに到着。スカッソ提督は秘密の会見場所で待ち、ファウペル将軍は即刻ブエノスアイレスのドイツ・プロテスタント教会にもうけられた会見場所に案内された〉

ファウペルは、ブエノスアイレスに滞在した数日間のうちに、相当数のドイツ人およびアルゼンチン人と会見した。ルクスブルク伯、ルートヴィッヒ・フロイデ、フォン・ロイテ、エンリケ・フォルベルク、フォン・デル・ベッケ将軍、ペルチネ将軍、ペロン大佐、ミッテルバッハ大佐、ブリクマン大佐、タウベル大佐などである。五月八日の夜、ファウペルとサンステーデはアルゼンチンに来るときに使用したUボートで出航し、その月の終わりにはカディスにもどった。

ファウペルの隠密旅行の目的は、それから二、三週間後の一九四三年六月、暫定軍事政権がアルゼンチンを制圧した時点で明白になった。軍事政権のなかにはファウペルが会見した将校全員がふくまれており、なかでも戦後アルゼンチン大統領になる男、ファン・ペロンもその一人だった。

しかし、ファウペルはクーデター首謀者の支援ばかりでなく、別の任務もおびていたように思われる。すなわち、ドイツが敗北した場合の安全な逃亡場所の確保である。一九四三年春の時点で、ヨーロッパの戦局は北アフリカ同様、ドイツにとって悪化の一途をたどっていた。戦場ではまだ強力なドイツ軍が戦っていたが、ナチ首脳部のなかには敗戦にそなえて準備をはじめる者がいた。このように用意周到なナチの数はまだたいして多くはなかったが、その筆頭にいたのが総統の〝黒幕〟とまで称されたマルチン・ボルマンだった。

第三帝国はアルゼンチンの新指導部からの忠実な支援を確保するため、あらゆる手段を用いていた。ファン・ペロンらの多くは、数年にわたって豪華な進物を受けていた。これら金に糸目をつけぬ贈与の力は大きく、ボルマンとその一派は計画をさらに一歩進めて、ドイツが敗北を喫しても生活を維持し活動を継続できるだけの巨大資金をアルゼンチンに運びこむことができた。

一九三八年までの五年間に、ドイツ企業はアルゼンチンに三億ペソにのぼる投資をおこなっていたが、一九四五年にはその全投資額は三十億ペソ（七十五億米ドル／二〇一〇年時点）に達した、とのちにメキシコ大使をつとめたアルゼンチン国会議員、シルバーノ・サンタンデルは語った。この推計はじっさいよりやや誇張されているきらいがあるが、それでもドイツ系企業による投資が莫大な額にのぼり、その大半がナチ政府を代行しておこなわれていたのはあきらかである。

アルゼンチンにおけるドイツのこうした動向は、アメリカの警戒心を喚起することとなり、一九四四年一月、合衆国からの圧力によって、アルゼンチンはドイツとの国交を断絶、一九四五年三月二十七日、連合国側に立って参戦した。しかし、それまでに、アルゼンチンのナチ秘密機関は、アルゼンチン高官数人の協力を得て、資金の大半を首尾よく別の場所に移しかえていた。アルゼンチン政府が〝敵国〟、すなわち、主にドイツと日本の全資産を没収したときには、ドイツ人所有の資金はみな消えうせていた。一九四四年までドイツ大使館で働いていたゲルダ・フォン・アレンスドルフ嬢の証言によると、ナチ当局がアルゼンチンに送り込んだ多額の資金と有価証券類は、その後、アルゼンチン政府の統制をのがれるためにアルゼンチン人名義の口座に振り込まれたという。一九五〇年にはこの種の操作が数件発覚し、ドイツ大使館が正式に預け入れた四千七百万ペソは、アメリカ合衆国により没収された。しかし、それ以外の資金の行方はわからず、そのなかにはドイツ大使館がドイツ銀行に預けた一億一千五百万ペソ相当の金銀もふくまれていた。

しかし、これらの資金は、南米におけるナチの財産の中核をなすものではなかった。一九四四年、莫大な財宝が秘密裡に大西洋を越えて送られた。これが世に名高い〝ボルマンの財宝〟である。一九四三年も暮れようとするころ、ボルマンは〝火の国作戦(アクチオン・フォイアラント)〟開始の指令を発した。この作戦で、ドイツからアルゼンチンへ数トンにのぼる金塊、有価証券、株券、美術品などが輸送されることになっていた。ある報告によると、アウシュヴィッツやトレブリンカのガス室から引きずり出された死体から集めた金歯の大半が財宝の一部を成していたという。が、この点は確認されていない。しかし、ヨーロッパ各国の美術館から掠奪(りゃくだつ)されてベルリンに運ばれた数多くの絵画、彫刻などの美術品が、最終的に南アメリカに送られたことはまちがいない。

この作戦のために、トラック輸送部隊が、ドイツ、フランス両国を轟音をあげて通過し、Uボートが高価な積荷をうけとるため待機しているスペインの港をめざした。マドリード側では、ファウペル将軍とナチの大物スパイ、アンヘロ・アルカサール・デ・ベラスコの助けをかりて、ゴドフレード・サンステーデが作戦の指揮にあたった。ニーブール大佐がトラックからUボートへ財宝が積みかえられるのを監督し、そのあいだ、スペイン当局は見て見ぬふりをきめこんでいた。しばらくするとUボートは岸壁を離れ、アルゼンチンへ向けて出航した。

連合軍がノルマンディーにつづいてフランス南部にも上陸すると、ドイツ軍がスペインへ陸路で行くのは不可能になり、ボルマンは飛行機を使って〝火の国作戦〟を続行するよう指令した。すでに一九四四年五月二十二日には、ファウペルはベルリンのラテン・アメリカ協会のハンス・フォン・メルカッツ博士あてに、つぎのような手紙をしたためていた。

〈党最高幹部ボルマン閣下は、フォン・ロイテとアルゼンチンのピスタリニ将軍からそれぞれ報告書を受けとり、ブエノスアイレスへの輸送再開の必要を痛感しておられる。われわれが夜間飛行に自由に使用できる専用機二機を手配し、ルーデルとハンナ・ライチに通知するようガラント将軍に依頼していただきたい。この手紙を持参したクスターはただちに準備にとりかからねばならない。コーンにはかならず第一便で来てサンステーデを補佐してもらいたい。サンステーデには明日ここに来るよう命じてある〉

ガラント、バウムバッハ、ハンス・ルーデル、そして女流飛行家ハンナ・ライチなど、空軍の第一級パイロットらの操縦で、〝火の国作戦〟機はベルリンを飛び立った。一行はマドリードに到着したのち、ふたたびブエノスアイレスめざして飛行をつづけた。ドイツ軍側の戦況の悪化からくるさまざまな困難にもかかわらず、この空輪作戦は、ときに長期間中断することもあったものの、一九四四年末までつづけられた。

ドイツ降伏後、数隻のUボートがアルゼンチン海域に姿をみせた。積荷は書類、工業用特許、有価証券類の束だった。一九四五年七月十日、U530がラプラタ川河口に浮上し、ラプラタ港に入港した。翌八月十七日、U977もまたラプラタに入港した。Uボートは二隻とも国際協定に基づき、アルゼンチンによって拿捕され、のちに合衆国当局に引き渡された。

信頼できる情報筋によれば、一九四五年七月二十三日と二十九日のあいだに、もう二隻のUボートが無人のパタゴニア沿岸にあらわれた。アトミラール・グラーフ・シュペー号のカイ艦長の命令で数人の仲間とともにパタゴニアに送られた二人の水兵、デッテルマンとシュルツは、のちにそのときの〝任務〟について語った。それによるとかれらが寝泊まりしたのは、ラフーゼンというドイツ系企業の所有する農場だった。そこから海岸の人けのない場所に連れていかれると、Uボートが二隻浮上するのが見えた。グラーフ・シュペー号の乗組員たちはUボートに乗り込み、重い木箱を集めるとゴムボートで岸まで運んだ。即座に木箱は八台のトラックに手早く積み込まれて農場へ運ばれた。農場につくや、トラックはすぐ積荷とともに出発、内陸へと向かった。ゴムボートはまた、約八十人の人間を岸へ運んだ。その大半の者が私服姿だったが、命令をくだす態度から判断して、重要人物にちがいなかった。

かれらはエンジンをかけたまま待機していた車にすべり込むといずこかへ走り去った。ナチの財宝のすくなくとも大半はアルゼンチンの安全な場所に落ち着いたものと思われる。そして財宝輸送の最終段階が実行に移されているころ、海外逃亡の決意をかためたナチス幹部は入念に準備した逃亡ルートを自らたどろうとしていた。

10　沈む船からネズミは逃げる

SS将官で万人から恐れられたゲシュタポ長官ハインリッヒ・ミュラーは、一九四五年四月二十九日、二、三時間したらもどると言い残して、総統府敷地内の地下壕を去った。それ以来、その姿を見た者はいない。

ミュラーがその日のうちに燃えさかる首都を逃れたもようが、それぞれ微妙な差異はあるものの大筋では信頼できる複数の報告からうかがい知れる。しばらくまえから勝利の希望をなくしていたミュラーは、ヒトラーが望む犠牲的最期をとげる気など毛頭なく、陸軍兵卒の服および偽の身分証明書など、緊急の場合に必要なさまざまな書類を細心の注意をはらって集めておいた。そして、ついに四月二十九日、SS将官の軍服を陸軍兵卒の服にかえ、秘密警察の警官二名、ハイデンとハンス・ショルツを連れて西へ向かった。三人ともベルリンのとある陸軍病院に治療のため出頭するところだと記した偽の書類を所持していた。

三人はできるだけ田園地帯を徒歩で進み、森に放置された小屋や農場労働者の小屋で眠った。ミュラーはアメリカ・ドル紙幣がつまった小さなかばんを抱えていたにちがいない。ある朝、三人はカッセル近くのイギリス軍検問所で呼びとめられた。ハイデンは逮捕され、それ以降、彼の痕跡は完全に失われた。ほかの二人はなんとか検問所を無事に通過し、南下をつづけた。そして、ドイツ降伏から五日めの五月十三日、ときどき通りかかる車に乗せてもらいながら、ミュンヘンに到着した。

ミュンヘンにはミュラーの先妻が住んでいたが、二人の逃亡者はその家に近よろうとはせず、線路に沿ってオーストリアへ向かい、五月十六日の夜、ザッテルベルク山地のミッテンヴァルト近くで国境を越えた。日が昇るころ、疲労困憊した二人はシャルニッツ村のはずれにある農家にたどりつき、二、三日干し草の山のなかに身を隠していた。そのあと、ミュラーが所持していた軍用地図で方角を確かめながら、インスブルックをめざし、五月二十四日、もしくは二十五日、ついにインスブルックに到着すると、ファルメライアー通り四九番地の保安警察の一員、ヴァルター・ブルンナーの家を訪ねた。ブルンナーは二人の到着を数日まえから待ちかねていて、チロルのヴェルグル近くの人里はなれた農場に隠れ家を用意していた。ミュラーとショルツはそれから三週間その農家ですごし、そのあいだにブルンナーは逃亡のつぎの段取りをととのえていた。

つぎにミュラーとショルツは、ブレンナー峠のグリース・アム・ブレンナーという小さな村へ行き、一人の農夫に会った。その男はミュラーたちの国境越えの道案内をし、峠のイタリア側でドイツ人秘密機関員が経営する旅館ルポまで連れていく手筈になっていた。しかし、これは無理な注文だった。ミュラーは足が悪かったため、勾配のきつい山岳地帯を行くのは不可能だった。そのうえ、ミュラーは国境警備兵に発見されて正体を知られるのをひどく恐れていた。三人は数回試してみたが、二週間もするとミュラーはすっかり見切りをつけ、ショルツとともにインスブルックへ帰ってしまった。

この間に、ブルンナーはヴェルグルに建てられた、強制移住者のための収容所の職員数人と親しくなっていた。とくに、そのなかにルーマニア国籍のマルジット・スピチェルという名の書記がいて、ブルンナーに難民証明書を二枚三十ドルで都合してくれた。一枚は、一九〇二年三月二十日にポーランドのルージで生まれたヤン・ベリンスキーという男のもので、これはミュラーが所持し（彼の生年月日は一九〇〇年四月二十八日）、ユーゴスラヴィア人ステパノヴィッツ名義のほうをショルツが携帯した。二人はふたたび国境越えに挑戦することにした。そして今回ブルンナーから示された目標は（レッシェン——あるいはレジア——峠の上に位置し、スイス、オーストリア、イタリア三国の国境の接点にほど近い）ナウダース村一六三番地にある家だった。

国境越えは以前にもまして苦難の連続だったが、その一六三番地の家は、オーストリアきっての山岳ガイド、〝山の亡霊〟と称されるルドルフ・ブラースの住居だった。ブラースはそれまでに何百人もの不法越境を助けたことがあり、政治的信条も親ナチで、一九三八年のオーストリア併合直前にオーストリアへの密入国を希望した多くのナチの案内役を果たした実績があった。

ミュラーとショルツは二日間ブラースの家に身を潜めていたあと、三日めに無事に国境を越え、苦しい道程を経てメラノにたどりついた。町に着くと、これまた保安警察の一員でカルテンブルンナーの部下のヨーゼフ・ヴォルフという男に連絡をとった。この男は戦争中、世界の金融市場を偽のポンド紙幣で攪乱する計画に参画していた。

ヴォルフは二人の逃亡者の世話を引き受け、二人をメルセデスに乗せてフィレンツェ経由でローマまで送りとどけた。ローマでの二人は、クロアチア国家主義運動の中心人物アンテ・パヴェリチを支持するユーゴスラヴィア人神父らの運営するクロアット神学校のコロンナ広場に滞在した。かれらナチの身の安全はそこにいるかぎり保証されたのである。院長のミハイロヴィチ神父はミュラーに四階の一部屋をあてがい、二人の到着直後この元ゲシュタポ長官を、ドイツ人の大司教でナチ信奉者であるアロイス・フーダルに引き合わせた。大司教はできるかぎりの援助をしようとミュラーに約束した。

ローマに一カ月滞在したのち、ミュラーとショルツは別れた。後者が永遠の都ローマを去ってどこに向かったかはあきらかでない。一方、ミュラーはヴァチカン市のチュートニクム修道院に移ったのち、しばらくすると再度ニッコロ・ダ・トレンチーノ通り一一〇番地のゲルマニクム神学校に移り、一九四五年の終わりまでそこに滞在していた。

が、ミュラーは永遠の都で余生を送るつもりはなく、何カ月もまえに自分の編み出した大芝居が、ベルリンの忠実なる部下たちによって実行に移されるのを待っていたのである。

そんなある日、廃墟と化したベルリンに駐留する連合軍当局に、SS隊員ハインリッヒ・ミュラーの死体が建物の残骸のなかから発見され、アメリカ地区のクロイツベルクに埋葬されたという情報がとどいた。墓石には、〈親愛なるわれらが父、ハインリッヒ・ミュラーの霊に捧ぐ。一九〇〇年四月二十八日生、一九四五年五月ベルリン市街戦で死亡〉と刻まれていた。一九四五年十二月十五日、ベルリン戸籍登録所は正式にミュラーの死亡を記録した。工作が露見するのはそれから十八年もたってのことである。一九六三年九月、墓をあばいてみると、三体の別個の死体から集めた骨が埋葬されているのが発見され、そのいずれも元ゲシュタポ長官の骨ではなかった。また、ある報告によると、西ドイツ公文書館に保管されていたミュラーの記録から、彼の肉体的特徴をしるした部分が紛失しているという。

このようにしてミュラーはあらゆる追跡者を振りきった。彼は正式に死亡、埋葬され、新しい名前のもと新しい生活をはじめるという、戦後すべてのナチ戦犯がいだいた夢を実現したのである。

それにもかかわらず、ミュラーはイタリアより安全な隠れ家を至急みつけなければならなかった。変名を使って赤十字から一年間有効な証明書をもらった彼は、つぎに難民救済組織の仲介でスペインのビザを入手した。その後、ドデロ・ライン所有のアルゼンチン船でナポリからバルセロナへ向けて出航し、バルセロナからはベルンハルト・グレッツという元ゲシュタポ機関員(エージェント)の案内でマドリードに到着した。

しかし、そこでミュラーの足取りは忽然と消えた。モスクワやアルバニアで目撃されたという報道があるが、鉄のカーテンのむこうにミュラーがいるとはとうてい考えられない。ゲシュタポ長官時代のミュラーは、共産主義者に対してとくに厳しい態度をとっていたからである。たしかに、ミュラーの諜報機関での経験や、エージェントおよび情報提供者のリストにソ連が興味を示すということはありえなくはないが、こうした情報をすべて与えたが最後、自分がすぐ抹殺されることぐらい、ミュラーが知らないはずがなかった。

別の情報筋は、また異なるミュラー逃亡説をとなえている。それによると、彼は一九四九年エジプトに渡り、アミン・ラシャド、アミン・アブデル、メギド・マイアー、クロネ＝マイアー、アルフレート・マルデスなど、さまざまな変名をもちいて、数年間そこに住んでいたという。

しかし、元ナチス幹部の行動に精通した者たち数人から集めた情報によると、ミュラーがエジプトに逃亡した事実はなく、そのかわり安全な隠れ家と莫大な金が入手できる南アメリカに向けてスペインをたったとみるのが妥当のようだ。そして、彼はいまも生存しているとみられるのである。

ベルリン市街戦が終結したとき、ソ連軍第五師団の兵士数人はシュパンダウで、燃えつきた戦車の近くに長い革のジャケットを着た男の死体がころがっているのを発見した。そのジャケットのポケットから出てきた小さなノートは、総統の片腕、ナチ首脳陣のなかでだれよりも抜け目がないといわれたマルチン・ボルマンの日記帳だった。

一方、死体のほうはマルチン・ボルマンではないとすぐ判明したが、日記にはボルマンの字で、〈五月一日、脱出決行〉と書かれていた。

また、この党最高幹部が破棄し忘れた、〈大西洋を隔てた南の地に疎開する案に同意する。

一九四五年四月二十二日、〈ボルマン〉という電報がその執務室から発見された。

これら二つの遺留品はあきらかに、ボルマンが南アメリカへ逃亡することを意図し、その計画を五月一日に実行に移したことを物語っている。

また、その日、ボルマンはデーニッツ海軍総司令官に、〈遺言発効。早急に合流の予定。……〉というメッセージを打電した。デーニッツはこれによって総統が死亡し、残った第三帝国の最高指揮権を自分が継承したことを知らされた。その頃には、ボルマンは秘書のクリューガー嬢に別れを告げ、壕を抜け出し姿を消していた。

この瞬間から〝ボルマンの謎(ミステリー)〟がはじまった。

ボルマンが壕を抜け出したとき何が起きたのか、同僚の陳述をはじめ、もろもろの諜報機関の報告書および報道機関の資料は、相矛盾した膨大な情報を包含している。一説によると、五月一日の夜、ボルマンはドイツ軍戦車のあとをつけていて死亡し、燃えさかる戦車の下、あるいはその横で死んでいるのが目撃されたという。一方、オーストラリア、マジョルカ、ドイツ、イタリア、シリア、ソ連など世界じゅうのいたるところで、元気に生きている姿が確認されたという報告もある。マルチン・ボルマンはネタがほしい報道関係者にとっては格好の材料だった。ボルマンはまさに変幻自在、神出鬼没の感があった。

一つだけたしかなことは、ボルマンがベルリンで死亡しなかったということである。その死はミュラーのときと同様綿密に計画された擬装で、しかも元ゲシュタポ長官以上の成功をおさめたのである。それもそのはず、彼は最終的な逃亡計画の準備に十八カ月も費やした。

不必要な危険は冒さない主義のボルマンは、ことこまかに準備をととのえていた。名前は公表するわけにいかないが、ある複数の人物から入手した情報をもとに、ボルマンの逃亡直後の足取りはつぎのように整理することができる。

ボルマンは壕を離れるやいなや、SSの制服を処分した。このとき、日記の入った革のジャケットは、おそらく自分の痕跡を隠し、死亡説を裏づけるために、意図的に残していったのであろう。五月二日の夜、ティベルティウス将軍は総統府からシュプレー川を隔てたフリードリッヒ通り一〇五番地のアトラス・ホテルの廊下で、民間人の服装をしたボルマンの姿をみとめたという。

ボルマンは、壊滅状態のドイツを流浪する難民や強制移住者の群れにまぎれて、早急にベルリンを逃れたとみてまちがいなく、しかも自分のめざすべき道は充分に承知していた。それはデーニッツが新政府を樹立したデンマーク国境のフレンスブルク、もしくはドイツ軍Uボートの出航がまだ可能なキールに向かうというものだった。しかし、五月四日、ドイツ最高司令部は英国陸軍元帥モンゴメリーに、ドイツ北西部、デンマーク、およびオランダ駐屯のドイツ全軍を引き渡していた。ボルマンが目的地に着いたのはその七週間後のことである。

この逃走劇に関して、あくまでも信頼できる数少ない証人の一人で、ボルマンに会ったこともあるドイツ人作家、ハインリッヒ・リーナウは、一九四五年六月二十六日、ボルマンがフレンスブルクの駅頭にいるのを発見した。が、狩猟用ジャケットと半ズボンをはいたボルマンは、リーナウが通報するまえに群衆にまぎれて見えなくなってしまった。

第三帝国首脳部はまえもって自分たちの財産を安全な場所に保管し、〝難攻不落の要塞〟への逃亡ルートを準備することができた。が、ドイツ降伏の時点に自分がどこにいるか、予測することはできなかった。そこで、大多数の者がかかえていた最大の問題が、まずドイツ国境にたどりつき、それをいかに越えるかということだった。

当時、イギリスのアンソニー・イーデン外相はロンドンで、「ノルウェーからバイエルン・アルプスにかけて、連合軍は史上最大の追跡をくりひろげている」と発表した。パリの大ホテルの一室では、大勢の連合軍情報将校および事務官が、何千というナチの個人ファイルと記録カードの検討をおこなっていた。ドイツ全土がしらみつぶしに捜索され、難民の列はくまなく調べられ、捕虜は一人残らず尋問された。その結果、大物戦犯が数人捕らえられたが、こうした捜査網を幸運にもくぐりぬけたナチ幹部もいた。

ゲーリングは一九四五年五月九日アメリカ軍に投降した。カイテルとデーニッツはその後まもなく逮捕された。軍需大臣アルベルト・シュペーアはイギリス軍将校にグリュックスブルクの執務室で捕まった。策士のフランツ・フォン・パーペンは、娘婿のマックス・フォン・シュトックハウゼン伯所有の城の敷地にある、庭師の小屋に潜んでいるところを発見された。ポーランド総督でユダヤ人を迫害したナチ法律顧問、ハンス・フランクはベルヒテスガーデン近郊の捕虜収容所で逮捕され、自殺するところを阻止された。おなじくベルヒテスガーデン近くで、ニューヨーク出身のユダヤ系将校、ブリット少佐が散歩をしていると、絵葉書にあるような農家に住み物静かな顔だちをした、頭の禿げた年配の自称絵描きに行き会った。さいわいにも、人相を記憶する能力に優れていたブリット少佐は、この自称絵描きがニュルンベルクでユダヤ人を迫害したユリウス・シュトライヒャーであることを難なく見破ることができた。

第三帝国外相リッベントロップは、シャンペンのセールスマンという以前従事していた仕事に就いて、もう一度出直そうとしていたやさき、一九四五年六月十四日、イギリス軍将校らによってハンブルクで逮捕された。

一九四五年五月はじめ、フレンスブルク近郊にいた元SS指導者ヒムラーは、部下の将校たちを招集し、驚くほどの上機嫌で、「さて、諸君、いま諸君が何をなすべきかは自明のことと思う」と語った。将校たちが解せない顔つきでヒムラーを見つめていると、「諸君は国防軍の兵卒のなかにまぎれて身を隠すのだ」と先をつづけた。そこで将校たちは兵卒の服を着て、一人二人と分散し各地にちらばっていった。そのうち何人かはイギリスおよびアメリカ軍の監視線を首尾よく突破したが、失敗した者もいた。アウシュヴィッツ収容所長ルドルフ・ヘスは一九四六年三月十一日、フレンスブルクから遠くない農場で働いているところをイギリス軍に発見された。ということは、ヘスは一年近くも発見されずにいたことになるが、結局、イギリス軍からポーランド当局に引き渡され、死刑を宣告されて絞首刑になった。

ヒムラーの最期も迫っていた。一九四五年五月二十一日、ブレマーハーフェンに至る道路に設けられたイギリス軍の検問所で、ばらばらと列をつくって進む難民やドイツ軍兵士と一緒に止められた彼は、ひげを剃りおとし、左眼には黒い眼帯をあて、陸軍兵卒の上着に私服のズボンをはいていた。が、イギリス軍がそんな彼を怪しいとにらんだ第一の理由は、彼の所持していた真新しい許可証だった。大部分の難民は書類など持っていなかったのだ。さらに取調べを受けて、正体を告白したヒムラーは、リューネブルクのイギリス陸軍本部に連行された。そこで彼は衣服を脱がされ、身体検査をうけた。さらに、衣服に隠した毒薬が検査で見落とされた場合を考慮してイギリス陸軍の軍服に着替えさせられた。が、歯茎の穴に青酸カリのカプセルを隠し持っていたヒムラーは、イギリス情報局の将校が到着し、軍医にヒムラーの口腔を点検するよう指示したとき、青酸カリのカプセルを嚙みくだいた。胃の内容物を吐かせて命をとりとめさせようという周囲の必死の努力のかいもなく、ヒムラーは数分のうちに死亡した。

二、三日後、アメリカ軍はベルヒテスガーデンの納屋からヒムラー〝個人〟の財産を発見した。その内訳は百三十二カナダ・ドル、八百万フランス・フラン、三百万アルジェリアおよびモロッコ・フラン、英貨二万六千ポンド、百万ドイツ・マルク、百万エジプト・ポンド、七千五百パレスチナ・ポンド、二アルゼンチン・ペソ、そして、日本の五十銭が一枚――合計すると、約百万ドル（一千万米ドル／二〇一〇年時点）相当になる。

一方、アドルフ・アイヒマンはドイツの最終的な勝利を確信するあまり、偽の身分証明書を用意しなかった数少ないナチス幹部の一人だった。一九四五年のはじめ、上司のハインリッヒ・ミュラーが証明書をいくつかつくらせようかともちかけたほどである。が、当時のアイヒマンの一番の関心は、できるだけ多くのユダヤ人を抹殺し、連合軍が進軍してきたとき、強制収容所に生存者が一人もいないようにすることだった。

ドイツ降伏の二、三日まえ、アイヒマンはバートアウスゼーの家族を訪ね、〝まんがいちソ連軍に捕まったとき〟のために毒薬のカプセルを妻にわたし、何かいたずらをしたまだ幼い息子のディーターの尻を数回たたくと、SSの保安部長官カルテンブルンナーに会いにアルトアウスゼーへ向かった（カルテンブルンナーはその後まもなく、連合軍により逮捕された）。

アイヒマンが到着したとき、カルテンブルンナーは一人トランプをやりながら、ブランデーを飲んでいた。そんな保安部長官にアイヒマンは、銀行券のぎっしりつまった大袋を持ったルーマニアの傀儡（かいらい）政府首相ホリア・シマとその大臣一行をふくむ百五十人の部下と山岳地帯に向かう旨を告げた。それからまもなく、山中に潜んでいたアイヒマンとその一行に、カルテンブルンナーの使者がドイツ降伏の知らせをもたらした。アイヒマンはみなに分散するように命じ、自分は腹心ヤニシュを連れてバートイシュルへ向かった。ドイツ空軍の軍服を着て数カ所のアメリカ軍検問所を逮捕されずに通過したアイヒマンは、カール・バルトという偽名を使っていた。

しかし、二人の逃亡者はウルムで止められ、厳しい尋問をうけ、ついに逮捕された。〝カール・バルト〟は、SSだったことの何よりの証拠である入れ墨を腋の下にしているのを発見されてしまったのだ。が、アイヒマンは言い逃れを考えていた。彼は偽名を使ったのを認め、本名は武装SS第二十二師団中尉オットー・エックマンだと述べた。この嘘がそのまま通り、彼はオーバーダハシュテーテンの捕虜収容所に送られた。復讐者のグループや連合軍の情報機関が自分のことをドイツ全土で捜索していることもおそらく知らないまま、アイヒマンは一九四六年一月まで平穏な毎日を過ごした。

そんなある日、アイヒマンはひどく狼狽させられた。ニュルンベルクの裁判で、ディーター・ヴィスリツェニーが、《最終的解決》の責任者だったナチの名を暴露したのである。捕虜収容所ももはや安全な隠れ場所ではなくなったと感じたアイヒマンは、元SS大隊長のオッペンバッハに正体をうちあけ、相談した。即刻、上級将校たちの秘密委員会は会議をひらき、その結果、アイヒマンはオットー・ヘニンガー名義の身分証明書と、ハンス・ファイアースレーベンという捕虜の兄弟でニーダーザクセン地方のコーレンバッハで森番をしている男あての紹介状を渡された。そこで、おなじく捕虜のクルト・バウアーを連れて収容所を脱走したアイヒマンは、プリーンまで汽車に乗り、そこからミュンヘンめざして北上した。そして、ついにファイアースレーベンの兄弟の家にたどりつくと、森林関係の仕事をあてがわれた。しばらくすると、〝オットー・ヘニンガー〟は養鶏場をはじめ、以後四年間、その地で平穏無事な毎日を過ごした。ジーモン・ヴィーゼンタールによると、戦後、アイヒマンはふたたびバートアウスゼーの家族を訪問してあやうく捕まるところだったというが、アイヒマンがドイツのほかの地域に出かけたことは以来一度もなかったと思われる。

　このようにしてアイヒマンもボルマンもドイツ国内に閉じ込められ、イタリアの港へ行きそこから南アメリカに脱出するということができない状態がつづいた。が、不安と焦燥を感じながらも、かれらは希望を完全に捨ててはいなかった。なぜなら、かれらをはじめ、ナチ党員のドイツ脱出を支援する目的で綿密に練りあげられた脱出ルート、とくに〝水門(シュロイゼ)〟と〝蜘蛛(シュピンネ)〟と呼ばれる脱出ルートを使うときが、かならずやってくることを確信していたからである。

11 〝シュロイゼ〟

一九四四年のクリスマスの日、ドイツ陸軍省の高官の多くが偽の身分証明書という思いもよらない贈り物を受けとった。また、年があけると、何千というSS将校とナチの役人たちは、ゲシュタポと特殊機関が作成した偽造パスポートをはじめ、偽の出生証明書、身分証明書、労働許可証を配布された。ヒトラーとゲッベルスをのぞいて、非常事態に対する準備を心がけていたナチス幹部は、まんがいち国外に脱出しなければならない場合に必要となる書類をほかにも自分でそろえていた。

このような準備と並行して、ナチをドイツから脱出させる支援団体がつくられた。その名もいわくありげな〝水門（シュロイゼ）〟である。この組織のために、ハインリッヒ・ミュラー長官の指揮で動いていたゲシュタポ機関員らは、スイスおよびイタリアとの国境周辺に住む山岳ガイドの名簿を作成し、また、シュレスヴィヒ＝ホルシュタインでは、デンマークへの密輸ルートに精通した男たちが招集された。

ミュラーは、こうして駆り集めた者をナチの逃亡支援組織へ強引に参加させるための有無をいわせぬ切り札を持っていた。それは、ヨーロッパ全土のゲシュタポに情報を提供した者の一覧表、すなわち、情報員やスパイの氏名、およびスイス、イタリア、フランス、デンマークなど各国の秘密警察に一度でも協力したことのある者の名簿だった。そこで、ミュラーの部下たちは駆り集めた者たちに選択の余地のない選択をせまった。すなわち、逃亡者を助けて報酬をふんだんにもらうか、あるいは連合軍に訴えられて悪くすると銃殺か絞首刑になるか、どちらかを選べというものだった。

さらにミュラーは、ドイツが降伏しても揺るがない忠誠心をもった多数の熱狂的ナチをドイツ、オーストリア、イタリアで集めた。

こうして整えられた脱出ルートの一つは北へ向かい、キール、シュレスヴィヒ、フレンスブルクなどの町を迂回してデンマークへ通じ、国境を越えた逃亡者は、シュロイゼのメンバーの助けをかりて身を隠すことも、ドイツ兵士の群れにまぎれて捕虜になることもできた。このようにして多くのナチがデンマークに逃げのび、そこから、飛行機でアルゼンチンへ脱出した。ペロン将軍は、できるだけ多くのドイツ人科学者や技術者を自国に集めてその力を活用するために、デンマークへ数機の飛行機を派遣していた。

しかし、この北方ルートがもっとも重要な逃亡経路ではなく、主要な逃亡経路は南方ルートだった。そのうちの一つは、まずミュンヘンへ向かい、そこで分岐する。その片方はクーフシュタイン、もしくはシャルニッツでオーストリアとの国境を越え、別のルートはメンミンゲンを通ってさらに南下し、リンダウでボーデン湖畔に着き、そこから湖南をまわってスイスにぬけるというものだった。

逃亡者はここまで来れば、もう安全だったが、各自の希望しだいで、フランスにもイタリアにも行くことができた。「希望すればフランスにも行けると言ったからといって、驚かないでください」と、情報将校は筆者に語った。「当時のフランスは連合国の一つであり、国民はドイツを憎悪していましたが、ナチにとっては比較的安全な避難場所でした。というのも、占領下のドイツとちがって、ナチ狩りがおこなわれていなかったからです。そのうえフランスからなら簡単にスペインやイタリアへ行くことができ、そこから南米や中東に船で渡ることもできたのです」

クーフシュタイン、もしくはシャルニッツ経由でオーストリアへ入る逃亡ルートは、インスブルックに至る。そこからスイスもしくはイタリアへ入国するにはナウダースの村はずれの道(ハインリッヒ・ミュラーが最終的に通った経路)を通るか、グリース・アム・ブレンナー近くの道を通ってイタリアに入る方法があった。イタリアで落ち合う場所はメラノで、そこからジェノヴァ、ナポリ、あるいはバリへ行くことができ、これらの港では、シュロイゼの現地メンバーがスペインをはじめ、中東、南アメリカ行きの船をみつける手助けをしてくれた。これでもわかるように、オーストリアからの逃亡ルートはインスブルックに集中していた。

一九六一年一月、インスブルックにあるバイエルン赤十字幹部職員の一人、カール・グリッチュは興味深い話を披露した。

「一九四五年当時、わたしはインスブルックのバイエルン赤十字救済センターを任されていました。事務所は最初マリーテレジエン通りにありましたが、その後、フランシスコ修道会近くのアンガーツェル通り三番地に移ったんです。われわれの任務は行方不明になった人々の痕跡をたどり、難民の帰国に必要な旅行手続きをし、金銭的援助をすることでした。また救援用食糧の荷もあつかっていました」

グリッチュによると、これらの荷には、ワイン、コーヒー、紙巻きタバコ、絹のストッキングなど密輸雑貨がまじっていることがあったという。が、赤十字センターは別の〝密輸〟にもかかわっていた。

「われわれはオーストリアからドイツへ、あるいはドイツからイタリアへ、あるいはオーストリアからイタリアへ密入国する者を援助していました。かれらは逃亡中の身とはいえ、金や宝石といった金目の品を、すくなくとも現金を持っていました。不法な手段で国境を越えなければならない者たちのあいだでは、赤十字が不必要な詮索をせずに〝南への旅〟の手配をするということが知られていたんです。といっても、金さえあればだれでもというわけではなくて、ちゃんとした紹介がなければ、われわれとしても何もしてやれませんでした」

この〝ちゃんとした紹介〟とは、たとえば、「ロイがよこした」とか「ペドロ」といった言葉や名前で、要するに合言葉だった。大勢の人間が一度に国境を越える場合は、あらかじめそのリーダーにシュロイゼの一員からグリースやナウダースやインスブルックの絵葉書の半分が与えられ、残り半分は国境案内人に前もって渡された。

「逃亡を手伝ってやった相手の名前さえわれわれは知りません」と、カール・グリッチュは言う。「安全を考えて、記録もとりませんでした。われわれと一緒に働いていた、〝カリタス〟という組織の一員でフランシスコ派の修道士だった人のほうが、色々なことを話してくれると思います」

グリッチュによると、逃亡者を国外に出すのは、さして難しくなかった。インスブルックに到着した者は、農家や安全な家に滞在させられ、いつでも即刻出発できる支度を整えておくよう指示された。というのも、絶好の機会がいつくるか、前もって予測することはできなかったからだ。

「われわれが助けた人たちの大部分が、食糧の荷を運んだり、難民グループの世話をする赤十字職員になりすまして、イタリアへ入国しました。四カ国語で書いた、もちろん偽名の赤十字の旅券をひとりひとりに支給してありました。一般的にいって、赤十字や〝カリタス〟で働いている者たちを、アメリカ占領軍や、アメリカ軍からチロル地方を引きついだフランス駐留軍は疑うことはなかったのです。

たまに、越境させるのに一刻の猶予もないほどに急を要する場合には、われわれは大胆きわまりない手段を用いました。たとえば、ある男など、赤十字の旗をなびかせた車でブレンナー峠を越えさせました。当時、わたしは黒のフィアットを持ち、部下のヴェルナー・ハイネは小型のシュタイアを持っていました。これらの車で国境検問所に乗りつけ停車すると、警備兵は敬礼しながら乗客の人数を数え、赤十字の書類を調べただけで、そのまま通してくれました。

国境の反対側には、仲間の家、田舎の旅館、宗教施設、そして、赤十字事務所など、安全な隠れ家が網の目のように用意されていました。ですから、仲間の一人に、逃亡者がミラノかナポリか、あるいはローマかジェノヴァか、どこに行きたいかを伝えるだけでよかったのです。これらすべての仲介者には充分時間をとって知らせてあったうえ、当然のことながら、必要書類以外に紙巻きタバコ、コーヒーなどを供給していました。

概して、われわれのところにやってきたのは小物たちで、ほかの大物たち、つまり、金も豊富にありコネもしっかりした者たちは、ずっと快適な状態で逃亡することができました。とは言っても、いったんシュロイゼの保護下に入れば、もう安心で、期待を裏切ったことはありません。われわれは誓いをたてて結束した一種の運命共同体でした。だから、今日に至っても、逃亡者がどうやってドイツを脱出し、国境を越えてインスブルックへ逃れたか、当局はもちろん、だれにもわかりません。といっても、じっさいはひどく簡単でした。ドイツに帰国を望んでいる難民が五、六人いた場合、それらの者に食糧の小荷物の運搬人、もしくは帰国途中の難民たちの世話役であるという証明書を発行し、一行がドイツに無事にたどりついたら、それらの証明書をこんどは、オーストリアへ越境するのを待っている逃亡者に与えたのです」

あるとき、大きなグループを越境させようとしていたグリッチュとハイネは、クーフシュタインでフランス軍によって逮捕されたが、具体的な証拠が何もあがらず、まもなく二人は釈放された。

シュロイゼこそ、マルチン・ボルマンがフレンスブルクから脱出して、デンマークへ入国し、セナボア近郊のグロステン城に設けられたSS陸軍病院にたどりつく手助けをした組織だった。彼がそこに数週間滞在していたあいだ、ボルマンの正体を知っていたのは、ヴェルナー・ハイデ博士という(やはり亡命中の)軍医以外ほとんどいなかったが、デンマークはボルマンにとって危険すぎた。彼は必要な連絡を終えると、ふたたびドイツへもどり、南へ向かった。先に逃亡したミュラー同様、名前が知られすぎた大物のボルマンは、ブレーメンとインスブルックを結ぶ一般的な脱出ルートは避けたかった。彼はほとんど誰も信用せず、時間をかけて、ついにインスブルックに到着し、ブレンナー峠を越えてイタリアへ入った。ミュラー脱出に一役かった山岳ガイドのルドルフ・ブラースは、ボルマンの国境越えを助けたのは自分だと自慢している。彼の言うとおりかもしれないが、確かなことはわかっていない。別の情報筋によれば、ボルマンはあるガイドの家に一カ月間潜伏してから、やっとイタリアへ入国したという。

いずれにしろ、ボルマンは一九四五年の終わりころ、メラノに到着した。彼の家族はしばらくまえからその町に移り住んでいたが、ミュンヘンを通過したときのミュラー同様、ボルマンも妻の家に近づこうとはしなかった。家はおそらく監視されているものとみたのである。妻のゲルダ・ボルマンは一九四六年三月二十三日、メラノの近くの病院で死亡するまで、夫がまだ生きているという知らせを聞くことはなかった。

シュロイゼの助けを借りて、ボルマンはメラノからボルツァノへ移動した。秋深いある日、ボルツァノの通りを歩いていたボルマンの正体を、一人の婦人が見破った。それは一九三〇年代初期にボルマン一家のかかりつけだったユダヤ人医師の未亡人だった。ユダヤ人迫害がはじまると、夫人は夫とともにドイツを逃れ、ボルツァノに移り住んだのである。ボルマンも医者の未亡人に気がつき、顔面蒼白になり、踵を返すと、とある中庭に逃げ込んだ。未亡人はすぐあとを追ったが、ボルマンは迷路のような階段や中庭や通路を通ってうまくまいてしまった。

（当時ボルマンがボルツァノに滞在していた証拠はこの一件だけではない）

ボルマンはおそらくこの一件の直後、町を去る決意を固めたのである。つぎに滞在したのはガルダ湖畔の修道院だった。以来、彼は修道院から修道院へと居場所をかえながら徐々に南下していった。

ジーモン・ヴィーゼンタールはナチ戦犯に関する著書で、ボルマン逃亡の一部を詳述し、フランツ・ホルトという男が一九四五年の秋、ボルマンに多大な援助をしたことにふれている。

ホルトはオーストリア赤十字に雇われ、フレンスブルク近郊の捕虜収容所に収容されていたオーストリア兵士の本国帰還の業務にたずさわっていた。ある日、ドイツ国防軍婦人予備隊の電信技手がホルトに接触し、もし彼女とその兄をオーストリアへ連れ出してくれたら、宝石をやろうともちかけてきた。その兄というのは濃いひげを生やし、厚い眼鏡をかけ、どこか奇妙な感じのする男だった。ホルトは二人を援助することを承知し、帰国途中のオーストリア難民の証明書を与えると、一緒にオーストリアへ入った。ナウダースでイタリアとの国境を越えた三人は、アルト・アーディジェのヴィンチュガウ近くの修道院へ行った。

そこでフランツ・ホルトは、その〝兄〟というのがほんとうはマルチン・ボルマンであることを知らされた。修道院に入る許可を得るために、ボルマンはコートの裏地に縫いつけてあった書類を取り出した。ジーモン・ヴィーゼンタールの記述によると、フランツ・ホルトはそれ以来毎月、国外から送付された多額の小切手を受け取ることになったという。

この話にどれほどの信憑性があるかはわからない。が、ほかの筋から得た信頼すべき情報と符合している点もたしかにいくつかある。

ボルマンは一九四六年はじめにローマに到着したらしく、これは何人かのユダヤ人復讐者がボルマンのローマ滞在の情報を耳にした先述のエピソードと時期が一致する。が、ローマでの足取りをつかまれるまえに、ボルマンはまんまとジェノヴァへ移ってしまった。その後、ボルマンは、一部の報告にあるようにジェノヴァから南アメリカをめざしたわけではなく、ジェノヴァから沿海航路の船でスペインへ向かい、コルシカやフランス南岸のあちこちの港に立ち寄った。

ボルマンがスペインで会った多くの友人の一人は、ベルギーのファシスト指導者、レオン・ドグレルだった。ボルマンは名前と住所をしばしば変えながら、一九四七年末までマドリードで平穏な生活を送ってから、ついに自分もその建設に一役買った〝難攻不落の要塞〟への長い旅路につく決意を固めた。想像力旺盛なライターの報告とはちがって、ボルマンは潜水艦で出発したわけでもなく、途中で夢のような冒険に出くわすこともなかった。一般の乗客と同じようにツーリスト・クラスの切符と必要な書類を持っただけで、イタリア船でブエノスアイレスへ出航したのである。

ベルリンから南アメリカの地まではまさに長い道程だった。

12 〝シュピンネ〟〝オデッサ〟〝修道院ルート〟

一九四八年までの三年間で、二千五百名にのぼるナチ戦犯が〝水門（シュロイゼ）〟の支援を受けてドイツを脱出したが、シュロイゼはナチスの秘密逃亡支援組織としては、唯一のものでも最大のグループでもなかった。

シュロイゼとは別に〝蜘蛛（シュピンネ）〟という組織が存在した。この組織は一九四八年秋のある夜、グラーゼンバッハの捕虜収容所の小屋で数人の狂信的SS将校により、最終的にはヨーロッパをはじめ全世界を蜘蛛の巣のようにおおいつくすことを目的として結成された秘密組織だった。その目標は、ナチズムおよび国家社会主義の教義を復活し、ナチ首脳部に加えられた〝法外な不正〟を賠償させ、ドイツとオーストリアを再併合することだった。SS上級大隊長ポール・ハウサーが組織の会長に指名され、副会長にはオーバードナウ地区で元大管区監督官だったシュテファン・シャヘルマイアーが選ばれた。

シュピンネは退役軍人協会および相互扶助団体の偽装を使って、やがてその糸をドイツじゅうにはりめぐらしていった。たとえば、ハンブルクでフォン・マントイフェル将軍が組織した〝友愛会（ブルーダーシャフト）〟の表向きの目的は、〝ドイツ軍隊の名誉を擁護し、戦争犯罪で告発されたドイツ軍将校の弁護費用を集めることだった。が、じっさいにはその最大の機能は、警察に追われているナチのドイツからの脱出を支援することだった。この脱出ルートもまたオーストリアとイタリアを通過し、ラテン・アメリカ、もしくは南アフリカで終結していた。一九五〇年、シュピンネがブルーダーシャフトの隠れみのをつけてハンブルクで活動を展開し、そのリーダーは名前が〝W〟と〝Sch〟ではじまる元SS上級大隊長らだという噂がひろまった。信頼できる筋によると、その二人のフルネームは、レオ・シュルツとペーター・ヴェツェルで、二人とも〝ヨーロッパ勤務(オイロパディーンスト)〟についていた。このハンブルクからの脱出ルートを組織するうえで重要な役を演じたもう一人の男はハウプトマン・D・アスマンで、一九五四年に死亡している。

そして、ニコロッシとデ・パウリという名のイタリア人二名が、ペーター・ヴェツェルのチロル南部における主要活動員だった。

シュピンネの組織は、信用のおける活動員と同時に、莫大な資金援助を必要とした。資金はいくつかの団体および協会によって集められ、これらは表向きは社会的に信用されている団体であり、あまり立派とはいいかねる目的のための資金集めをうまく偽装することができた。これらの団体の一つが、エリザベト・フォン・イーゼンブルク王女が総裁をつとめる、〝無言の援助(シュティレ・ヒルフェ)〟という協会だった。この協会の公の目的は、裁判で刑を宣告されたナチス幹部や軍部将校の家族を援助することだったが、じっさい集められた資金はナチ戦犯の海外への脱出と安住のために運用された。

また、〝HIAG（元武装SS兵士相互扶助共同体）〟という団体が一九五一年デュッセルドルフで組織された。この名称が示すように、HIAGの公の目的は武装SSに従軍した兵士の精神的、物質的援助だったが、そのもう一つの活動がシュピンネの支援であることを知る加入者は少なかった。

同様の組織がヨーロッパ各国でつくられた。オランダの〝HINAG〟、オーストリアの〝第四戦友会（カメラートシャフトⅣ）〟、ベルギーの〝聖マルティヌス基金〟、デンマークの〝デンマーク戦士協会〟、ノルウェーの〝軍人援護協会〟などで、これらの団体は多かれ少なかれシュピンネと関連し、しばしばナチ逃亡者の援助にあたった。今もこれらの組織のメンバーは、嘘の口実を使って献金を集めることをはばからず、スウェーデンでは〝ドイツ人子女救援基金〟が多額の金を集めている。たしかに、基金に集まった金はドイツ人子女援助に運用されてはいるが、そのドイツ人子女というのは、とうの昔に子供時代を卒業してしまった者たちである。今日でも、このような組織は〝SSの憐れな孤児たち〟のためにドイツの各家庭をまわって寄付を集めている。寄付を集める側もする側も、〝孤児〟というのが、いまでは二十五歳くらいに達している事実をおかしいと思っている様子はない。

シュピンネは飽くことなく巣をひろげ、スイスの組織〝チェントロ・エウローパ〟をはじめ、オーストリア、イタリアその他の国のなかば公的機関と接触を保っていた。アルゼンチンでは、有名な元ドイツ空軍パイロットでアルゼンチン航空産業の重要な地位にあったハンス・ウルリッヒ・ルーデルが〝友愛クラブ〟をつくり、のちに〝ルーデル・クラブ〟と名をかえてドイツに支部を設けた。このクラブは元ナチが海外の定住地に移住するときの便宜をはかると同時に、南アフリカのナチ支持者たち、とくに、ゲルハルト・ヴィルヘルム・シュトロール博士とその〝ドイツ協会〟とも良好な関係を維持していた。

しかし、シュピンネは組織の拡大にともなう首脳部内の対立が、組織の分裂にまで発展し、その結果生まれた組織が〝オデッサ〟の名で知られるようになった。この組織は黒海沿岸の港とはなんの関係もなく、その名は〝元SS兵士協会〟の頭文字からとったものである。

あるナチ追跡者は、「オデッサは力もあり危険な組織です。活動の八十パーセントは秘密工作で、シュピンネとも密接な関係を保ち、ドイツ系企業家の献金も活発です。ネオ・ナチズムを標榜する若者たちの運動資金はオデッサからでています」と語っている。

アイヒマン裁判における検察官、ギデオン・ハウスナーはつぎのように語った。「オデッサはそのメンバーに物質面の援助をし、もろもろの社会活動を組織し、必要とあらば元ナチの国外脱出の手助けをする。本部はミュンヘンにあり、支部がドイツ、オーストリア全土、および南アメリカ諸国におかれている。パラグアイのホエナウのドイツ人社会はオデッサに牛耳られている」

ジーモン・ヴィーゼンタールはオデッサが生まれるとすぐ、その本拠地がアウクスブルク、もしくはシュトゥットガルトにおかれ、即刻ナチ戦犯のドイツ逃亡の手助けを開始したという情報を入手した。それからものの数カ月とたたないうちに、オデッサは全ヨーロッパを網羅する組織をつくりあげた。脱出ルートの一つには、アメリカ軍に雇われたドイツ人のトラック運転手もかかわっていた。その仕事はミュンヘンとザルツブルクを結ぶアウトバーンを《スターズ・アンド・ストライプス》紙を満載して運ぶことだったが、積荷の背後にはネオ・ナチズムのパンフレットが隠され、ときには逃亡中のナチが潜んでいることもあった。また脱出ルートの約三十マイルごとにもうけられた中継所には、ひなびた旅館、森の狩猟小屋、人里離れた農家などがあてられ、それぞれの中継地点に三人ないし、最高五人の仲間が配置されていた。かれらは自分の前後の中継所以外、脱出ルートについては何も知らされていなかった。ドイツ軍はレジスタンス運動との地下の戦いから多くのことを学んだのである。

オーストリアとドイツとの国境沿いの主要な中継地点は、オーストリア北部のオスターミーティング、ザルツブルク近郊のツェル＝アム＝ゼー、そして、チロルのイグルスだった。またリンツのある輸出業者はカイロとダマスカスに連絡先を持っていた。

一九四八年から一九五三年にかけて、ドイツにはかなりの数の地下組織が存在していた。シュピンネ、オデッサ、シュティレ・ヒルフェ、ルーデル・クラブ、ブルーダーシャフト、HIAGなどで、そのすべてが多少なりとも秘密組織の形態をとり、裁きの日の到来はいつかと恐れおののいている者たちに大々的な支援を与える体制を整えていた。産業資本家をはじめ、銀行家、元陸軍将校、そして何も詳しいことは知らない一般大衆も、これらの組織に必要な資金調達に巻きこまれた。偽名を使ってドイツ国内に潜伏中の何千というナチ戦犯は、ついに援助と庇護をもとめて行く場所ができたことを知ったのである。裁判にかけられる者がでると、地下組織は最高の弁護士による弁護を依頼し、裁判官たちに圧力をかけ、ときには、不都合な証人を消すことさえあった。そして、裁判結果が被告にとって不利なものとなった場合は、国外逃亡の準備を整えたのである。

しかし、脱出ルートを維持するのに、元ゲシュタポや元SS隊員、もしくは元ナチ党員ばかりに依存していては危険な面があった。たとえ潔白が証明され、もうナチではなくなったにしろ、かれらは占領国の注意を引きやすかったからだ。そこで表面的にはまともな組織、およびふだんは疑惑の対象にならない組織の援助に頼ることが必要で、そうすることが可能だったという点を考慮しないかぎり、あれほど多くの指名手配中のナチが逃亡できた事実を理解することはできないだろう。じじつ、驚くべきことだが、赤十字職員、そしてローマ・カトリック教会の僧侶までが関与していたのである。

バイエルンおよびイタリア赤十字の職員の一部がナチの不法越境に果たした役割にはすでにふれたが、それ以上に驚くべき事実は、〝カリタス〟などの宗教団体に所属する者や、フランシスコ会やイエズス会などがナチ逃亡を支援したことである。ナチスは抜けめなく僧侶たちの慈愛の精神に訴え、教皇ピオ十二世が選出されて以来勢力を拡張したヴァチカンの〝ドイツ派閥〟とナチ党のあいだにはつねに最良の関係が保たれていた。この〝ドイツ派閥〟の指導者の一人が先述の大司教アロイス・フーダルだった。

宗教団体や教会関係者による援助はナチ逃亡者にとってきわめて重要で、そのよい例が、ナチの提唱した〝安楽死計画〟を実行に移して七万三千人にのぼる人命を奪ったハンス・ヘッフェルマン博士の場合である。ついに一九六四年、リンブルクで裁判にかけられた博士は、一九四八年にドイツを脱出したときの模様を詳細にわたって暴露した。ウィーンに着いた博士がまず教皇使節の事務所へ行くと、アルゼンチンもしくはペルーへ行くように勧告され、カリタスのメンバーである数人の司祭と一人の枢機卿が、イタリアを出国し南アメリカにわたる方法を博士に伝えた。が、なぜドイツを離れ、ヨーロッパを去りたいのかたずねようとはけっしてしなかった。この援助と指導のもと、博士夫妻がアルゼンチンに到着すると、またもやカリタスは博士や妻が仕事をみつけられるよう、援助の手を差しのべたのである。

一九四七年から一九五三年のあいだ、〝ヴァチカン救援ライン〟もしくは〝修道院ルート〟が、ドイツから海外の逃亡場所へ脱出するルートのなかで、もっとも安全、かつ、もっともよく組織されたルートだった。以下に記した〝修道院ルート〟に関する一連の指示は、じっさいにこのルートを利用した逃亡者から得た情報をもとに復讐者の団体が作成した秘密報告書からの抜粋である。

まず、ルートの最初の地点でリューネブルガー・ハイデ地区の猟場番人が、国外脱出を希望する者をハンブルクの〝福音主義救護事業団〟などの宗教組織に接触させる。そして各自三百マルクの手数料を払うと、これと引き換えにつぎのような指示が与えられた。

1　クーフシュタイン（オーストリア）。イエズス会修道院院長に照会する。

2　インスブルック。所定の自動車修理場主に接触する。

3　ブレンナー峠。所定の村の所定の者に接触する。

4　ボルツァノ（イタリア）。歴史およびラテン語教師フランツ・ポピツァー博士のもとに行く。イタリアと南アメリカ用の身分証明書を調達してくれる。宿泊はフランシスコ修道院。

5　ジェノヴァ。フランシスコ修道院。

6　ジェノヴァ。イタリア人労働者の移住をあつかうアルゼンチン委員会事務所で身体検査を受け、つぎに（アルゼンチン移民当局が要求する）診断書をもらいにアルバーノ通り三八番地に行く。

7　ベルグラノ（アルゼンチン）。サルバエ山の修道院に照会する。新参者はこの修道院でアルゼンチン滞在に必要な準備およびあらゆる援助を与えられる。その後、移住者はアルゼンチン国内にあるナチ組織の一つに連絡をとることも、また、ほかの国に定住する決心をしている場合は、旅をつづけることも可能である。

一九五〇年、アイヒマンはニーダーザクセンの養鶏場を去って、身の安全を守る計画を一歩推し進める好機がきたのを感じた。彼の名前はほかの二名の指名手配中のナチス幹部、ハインリッヒ・ミュラーとマルチン・ボルマンと並んで、まだときどき新聞などの見出しに現われていたが、ナチ戦犯追跡者の大部分が追跡をあきらめたように見えたのである。

アイヒマンがシュピンネのハンブルク支部に連絡をとると、ヨーロッパを去るという彼の決心に異議をはさむ者はなく、脱出の用意はすべて整った。彼と三人のナチ逃亡者は〝修道院ルート〟にのり、前述の全行程をこなして、ジェノヴァに無事到着した。四人の正体を疑っている者はほとんどいなかった。ただひとりの修道士だけが疑惑をいだいていたが、結局、そのままアイヒマン一行を汽船ジョヴァンナC号でブエノスアイレスへ向けて出航させた。

こうして、一九五〇年七月中旬、ボルツァノ生まれの、ドイツ人の血をひく機械工〝リカルド・クレメント〟はブエノスアイレスに上陸した。ようやく、アイヒマンもふたたび一息つくことができた。多くのナチ戦犯同様に、ついに〝難攻不落の要塞〟に到着した彼は、これで一生安泰と思ったのである。

同様の援助をうけて、アイヒマンより先にアルゼンチンへ渡った者のなかに、戦争中ユーゴスラヴィアで残虐のかぎりをつくした圧制者、アンテ・パヴェリチがいた。一九四八年夏のある日、古いイタリア船アンドレア・グリッティ号がブエノスアイレスに入港、停泊した。静かに上陸を待っていた乗客たちは、急ぎ足のローマ・カトリック司祭の一団に道をあけた。一団を率いていたのは、長い祭服をまとった背の高いがっしりした体軀の男だった。男は口ひげと山羊ひげをたくわえ、スチールぶちの眼鏡をかけていて、その背後につづく司祭の一団とともに、アルゼンチン入国管理官のほうへ断固たる足どりで進んでいった。

この祭服をまとった人物の大きな力強い手がじつは、宗教儀式の香炉よりも拳銃を操るのにたけ、八十五万もの人間を抹殺したかどでヨーロッパじゅうの警察から指名手配されている人物のそれだとは、その場に居合わせた者はだれひとり考えもしなかったにちがいない。

一八八九年ヘルツェゴヴィナに生まれたアンテ・パヴェリチは、まだ若いときに、クロアチアにおける国家主義運動ウスタシの指導者になった。この立場を利用して彼が組織した多くのテロ活動のなかでも、もっとも世界を震撼させたのが、一九三四年のマルセーユでのユーゴスラヴィア王アレクサンドル一世暗殺事件だった。

アレクサンドル王がフランスに到着する二、三日まえに、パヴェリチの仲間の一人、クワテルニクが、大量の手榴弾と拳銃をたずさえてフランスへ潜入した。彼は、〈この手紙を所持している者の指示に異議をはさむことなく従うこと〉という、パヴェリチがしたため署名した手紙を持っていた。それによって、アレクサンドル王暗殺に必要な援助を手に入れることができたのである。王と一緒に無蓋馬車に乗ったフランスのバルトゥー外相もこのとき死亡している。

当時、パヴェリチはムッソリーニの庇護をうけてイタリアに亡命中だったため、暗殺にからんで名前はとりざたされたが、追及の手を逃れることができた。二、三年後、ドイツがユーゴスラヴィアを占拠すると、パヴェリチはクロアチア傀儡(かいらい)政府の首脳となり、その武装部隊は国じゅうで恐怖統治を開始した。ユダヤ人、セルビア人、ジプシーは虐殺され、村々は焼きはらわれ、林立する絞首台と、むごたらしく切り刻まれた死体の山があとに残った。一九四一年の夏のあるとき、パヴェリチの忠実な部下たちは、かつてない戦慄すべき贈り物をボスに捧げた。それは籐のバスケットに入った四十ポンドもの人間の眼球だった。

一九四五年の初め、第三帝国の劣勢があきらかになると、パヴェリチはイタリアの援助をとりつけて共産主義に対する戦いを継続しようと企てた。これにつづいて、パヴェリチは、進攻中のアメリカ軍をユーゴスラヴィアに駐屯させて〝赤い脅威〟を阻止しようと考え、腹心のステパン・ヴランチッチを送って交渉にあたらせた。しかし、ヴランチッチの任務は成功せず、パヴェリチは身の安全を守る唯一の方法は逃亡しか残されていないのを悟った。一九四五年四月のある夜、パヴェリチは妻のマーラと護衛を従えオーストリアへ向けて出発した。同行の数台の車には金銀のつまった木箱が満載してあった。〝財宝〟のはいった別の木箱三十六箱をザグレブの修道院に預けると、パヴェリチはオーストリアへの旅をつづけた。

一行は難なく国境を越えてザルツブルク近郊の農家に到着し、パヴェリチはそこに臨時本部を設置した。彼のとった最初の行動は、ヴァチカン市の友人と連絡をとることで、友人たちはまもなくパヴェリチの逃亡ルートを整えた。二、三週間後、偽のパスポートを持ち変装したパヴェリチが入国したイタリアでは、クロアチア出身の三人の司祭、ビロブリク、ドラガノヴィク、そして、ドミニク・マンディチがパヴェリチのために計画を練っていた。だが、修道院を転々としているあいだに、パヴェリチ自身はユーゴスラヴィアで再度権力の座につく計画をいだき、トリエステ経由で部下の多くを帰国させるのに成功した。

新しくユーゴスラヴィア大統領になった陸軍元帥ヨシップ・ブロズ・チトーは、パヴェリチとその一党と激しく敵対する仲だった。チトーの秘密機関はユーゴスラヴィアで組織の再編成を開始したウスタシの内部に潜入し、パヴェリチとその副官たちをユーゴスラヴィアにおびきよせる罠をしかけた。パヴェリチは自分は安全なイタリアの修道院にとどまるほうを望んだが、副官の大部分を帰国させた。その結果副官らは即座に逮捕され、全員絞首刑に処せられた。

パヴェリチは闘いに破れた。資金も底をつき、ユーゴスラヴィアの奇襲部隊がイタリア全土で彼をさがしまわり、チトーは復讐を宣言していた。ふたたび逃亡すべき時がきた。一九四八年、パヴェリチが神父に化けてアルゼンチンに到着したとき同行していたほかの〝司祭〟たちは、彼のかつての閣員たちと数人の忠実な支持者だった。ただひとりの本物の聖職者、ドミニク・マンディチ修道士はローマにもどり、ファシストやナチがスペインや南アメリカへ逃亡する援助をつづけた。

パヴェリチとその一党は、一万二千のクロアチア人難民が住むアルゼンチンで、クロアチア国家主義運動を展開しはじめた。まず、クワテルニクやヴランチッチのような悪辣な犯罪者をふくむ、ウスタシ亡命政府〝ウスタチカ・ヴラダ〟が樹立された。また、アルゼンチン北部のパラナ川流域には、クロアチア人の農業入植地が数カ所切り開かれ、ブエノスアイレスには多数の組織がつくられ、新聞社も数社設立された。また、クロアチアのさまざまな亡命組織、とくにスペインにおける組織と緊密な連絡がとられ、まもなくパヴェリチとその配下たちは、世界各国に散らばったこれらクロアチア人協会や組織の支配権を、話し合いによる説得で掌握したり、必要なときは力ずくで制圧していった。この間、パヴェリチの命令により、あちこちのユーゴスラヴィア大使館や領事館が襲撃されたが、パヴェリチ自身が表面に出ることはなかった。

パヴェリチはムルゾロドルスキというペンネームを使って、亡命新聞《フルヴァツカ》に反チトー記事を投稿した。ある筋によると、パヴェリチはペロン政権からアルゼンチン課報機関の再編を任されていたということだが、この情報は確認されていない。しかし、パヴェリチが国内にいることをアルゼンチンの高官たちが熟知し、パヴェリチが警察や課報機関や行政府に多くの有力なコネを持っていたことはまちがいない。一九四九年七月二十一日、シルバーノ・サンタンデルは国会で、つぎのような質問を政府に対しておこなった。「ナチの息のかかった元クロアチア政府首脳が、偽のパスポートを所持し、神父に化けて、アンドレア・グリッティ号で入国したというのは事実でしょうか？」しかし、政府からは何の回答も返ってこなかった。

一九五一年、パヴェリチは公の場に姿を現わし、名を偽ることもせず、支持者の集会で演説をおこなった。東西間の冷戦と朝鮮戦争勃発を機に、反共産主義者たちは過去にどんな犯罪を犯していようとも、新たな希望をいだきはじめ、おなじくパヴェリチも怖いものはなくなったと考えたにちがいない。彼の印象は正しいようにみえた。一九五一年七月十六日、ユーゴスラヴィア政府はパヴェリチの引渡しを要請したが、アルゼンチンは、〈徹底的な調査をおこなったにもかかわらず、当局は該当するアンテ・パヴェリチなる人物を確認することができず、よって、本要請には応じかねる次第である〉といって、きっぱりこの要求を拒絶したのである。

パヴェリチの大勝利だった。彼の身はペロンが権力を握っているかぎり安泰だった。しかし、いったんこのアルゼンチンの独裁者が失脚すると、ユーゴスラヴィア政府は反撃に転じた。ところが、一九五五年十月から一九五六年一月にかけて警察長官シエラがおこなった調査の結果は、パヴェリチに対する嫌疑にはなんら根拠がないというものだった。事態は膠着状態におちいり、チトーは直接手段にうったえる許可をあたえた。

一九五七年一月の下旬、少人数のユーゴスラヴィア人の一団がアルゼンチンにひそかに入国した。この一団は全員が戦争中チトーの率いるパルチザンのメンバーとして戦った者たちで、なかにはウスタシに家族を殺された者もいた。その任務は一目瞭然、クロアチア国家主義政権の元首脳を見つけだして、処刑することで、任務の準備段階では何ら支障はなかった。

パヴェリチは自分が尾行されていることを知るはずもなかった。建築請負人としてブエノスアイレスで働いていたパヴェリチは、妻と息子たちとロマス・デル・パロマル郊外のアビアドル・メルモス通り六五三番地に住んでいた。

ユーゴスラヴィアからきた男たちは、いかめしい表情と残忍な口元をした大男が、髪も薄くロひげも白くなりかけた老人と化しているのを知って、少なからず失望したにちがいない。

一九五七年四月十日、クロアチア共和国誕生十六周年を祝う支持者たちの集会を主催したパヴェリチは、九時ごろ集会場をあとにして、人けがほとんどない道を家路についた。アビアドル・メルモス通りの角にさしかかったとき、つば広の帽子を目深にかぶった背の高い痩せた男が戸口の暗がりから現われると同時に、銃声が六発とどろいた。パヴェリチに向けてリボルバーの弾倉を空にした男は、仲間が車のエンジンをかけたまま待っている十字路へ走った。男が乗り込むと、車は走り去った。

パヴェリチは血の海のなかに倒れていたが、死んではいなかった。弾丸は肩に一発、背中に一発、計二発しか命中していなかった。銃声をききつけて集まってきた野次馬に、まだ意識のあったパヴェリチは、シリア＝レバノン病院へ運んでくれと頼んだ。この病院の名前をあげたのは、ユダヤ人医師の手に落ちる危険性がない病院はそこしか思いあたらなかったからだ。

このようにして、パヴェリチは襲撃を生き延びた。医師たちは銃弾を摘出するのは危険と判断し、数日後そのまま彼は家に返され、警察の保護下におかれた。警察官以外にも、忠実な配下が一人かならずドアのそとに立って、自分たちの指導者の健康状態をたずねにくる訪問客にファシスト式の敬礼をしていた。

アルゼンチンにおける〝クロアチア協会連合〟はコミュニケを発表し、今後もパヴェリチと連帯して共産主義と戦うことを宣言した。〝クロアチア文化クラブ〟は、〈パヴェリチ博士の生命をねらった襲撃事件は、アルゼンチンのクロアチア人社会ばかりでなく、ベオグラードの〝赤いファシスト〟の圧制に苦しんでいるクロアチア国民全体に対する攻撃である〉と宣言した。一方、パヴェリチ自身も襲撃はユーゴスラヴィア大使館によって組織されたものだと非難し、「わたしは戦争に負けたがゆえに、戦犯と呼ばれている。もし戦争に勝っていたら、わたしは英雄だったろう。……わたしは人殺しだと非難されているが、それは全部まことしやかな嘘だ。わたしはクロアチア人の自由をかちとるために共産主義と戦っているにすぎない。それ以外の何ものでもない！」と訴えた。

襲撃は失敗したが、アンテ・パヴェリチの名前と写真があらゆる新聞に大々的に掲載された。事件から六日たった四月十六日、ベオグラード駐在のアルゼンチン大使は外務次官に呼び出され、パヴェリチの引渡しを再度要求された。もちろん、今回は、アルゼンチン当局としても、パヴェリチは国内にいないと言い逃れるわけにはいかなかった。しかし、パヴェリチはまだアルゼンチン高官のなかに知己を持っていたとみえる。四月二十三日、ブエノスアイレスの新聞は、政府法務委員会がユーゴスラヴィアからの引渡し要求を検討中であると報じた。そして四月二十五日の午前十一時、警察が内務大臣の署名入りの逮捕状を持ってパヴェリチ家にやってきた。

マーラ・パヴェリチは扉をあけると、「主人は留守です」と警察に告げた。すくなくとも原則として警察の監視下にあり、体内には銃弾が二発まだ残っているというのに、パヴェリチはまんまと逃げおおせた。ラプラタ川河口を越えてモンテビデオに着き、このウルグアイの首都からスペインに出航したパヴェリチは、最終的にはクロアチア亡命者の斡旋でマドリードの安全な隠れ家におちついた。

ユーゴスラヴィア側の非常な努力にもかかわらず、パヴェリチはふたたびその足取りをつかまれることはなかった。すくなくとも十八カ月後にアンテ・パヴェリチの名前がふたたび世界じゅうの新聞、雑誌をにぎわすまではなかった。一九五九年十二月二十九日、パヴェリチはブエノスアイレスの襲撃でうけた傷がもとで死亡した。七十歳だった。これはパヴェリチの犠牲になった者の多くが到達しえなかった年齢であった。

13　ボルマンの財宝

終戦直後の数年間に南アメリカの地を踏んだドイツ人は幾千を数えたが、そのすべてが戦争犯罪人や元SS将校、あるいはゲシュタポの幹部というわけではなかった。多数の技術者や技師、科学者もまた、このさき何年ドイツにいても成功する見通しはないと判断し、新しい国で運を試そうと祖国を離れたのである。当然のことながら、こうした人々は引き寄せられるように、アルゼンチン、ブラジル、チリ、パラグアイなど、すでにドイツ人の大居留地があった国々へと渡っていった。こうして、フォルモサ、コリエンテス、ポサダス、パソ・デ・ロス・リブレス、ホエナウ、ブルメナウ、エンカルナシオン、イグアス、エルドラドといった土地の人口は、ドイツからの新来者で、ほどなく二倍にも三倍にもふくれあがった。

だが一九五五年のペロン政権崩壊は、アルゼンチンに潜伏したナチスにかなりの不安をあたえた。そのため、ある者はべつの避難場所を求めてほかの南アメリカ諸国、あるいはスペイン、中東に移るほうが賢明だ、アメリカ合衆国でさえまだましだと考え、またある者は、逆に、もっと奥地に逃げこんで、文明から遠く離れた不毛の高地や、パンパスと呼ばれる大草原、あるいはジャングルに新たな居留地をつくるほうがよいと判断した。ペロンに代わる新しい指導者たちもナチス逃亡者に対する友誼的政策を変えることはなかったものの、政権の交替はかれらに多くの心配と不安をもたらしたのである。

その結果、アルゼンチンがパラグアイ、ブラジルと接するところ、パラナ川流域からはてしなくひろがる温帯草原(パンパス)は、ドイツ領とでも呼べそうなありさまになった。千五百人ほどのドイツ人はさらに内陸部へと進み、ブラジルの奥地マトグロッソに着いた。その一帯には人跡未踏ともいえる広大な熱帯ジャングルがひろがり、植物が繁茂し、湿地が水蒸気を立ちのぼらせ、インディオの部族が文明とは無縁の生活をしていた。ここに近づこうとすれば、舟もやっと通れる川が幾筋かと、ひどいでこぼこ道が二本しかなかった。ブラジル政府からこの一帯を与えられたドイツ人は、ジャングルの開拓にとりかかった。こんな、人間の住むところとはいえない場所での生活は苛酷なものではあったが、それはまちがいなく安全であるという証左でもあった。何者であれよそ者が外の世界から近づけば、数日まえにはわかる。そのほうが賢明となれば、身の危険を感じたドイツ人はしばらくジャングルに隠れることも、こっそり友人の農場に逃げこむこともできるし、国境を越えてしまうことすら可能だった。

そもそもマトグロッソは、ナチが入りこむずっと以前から、脱獄者、指名手配の犯人など、ありとあらゆる逃亡者たちの避難場所だった。何かをきさだそうとする者などいない。ほとんどだれもが一度ならず殺人を犯してきているのである。この神からも見捨てられた国で守らなければならないルールは二つだけ——密告するな、そしてたがいに助けあって法に立ち向かえ——だった。まるで暗黒街の掟ではないか。そしてこのどちらもが、ナチスにはうってつけのルールだったのである。

とはいえ、人里離れた奥地を隠れ家に選んだドイツ人は比較的少なく、大多数は都会に住みついた。ドイツ人独特の組織能力と規律正しさゆえに、その住民からは依然として一目おかれる存在で、多くは、名前を変えるなどなんらかの方法で正体を隠すといったことさえしなかった。あとから来た移住者は同胞の世話になり、援助を受けた。モシェ・パールマンはそのようすを『長い追跡』でつぎのように説明している。〈逃亡者たちは……地元のナチのクラブや団体から経済的な援助を受け、またその手を借りて身分証明書、労働許可証、住居を手に入れた。同時になかば公的な職業紹介所が、かれらを同胞の経営する事務所や工場に職を斡旋する仕事を受け持った。そうした新来者のなかには、〝成功〟し、こんどはさらにあとから来た者たちに仕事を提供できるようになる者もでてきた〉

はじめこうした〝受入れ委員会〟は個々に活動していたが、ほどなく体制づくりの好きなドイツ人気質が本領を発揮し、二つの組織が生まれた。戦争中にアルゼンチンに移されたドイツ資本に、戦後に入ってきた資本を加えたこれらの組織は、工業関連企業の株式を取得し、新来者に仕事を提供するために自身の会社を設立することすら可能になった。そうした会社で最大のものが、ドイツ人のカール・フルトナーを専務取締役とするCAPRI（アルゼンチン工業化会社）で、政府との契約で発電所を建設し、おもにトゥクマン地方の開発事業を手がけた。もう一つの会社IAPI（アルゼンチン相互振興協会）は多くのドイツ人を雇い入れていたが、その活動にはかなり不透明な部分があった。

このほかにも小規模な工場がいくつか極秘に存在し、ゲシュタポや第三帝国の特殊部門にいた専門家の指導のもとに偽造書類を製造していた。その一つはブエノスアイレスに近いサンイシドロのマソネ通り二二二九番地にあり、二人の元ゲシュタポ、H・タイスとF・アダムが偽造の身分証明書から、はてはナチズムを捨てたという証明書まで作成していた。

やがてこれらの組織は、ほかの南アメリカ諸国にある似たような組織および西ドイツのシュピンネ、オデッサ、シュティレ・ヒルフェ、ルーデル・クラブとかかわるようになった。

こうした関係を確立するうえで中心的役割を果たしたのが、ハンス・ウルリッヒ・ルーデルであった。戦争中の出撃回数は二千三百五十回に及び、ドイツ空軍（ルフトヴァーフェ）の撃墜王と呼ばれたルーデルは、一九六〇年九月に受けた司法調査で、一九四八年から一九五五年まで、アルゼンチン国内でいわゆる〝戦犯〟の援助を目的とした、カメラーデンヴェルク——友愛サークル——なる組織を主宰していたことを認めた。ルーデルはまた、〝難攻不落の要塞〟の建設にも関与していた。彼自身は戦争犯罪で告発されていなかったため、アルゼンチンへ渡るうえでの障害はなかったが、一度入国してしまうと、こんどは古い友人たちのことが頭から離れなかった。ルーデルは自分を受け入れてくれた国に対しては少なからぬ貢献をし、コルドバの航空技術研究所できわめて重要な仕事にたずさわった。元ドイツ空軍の飛行士数人も同じところで働いていたが、なかでも注目すべきは、ヴァルター・バウムバッハとアドルフ・ガラントである。ガラントはスペイン戦争でコンドル部隊の一員としてはじめて従軍し、一九四五年の第二次世界大戦終結時には、空軍の戦闘機部隊を指揮するまでになっていた。アルゼンチンではヘルマンの名で通し、しばらくはハルディネス・デル・パロマールに住んでいた。

アルゼンチンの航空機産業に新たに加わったドイツ人のなかの最重要人物は、なんといっても、フォッケウルフ社で主任技師をしていたクルト・タンクである。タンクはK・マティアス教授名義のパスポートをもちスイス経由で入国、コルドバに住み、調査研究所の技術部門の責任者となって、ついにはアルゼンチン初のジェット機を誕生させた。この〝プルキー2〟を製造したのがコルドバのペロン工場だった。アルゼンチンに移ったほかの何人かのドイツ人技術者や科学者と同様、タンクも政治的にはナチ政権とは無関係だった。

やはり復讐者たちに眼をつけられるおそれのなかったルーデルは、やがて自身が中心的役割を演じてナチスを復活させることを夢みるようになった。その構想は何冊かの著書で述べられているが、その大言壮語が最高潮に達したとき、一九五二年十一月二十一日付《ナハト・エクスプレス》紙の第一面は、〈ルーデルは総統と宣せられた〉と報じた。さいわいにも、この総統はいまのところどんな帝国も支配していないが、ルーデルは依然健在であり、繁栄をエンジョイしている。

おなじナチの一員でも、南アメリカに着くなり、反対勢力に注目されることなどものともしなくなったのが、ヨハネス・フォン・レーアス教授である。帝国保安部第四局に属するSS上級中隊長だったが、ゲッベルスの反ユダヤ主義の宣伝活動で指導的役割を務めるようになるまえは、大学教育の世界で卓越した地位にあった。ナチのヒエラルキーの階段を上りはじめるきっかけは、『ユダヤ人がきみを見ている』と題する小冊子の出版だった。これには、L・フォイヒトヴァンガー、エミール・ルートヴィッヒ、アルベルト・アインシュタイン、コンラート・アデナウアーら著名人の写真がふんだんに使われ、〝未だ絞首刑に処せられていない者たち〟とのキャプションが添えられている。

このひときわ狂信的なフォン・レーアスによる反ユダヤ総力戦は、第三帝国が崩壊してもなお終わることはなかった。アルゼンチン入国後もまもなく、フォン・レーアスは反ユダヤ思想に基づく攻撃とナチズムの宣伝活動を再開し、一九四六年に創刊された《デア・ヴェーク》紙に寄稿するようになった。記事の署名は本名の場合もあれば、ときには〝オイラー博士〟とすることもあった。そのほかにも、世界的規模のナチ秘密情報網の組織化にむけて精力的に動いた。そしてビセンテ・ロペスのマルティン・アエド通り八六三番地の自宅を拠点に、世界じゅうに散らばった仲間たちとのあいだで手紙、秘密文書、指令など、大量の文書を交換しつづけ、またボルマン、アイヒマン、メンゲレら、南アメリカに逃亡してきていたナチ指導者の全員と接触していた。南米諸国にいる彼の匿名の通信相手たちはみな、苦境に陥ったナチ戦犯に援助の手を差しのべる準備をすでに整えていて、〝フォン・レーアスの部下〟として知られるようになった。ルーデルの部下やCAPRI、シュピンネ、オデッサなどの組織で働く人間たちと同様、かれらにも仕事は山ほどあった。殺到するドイツ人移住者は、そのときどきの状況によりさまざまではあったが、いっこうに減る気配はなかった。元ゲシュタポ長官ハインリッヒ・ミュラーと、トレブリンカ強制収容所で悪名をはせたフランツ・シュタングルも、姿をかいまみせはしたがすぐに消えてしまい、その後の足取りはまったくわからない。一九四八年十月、ゲシュタポ幹部のゴドフレード・サンステーデとその腹心ハインリッヒ・ダスタフ・ユルゲスは、それぞれフレデリコ・パール、ホセ・ビラヌエバの名でアルゼンチンに上陸した。二人はボルマンにならい、ヨーロッパを出るまえに偽装工作をほどこして、すでに死亡したことになっていた。同じ年、まえに述べたハンス・ヘッフェルマン博士ともう一人の有名な戦犯クリンゲンフス博士もアルゼンチンに到着、SS将校でチェコ人五万人大虐殺の責任者、ヤン・デュルカンスキーは、すでに一九四七年以来ブエノスアイレスの移民局に雇われていた。

元ナチのメンバーがこのようにぞくぞくと流れこんでくるのを眼にして、アルゼンチン政界から異議を唱える声があがらないはずがなかった。一九四九年、シルバーノ・サンタンデルは、国のさまざまな機関が数十名ものナチ戦犯を匿っているとして、厳しい口調で非難した。

「政府としてのお答えをいただきたい」と、サンタンデルは問いただした。「まずH・タイス博士。わが国の身分証明書もないのにIAPIに雇われていたこの人物が、いま、連邦警察で働いているということですが、これは事実でしょうか？　さらに、彼がドイツの秘密警察ゲシュタポの幹部であった、あのタイス博士と同一人物と目されている点はどうでしょうか？　警察で彼を補佐するのがドイツ人のF・アダム、H・リヒナー、J・ペヒトだというのは事実でしょうか？　そして、これらの人物はアルゼンチンに帰化していますか、していませんか？

つぎにドイツ国籍のハンス・コッホ博士がIAPIの役職についているというのは事実でしょうか？

また、一九四七年に入国したドイツ国籍者たちが運輸省に雇われているということですが、これは事実でしょうか？　その人物の名前を申しあげます。フランシスコ・シュルテ、ヴァルファート・シュリクティング、エルネスト・シュタマン、ギレルモ・バニケ、クルト・クンナー、エゴン・ボンナー、アルベルト・ヴィスナー、ラドゥ・ブラテスカ・フーバー、カルロス・ケラー、クリスチャン・スミト、ギレルモ・ティッゲス、カール・カルス、ヴェルナー・ヤウフス、エリック・リッパーハイデ、エゥセビオ・シュティクツ、エンリケ・グエレで、このほかにもまだいるということですが、事実でしょうか？

さらにドイツ国籍のパウル・ヴットケーとケートゥ・ミュラー。ナチスのためにスパイ活動をしたとして一九四六年六月十三日、アルゼンチンから国外追放になっているこの二人が、カントゥアリア号でここにもどってきているというのは事実ではありませんか？」

シルバーノ・サンタンデルの糾弾の言葉は、小さな誤りがいくつかあったにせよ、基本的には充分な根拠に基づいていた。だが、政府からの返答はいっさい得られなかった。

当然、こうしたドイツからの逃亡者を援助する組織の財源として、アルゼンチンに隠匿されたナチ資金から大金が引き出された。だが、それよりさらに巨額の金が、ごく一部の幸運な人間たちの手に残ったのである。その結果、それが原因となって、むごたらしい内輪もめや陰謀が生じ、多くの不可解な死をまねいた。

この南アメリカのナチ財宝の物語とは切っても切れない名前が四つある。ハインリッヒ・デルゲ、リカルド・フォン・ロイテ、リカルド・シュタウト、そしてルートヴィッヒ・フロイデである。

デルゲは、第三帝国の経済力を築きあげたヤルマー・シャハト博士の補佐役として信頼を得ていた人物で、戦争中に何度か任務でラテン・アメリカに派遣されていたこともあって、アルゼンチン中央銀行の顧問にまで任ぜられていた。当然、デルゲの名はニュルンベルク裁判にかけられる戦争犯罪人のリストに掲げられ、アメリカ合衆国およびイギリスの両国がその身柄引渡しを要請していた。だが一九四六年一月十四日、送還される百人あまりのナチスをのせたハイランド・モナーク号がブエノスアイレスを出航したとき、その船上にハインリッヒ・デルゲの姿はなかった。アルゼンチン政府はデルゲの引渡し請求に対し、法を盾に異議を唱えたのである。

一九四九年、デルゲはブエノスアイレスの路上で他殺死体で発見された。そしてその死をめぐる事情の調査結果はまったく公表されていない。

デルゲはアルゼンチンにあるドイツ資金を隠匿するうえで重要な役割を演じた。戦時中の南アメリカのナチ機関の中心人物だったルートヴィッヒ・フロイデは、デルゲをはじめとする何人かの名義で、アルゼンチンの銀行に三千七百六十六万ペソを預金していた。預金伝票には、戦時中ブエノスアイレスのトランスアトランティック・ドイツ銀行(バンコ・アレマン・トランスアトランティコ)の支配人をしていたフォン・ロイテの名もみられる。ボルマンもこのフォン・ロイテからの情報をもとに、一九四四年五月、ドイツからアルゼンチンへの金と有価証券の輸送を再開するよう命令したのである。このドイツ銀行の七つの金庫の鍵をもっていたのがフォン・ロイテで、このとき一九四四年二月、一億一千五百万ペソ相当の金と銀がそこに保管されていた。

一九五〇年、フォン・ロイテとその友人のフロイデとシュタウトの三人は、このナチの富をすべて手中におさめることになった。だがその年の十二月、フォン・ロイテはブエノスアイレスで死亡しているのが見つかった。その死の経緯はやはりうやむやのままだった。

シルバーノ・サンタンデルによれば、シュタウトの番もまもなくまわってきた。シュタウトはラフーゼン&シュタウト・エスタンシア会社の専務取締役で、この会社が所有するパタゴニアの大農場(エスタンシア)が、一九四五年七月、Uボートから貴重品を密封梱包した荷物を陸揚げする基地として使われたのは事実だった。それにしてもシュタウトの死に方も、また不可解だった。

この結果、一人残ったルートヴィッヒ・フロイデがドイツ銀行にあるその預金の最後の所有者となった。一九四四年にアルゼンチンがドイツとの外交関係を断ち切って以来、フロイデは、いわばブエノスアイレス駐在の第三帝国非公式外交官だった。一九四四年十一月にファウペル将軍と交わした書簡には、フロイデがドイツ資金の隠匿にあたった責任者であることが記されている。

「ルートヴィッヒ・フロイデの死因は毒入りのコーヒーを飲んだことでした」と、シルバーノ・サンタンデルは筆者に言った。

では、その財宝はいったいどうなったのか？　その一部はマトグロッソのドイツ人居留地に避難した二、三人の手におちたものとみられる。そしてそれよりいくらか多い金額がチリに移され、ナチの秘密結社の管理にゆだねられたと思われる。だが、その両方を合わせてもたいした額ではなかったであろう。

それというのも、財宝の大部分は一九四八年、自分こそその正当な所有者であると考えた男の手にわたってしまったからである。その男こそファン・ゴメスことマルチン・ボルマンであった。

14 マルチン・ボルマンを追う

ある日、一人のイタリア人がブエノスアイレスのイタリア大使館に駆けこみ、ひどく取り乱したようすで、たったいま眼のまえでボルマンを見た、と言った。この人物、ピノ・フレッツァ博士はムッソリーニがベルリンを公式訪問したおりの随行員の一人で、あちこちのレセプションで何度かボルマンと話をしていた。それで、ついいましがたブエノスアイレスで目にしたのはボルマンにまちがいない、と博士は判断したのである。

報告書が作成された。だが、厳密な調査は進められなかった。しかしその報告書のコピーが、アルゼンチンのユダヤ人組織の手にわたったのである。組織は警告を発し、ブエノスアイレスの、ボルマンが姿をみせそうなあらゆる場所で調査がはじまった。だが、そのときはすでに遅すぎ、目指す相手は当然ながら逃げてしまったあとだった。好きなように使える巨額の資金のおかげでどこへでも自由に動けたボルマンは、国境に近いパラナ地区に隠れたのである。そこまで行けば、ドイツ人、反共産主義者のクロアチア人やポーランド人などの居留地を当てにできることがわかっていた。

ボルマンは一九五一年までそこを動かず、平穏に暮らしていた。だがそのとき、情報が入った。数カ国の秘密機関員がつい先ごろアルゼンチンに上陸し、このプロたちがまもなく彼の追跡にかかるという情報である。ボルマンはただちに国境を越えてブラジルに逃げこみ、サンタカタリナ州からマトグロッソ、さらにサムソン渓谷におよぶ広大な地域に散在するドイツ人居留地の一つに消えてしまった。

もしスペインである事件が起こらなければ、おそらくボルマンもこの広々とした空間のどこかに長くとどまっていたことだろう。ボルマンを隠れ家から狩り出した張本人はほかならぬフォン・レーアスで、レーアスは長い、詳細な手紙を書くのが好きだったのである。

それはまったく偶然の出来事だった。元ナチのSS将校だったシュピンネの密使を尾行していたフランスの秘密情報員が、マドリードの空港でその男のスーツケースをひそかに奪うことに成功した。秘密情報員はその中身を調べ、見つけだした書類を写真に撮って、スーツケースは男に返した。そして撮った写真を調べてみると、その何枚かがフォン・レーアスの手紙とわかった。そのうちの一通に、ボルマンがまだ生きていてブラジルのどこかに隠れていることが書いてあったのである。

パリでは、フランス情報機関と関係の深いユダヤ人、ムッシュー・Fなる人物がこの手紙のことを耳にして、行動を起こす決心をしていた。

筆者が一九六六年にインタビューしたとき、ムッシュー・Fはその一部始終を語ってくれた。

「わたしはイスラエルのヘルート党の一員で、イルグンという組織に属していたこともありました」と、彼は語りはじめた。「ボルマンがブラジルにいると書かれた手紙を見るとすぐわたしは、代表として南米に派遣してくれるようヘルートに頼みました。ごく少数の友人にだけは、そこに行くほんとうの理由を話しておきました。ヘルートは申し出を受け入れてくれ、わたしは一九五二年初めにブエノスアイレスに着いたのです」

背が高く恰幅がよく、頭が禿げているムッシュー・Fは、だれの眼にもユダヤ人にはみえず、南アメリカではドイツ人を装った。ムッシュー・Fのドイツ語は訛りもなく流暢で、もちろん偽造の身分証明書をはじめ各種の書類はぬかりなく用意されていた。

「すぐにサンパウロまで行きました。ドイツ人の大居留地があるところで、そこのだれかと接触して、それを突破口にナチのサークルに入りこもうと思ったのです。ひと月ほどしてなんとか二、三人のナチと知り合いになり、その連中に書類を見せて、自分が元ナチス幹部の経営するドイツのある大手企業から南米に派遣されたことを示したのです。それから、何年かまえにドイツにいる上司とボルマンとが交わした秘密の取決めがあって、社は巨額の資金をブラジルに移し、ドイツ人逃亡者に仕事を提供する新しい産業に投資することになっている、と説明しました。しかし、実際に活動をはじめるにはボルマンの同意が必要で、それで、費用はどんなにかかってもすぐにボルマンに会いたいのだ、と話したのです。

「そんなにかかりはしない」と、わたしの話を聞いた二人のドイツ人は言いました。「一万ドルでなんとかしよう。ぽっきり一万ドルだ！」」

この二人は元国防軍将校で、サンパウロの電気部品製造会社で働いていた。ムッシュー・

Fは一万ドルも払える立場になどなかったが、それでも払う約束をした。「第一の目的はボルマンとじかに会うことでした」と、ムッシュー・Fは説明する。「それから先のことはあとで考えるつもりでした」

二人のドイツ人は、ムッシュー・Fをボルマンのところへ連れて行くことに同意した。かれらとしては心から約束を守るつもりだったにちがいない。だが、ボルマンは隠れ家をひんぱんに換えるのが習慣になっていたため、三人は彼を追って長い旅をすることになった。最初めざしたのは、ブルメナウ、サンタカタリナ州の小さなドイツ人居住地だった。ボルマンが住んでいるとみられた場所に着くと、ポルトアレグレへ発ったばかりだと知らされた。三人は言われた町に行ってみたが、そこでも、ボルマンは丸一日いただけでブラジル北部、数千マイルかなたのバイアに行ってしまったことがわかっただけだった。

ムッシュー・Fはあきらめなかった。小型機をチャーターし、二人のドイツ人とともに空路バイアへと向かった。しかしボルマンはそこでもつかまらなかった。バイアで得た手がかりによれば、そこからおなじブラジル北部の町へ向かったらしく、一行はこんどはジョアンペソアに飛び、二人のドイツ人は地元の警察署長と親しい、やはりドイツ人の友人を訪ねた。「きのうはここにいたのですがね」と、この友人は三人の追跡者に言った。「なにか公式の書類をとりに警察にも行ってましたよ。彼の登録カードを見せてもらえるよう、話をつけてあげられると思います」

男は三人を警察署長に引き合わせた。しばらくして、ムッシュー・Fはボルマンのカードを手にしていた。それは元第三帝国指導者がその町にいた明白な証拠だった。カードには写真が添付されていたのだ。

「感無量でした」と、ムッシュー・Fは語る。「まさしくボルマンの写真でした。整形手術などで顔を変えようとしていないのもすぐわかりました。ええ、天地神明に誓って、ボルマンでした！　もちろん、カードに書かれた名はボルマンではありませんでした。なんとユダヤ人名のエリーツァー・ゴルトシュタインと名のっていたのです！」

そのカードによれば、ボルマンの行き先はリオデジャネイロだった。ムッシュー・Fはあちこちの航空会社の営業所を訪れて、最近ジョアンペソアを発った便の乗客名簿をチェックした結果、ゴルトシュタインことボルマンが、じつはリオデジャネイロではなくアマゾン川のはるか上流の町、マナウスに向かったことを突きとめた。

「あいにく、追跡をつづけるだけの金がありませんでした。そこでわたしは二人のドイツ人に、いまでもボルマンに会えたら一万ドル払う気持ちに変わりはないが、これ以上南アメリカじゅうの町から町へと追いつづけるだけの資金はないと言って、宿のリオのホテル、ヌオボ・ムンドのアドレスを二人に残し、連絡がとれるようにしていったん引きあげました。リオに着くと、わたしはイスラエルの党幹部に手紙を書き、問題点をことごとく伝え、ボルマンが生存していることがはっきりしたからには、追跡をつづける人間を何人か送ってほしいと頼みました。

ところがリオにいるあいだに、わたしはとんでもない大失敗をしてしまったのです。あるユダヤ人組織から、イスラエルと西ドイツとの関係について話をしてくれないかと頼まれました。その会合に出るのが組織のメンバーに限られていること、宣伝もしないことを確認したうえで、わたしはそれを引き受けました。それなのに、何が起こったと思いますか？　その会合の翌日、ブラジル一の新聞《オー・グローボ》が、わたしの講演をそっくりそのまま、もちろんわたしの名前も一緒に、載せてしまったのです。すべてが水の泡でした」

そしてすぐさまその朝、ホテルのムッシュー・Fのもとに電話が入った。一緒にボルマン捜しの旅をした例のドイツ人からだった。

「汚らしいユダヤ人め！（ドゥ・シュムッツィゲ・ユーデ）」ひとりがそうののしる声が聞こえてきた。「きさまの正体はわかったぞ。殺してやる！」

ムッシュー・Fがブラジルですべきことはなにも残っていなかった。イスラエルからもいっこうに交替要員が送られてくる気配がなく、ムッシュー・Fはひどく落胆してヨーロッパにもどった。

マルチン・ボルマンは、不退転の決意を固めた復讐者たちが追跡しているとの警告を受けていた。そのためボルマンは用心深くマトグロッソの隠れ家にもどり、それから数年のあいだじっと身を潜めていた。そして、おそらくもう忘れられたものと考えたにちがいない。じじつ、ほとんど忘れられかけていた――が、忘れない人間もいたのである。

15 第三帝国を支持するイスラム世界

援助の手を差しのべ、避難所を提供するなど、ナチスに友好的な姿勢をみせたのは、ラテン・アメリカ諸国だけではなかった。アラブ諸国もまた、かれらを助けたのである。

その典型がSS連隊長（大佐）ヴァルター・ラウフの場合だった。

ガス室が造られる以前に大量虐殺に用いられた方法のひとつに、いわゆる〝ガス殺用バン〟があった。密閉されたバンのなかに排気管を引きこみ、そこにユダヤ人を満載して埋葬地に向かう。着いたときには全員が死亡していてすぐに埋められるというわけである。

この〝動くガス室〟はひじょうに効率がよかった。特殊部隊の三台のバンで、数カ月のうちに九万七千人のユダヤ人が死亡させられている。この成功に貢献したのが、ヴァルター・ラウフだった。

ラウフは、終戦後の体験をつぎのように話している。

「わたしは一九四五年四月三十日、アメリカ軍に捕らえられました。それから一年八カ月のあいだ、リミニの捕虜収容所に入れられ、イギリスもしくはアメリカの情報将校から数回にわたり尋問を受けました。一九四六年十二月二十六日、わたしはこの収容所を脱走してナポりに向かいました。そこから、あるカトリックの司祭の力添えでこんどはローマに入り、そこで一年半のあいだ、いくつもの修道院を転々としました。ピア通りの孤児院ではフランス語と算数を教えたりもしました。わたしの家族はまだドイツのソ連軍占領地区にいたのですが、やはり司祭たちのおかげでローマのわたしのもとへ呼び寄せることができました。わたし自身はシリア政府と契約を交わしたばかりで、秘密警察や親衛隊の技術顧問としてダマスカスに行きました。一九四九年まではずっとダマスカスにいたのです。……」

　このアラブのナチに対する厚遇はけっして例外ではない。ナチ党とアラブ世界はながく友好関係にあり、第二次世界大戦の何年かまえからすでに、エルサレムのイスラム法大法官（ムフティー）はヒトラーを、そのユダヤ人に対する憎悪、イギリスに対する敵意ゆえに、強力な同盟者とみなしていた。戦争が勃発するとムフティーはベルリンに赴き、すぐに中東のアラブ諸国に向けて放送を開始、連合軍に対する破壊活動およびテロ行為にでるよう煽（あお）りたてた。中東の情勢はひじょうに流動的で、ムフティーの呼びかけにもさまざまな反応が返ってきた。イラクは国内で発生した暴動をきっかけに、もう少しでドイツ側に立って参戦するところだった。ムフティーに使われていたアラブ人のスパイたちはイギリス軍部隊の動きをつぎつぎと伝えてきた。アラブのゲリラ隊は、ドイツを逃れてパレスチナに入ろうとするユダヤ人グループをいくつも阻止した。カイロでは、リビアを横断しナイル川に向かうロンメル将軍とアフリカ軍団を歓迎する準備を、市民総出ですすめていた。

　一方、ムフティーは勝ち進むドイツ軍に占領された東部の各地域を視察してまわっていた。

そのあたりにはイスラム教徒の住民がかなりいたことから、彼が訪問したことで、志願兵二師団をはじめとする部隊をいくつかヒトラーの軍勢に加えることができた。ムフティーはまたナチスにいる友人の案内でアウシュヴィッツを訪れた。その友人の名はアドルフ・アイヒマンといった。よほど印象がよかったのか、ムフティーはのちにヒムラーにこう語っている。「勝利をおさめられた暁にはぜひアイヒマンを拝借したい。われわれにとってきわめて有益な人物です。彼のやり方で、パレスチナでも《最終的解決》を実施していただきたい」

ナチスは敗れ、ムフティーの希望も打ち砕かれたが、彼は簡単にあきらめるような人物ではなかった。別の戦争をはじめたのである。相手はイスラエル、国家としてまだ認められてすらいないイスラエルであった。ムフティーは当然のようにナチスの友人たちの協力を期待した。アフリカ軍団で活躍した多くの元将校がひじょうに有利な条件でエジプト軍に採用され、ほかにも、中東の捕虜収容所から脱走したり解放されたりしたドイツ陸軍の将校たちが、シリア政府のために働くことを申し出た。一方、アラブの工作員がドイツとオーストリアに送られて、アラブ諸国への武器や予備部品の密輸を企てたほか、ナチスの逃亡者を無事にナポリまで行き着かせる逃亡ルートを準備した。ナポリから先は船でシリアやエジプトの港へ運ばれることになっていた。

一九四八年三月、のちのイスラエル首相ダヴィド・ベングリオンは日誌にこう記している。〈わが情報機関は、ナチスをアラブ諸国に逃がすための地下逃亡ルートを発見した。アラブがなかでも興味をもっているのは、ドイツ軍に従軍したイスラム教徒、および連合軍の捕虜収容所から釈放された特技兵と将校である。その逃亡ルートは本部をローマにおき、表向きは〝イスラム救済機関〟と名のっている〉

一九四九年春までつづいたイスラエル独立戦争のあいだに、元ドイツ軍将校、技術者、それに名うてのナチ軍人がぞくぞくとアラブ各地の首都に到着した。徴募の仕方はさまざまだったが、いずれも巧みにカムフラージュされていた。ジーモン・ヴィーゼンタールがひとつの独特な方法について書いている。

〈ローマのシリア大使館が、フランス外人部隊を模して徴募局を開設した。またわたしは、そのフランス外人部隊に入隊した兵士たちが一人三百五十ドルでアラブに売られていることを知った。引渡し場所になったのはイタリアのある港だった。要するに、この不正行為をはたらいたフランス人は、新兵一人につき、その三百五十ドルから入隊時に支払う給料の前渡し分を差し引いた額だけ利益を得ていた。言うまでもなく、この汚いやり口が明るみにでると、これに関係したフランスの役人たちは懲戒裁判の場に引き出された〉

SS将官オスカー・ディルレヴァンガーは三万人を上まわる人々を殺害したとしてポーランド政府から手配されていた人物だが、そのエジプト到着の方法は尋常ではなかった。彼は戦争末期にフランス軍の捕虜となった直後（一九四五年六月七日午後七時三十分）に死亡したとされていた。だがそれから二、三年して、ある審問の場でその死亡診断書が提出されたとき、死亡時刻が厳密に記されているのがかえって妙に思われ、命令により墓が掘り起こされ棺が開かれた。なかの死体は若い男で、十一カ所の銃創があった。

消息筋によれば、ディルレヴァンガーは仲間の将校五、六人とフランス外人部隊に加わり、その部隊はフランス軍と合流するため、インドシナに送られることになった。これはすべてディルレヴァンガーらの計算どおりで、かれらの逃亡劇の第二幕を遂行するチャンスの到来を意味した。輸送船がスエズ運河を通過中、六人のドイツ人は海中に飛び込み、エジプトの海岸まで泳ぎきったのである。ディルレヴァンガーはエジプト軍最高司令部の技術顧問となり、名前もハッサン・スレイマンと改め、ディルレヴァンガーの忠実なる友アイヒェンベルガーはハビブ・エル・タラキと名のるようになった。

　これほど奇抜な方法ではなかったが、砲術専門家のヴィルヘルム・ファールムバッハー将軍、兵器専門家のド・ブーシュ大佐、落下傘部隊の指揮官ゲルハルト・メルテンス大佐、ゾリングと名のる情報機関長らも別の一団でエジプトに到着した。つづいて元陸軍将校約六十名もつぎつぎに入国し、エジプト軍の各部門に採用された。そのなかには、グーデリアン将軍の参謀だったある戦車専門家、数人のテスト・パイロット、落下傘部隊指揮官、SSのエリート師団〝帝国（ライヒ）〟のメンバーが含まれていた。この〝ライヒ〟はフランスの村オラドゥール・シュール・グラーヌの全住民を虐殺するという、恐るべき作戦を実行した部隊だった。

　悪名高いナチ戦犯もエジプトに渡り、その知識と技術を伝えている。マウトハウゼン強制収容所をつくったヴィリ・ブレンナー、ワルシャワのゲシュタポを統轄し死刑を宣告されながらも逃亡に成功したレオポルト・グライム、逃亡の寸前までウルムのゲシュタポを指揮していたハインリッヒ・ゼルマン、そして彼とデュッセルドルフで同僚だったヨアヒム・デームリング（この人物はエジプトに帝国中央保安局になぞらえた諜報機関を組織するという任務を与えられた）などである。ヒトラーの伝記を書いたルイス・ハイデンはアラビア語訳の『わが闘争（マイン・カンプフ）』の準備におおわらわで、ヴェルナー・ヴェルトシャーレ博士やフォン・ハルダー男爵、ハンス・アップラースといった煽動家たちは、こんどはイスラエルに向けて、ふたたび堰をきったように反ユダヤ宣伝をはじめた。

これらのそうそうたる面々に一九五一年、ヴィルヘルム・フォス博士が加わった。ドイツ軍占領下のチェコスロヴァキアでスコダ兵器工場の長だった彼は、エジプト軍指導者たちから戦略ロケットの生産責任者に任命された。

こうしたドイツ人傭兵の多くがアラブ名を名のっていた。レオポルト・グライムはナーム・エル・ナッシャール、ベルナルト・ベンダーとハインリッヒ・ゼルマンはそれぞれベン・サラーとハミデ・スレイマンとなり、カール・ルーダーはアブドゥル・カーデルといった。これら〝アラブ系〟ドイツ人のなかには、イスラム教に改宗した者すらあった。

ナチの逃亡者を歓迎することにかけては、シリア政府もエジプトに負けてはいなかった。それどころか、より友好的な面さえあった。スイスとイタリアに駐在するシリアの大使や領事はナチの地下組織と申し分のない関係を維持していた。オデッサなどはローマのシリア大使館に本部をおいていた時期もある。元ナチスのメンバーはシリアのパスポートを与えられ、それによってヨーロッパじゅうを旅することができるようになり、兵器の専門家であろうと《最終的解決》のスペシャリストであろうと、必要な人材をあちこちで徴募してつぎつぎにダマスカスに送ったのである。

一九四九年初め、あるユダヤ人グループがフランス当局にはたらきかけ、将軍を含む七人のSS将校がシリアに向かうのを追跡させることに成功した。だが目的地に到着した人数はそんなものではない。一九四八年には陸軍の特技兵のグループ三十名がシリアに上陸した。これを率いた陸軍少将シュトラッハヴィッツは国防軍の機甲師団を指揮した人物であり、シリアの独裁者フスニ・ザイームのために働いたレーマンなる人物は、シリア陸軍に武装SSなみの部隊を組織する意図で、元SS将校、テスト・パイロット、戦車専門家を多数採用した。そういうわけで、ヴァルター・ラウフも、すでに述べたように、その専門知識を買われて雇われたのである。一九五〇年、三十名からなるまた別のナチ・グループがシリア入りした。その多くはそれほど重要な人物ではなかったが、なかにはフランツ・ラーデマッハーやアロイス・ブルンナーら、二、三の戦犯も混じっていて、かれらですらダマスカスに足を踏み入れると、もう安全だと考えた。

フォン・レーアスは、その軽率な手紙がもとであやうくボルマンを逮捕させるところだったが、彼自身はペロン政権が倒れるとすぐにアルゼンチンを離れ、それから数カ月、その足取りはぱったり跡絶えた。しかし一九五六年八月、カイロ駐在のイギリス人ジャーナリスト、アン・シャープリーがエジプト宣伝省に立ち寄り、〝イスラエル局〟で赤ら顔、白髪の男を見るとこう挨拶した。

「おはようございます、フォン・レーアス教授！」

アン・シャープリーはエジプトを追放された。フォン・レーアスは別のジャーナリストにつぎのように語っている。「ペロンが倒れたあと、アルゼンチンがユダヤ人と聖職者、つまり強欲者とカラスどもに乗っ取られてしまったのでここに来たのです」

だがじっさいは、エルサレムのムフティーからの飛びつきたいような申し出を受けてやってきたのだった。ムフティーはフォン・レーアスのような筋金入りの反ユダヤ主義者が自分のもとで働いてくれることを切に願っていた。そこでフォン・レーアスはイスラム教に改宗し、アミン・オマール・フォン・レーアスと名のるようになった。反ユダヤ主義に基づく宣伝活動を任され、また西ドイツのバートゴーデスベルクで発行されている一枚新聞のカイロ通信員にもなり、アフリカと中東の情勢を伝えた。言うまでもないことだが、南アメリカにいるナチの友人たち、とくにチリの地下組織とは連絡を絶やさなかった。

一九五五年、中東で軍備競争がはじまったとき、ナチとしての経歴のためヨーロッパを離れるほうが賢明と思われた者たちのあいだに、ナセルがドイツ陸軍の特技兵を喉から手が出るほどほしがっているという情報がひろまった。その結果、主要な逃亡ルートの終点はエジプトとなった。イタリア経由のルートも依然として存在し、また別のルートはスペインへ、すなわち地中海に面したシュロイゼの主要拠点へとつづいていた。そこはデニア近郊のキャンプ地で、コスタ・ブラバ沿いにぞくぞくとできたほかの多くのキャンプ地とさして変わったところもなく、休暇を楽しむ人々は、セニョール・ブレマーなる人物に頼めば、ボートはもとより、モーターつきの大型ランチまで借りることができた。もちろん一般の人たちは、ブレマーが元SS将校であること、キャンプ地で見かけるドイツ人たちが日光浴をしにスペインに来ているのではないことなど、知るはずもなかった。エジプトへ向かうナチ逃亡者の多くがデニアを、一時滞在する宿泊地として利用していたのである。かれらがそこに滞在したのは、ブレマーの連絡員がエジプトと接触し、かれらが提供したいと思う折り紙つきの才能をかならず利用するという確証をエジプト側から得るまでのあいだだった。こうして雇われたドイツ人はセニョール・ブレマーのランチで出発し、北アフリカの港を経由してエジプトに入ったのである。この手順はきわめて快調にはこんだ。

かくして、カイロのドイツ人居留地は四、五年のあいだにどんどんひろがっていった。〝七月二十六日〟通りのカフェ、レーヴェンブロイはたまり場として人気があったが、ここも手狭になって、もはや常連といえども入りきれなくなり、ヘリオポリス・スポーティング・クラブも新しいメンバーを入れるわけにはいかなくなった。年に一度ヒルトン・ホテルで開かれていたラインラント・カーニヴァルは伝統行事となりつつあった。めぼしい新来者の名はあっというまにひろまった。たとえば、ナチ党の中央宣伝局長だったフリッツ・レスラーことフランツ・リヒター博士、ブッヘンヴァルト強制収容所の〝不妊手術専門家〟の一人で一九五八年自分の裁判の進行中にドイツを逃れたハンス・アイゼレ、反ユダヤ主義の教師ルートヴィッヒ・ツィント、ペーネミュンデの科学者でエレクトロニクスの専門家パウル・ゲルッケ、ジェット推進のスペシャリスト、オイゲン・ゼンガーといった名前である。

第三帝国の崩壊後、こうした人物のほとんど全員が世界じゅうをさまよい歩いた。さんさんと陽のふりそそぐナイル河畔はそのあげくに見つけた安住の地である。かれらは自らの才能を、こんどはアラブという主人のために、そしてイスラエルのユダヤ人を敵にまわして、またいつでも喜んで使うつもりだった。

16　スペインの聖域

南アメリカと中東はしかし、結局のところ、故国から遠く離れているうえに気候も厳しく、生活環境も往々にして劣悪な流罪の地だった。だが、ヨーロッパのなかにも、すでに第二次世界大戦以前から、ナチス・ドイツとファシストのイタリアの双方と強い絆で結ばれていた国があった。スペインである。そもそもフランコ軍の勝利は、ヒトラーとムッソリーニから送られた戦闘機や戦車、軍隊の助けがあってこそ得られたものであった。そういうわけでスペインの独裁者も、形勢が不利になったナチスとファシストに安息所を提供するくらいは当然だったのである。

ナチ占領下のヨーロッパにおける重要人物で、一九四五年以後スペインで平穏な日々を送った一人に、ベルギー・ファシストの指導者として知らぬ者のないレオン・ドグレルがいた。ドグレルは典型的なナチ協力者だった。戦前はベルギーのファシスト運動組織〝レックス〟を率いる一人で、この運動の影響力はかなり大きく、ベルギーの政策を一度ならずドイツ支持に向けている。ドグレルは美男子で、その話しぶりには説得力があり、彼の行くところ、失恋した女性が列をなしたともいわれる。戦争はこのカサノヴァさながらの色男を大帝国の英雄に変身させ、ずらりと勲章をもたらした。はじめは一兵卒にすぎなかった彼も、終戦時には、ロシア戦線で戦ったワロン師団を指揮する将軍になっていた。

ベルリンに呼ばれ、ヒトラーじきじきに騎士十字章を授与されたとき、ドグレルは、熱烈なナチ党員ならだれでも総統から言われたい最高の賛辞も受けた。「わたしに息子があったなら、きみのようであってもらいたいものだ!」

だがじっさいには、このハンサムで弁舌さわやかな男が勲章を授かったのは、軍人としての勇敢な行為よりも、ナチスに対する盲目的な忠誠心ゆえであったと思われる。

オーデル川戦線の攻防で自身の部隊の九割を失ったとき、ドグレルにとって戦争はすでに終わっていた。ぐずぐずしてはいられなかった。ドグレルはシュテッティンから北ドイツを横断し、国境を越えてデンマークに入った。なんとかコペンハーゲンに着くと、こんどはモーターボートでオスロに渡った。やがてドイツは無条件降伏、ドグレルはこのノルウェーの首都でヨーロッパ戦勝の日を迎えた。だが幸運の女神はまだ彼を見捨てていなかった。なんとそこで彼はドイツ空軍の戦闘機を見つけたのである。燃料は満タン、乗員は、捕虜にならずにすむならなんでもする覚悟だった。ノルウェー軍は勝利にわきかえっていた。ドグレルはこの混乱に乗じて飛びたった。機は南西に針路をとり、連合軍の戦闘機に迎撃されることもなく、北海を越えてフランスを横切っていった。ボルドー上空で、針路を西に変える。が、燃料切れ寸前の機はぐんぐん高度を下げはじめ、サンセバスチアンはラ・コンチャの美しい砂浜にもう少しで不時着成功というところで、海に突っこんでしまった。幸運だったのは水深が五フィートほどしかなかったことで、ファランヘ党員が何人かワッと飛び出してきて、海中の六名を浜に引き上げた。全員が負傷していた。ベルギーの美男ファシストは肩と両足に軽い傷を負っていた。だがとにかく、安全な地スペインにたどり着いたのである。

一九四五年十二月十四日にブリュッセルの裁判で自分に死刑が宣告されたことを聞いたとき、ドグレルはまだサンセバスチアンの病院に入院中だった。ベルギーから何度も身柄引渡し要請が出されていることも知っていた。それでも、自分は安全であると確信していた。

一九四六年八月二十三日、スペイン政府は、レオン・ドグレルが「二日まえに退院し、政府の決定にしたがって、ただちに国外退去命令が出された」と発表した。しかしドグレルには、フランコ政権の少々いいかげんな決定に従う気などさらさらなかった。スペインという国が、かつてルーマニアの親ナチ政府の指導者だったホリア・シマやクロアチア人のファシスト、マックス・ルブリックなど第一級の反逆者たちに、なかばおおっぴらに避難場所を提供してきたことを知っていたのである。退院後のドグレルは快適な大農場に匿われ、その地主でナチ崇拝者として有名なドン・エドゥアルド・エスケールと、美人だが少々エキセントリックなルイーズ・ド・バレンシャ公爵夫人の援助を受けながら、ファン・サンチェス博士と名を変えて何不自由のない生活をおくった。やがて、世界じゅうに散らばった友人たちとの接触を再開するうち、この農場は、スペイン経由で南米や中東へ逃れていくナチ逃亡者たちがしばしば立ち寄る場所の一つとなった。

ファランヘ党の社会福祉組織には特別な〝ドイツ部門〟が設けられていた。ドグレルも、その協力を得てまもなく逃亡ルートの組織化にこぎつけ、逃亡するナチスに費用と偽造の身分証明書、航空機や汽船の切符を手配し、ときには、スペインに定住するための援助を与えた。

(この組織は、一九四六年にイタリアからバルセロナに入ったマルチン・ボルマンにも力を貸した。したがって、レオン・ドグレルはボルマンの逃亡の一部始終を知っていて、いまでも文通をつづけている数少ない人間の一人ということになる)

年月がたつにつれ、ドグレルは自分は安全であるとますます強く感じるようになり、いろいろと不可解な企てをはじめた。セビリャの自宅近くに反共コマンドーを組織し訓練する仕事にたずさわったという話もある。アメリカとイギリスの情報部はどちらも彼の活動を知っていたが、そのまま泳がせておくのが最善策であると考えていた。ドグレルはこうしていつのまにか〝自由世界〟の側にすべりこんでいったが、事業をするうえではこれが役に立つことを彼は知った。ドグレルはマドリードのある貿易会社の株式の大部分を取得した。この会社は、本来の業務のほかに、スペイン、ドイツ両国のナチの地下組織と南米および中東の兄弟組織とのあいだの資金移送の仕事も請け負っていた。そして、この会社と密接な関係にあったデュッセルドルフのルフト貿易会社の総支配人ヴェルナー・ナウマン博士は、ヒトラーの遺言のなかで宣伝長官に指名されていた人物だった。

ナチ党員のなかには第三帝国が崩壊したからといってかならずしも闘いが終わったとは考えない者がいたが、ヴェルナー・ナウマンもその一人だった。デュッセルドルフでは危険を覚悟で〝大管区指導者クラブ〟をつくり、西ドイツでの権力掌握をもくろみさえした。一九五三年にこの企てが発覚したとき、レオン・ドグレルは、ナウマンと彼に従う者たちに資金を援助したとしてアデナウアー首相から公然と非難された。

しかしドグレルは、そんなことで主義を変えるような男ではなかった。それどころか、自分の意思を公然と表明することさえし、一九五四年十二月十五日には、ドイツ人とともにソ連で戦った〝アスール師団〟の退役軍人らを前にした公の場で大演説を打った。その三日後、週刊新聞《エル・エスパニョール》がドグレルとのインタビューを掲載し、またファランヘ党青年組織の機関紙《青年(フベントゥド)》には彼自身の署名入りで記事が載った。

ベルギー政府はこれを知るとすぐ、再度この戦犯の身柄引渡しを要請した。外務大臣ポール＝アンリ・スパークは強い調子の通告書を再三再四マドリードに送りつけ、スペイン駐在のベルギー大使リーニュ公は召還、解任され、両国の関係は断たれるかにみえた。しかしすでにこうした事態は経験ずみのフランコ政権は、一九四六年の時点と同様、ドグレルはスペイン国内にはいないとの声明を発表した。ベルギー側はこれを受け入れざるをえず、問題はそのままになってしまった。

〝世界一ハンサムなナチ〟に隠れ家を提供したほかに、スペインは〝もっとも危険なナチ〟にも避難所を与えた。SSのコマンドー・リーダー、オットー・スコルツェニーである。身長六フィート、体重二百ポンドをゆうに超すこの巨漢は、明るいブルーの鋭い眼をもち、顔には学生時代の喧嘩でつくった傷あとが走っている。たしかにさっそうとしたコマンドー隊長だった。その名を世に知らしめた最初の手柄は、ムッソリーニの救出だった。バドリオ内閣の手でグランサッソ山地のホテルに幽閉されていたこの前首領（ドゥーチェ）を救うべく、スコルツェニーはそのグライダー部隊を山頂のホテルから百ヤードの地点に着陸させ、監視にあたる四百人の警察官（カラビニエリ）を倒した。こうして解放されたファシスト党党首は、北イタリアに〝新ファシスト政権〟をうちたてるのである。

また一九四四年十月、ハンガリーの摂政、ホルティ提督が、進攻してきたソ連軍に祖国を明け渡そうとしたときには、オットー・スコルツェニーはブダペストの要塞を攻略し、ホルティを誘拐するという奇襲攻撃に出た。これが成功し、スコルツェニーの名はさらに有名になった。この結果、ハンガリーは終戦までドイツ側につかなければならないことになった。

スコルツェニーは同じ年、ユーゴスラヴィアのチトー率いるパルチザン部隊とも、戦火を交えている。彼が最後の大規模な任務をあたえられたのは一九四四年十二月だった。このとき指揮権を与えられた〝グリュプス〟作戦はアルデンヌ攻撃計画の一環で、ヒトラーの最後のあがきでもあった。作戦開始当初、ドイツ軍特殊部隊は大きな成功をおさめ、アメリカ軍に奇襲をかけては何カ所にもわたって前線を突破し、敵陣深く侵入した。スコルツェニーの部隊にはドイツ人ながら英語の堪能な者が何百人といた。かれらは米軍の軍服を着せられ、分捕った戦車やジープで連合軍の戦列の背後に潜入し、通信施設を分断し、破壊工作をおこない、相手の軍隊をとんでもない方向に移動させるなど、いたるところで混乱を引き起こした。アメリカ軍の情報将校は、米軍の軍服姿のドイツ兵捕虜の言う、スコルツェニーの命知らずの兵士たちがアイゼンハワー暗殺のためパリに向かっているという言葉を信じこんだ。その結果、アイゼンハワー最高司令官は厳重にガードされ、注意をそらすための影武者が使われた。

ようやく反撃に出た連合軍は、ドイツ軍をそのスタートラインまで押しもどし、米軍の軍服姿のまま捕虜となったスコルツェニーの部下約百三十名は軍法会議にかけられたあと処刑された。スコルツェニー自身は逃げのびたが、〝もっとも危険なナチ〟という評判はますます高まった。

だがスコルツェニーは一九四五年五月十七日、アメリカ軍に降伏した。その数カ月後、米軍軍事裁判にかけられたが無罪となり、捕虜収容所に送られたのち、一九四八年七月二十五日、そこを脱走している。ある報告によれば、米軍将校に変装したシュピンネのメンバーが、彼の指揮官としての手腕を必要とし、手を貸したという。その一方で、米軍の秘密情報員として働くことを条件に、米軍が慎重に釈放したという噂もささやかれた。

いずれにせよ、一九五〇年二月のある晩、スコルツェニーはシャンゼリゼ通りのカフェ、ル・マドリガルでビールのグラスをかたむけているところを《ス・ソワール》紙の記者に目撃されている。その後まもなく、ロルフ・シュタイナーという名で、サンジェルマン・アン・レーの下宿屋レ・セドレにいたことがあるのもわかった。

スコルツェニーはふたたび消息を断ち、その後フランスの冬のリゾート地ムジェーヴ、ついで南米、中東に姿をみせた。一九五〇年代には世界各地を休みなく旅し、ペロンとナセルにも会っている。西側列強の各情報機関は、スコルツェニーがシュピンネと関係していると信じるに充分な根拠を得て、彼の動きについてさらに徹底した調査がおこなわれた。その結果、彼をめぐる疑惑のいくつかが明らかにされた。西ドイツ政府に対するナチの陰謀の主導者ヴェルナー・ナウマンと定期的に手紙のやりとりをしていることがわかったこともその一つである。スコルツェニーが接触していた人物のなかには、元SS将校でデニアで休暇キャンプを経営する例のブレマーの名もあった。

たしかにスコルツェニーは多数のナチ戦犯が逃亡するのを助けたが、ほかのもくろみにも手をそめていた。銃砲弾薬の密輸である。世界各地で騒動を起こしているグループと接触があったため、この副業は大繁盛した。その後、資金がたまると、もっと平和的で危険の少ない仕事に眼を転じて商業にたずさわるようになり、ロベルト・シュタインハウアーの名で堅実な実業家としてマドリードで暮らしていた。一時期、数カ国の政府から特殊部隊の訓練を依頼されたこともあったが、そのたびに丁重にこれを断わった。スコルツェニーはしじゅうアイルランドに出かけ、ついには農場を購入してその近代化につとめた。戦犯として無罪放免になって以来、彼は思うがままに姿を見せたり隠したりしていた。戦争中の回顧録を出版すればかなりの売れ行きをみせ、ヘブライ語への翻訳やイスラエルでの出版さえおこなわれている。

ごく最近の写真を見るかぎりスコルツェニーは、アイルランドの農場でバラ作りに精をだし、羊の世話をするごくふつうの農夫である。

17　ユダヤ人になったナチ

　ナチ逃亡者の多くは数々の危険を冒したすえに南アメリカや中東、あるいはスペインにたどり着いた。なかにはスウェーデンや南アフリカを選んだ者もあり、大胆にもアメリカ合衆国に定住した者も意外なほど大勢いた。だがなんといっても尋常でないのは、だれも想像すらしない国に隠れたケースである。その男が選んだのは、なんとイスラエルだった。

　一九四九年九月、移住者の一家がハイファの地を踏んだ。家族は四名――長身で金髪の父親、母親、それに二人の子供だった。その父親がユダヤ人機関(ユダヤ・エージェンシー)に語ったところでは、自分はユダヤ人だが、妻はアルゼンチン生まれのキリスト教徒であり、子供たちは自分の祖先であるユダヤ民族の伝統にしたがって育てたいということだった。男が提示したパスポートは有効で、記載された名はアレクサンダー・エゴン・フィルト博士、職業は開業医だった。ほかに所持する書類はなく、パスポート以外はすべて紛失してしまったらしかった。フィルトはみごとなイディッシュ語を話した。

　フィルト一家はまず一時滞在キャンプに送られ、ついで新興の町アシュケロンに移った。地中海に面したこの町は、その昔ペリシテ人の町として栄えたが、いまではその跡に大規模な近代的アパート群が建っていた。医者不足も手伝って、フィルトは社会保障機関クパト・ホリムで働くことになったが、そこにいたのは一年だけで、まもなく個人病院を開いた。一家の生活は一見しごくふつうだった。子供たちは二人とも地元の小学校にはいり、父親は土曜ごとにシナゴーグに通った。母親も、とかくするうちに、ユダヤ人の宗教を受け入れるようになっていた。

しかしながら、フィルト先生はあまりいい医者ではない、ときどき奥さんを殴る、奥さんは自殺しようとしたことがある、といった噂がひろまりだした。それに加えて、フィルトはパスポート以外どんな資格証明書も提示していない、という事実があった。そうはいっても、当時のイスラエルでは、似たような状況にあった人は何十万といたのである。ヨーロッパで調査がおこなわれた結果、アレクサンダー・エゴン・フィルト博士なる人物はオーストリア国籍のユダヤ人で、チェコスロヴァキアのテレジエンシュタットの強制収容所にいたことが確認された。

一九五三年、フィルト博士は家も家具も、イスラエルまで持ってきた絵画のコレクションもすべて売り払ってしまった。そして、テルアヴィヴのオーストリア領事から新しいパスポートの交付を受け、家族ともどもイスラエルを離れてアルゼンチンに向かった。

フィルトは数年のあいだ、イスラエルの友人に手紙を書きつづけた。しかし一カ所にながくとどまっていることはできないようで、一九六二年、南アメリカをあとに西ドイツに移り住んでいる。だが彼の運命もそこで尽きた。同じ年、フィルト夫人と名のる女性が現われて、夫であるアレクサンダー・エゴン・フィルト博士がテレジエンシュタットの強制収容所でナチスに殺されたと主張して、寡婦年金を申請した。調査の結果、もう一人のフィルト博士の存在が明るみにでた。身元を明らかにせよと求められると、その人物は、本名をヴィルヘルム・ヘルマン・シュミットといい、テレジエンシュタットの強制収容所で死亡したフィルト博士になりすましていたことを、あっさりと認めた。

シュミットの話は真実だったが、彼は真実のあらいざらいを語っていたわけではけっしてなかった。シュミットはテューービンゲン生まれのアーリア人で、一九三三年、早くもナチ党に加わり、『社会主義から国家社会主義へ』と題する小冊子を著している。医師であることは事実だったが、開業していたのは一九三八年から翌年にかけてのほんの一年ばかりで、ザクセンでのことだった。医者になるまえはカッセルでゲシュタポの一員だったこともあり、第二次世界大戦が勃発すると、ふたたびゲシュタポに加わって、ポーランド、ベルギー、オランダ、ソ連で任務についたのち、もういちどポーランドにもどった。一九四三年、任地のワルシャワで、ひとりのラビにむりやり頼みこんでイディッシュ語を習った。言葉に通じていれば、ユダヤ人を追跡して捕まえる作業がより容易になると考えてのことだったのだろう。それとも、そのときすでに、必要が生じたら抜けめなくユダヤ人に〝変身〟しようと考えていたのだろうか？

シュミットが犯した罪は、厳密には明らかにされていない。ロシア人捕虜の大量虐殺とソ連での精神病患者の殺害に関与していた嫌疑がかけられてはいるが、証拠は不十分である。

テレジエンシュタットの収容所のスタッフのなかで指導的な地位にあった可能性もある。それが事実なら、自分の犠牲者の一人であったかもしれないフィルト博士の名を騙った経緯の説明にはなるだろう。しかし、西ドイツ当局はこの真相を究明せず、シュミットはまもなく刑務所を出ることを許された。彼はふたたび姿をくらまし、現在もなおその行方は知れない。

第三部　ナチ戦犯の追跡

18　アイヒマンを捕らえた男

イスラエルでの呼び名はイッサー・ハカタン——小さい(リトル)イッサーといった。なるほど小柄ではあった。だが、筋骨たくましく精力的、すこぶる健康で潑剌としていた。つねに背筋をぴんとのばし、姿勢を正している。腕は短かったががっしりと太く、手も力強かった。頭は禿げかかっている。灰色がかった青い眼がすばしこく、その厳しく、射抜くように鋭い視線は相手の胸の奥深くをさぐるようだった。話すときのセンテンスは短く簡潔で、むだな言葉はいっさい入れない。永年、彼はアラブのスパイや秘密工作員の恐怖の的だった。一九六三年まで、〝リトル・イッサー〟ことイッサー・ハレル(ハルペリン改め)はイスラエル諜報機関の中心人物だった。

しかし、彼が第一に言いたいのはそんなことではない。彼は掛け値なしにこう言える男なのである——「わたしはアイヒマンを捕らえた男だ」

イッサー・ハレルは、のちにパレスチナの先鋒となった多くの人物と同様、ごく幼いころから戦士だった。ヴィテブスクに生まれ（シャガールの生地でもある）、第一次世界大戦の終戦直後、ロシア、ポーランドをまわり、最後にラトヴィアのドヴィンスクに着いた。激しい砲撃を受けて瓦礫同然となったその町では、血気盛んな若者たちが二派に分かれてたがいに勢力争いをしていた。グループのひとつはユダヤ人、もうひとつはキリスト教徒だった。身体は小さかったが、イッサーはユダヤ人グループのリーダーになり、殴られたら殴りかえすという喧嘩をくりかえして、しまいには相手グループからも一目置かれる存在になった。

一九三三年、イッサー・ハレルはパレスチナ入りした。ヤッファにおりたった彼は一塊のパンをわきにかかえていた。当時パレスチナでパンが不足していたからというわけではない。なかには宝物――リボルバー――が隠してあったのだ。ハレルはシュファイムというキブツに加わり、サロンにあるオレンジの果樹園で四年ほど働いた。しかしながら、パレスチナに移ったのはただ働くためだけではなかった。当然のごとくハガナのメンバーになると、みるまに上層部にのし上がり、この秘密組織の諜報機関SHAI（シャイ）でめざましい働きぶりを示した。それから四年後には、イスラエルの全諜報機関を指揮する立場となっていた。

一九四八年にイスラエルが国家として独立したとき、ハレルは保安機関の長官となり、自ら、こっそりと国境を越えてきたアラブの破壊活動家を追跡し捕らえたこともあった。リトル・イッサー生まれたばかりの国家は、イスラエルを海に押し流すと豪語するアラブの脅威に、総力をあげて立ち向かわなければならなかったのである。ついで一九五六年にスエズ動乱が起こり、このときついにイスラエル軍はエジプトを破って勝利をおさめた。

「そのときでした」と、ハレルは筆者に語った。「イスラエルの情勢が安定したまさにそのときに、いまこそナチスに注意を向けるときだとわたしは判断したのです。時期としては少し遅すぎた、それは認めます。だが、まずユダヤ人の生命そのものを保証できなければ、何もはじめられなかったのです」

それでも、一九五五年には国立の機関、ホロコースト（ヤド・ヴァシェム）記念館が設立された。これはナチズムの犠牲になったユダヤ人をながく記憶にとどめるためのものであると同時に、ナチの犯罪とその責任者に関するユダヤ人迫害記録センターでもあった。多くの国でナチズムとその残虐行為への関心が新たな高まりをみせたときで、とりわけ熱心だった若い世代は、人道に対する犯罪がどれほどおこなわれたのか、そしてその責任者とはどういう人物だったのか知りたがった。ドイツで、あるいはほかの国で、あのようなことがふたたび起こりうるのか？

西ドイツでは、一九五五年まで連合軍の軍政部が戦犯逮捕の任を負っていたが、じっさいには一九五〇年以降はほとんど何もなされていない。この年とその翌年、禁固刑を宣告されていた多数の戦犯が恩赦で釈放された。中年をすぎた多くのドイツ人は、沈黙というベールを引いて、過去を、かれらのナチス指導者がおこなった残虐行為を、覆い隠してしまいたいと望んでいたにちがいない。しかし若い、戦争中に子供時代をすごした人たちはやはり、いま自分たちの国が汚名を着せられていることをひしひしと感じ、その汚名の理由を問いかけはじめていた。

一九五六年、フリッツ・バウアー博士がヘッセン州の検察官に任命された。社会民主主義者でありユダヤ人の家系に生まれた博士は、ナチズムとは真っ向から対立する立場にあった。「一九五五年が転換点でした」と、彼は言う。「このとき、ナチ戦犯に関する書物が堰を切ったように出版されはじめました。若い世代が真実を知りたがったという事実自体、小規模な革命とみなすこともできるのです。若者たちのこうした姿勢のおかげで、われわれもいくつかの新しい試みに着手できることになりました」

ナチ戦犯の追跡は、バウアー博士の精力的な指揮のもとにふたたび活気づいた。しかしドイツ各地の検察官がおなじように熱意を示したわけではない。それどころか、同胞として恥ずべきケースにわざと眼をつぶった者も何人かいた。それにもかかわらず、一九五八年十月、西ドイツ十一州の法務大臣はナチ戦争犯罪調査センターを組織することを決定した。

「ホロコースト記念館（ヤド・ヴァシェム）もまた、一九五八年からは捜索をおこない、依然として自由の身でいるナチ戦犯のほとんど全員についてきわめて重要な情報を提供できました」この機関の理事の一人エマヌエル・ブラントは筆者にこう語った。

ソヴィエト連邦とその衛星国でも、犯罪者たちを追放し罰する動きがみられた。一九五八年と一九五九年には、数カ国で大きな裁判が開かれた。しかし、それもまだ一般大衆にはほとんど衝撃を与えなかった。復讐の第二波が本当の意味ではじまったのは、アイヒマンが捕らえられてからのことだった。

アイヒマン逮捕には多くの要因が作用した——イスラエルの諜報機関が用いた手段、都合のよい状況が重なったこと、純然たる幸運――これらのどの一つが欠けても成功はしなかった。だがとにかく、もし西ドイツにいる友人たちがイスラエル諜報部にきわめて重大な情報を提供しなかったら、この追跡はけっしてはじまらなかったであろうことはたしかである。

一九五九年の夏のある夜、ドイツのオーストリアとの国境に近い山道をめざし、三人の男が岩のごつごつした斜面をよじ登っていた。すると突然、怒鳴り声がきこえた。「手をあげろ、逮捕する！」三人は発砲してこれに応えた。しばらく銃撃戦がつづき、三人のうちの一人が射殺された。生き残った二人は武器を捨て、捕らえられた。逮捕した側は西ドイツ諜報部、捕らえられた二人はナチ地下逃亡組織のメンバーだった。

二人の地下組織員はフランクフルトから遠くない一軒家でえんえんと尋問に付され、自分たちおよびほかの地下組織、秘密の資金、逃亡ルート、逃亡者用避難所の所在地など、知っているだけをあらいざらいしゃべらされた。

この取調べの全容は、一九五九年夏の終わりには、イスラエル諜報部の幹部の知るところとなったが、これにはそれまで知られていなかった重要な情報も数多く含まれていた。

それから数日して、リトル・イッサーはテルアヴィヴでベングリオン首相に会い、こう伝えた。「西ドイツの友人が、アイヒマンがアルゼンチンにいるという確かな証拠をよこしました。追跡を開始するよう部下に命じてもよろしいでしょうか？」

「いいだろう。アイヒマンを連れ帰れ。生死は問題にしない」ベングリオンは即座にこう返事をした。そしてすこし考えてから言い足した。「だが生かしたまま連れ帰ってもらえればなおよい。それはわが国の若者たちにとってきわめて大きな意味をもつことになる」

かくして長い追跡ははじまった。

イスラエルは、信頼できる筋からアイヒマンがアルゼンチンにいることを知った。だが、アルゼンチンのどこにいるのか？　その正確な居場所は？

アイヒマンが、口ひげをたくわえ、黒っぽい眼鏡と目深におろした黒い帽子とで顔を隠してブエノスアイレスに降り立ってから、すでに九年以上がすぎていた。彼はまずブエノスアイレスの郊外、ビセンテ・ロペスにあるユールマンという下宿屋に信頼のおける友人と滞在していた。そこで四カ月過ごしたあと、別のドイツ人、フェルナンド・リフラーの家に移り、そのとき、ドイツ人逃亡者に仕事を提供するために設立された会社CAPRIの責任者カール・フルトナーの紹介で、トゥクマンに地味な仕事を手に入れた。その小さな町は、騒がしくて危険な首都から六百マイルばかり離れたところにあった。

アドルフ・アイヒマンは一九五二年四月四日、このトゥクマンでアルゼンチンの身分証明書を手に入れた。それによると、名はリカルド・クレメント、独身、職業は機械工、ドイツ人を母にイタリアはボルツァノで生まれたことになっていた。

その一年まえ、アイヒマンは、オーストリアのヴェラ・リーブルにあてて偽名で手紙を書き、〈きみの子供たちのおじは、だれからも死んだと思われているが、無事で生きている〉と知らせている。その筆跡がだれのものか、ヴェラには一目でわかった。しばらくたって、彼女は子供たちに話した——亡くなったパパのいとこの〝リカルドおじさん〟がアルゼンチンで一緒に暮らさないかと言ってきているの、と。

ヴェラはきわめて慎重だった。パスポートも、チューリッヒできちんと法的な手続きを踏んで手に入れ、彼女に眼を光らせていた秘密捜査官のだれひとりとして、その行動を怪しみはしなかった。一方、ナチの地下組織は彼女の足取り隠しにかかったが、その手ぎわのよさはたいしたもので、何年かたって、捜査官がリーブルのファイルを押さえたときには、すでに中身はまったくのからだった。すべての書類は片づけられたあとだったのである。

ヴェラと三人の息子たち——ホルスト、ディーター、クラウス——は、一九五二年の六月に自宅から姿を消した。七月の初めにはジェノヴァにいて、七月二十八日にブエノスアイレスの地を踏んだ。八月十五日、四人は列車でトゥクマンに到着した。

モシェ・パールマンはつぎのように書いている。〈ヴェラ・アイヒマンがずっと胸にいだいてきた夫のイメージは、軍服姿も凛々しく、ぴかぴかに磨きあげた黒い長靴をはいた、こざっぱりとしたSS将校だった。しかし駅のプラットホームで待っていたのは、質素な身なりの、ずっと老けた感じの男で、しわの刻まれた青白い顔に疲れきった表情をにじませていた。だが、それが彼女のアイヒマンだったのだ〉（『長い追跡』）

アイヒマンはたしかにひどく変わってしまっていた。以前よりやせていたうえに、尊大で強引な態度もなくなり、おどおどとして、観念したような顔つきになっていた。しかし、唇の薄い、あまり感じがいいとはいえない口元はあいかわらず残忍そうだった。

アルゼンチンに逃げた多くのナチは、援助を与えられてはいたものの、その暮らしぶりは簡素なものだった。ヴェラも、ときとして最低年収をかろうじて上まわる程度の生活に慣れなければならなかった。三人の息子たちは〝リカルドおじさん〟が自分たちの父親であることにまだ気づいていなかった。一九五三年、CAPRIが倒産し、アイヒマンは別の仕事を探さなければならなくなり、ブエノスアイレスにもどってチャカブコ通りに小さな家を借りた。まえに住んでいたビセンテ・ロペスの郊外のその家で、ナチの仲間二人と共同経営で洗濯屋を始めた。が、これもすぐに失敗し、アイヒマンはふたたびブエノスアイレスを離れた。そして三カ月ほど兎の飼育場で働いたあと、果物の缶詰工場に仕事を見つけた。

〝クレメント〟一家はこうしてどうにかこうにか食いつないできたが、前途は暗澹たるものだった。そのうえ、素性がばれるのではないかという不安につねにつきまとわれていた。新しい知り合いができても、アイヒマンはだれにも気を許すことができず、いつも警戒の姿勢をくずせなかった。財政状態は悪化するばかりで、ついに彼もアルゼンチンのナチ地下組織と接触する決心をした。これだけはつねに避けてきたのだが、それも、警察の情報屋がナチのサークルにもぐりこんでいる可能性を考えてのことだった。もしまんいち捕まったら自分の命に保証はないことが、アイヒマンにはよくわかっていたのである。

しかし、万事うまくいった。〝リカルド・クレメント〟がじつは退役軍人の元SS上級大隊長、アドルフ・アイヒマンであることを明かしてしまうと、仕事はすぐに見つかり、ブエノスアイレスからほど近いスアレスにあるメルセデス・ベンツの工場で、工場長として働くことになった。

アイヒマンはそれから二、三年のあいだ金儲けに精を出した。暮らしぶりもよくなり、平穏な生活がつづいた。またヴェラと正式に結婚しなおしたことで、彼女にとっては二番めの夫、彼の実の子供たちには義理の父親ということになった。そして夫妻には四番めの子供が生まれた。こんども男の子で、アイヒマンがジェノヴァから船で出国するときに世話になった司祭にちなんでフランシスコと名づけられた。こうしてアイヒマンはしだいに自信をとりもどしていった。ブエノスアイレス周辺を離れることはめったになく、田舎へ小旅行に出るくらいがせいぜいだったが、大物ナチ党員、なかでもフォン・レーアスとは何度か会っていた。そうこうするうちにしだいに大胆にもなって、サッセンというオランダ人ナチ党員の一連のインタビューに応じるほどになった。サッセンは、このときアイヒマン自らが語った話を苦心してまとめあげ、六百五十九ページもの大部な本を著している。年がたつにつれてアイヒマンは、これでもう罰せられることはない！　と確信するようになった。しかし残り時間は少なくなってきていたのである。このころ、自分の真正面にすわった男がアドルフ・アイヒマンだと確認した人物がいたのだ。その人物はイスラエル人だった。

その男の名を明かすことはできないので、ここではB・Aと呼んでおこう。背が高く、がっしりとした身体つきの白髪の男で、左翼のキブツのメンバーだった。

「一九五四年から一九五七年まで、任務でアルゼンチンにいたときのことです」と、B・A

は話しはじめた。「社会主義とシオニズムに根ざした、ユダヤ青年の運動組織をつくる仕事でした。わたしは一九五六年二月、サン・カルロス・デ・バリローチェのナウェル・ワピ湖の近くの、その青年クラブがはじめた休暇キャンプに家族を連れていきました。そこでの出来事なんです。二月二十四日のことでした。……ですが、この報告書を読まれたほうがいいでしょう。その出来事のすぐあと、イスラエル当局に送ったものです」

〈一九五六年二月二十四日〉と、B・Aの報告書ははじまっていた。〈わたしは妻と息子と一緒に、バリローチェに通ずる道路沿いのカフェに入った。雨降りで風も強かった。カフェはオーストリアのチロルふうで、大きな見晴らし窓から湖が見わたせた。壁の下半分が板張りで、店のなかはどこもしみひとつなく清潔だった。中央のテーブルには自家製のケーキがのっていた。一方の壁には、堂々たる鹿の頭の剝製が飾られ、そのそばの貼紙には、《元ドイツ空軍パイロットが御案内する湖上一周の遊覧飛行をどうぞ》とあって電話番号が書いてあった。

われわれは紅茶とアップル・シュトゥルーデルを注文した。そのとき、七、八人のドイツ人がどやどやと入ってきて、となりのテーブルについた。みな上機嫌で、一目でそのカフェのなじみ客だとわかった。バリローチェにはドイツ人の大きな居住区があるから、きっとそこに住んでいる元ナチスにちがいない、都会にいるより気楽にしていられるのだろう、と妻とわたしは思った。やがてそのドイツ人の客たちは立ち上がった。そのとき、なかのひとりが、きれいな切手がびっしりと貼ってある封筒をポケットからとり出して仲間に見せた。その男はわたしのすぐわきに立っていて、わたし自身切手集めが趣味だったこともあって、わたしはその切手と男に眼を向けた。切手はオーストリアのものらしかった。

それから数週間後、ブエノスアイレスで、わたしは定期的に送ってもらっているイスラエルの新聞《ダヴァール》に眼を通していた。すると、アイヒマンの記事が眼にとまった。トゥヴィア・フリードマンなる人物の署名入りの記事で、そのナチ戦犯の写真も大きく載っていた。

例のバリローチェのカフェで切手を持っていた男なのである。決して見まちがいではない。おそらく昔撮ったものであろう、写真のアイヒマンはわたしがカフェで見た人物よりずっと若い。

しかし目鼻立ちは同じである。妻にも見せたが、彼女もまちがいないと言いきった。われわれがあのカフェで見た男はまちがいなくアイヒマンである〉

B・Aはまっすぐイスラエル大使館に行き、一部始終を話した。つぎにイスラエルにいる友人で、終戦直後に復讐者グループにいた何人かに手紙を書いた。

結果は惨憺たるものだった。イスラエルの友人たちからは、アイヒマンは十中八九死んでいる、という返事がもどってきた。そして当局のほうは、B・Aの報告をまともにとってはいないようすだった――じっさい、何年かたってわかったことだが、ただファイルにとじこまれただけで、何もなされなかったのだ。

B・Aは話をつづけた。「わたしの手紙を受けとった人たちは、それでも、わたしの情報を追跡してみるつもりであること、バリローチェ付近に住んでいる友人にもっと詳しく調査するよう依頼したことを知らせてきました。しかしほとんど収穫はありませんでした。それから少したって、その調査で得たわずかばかりの手がかりをもとに、わたしが見た男が住んでいるとみられるブエノスアイレス郊外の住所を、何人かの復讐者たちがさぐってみました。その結果は、そこにはたしかにドイツ人が住んではいたけれど、どうみてもアイヒマンではないということでした。調査はそこまでで打ち切りになりました。かかった費用は全部で数千ペソ。百ドルもかからなかったのです」

B・Aの勘ちがいだったのだろうか？ そうは思われない。おそらくブエノスアイレス郊外のその住所は正しかったのだが、復讐者たちがまんまと相手にかわされたのだ。アイヒマンはまたもやすんでのところで逃げのびたのである。

この出来事からほどなくして、夕刊を読んでいたB・Aはびっくりするような記事にぶちあたった。トゥヴィア・フリードマンがアイヒマンの隠れている場所を知っている、それはアルゼンチンではなく、クウェートだというのである！ B・Aは憤慨した。

一九五九年の十月に入ってまもなくテルアヴィヴにもどったB・Aは、イッサー・ハレルを知っているという友人たちを訪ねた。

「アイヒマンがクウェートにいるというあの記事はいったいなんだ！」B・Aは友人たちにくってかかった。「アイヒマンはアルゼンチンにいると三年もまえに通報したはずだ。何かわれわれがアルゼンチンまでアイヒマンを捕らえにいってはいけない政治的な理由でもあるのか？」

「すぐにイッサーと話してこよう」と、なかのひとりが言った。

二時間ほどして、B・Aはその友人とテルアヴィヴのカフェで落ち合った。店の真ん中に木が屋根を突き抜けて生えているので有名な店である。

「イッサーはきみのことをよく憶えていた」B・Aの友人はそう言った。「いや、アイヒマンを誘拐しようという企てに、政治的な障害はいっさいない。例のクウェートの件はとんでもないまちがいだ。あれではアイヒマンをよけいに用心させるだけだ。アルゼンチンでわれわれに手を貸してくれそうな、信頼できる確かな人間をだれか知っているかね？　イッサーからの伝言だが、金の心配は無用、アイヒマンを生け捕りにできたときのために、イスラエルに連れ帰る船をアルゼンチンに向かわせる用意もできているとのことだ」

B・Aは、〝アイヒマン作戦（オペレーション・アイヒマン）〟にとりかかる際に信用のおける人物の名前をいくつかあげた。そしてバリローチェでの出来事についてのさらに詳しい報告書を、こんどはイスラエル課報部のために作成し、ようやく大物戦犯の追跡を軌道にのせたことに満足して、キブツの自宅にもどった。しかし、B・Aは知らなかったが、イッサーは、ベングリオンの同意を得るとすぐ、組織きっての秘密情報員を一人すでにブエノスアイレスに送りこんでいたのだった。課報部はもうアイヒマン捜しをはじめていたのである。

アイヒマンの行方は依然としてつかめなかったが、追跡開始がユダヤ人サークルの知るところとなるとすぐ、イスラエル人関係者のもとに一つまた一つと、あちこちから情報が寄せられはじめた。リカルド・クレメントの名前と住所、働いている場所についての情報を最初に寄せたのは、ドイツ人と取引のある南アメリカのユダヤ人だった。一九五九年秋、この手がかりをもとにイスラエル人諜報部員三名が派遣され、追跡がはじまった。

三人が受けた指示は、クレメントを誘拐することではなく、この人物がほんとうにアドルフ・アイヒマンなのか確認することだった。

三人の諜報部員はチャカブコ通りのクレメントの家の真向かいに家を借りた。望遠レンズをつけたカメラがすえつけられ、常時監視がおかれて、リカルド・クレメントが出入りしたり窓から姿をみせたりするたびに写真に撮れるよう、手筈がととのえられた。ある朝クレメントは、家を出てバスに乗ろうとしたとき、小型のアタッシェケースを提げた男を数人見かけた。男たちは仕事場へ急いでいるらしく、クレメントのほうでもとくに気にしなかった。すくなくとも、そのアタッシェケースのなかにはカメラが入っていて、あらゆる角度から自分を撮っているなどとは疑ってもみなかった。クレメントが工場の近くのスアレスでバスを降りると、別の、やはり小型のアタッシェケースを持った通行人が目立たないようにそのあとをつけた。

このときのフィルムはすべて現像されてイスラエルに送られ、諜報部員と警察の専門家からなる特別チームによりこまかく検討された。

こうした監視と入念な証拠調べにもかかわらず、イッサー・ハレルとその部下たちには、リカルド・クレメントとアドルフ・アイヒマンがまちがいなく同一人物であるという確信が持てなかった。かれらの手もとにはアイヒマンだとわかっている男の写真は一枚しかなく、それも何年もまえに撮ったものだというハンディを負っていたのである。おとなしい工場労働者が、しかもだれも振り返って見ようともしないような男が、大規模虐殺と残虐行為の張本人であるとは、とても思えなかった。

一九六〇年二月、クレメント一家は、チャカブコ通りからサンフェルナンド近郊のあばら家に移った。イスラエル諜報部員の一人が同じ通りの家に間借りし、リカルド・クレメントの監視はつづけられた。

三月二十一日、クレメントはいつにない珍しいことをした。その夜、帰宅の途中で花を買ったのである。イスラエル諜報部員のリーダーは首をかしげた。なぜこの日にかぎってクレメントは花束など買ったのだろう？　謎はすぐに解けた。リーダーはアイヒマンのファイルを暗記していた。ヴェラ・リーブルとアドルフ・アイヒマンが結婚したのが一九三五年の三月二十一日、したがって、一九六〇年三月二十一日は二人の銀婚式の日だったのである。リカルド・クレメントと名のる男がヴェラの二番めの夫だとしたら、どうして最初の結婚の二十五周年の日に花束を買って帰ったりするだろう？　アイヒマンのロマンティックなふるまいは軽率だった。だが、意外かもしれないが、彼は根は感傷的な人間だったのである。

その晩遅く、テルアヴィヴのリトル・イッサーのもとに電報が届いた。電文はヘブライ語が三語だけ——あの男は例の男だ（ハイッシュ・フー・ハイッシュ）——だった。

オペレーション・アイヒマンはいよいよつぎの段階に入った。

一九六〇年四月の初め、アイヒマン作戦を完遂せよとの命を受けたコマンドーがブエノスアイレスで待機していた。隊員は六名——別々のルートでアルゼンチン入りしたイスラエル人四人とアルゼンチン人二人という構成だった。イスラエル人はそれぞれ偽の身分証明書を身につけ、どんな厳しいチェックにも耐えうる南米訪問の口実を用意していた。二人のアルゼンチン人はともに現地で徴募され、オペレーション・アイヒマンが成功したら永久にアルゼンチンを去るよう警告を受け、それに同意していた。

計画の大筋は、アイヒマンを誘拐し、イスラエルに連れ帰って裁判にかけるというものだった。イスラエルの指導者たちは、アルゼンチンからナチ戦犯の身柄の引渡しを受けるなどという望みはとっくになくしていたので、コマンドーは、アイヒマンをイスラエルに連れもどすことが不可能だとわかったときには処刑せよ、との命令を受けていた。

この計画のもっとも困難な部分は、アイヒマンを誘拐することとみるのが一般的だろうが、じつはそうではなく、誘拐したアイヒマンをアルゼンチンから出国させイスラエルに向かわせることだった。イッサーは船を差し向けることを考えていたが、出国には飛行機を使うことに決定した。一九六〇年五月、おりしもアルゼンチンでは独立百五十周年の祝典が計画され、外務大臣アバ・エバンを団長とするイスラエル代表団も参列することになっていた。イスラエル政府とエル・アル航空は、これを機会にイスラエル－アルゼンチン間の運航を開始すると発表した。じつは、同航空会社のブリタニア〝ささやく巨人（ウィスパリング・ジャイアント）〟機がイスラエル代表団をのせてアルゼンチンに飛ぶ——そして帰りのフライトにはアイヒマンが乗っている、それがイスラエルの狙いだったのである。

最大限三日間アイヒマンを拘禁しておくための手筈が二ヵ所でととのえられた。一ヵ所はブエノスアイレス近郊の別荘（ヴィラ）で、このためにとくに借りたものだった。もうひとつは、かなり身分の高い裕福なアルゼンチン市民の邸宅だったが、彼は、アバ・エバン外務大臣がアラブ諸国の外交官と内密の会合をもち、アラブ諸国とイスラエルとのあいだの平和で安定した関係について話し合うことを望んでいるのだと言われて、簡単に信じこんだばかりか、自宅がそういう目的に使われることを光栄にすら思ったのだった。

エル・アル航空のブリタニアのフライトは五月十一日と決定した。フライト・ナンバーは六〇一、特別委員会により、この航空機（4X／AGE）の乗務員が選ばれた。機長はエル・アル航空のベテラン・パイロット、ズヴィ・トハール、二人の副操縦士はアリエー・シュコルニクとシュムエル・ヴェデルスで、両者とも独立戦争を勝ちとった退役軍人だった。

五月四日、エル・アル航空の輸送部長イェフーダ・シモーニがブエノスアイレス入りし、六〇一便の運航に必要な手配をし、十日に帰国した。同じ日、エル・アル航空のニューヨーク支店長ジョーゼフ・クラインがひきつづき技術面の準備のため到着する予定になっていた。

そして誘拐の前日、もうひとりが空路ブエノスアイレスに着くことになっていた。イッサー・ハレル自身である。もちろん偽名で、パスポートもヨーロッパのある国が発行したものだった。

一九六六年になってイッサーがあるジャーナリストに語ったところでは、彼がアルゼンチンに行ったのは、思いもよらない問題や困難が突発的にもちあがった場合に即座に対処するためだった。さらに、自分がその場にいること自体が部下たちの士気を高めることを経験上知っていた、ともイッサーは言う。彼のアルゼンチン入りは、アイヒマン逮捕がいかに重要かを示す証左だからである。

じっさい、オペレーション・アイヒマンは、イッサーがそれまでにかかわったほかのどんな作戦とも異なっていた。彼はこれを、どんな犠牲をはらっても成功させなければならない、聖なる使命と考えていた。イスラエル諜報部は、世界のどこで活動していようと、イスラエルの全国民はもとより、生死を問わず世界じゅうの全ユダヤ人に代わって行動している、そういう意識が彼にはあった。

五月十一日午後二時、コマンドーは最後の作戦会議をもった。計画では、その夜六時三十分、仕事帰りのアイヒマンを誘拐することになっていた。しかしアルゼンチン政府は、イスラエル代表団が十一日に特別機で到着するとの知らせを受けて、別の国からも代表団と要人がアルゼンチン入りする、十九日への変更を申し入れてきていた。そうなると、アイヒマンはどうすればいいのか？　誘拐後三日以上アルゼンチンに留めおくことは計画に入っていなかった。代表団の到着が延期されることは、すなわちアイヒマンを一週間以上拘禁しておかなければならないことを意味した。

コマンドーはこの問題を徹底的に話し合い、最終的には、初めの計画どおりの作戦遂行を決定した。安全な隠れ家も確保してあり、アイヒマンの監視を厳重にすればすむ。誘拐の日を遅らせれば、障害をふやしこそすれ、けっして有利にはならない――そう判断したのである。

その日の夕方近く、あとわずか三十分で作戦開始というときに、メンバーのうち四人が市内の大きなホテルにイッサーを訪ねた。ハレルは最終的な指示を与え、アイヒマンの指紋の写真を貼ったカードを渡した。これが本人を確認するうえでもっとも確実な方法だったのである。

「なにか質問は？」イッサーは四人にたずねた。

「はい、あります」こう言ったのは、誘拐後のアイヒマンの監視にあたり、つねに彼とともにいる、すなわち自分の身体を手錠でアイヒマンにつなぎ、念には念を入れて脱走をくいとめることになっている隊員だった。「アルゼンチン警察が隠れ家に踏み込んできたらどう対処すべきでしょうか？」

「することは二つだ」イッサーは冷静に答えた。「まず手錠の鍵を捨てる。そうすれば警察もすぐにはきみと捕虜とを離せない。つぎにわたしの名前を言いなさい。ここでの通り名だ。そしてこのホテルの場所をおしえるのだ。きみとアイヒマンがむざむざ捕まるようなことがあったら、わたし自身が逮捕される覚悟はできている！」

イッサーがこれほどの決意を固めていることを知って、隊員たちはますます勇気を奮い立たせ、さらに自信も深めた。だがかれらは知らなかったことだが、イッサー・ハレルは、飛行機から降りたったときすでにアルゼンチン諜報部員にその正体を見破られ、それ以降ずっと監視下におかれていたのである。しかしそれは通常の警戒措置以上のものではなかった。というのは、ハレルがブエノスアイレスに現われたのも、イスラエルの外務大臣と代表団の来訪に関連したことと受けとられたからである。ハレルがアルゼンチンを訪れたほんとうの理由、アイヒマンの誘拐計画は、しばらくのあいだはまったく気づかれもしなかった。だが、その夜六時ちょっとすぎに四人の男たちがイッサーの部屋から出てきてレンタカーでサン・フェルナンドの郊外まで行っているのである、イッサーの動きを監視しつづけていた者たちがもしこの男たちを尾行していたら、いったいどんなことになっていたかと思わざるをえない。

いつもどおり、あと一、二分で六時半になろうというとき、リカルド・クレメントは自宅の最寄りの停留所でバスを降り、荒廃した地区のうす暗い、ほとんど人けのない通りを歩きだした。季節は秋、すでに日も落ちて夕闇がせまっていた。車が二台ばかりスピードをあげて通りすぎ、夕暮れのなかに消えていった。

クレメントの家に近い十字路の、歩道沿いに車が一台とまっていた。そしてすこし離れたところにもう一台、ボンネットを上げた車がとまっていて、男が三人、エンジンの上にかがみこみ、四人めの男がそばをゆっくりと行きつもどりつしていた。

その故障したらしい車のわきを通りすぎるちょうどそのとき、リカルド・クレメントは、懐中電灯をとり出して玄関のドアまでの道を照らそうと、ポケットに手を入れた。が、それを取り出す間もなく、男たちの一人にとびかかられ、手をつかまれて地面に殴りたおされた。クレメントは猛烈に抵抗し、相手の男もろともなにかの道路工事で掘ってあった溝にころげ落ちた。

大声をあげようにも、殴られた拍子に入れ歯がずれてほとんど息ができない。さらに二人が溝にとびおり、一緒になってクレメントを打ちのめしにかかった。数秒後、男たちはクレメントを車の後部座席に押し込み、しっかりと床に押さえつけた。そしてそのポケットに懐中電灯を見つけて顔を見合わせた――車のわきを通りすぎるときにクレメントが取り出そうとしたのは、リボルバーだとばかり思っていたのである。

コマンドーがアイヒマンを捕まえてから後部座席にのせて発車するまで、わずか二十七秒しか経過していなかった。運転席の男は車を発進させながら肩越しに、ドイツ語でこう言った。

「ちょっとでも動いたら、死んでもらうからな！」アイヒマンは男の言うことを額面どおりにとって、車が走っているあいだ、いっさい抵抗しようとしなかった。

車は交通量の少ない道をまわってブエノスアイレスに向かった。アイヒマンの乗った車のすぐうしろには残りの隊員の車がもう一台つづき、まんがいち追跡車が現われたときには、まえの車の行き先がつきとめられないようにする手筈になっていた。だがその夜、運はユダヤ側に味方した。この出来事を目撃した者は一人としていなかったのである。車のそばを行き来していたくだんの男は、やはりコマンドーの一員で、二台の車がスピードをあげて行ってしまうとすぐに、クレメントの自宅の近所に借りた部屋にもどり、父親が姿を消したことを知った家族がどう動くか監視しつづけた。

誘拐者の車はそのまま何事もなく、人目につかない隠れ家に到着した。捕らえたクレメントとともに室内にはいるとすぐ、男たちは彼の口のなかを調べ、毒薬のカプセルでも隠していないかを確かめたが、何もみつからなかった。つぎに、依然無言のまま、捕らえた男の左の腋の下を見た。予想どおり、SSの入れ墨を除去した小さな傷跡があった。コマンドーのリーダーが質問したのは、あとにもさきにもこのときだけだった。「おまえはだれだ?」と、彼はドイツ語で訊(き)いた。

リカルド・クレメントと名のる男は、偽装をつづけてもむだだと悟ったにちがいない、「わたしは(イッヒ・ビン)アドルフ・アイヒマン(アドルフ・アイヒマン)だ」と答えた。ついで、十五年のあいだとりついていた恐怖と強迫観念を吐き出すように、疲れはてた声でい足した。「わかっている。わたしはユダヤ人の手に落ちたのだ」

一方イスラエルでは、誘拐の翌日、砂漠の砂ぼこりにまみれた車を駆って、一人の男がネゲヴのスデー・ボケル・キブツに着いた。そこには一九五四年以来、ベングリオンの家があった。

首相は散らかし放題のデスクのまえにすわったまま訪問客を迎えいれた。

「イッサーから電報を受けとりましたことをご報告にまいりました」と、訪問者は言った。

「アイヒマンを捕らえました」

家具もまばらな、窓のない部屋には夜も昼も電灯がともっていた。アイヒマンは一瞬たりとも一人きりでおかれることはなかった。だが、おとなしくしていたので、手錠をかける必要もないようだった。観念したか、逆らいもしなかった。奇妙なことに、安心しているのではないかとすら思わせた。それもそのはず、捕らえられはしたが、すくなくとも緊張と不安の年月は終わったのである。

アイヒマンは誘拐者たちと話をしようと何度か試みたが、相手は答えようとしなかった。だがしばらくしてなかの一人から、イスラエルに連れていって裁判にかける、と聞かされ、その同意書を書く気があるかどうか訊かれた。

アイヒマンはこれについてよく考えてみた。このままでは、生きて解放されることなどないのは明白だった。かれらの計画に同意すれば、すくなくとも猶予は与えられる。それどころか、死刑を免れるチャンスすら万に一つくらいはあるかもしれない。誘拐者らがその行為を警察に知られたと考えでもしたら、即刻殺されることは眼に見えているし、おそらくはイスラエルの牢獄のほうがいまの状況よりはまだ安全だろう。

イスラエル人たちは、同意書を書かせるにあたって暴力は用いなかった。アイヒマンは、こうするしかないと覚悟のうえで書いたのである。

〈私儀アドルフ・アイヒマンは――〉と、それははじまっていた。〈この文書をもって、私自身の自由意志により以下のことを言明する。私の真の身元が明らかにされたからには、私は正義の裁きを逃れうる可能性のないことを理解し、イスラエルに連行され相応の裁判に付されることに同意する。

その際には、私は弁護士の助言を得られ、また、来るべき世代の人々に事件の真実を伝えるため、ドイツにおける任務の最後の数年間について、事実のありのままを記した報告書を法廷に提出することを許されるものと理解する。私は自発的にこれを申し述べている。交換条件はいっさいなく、脅迫もされていない。私の望みは最後に内なる平和を見出すことである。

事実を述べるにあたり、細部の一つ一つを思い出すことは不可能であり、混乱をきたすことも考えられる。したがって、事実を明らかにしようとする私の努力の助けとなるよう、関係書類と証言とを自由に参照させていただけることを希望するものである。

（署名）アドルフ・アイヒマン

一九六〇年五月　ブエノスアイレス〉

イスラエル人たちは、追跡しつづけてきた人物を手中にし、イスラエルで法廷に立つことを明言した自筆の同意書も手に入れた。だが、もうひとつ、この人物をアルゼンチンから出国させるのに使用する飛行機を待つという仕事が残っていた。

一方、クレメント一家はリカルドの失踪を届け出ていた。だがそれもようやく三日がすぎてのことだった。ヴェラにしてみれば、公の調査がなされることで、姿を消した夫の正体がばれでもしたら、と恐れたのであろう。手がかりらしいものもないままに三日がすぎたとき、息子たちはブエノスアイレスのナチ地下組織に連絡をとった。組織は、アルゼンチンのファシスト組織タクアラの地方支部とともにすぐに調査を開始した。ヴェラは病院や死体保管所をまわり、最後に警察に夫の失踪を届け出た。警察も調査にのりだしたが、型どおりの調査でしかなかった。リカルド・クレメントなる男の失踪など、たいした問題ではないように思われたのだ。

誘拐したイスラエルのコマンドー隊員らもまもなく、情報提供者を通じ、調査がおこなわれていることを知った。五月十四日か十五日に一度、警報が発せられたことがあった。これはまちがいではあったのだが、コマンドーはヴィラの近辺で警戒すべき動きがあったと思いこみ、アイヒマンを睡眠剤で眠らせたうえ、その夜のうちに隠れ家を移動した。アイヒマンは第二の隠れ家、金持ちのアルゼンチン人の邸宅へ移され、そこで出国の日を迎えることになる。

おそらく、イスラエル代表団を運んでくるエル・アル航空のブリタニアほど待つ者の気をもませた飛行機はないのではないか。問題の機は五月二十日午後五時五十二分、ブエノスアイレス空港に到着し、イスラエル代表団はアルゼンチン政府代表の出迎えを受けた。乗務員の数が異常に多いことについては明らかにだれも何も言わなかったようだが、乗員名簿には十九もの名が書き連ねられていた。それに、代表団のなかにメイール・ゾレア大佐の姿があったことについても口をはさんだ者はいなかったらしい。当時のイスラエル軍の総司令官ラスコフ将軍（彼は空港まで見送りに来てコマンドーを励まし、任務の成功を祈った）同様、じつはゾレア大佐も早い時期に活動した復讐者のリーダーの一人だったのである。

乗客全員をおろすと、ブリタニアは格納庫に入った。その深夜、かねてからブエノスアイレスに呼び出されていたエル・アル航空のニューヨーク支店長、ジョーゼフ・クラインが空港管制室に行き、「ダカール、ローマ経由でテルアヴィヴまでイスラエル機をもどせとの緊急指令」を受けたと告げた。整備士はおおわらわで機体を点検し、機長も姿をみせて機体整備と燃料補給を監督した。乗務員も市内から一人また一人と空港にもどってきた。

一方、アイヒマンが拘禁されている邸では、コマンドー隊員らが空港へ向かう準備を急いでいた。麻酔剤を打たれてなかば人事不省となったアイヒマンは、エル・アル航空のスチュワードの制服を着せられ、ウィスキーをふんだんにふりかけられた。それからまもなく、空港で勤務中の職員が、エル・アル航空のクルーを何人かのせた車が着くのを眼にした。全員が制服姿で、スチュワードの一人は、どうやらブエノスアイレスに着いて数時間のあいだにバーのはしごでもしたらしく、酒のにおいをぷんぷんさせて仲間に身体を支えられていたという。

アイヒマンをのせたブリタニアはついに夜の闇のなかへと飛びたっていった。燃料補給のために一度ダカールに立ち寄っただけで、五月二十二日の日曜日未明、テルアヴィヴに近いリッダ空港に到着した。何人かの男たちが一団となって慌しく飛行機をおり、関係者以外は立入禁止になっている出口付近で待機していた車に乗りこむと、人目を避けるように走り去った。

翌日の午後四時、イスラエル国会（クネセト）では、ベングリオン首相が立ち上がり、はっきりとした口調で、しかも感慨をこめて、簡単な演説をした。

「クネセトの諸君に伝えなければならないことがある。イスラエル保安機関が、ナチ戦犯最大の大物の一人、アドルフ・アイヒマンを捕らえた。アイヒマンは、そのほかのナチ指導者ともども、かれらの言う《最終的解決》、すなわち、ヨーロッパに住む六百万ユダヤ人の大虐殺の責めを負うべき人物である。アイヒマンはここイスラエルに拘禁されている。まもなくイスラエルで、ナチおよびその協力者の犯罪に関する法にのっとり、裁判にかけられることになっている」

議場のいたるところから賞賛の声が上がり、諜報部のめざましい功績がたたえられた。オペレーション・アイヒマンは、数々の困難にもかかわらず、成功のうちに終わった。いよいよ、二十年まえにこう言いはなった男が法に裁かれるときがおとずれた――「わたしは笑って墓にとびこもう。六百万のユダヤ人を絶滅しおおせた満足感にひたりながら」

19　三人の真の追跡者たち――ジーモン・ヴィーゼンタール、トゥヴィア・フリードマン、そしてヘルマン・ラングバイン

ジーモン・ヴィーゼンタールとトゥヴィア・フリードマンは、機略を駆使し、勇気をもって、さながらブラッドハウンドのごとく執拗にナチ逃亡者を追いつづけた。じじつ、両者の追跡により多数のナチ逃亡者が逮捕され、それぞれの功績とされる重要な逮捕劇もいくつかある。だが、ことアイヒマン逮捕の場合にかぎり、一、二の点を明確にしておかなければならない。

アイヒマン誘拐事件が公になり、世界じゅうの新聞が、世間を騒がせたこの大捕物の顚末を読者が知りたがっていると気づいたちょうどそのとき、ヴィーゼンタールは『わたしはアイヒマンを追跡した』と題する本をドイツで出版し、自ら〝アイヒマンの追跡者〟と名乗りをあげ、一方フリードマンも、おなじタイトルで、こちらはアメリカ合衆国で本を出し、自分がいかにして彼を捕らえたかを語った。

ヴィーゼンタールはやがて報道陣のあいだで〝復讐者ジーモン〟の名で呼ばれるようになり、新聞は、謎の男、全能者、現代の驚異、と書きたてた。たとえば、《デイリー・エクス

プレス》のルネ・マッコールは、〈もしわたしが逃亡中のナチ戦犯だったら、ジーモン・ヴィーゼンタールが復讐を遂げたときの高笑いだけはぜったいに聞きたくない、と願うにちがいない〉と書いているが、これくらいはとりたてて驚くにあたらない。

フリードマンはフリードマンで、誘拐されたときのアイヒマンの第一声は、「いったいどいつがフリードマンなんだ？」というものだったと、だれかれかまわずふれまわっている。

著書の出版のためにアメリカに滞在中、フリードマンは、幅広の極彩色のバンドをまいた帽子をかぶったうえに、まず顔をゆがめてひどいしかめ面をしないことには写真をとらせようとはしなかった。「そうしないと正体がばれて、ナチの連中に復讐されるからね」というのがその説明の弁だった。

しかし真相を言えば、アイヒマンの逮捕はイスラエルの諜報機関のみの手によるもので、ジーモン・ヴィーゼンタールもトゥヴィア・フリードマンも、直接にはなんら関与していないのである。

だからといって、この二人がアイヒマン逮捕につながる情報を集める努力を惜しんだというのではない。ジーモン・ヴィーゼンタールはマウトハウゼン絶滅収容所から解放された数少ない生還者の一人である。解放当時の体重はわずか百ポンドだった。身長六フィートの男が、である。その後まもなく彼はアメリカのＯＳＳ（戦略事務局）の情報員となり、終戦直後からすでにナチ戦犯の追跡を開始していた。オーストリアのリンツでは、アルトゥール・ピーアや、ウィーンに本拠をおき〝マノス〟・ディアマント、アレックス・ガトモン、そしてトゥヴィア・フリードマンらを擁する復讐者グループと接触している。

本人の説明によれば、ヴィーゼンタールは当時から、アイヒマンを見つけだそうという企てにおいて重要な役割を演じていたということである。アルトゥール・ピーア（またの名ベン・ナタン、現ボン駐在イスラエル大使）はしかし、これを否定している。ヴィーゼンタールは、ヴェラが虚偽の証拠を並べたてて夫の〝死〟を法的に認めさせようとするのをなんとか阻止したのは自分である、と主張する。さらに、もしこれが阻止されなかったら、連合国当局は捜索をやめてしまったであろうから、アイヒマンはけっしてみつからなかっただろう、とも言う。これはいささかオーバーな発言というべきだろう。げんに、ボルマンとミュラーには死亡証明書があったにもかかわらず、当局の追跡はつづけられたのである。それに、いずれにせよイスラエルの諜報機関は、アイヒマンがまだ生きていることをいつかは発見したにちがいないのである。

メンバーの大半のイスラエルへの移住にともない、ウィーンのユダヤ人迫害記録センターがその活動をかなり縮小したときも、ヴィーゼンタールは文書と情報の収集に精を出した。そのエネルギーには感服するのみだが、アイヒマンについて入手できた情報はわずかで、気がついてみるとまちがった手がかりを追求していたということも何度かあった。一九四九年十二月三十一日、アイヒマンの妻の実家を監視していたときには、もうすこしでアイヒマン本人を捕まえるところだったと言っている。しかし信頼できる筋によれば、アイヒマンはアルゼンチンに到着するまで、妻とは連絡を再開していない。

だが一九五三年、オーストリアのチロルで休暇をすごしていたヴィーゼンタールに幸運がおとずれた。ヴィーゼンタールはひとりの初老の男爵と親しくなった。彼自身と同様、切手収集を趣味とするこの男爵が、ある日、アルゼンチンからとどいた手紙を見せてくれた。発信人は男爵の昔の同僚で、元ドイツ陸軍の将校だったが、戦後はアルゼンチンに住んでいるということだった。その手紙に、こんなことが書かれていたのである――〈ブエノスアイレスでだれを見かけたと思うね？　あの汚いブタ野郎、アイヒマンだ〉さらに、アイヒマンはブエノスアイレスの郊外に住み、水道局で働いているとも書かれていた。

あとになってわかったことだが、一九五三年にはアイヒマンは田舎に住んで、兎を飼育する農場で働いていた。だが、当時アイヒマンについてはほとんど知られていなかったため、男爵からの情報はひじょうに貴重で、とにかく、アイヒマンが隠れている国の名前をあげた最初の信頼できる情報だったのである。

ヴィーゼンタールはただちにあらゆる手をつくして国際的な各ユダヤ人組織、なかでもユダヤ世界会議の議長、ゴルトマン博士に警告を発し、事情を納得させようとした。しかしだれも彼の言葉を信じようとはしなかった。だが、たとえ信じてもらえたとしても、一九六〇年五月よりずっと早い時期に彼がアイヒマンを捕らえることになっていたかどうかは、また別問題である。

一九五三年、何年かまえからイスラエルに住んでいたトゥヴィア・フリードマンは、ナチの犯罪に関するユダヤ人迫害記録センターを設立した。仕事は困難をきわめた。ヨーロッパのナチ地下組織からも、以前は最高の情報提供者だったウィーン警察内の共産主義者たちからも、遠く隔てられていたからである。そういうわけで、彼の仕事はおもに歴史的なものに重点がおかれることになった。

イスラエルに渡ったフリードマンは、金銭的には恵まれていなかった。調査の費用も、わずかな補助金と外科医の妻からの援助とに頼るというありさまだった。ほかのナチ戦犯追跡者たちはかなりまえから、もっと報酬のいいポストに移っていたが、フリードマンは、これこそが自分の仕事と固執し、山のように積まれた書類の検討や、証拠や目撃者の証言の収集をつづけながら、イスラエル政府に対して、ナチ戦犯、とくにアイヒマンの追跡を最優先するようくりかえし要請した。

すでに述べたように、一九五九年十月、フリードマンはイスラエルの新聞に、アイヒマンはクウェートにいるという記事を書いて話題をまいた。フリードマンがその情報を入手したいきさつはこうであった。ダマスカスにしばらくいたドイツ人ジャーナリストのもとに情報が入った。ここ数年市内に住んでいたアイヒマンが、最近、石油会社で働くためにクウェートに移ったというのである。そのジャーナリストはすぐにドイツにもどり、ナチ戦犯調査本部の実力者エルヴィン・シューレにこのことを報告した。このシューレが、親しい友人であるトゥヴィア・フリードマンに伝えたのである。

長い年月の努力がついに報われるときがきた、とフリードマンは思った。だが不運にも、この情報はまったくのでたらめだった。アイヒマンはダマスカスにも足を踏み入れたことはなかったのである。それからすこしたって、フリードマンはアルゼンチンから手紙を受けとった。それには、アイヒマンはいまアルゼンチンに住んでいるとあり、一万ドル出せばそのナチ戦犯の住所を売ってもいい、とも差出人は書いていた。

こんどは本物だろうか？　その手紙を子細に見てみると、その信頼性に疑わしい点がいくつか出てきた。それでも一九六〇年四月まで、フリードマンはこの情報提供者と文通をつづけた——フリードマンが自分こそアイヒマンの居所を発見した男だと主張するのは、それが理由なのである。たしかにフリードマンはその情報をブエノスアイレスの各ユダヤ人組織に伝え、情報を受けた組織は、それをもとにその謎の文通相手のもとへ人をやった。だが、あきらかに具体的な結果は何も得られなかったのである。

ジーモン・ヴィーゼンタールは一九五四年にユダヤ人迫害記録センターを閉鎖した。そして一九六一年、おなじウィーンで再開したが、これがいくつかの成果をあげている。

一九六四年七月、ヴィーゼンタールは保釈中の元SS将校クルト・ヴィーゼが姿をくらましたことを知った。ヴィーゼはビャウィストックで百人にのぼる人々を虐殺したかどで逮捕、告発されていたのだが、ベオグラード経由でエジプトに逃げようとしていた。ヴィーゼンタールは、このヴィーゼを追跡させようと全力を尽くして当局にはたらきかけ、上層部の一部があまり積極的ではなかったものの、警察に行動を起こさせることに成功した。かくしてヴィーゼはゼンメリングの駅でオーストリア警察によって逮捕された。彼の乗った列車が国境に向けて、まさに発車せんとしていたときのことだった。

ヴィーゼンタールはまた、グロドノ湖近くで千五百名ものユダヤ人女性の虐殺を命じたエーレの逮捕にも貢献した。アンネ・フランク一家の発見と強制収容所送りにかかわった警官のジルバーバウアーを逮捕に至らしめたのも彼である。もう一つの成功例は、グロース・ローゼンの怪物カール・バボーア博士の場合だが、彼は逮捕される寸前に自殺してしまった。

しかしヴィーゼンタールの最大にして最新の成果は、トレブリンカの強制収容所の司令官、フランツ・シュタングルを法廷に引き出したことであった。

一九四三年も終わるころ、シュタングルは、《最終的解決》実施の経緯をあまりにも知りすぎているという理由で、ユーゴスラヴィアへ送られた。ナチ指導者たちは、彼がチトーのパルチザンとの戦いで殺されるだろうと考えたのである。だが生きのびたシュタングルは、終戦後ヨーロッパを逃れ、まずシリアへ、ついで南アメリカへ渡った。ほかの大物戦犯と同様に、彼も自分の死を偽装するという手段を忘れなかった。そしてブラジルに着き、サンパウロのフォルクスワーゲンの工場に職をえて腰を落ち着けると、当然ながら、自分はもう〝ハンターたち〟につけ狙われる心配はないと思いこんだ。ところが、ヴィーゼンタールはその何年かずっと、この金髪のいかにも残忍そうな顔つきの男の写真をつねに札入れにしのばせて、けっして忘れないようにしていたのである。そして粘りづよく調査をかさね、ついにシュタングルの行方をつきとめ、その逮捕を実現させたのだった。

こうした活動に従事する者の身には危険がつきものである。ヴィーゼンタールにしても脅迫の手紙や電話を受けとることなどしょっちゅうで、ネオナチの組織WUNSからはその首に賞金がかけられたこともあり、暗殺計画を危うく逃れたこともあったという。それでもなお、彼の決意は変わらなかった。

ヴィーゼンタールは一九六〇年以降、いわゆるナチ・ハンターの第一人者として一般に認められるところとなった。ユダヤ人、および反ファシスト組織からは助成金を支給され、世界じゅうに通信員をおいて連絡をとりあっていた。ウィーンのユダヤ人迫害記録センターには二万人を超すナチ戦犯のファイルが保管されているが、これらは、何年にもわたって彼自身がこつこつとためてきた詳細な情報からなる貴重な資料である。オランダでは〝ヴィーゼンタール基金〟なるものも生まれた。世界各地に多くの情報提供者がいたほか、彼には専任の助手も大勢いた。だが、こうしたやり方がほかのナチ・ハンターたちの反感を買わないわけがなかった。ほかの追跡者たちは自由に使える資金も人力もずっと少なく、活動の方法もはるかに地味で、名前が売れすぎるのは活動の性格上有害無益と考える者も少なくなかったのである。

おまけにヴィーゼンタールには、つねづね自分の手柄を額面以上にいう傾向があった。たとえばラヤコヴィッチの場合である。エリック・ラヤコヴィッチは、オランダでアイヒマンにかわって《最終的解決》にたずさわった人物で、戦後イタリアへ逃れ、エンリコ・ラヤと名のってミラノで貿易会社のエンンネリ社を経営し、東ヨーロッパ諸国と取引をしていた。彼はまた、いわゆる〝赤いナチ〟になっていた。ある人物から情報を得て、二人のハンターが彼の追跡をはじめた。それがジーモン・ヴィーゼンタールとヘルマン・ラングバインだった。ラングバインがその情報をウィーンの検察当局に伝えると、当局は、ラヤコヴィッチが出張などでオーストリアに入国するような場合にそなえて、逮捕に必要な措置を講じることになった。一方ヴィーゼンタールは、まずラヤコヴィッチをイタリアに逮捕させたあと、その身柄の引渡しを求める考えだった。どちらもかなわなかったが、ヴィーゼンタールは《コリエーレ・デッラ・セラ》紙に対し、ことさら自分の努力を強調してこの一部始終を語り、同紙は一九六三年四月八日付でこれを発表した。結局ラヤコヴィッチは、ほかのハンターたちも忍耐づよく追跡した甲斐あって逮捕された。その追跡者の一人として、ジーモン・ヴィーゼンタールも名を連ねていた。彼はあくまでも〝追跡者の一人〟にすぎなかったのである。

筆者はヴィーゼンタールとともに多くの時間をすごした。彼はすでに有名人だったが、ファイルやカード式の索引まで見せてくれた。ヴィーゼンタールは一種のユダヤ版ドン・キホーテを思わせる。世界じゅうのほかの人々がすっかり忘れてしまったかにみえる大義のために敢然と闘いながら、過去に苦しみ現在も苦しんでいる男である。しかも調査を重ねるたびに、新たな恐ろしい事実があきらかにされていくのである。

「あなた自身はナチを殺したことがありますか?」と、筆者はヴィーゼンタールに問うた。「いいや断じて」と、彼は答えた。「われわれユダヤ人は、正義はわれわれの側にあるということを証明しなければならないのです。つまり、犯罪者を警察に引き渡さなければならないということです。われわれの仕事はそこで終わりです。しかしながら――」と、彼はいい足した。

「すんでのところで殺しそうになったことが一度だけありました。一九四七年のことでした。捕虜収容所でみつけた男ですが、この写真を持っていたのです」

そう言ってヴィーゼンタールが手わたしてくれたものほど怖気だつ写真を、筆者は見たことがなかった。裸のユダヤ人が写っていた。きっとすでに死んでいるのだろうが、食肉用のフックでペニスを突き刺され、両脚両腕をだらりと下げたかっこうで吊り下げられていたのである。「おもわずカッとなって、うなり声をあげながら男にとびかかってしまいました。そのとき二人のアメリカ兵がわたしを殺したかった。自制心などすっかりなくしていました。そのとき二人のアメリカ兵がわたしをひき離さなかったら……」

ときどき、自分はひどく孤独な仕事をしていると感じることがあります」と、ヴィーゼンタールはつづけた。「わたしは一人きりです。一人きりではなく、ヴィーゼンタールが百人いればいい、そうすれば、どこに隠れていようとナチスはがたがた震えていなければならないと思うのです」

知名度の点ではヴィーゼンタールに遠くおよばないが、まさしくもっとも真剣で完璧なナチ・ハンターといえる人物がいる。やはりウィーンに住み、その名をヘルマン・ラングバインといった。ユダヤ人ではない。

ラングバインはウィーン郊外のはずれに慎ましい家を持っていた。訪問者はまず、にらみをきかせるエスキモー犬の審査に合格しなければならず、つぎには狭い階段を上って、ようやく二階の書斎に到着する。机は山と積まれたファイルの重みでいまにも押しつぶされそうで、書棚には、それまで世に出たナチズムに関する本が一冊のこらず並んでいる。大型の白い木箱二つには、アウシュヴィッツの戦犯の完全な索引カードが納められていた。

一階には小さな居間があり、だれもかれも前腕に番号を彫りつけられた男女がひきもきらずに訪れる。かれらは、両親や、夫や、妻や、親戚たちのことをラングバインに話していく。けっしてもどってはこない人たちのことを。

ラングバインはアウシュヴィッツで国際委員会の書記長をつとめ、現在も元強制収容所被収容者代表委員会の書記として活躍している。

生まれは一九一二年のウィーンで、ラングバインは民衆劇場（フォルクステアター）の俳優となり、共産党員でもあった。ヒトラーがオーストリアを併合したときにスペインに渡り、第二国際義勇軍に加わってエブロ川戦線を守りぬいた。フランコ将軍が勝利をおさめると、ラングバインはフランスに逃れたが、捕虜となって収容所送りとなり、一九四一年四月、ドイツ軍によりそこからダッハウの強制収容所に移された。だがダッハウにいたのもその年の五月から翌一九四二年八月までで、こんどはアウシュヴィッツに移された。強制収容所が解放されるとすぐ、彼は共産党員が牛耳る、被収容者たちの国際委員会の書記になった。一九五八年、ソ連軍がハンガリー動乱を鎮圧したとき、ラングバインは共産党を脱退した。党を離れた彼には仕事もなく金もなく、しかも妻と養わなければならない二人の子供がいた。

まさにこのとき、ラングバインは、人道に対する罪を犯したナチスを追跡し捕らえる仕事に生涯をかけようと決心したのである。

最初はカール・クラウベルク博士、あるドイツ人ジャーナリストの言う〝世界でもっともおぞましい男〟だった。たしかにこの蛙のような顔をした〝小鬼(ノーム)〟以上に忌まわしい男を見いだすのはむずかしいだろう。クラウベルクは、戦争勃発後まもないころ、ナチ上層部に手紙を書き、〝実験用に〟五十人の女性、たとえば精神病患者の女性を自由に使えるようにしてほしいと頼んだ。一年後、ヒムラーから〝よい知らせ〟がとどいた。それには、〈アウシュヴィッツの第十ブロックを進呈しよう。そこなら必要なだけの女性が手に入るだろう〉と書かれていたのである。

クラウベルクは作業を開始した。何年間にもわたり、第十ブロックの何百人という若い女性に手術をほどこした。女性を不妊にするためのもっとも手早くて安上がりな方法を見つけようとしていたのである。犠牲者たちは、黒いガラスの手術台の上でもがき苦しんだ。ヒムラーはこの種の〝実験〟にひどく気をそそられ、そのようすを好んで説明させていたという。

終戦後、クラウベルクはソ連軍によって裁判にかけられ、禁固二十五年の刑を宣告された。しかし、ブルガーニンとアデナウアーのあいだで結ばれたドイツ人囚人の本国送還に関する協定に基づき、一九五五年に釈放されている。クラウベルクは西ドイツにもどり、そこで暮らした。もし静かに暮らしたいと思ったのなら、ほかの多くの戦犯たち同様、そのまま平穏な日々を送ることもできたであろう。だがクラウベルクは黙っていられない性格だった。ドイツにもどるやテレビに出演し、自分は科学のための犠牲者であるといった顔をして、医学知識の発展にどれだけ貢献したかを得意げにしゃべった。そればかりか、新聞記者たちには、「アウシュヴィッツで自分がおこなった科学的実験をなんら恥じてはいない」とまで言ってのけた。それに、気でも狂ったか、西ドイツ政府にこんな最後通牒まで突きつけた——「わたしの研究を続行するための費用と設備を支給してもらいたい。さもないと、何人かの弟子たちが集まっている国に移り住むことにする」

こうした言動にあちこちから抗議の声があがった。ドイツ系ユダヤ人の総評議会をはじめとする各種の組織は、女性被収容者に対する虐待および拷問の容疑でクラウベルクを逮捕するよう当局に要求した。

「ところが運の悪いことに——」と、ラングバインは語る。「西ドイツの法律では、その種の犯罪には出訴期限が適用されました。ですからクラウベルクにとっては、女性を虐待し拷問にかけたとして告訴されても、べつにどうということはなかったのです。ただ、彼が殺人を犯したとする証拠が出てくれれば話は別でした。そうなれば出訴期限などないからです。そこでわたしは、クラウベルクの実験がもとで何人か女性が死んでいるという証拠を手に入れようと、証人探しにかかりました。そしてついにその証人を見つけだしました。彼が殺人犯だという証拠を提示することができたのです。クラウベルクは逮捕され、一九五七年夏、獄死しました」

ラングバインはやがて、ナチ戦犯の追跡に心血をそそぐ元レジスタンスおよびそれに類する組織をはじめ、主要追跡者の大多数と密接なつながりをもつようになった。なかでも、ブリュッセルのユベール・アレン、フランクフルトのフリッツ・バウアー、ウィーンのジーモン・ヴィーゼンタール、イスラエルのホロコースト記念館（ヤド・ヴァシェム）、ルートヴィヒスブルクの中央調査委員会（ツェントラーレ・シュテレ）それにアムステルダムの第二次世界大戦記録保存協会などとの関係が深かった。

「一九五九年四月三十日の朝、わたしのところにポーランドのカトヴィーツェから電話がかかってきました」と、ラングバインはつづけた。「相手は心当たりのない男性で、あまりうまくないドイツ語で、「ラングバイン、きみはカドゥックを知っていたか？」ときくのです」

なんという問いか！　とラングバインは思った。カドゥックといえばアウシュヴィッツで集団長の責任者だったサディスティックな野蛮人で、多くの被収容者を殴殺した男だった。戦後、ソ連軍から禁固刑を宣告されたが、東ドイツ当局によって釈放され、それ以来、彼を追跡しようとする試みはことごとく失敗していた。

「わたしの名はスタニスラス・パヴリチェクだ」と、電話の男は言った。「カドゥックのいまの住所をきみに送る」

数時間後、ラングバインは電報を受け取った。〈住所はベルリン六五区トゥリナー通り一九番地。パヴリチェク、カトヴィーツェ〉この情報は正しいことがわかった。カドゥックは逮捕されて裁判に付され、終身刑を宣告された。

「カドゥックは戦犯としては小物でした」と、ラングバインは言う。「自分の手で殺人を犯した一人ではあります。ですが、ほかの、何十万にものぼる人々の処刑を命じた人間たちは、往々にして証拠不十分で無罪放免となったり、刑を宣告されたとしてもほんの名ばかりのものだったりするのです――もちろん、うまい具合に裁判を逃れてしまえばそんな刑すらありません」

一九六〇年代初め、ラングバインは、大物戦犯の一人で悪名を世界にはせたかのメンゲレ博士の行方をつきとめるのに成功した。また、アウシュヴィッツでクラウベルクの同僚だったホルスト・シューマン博士の隠れ家も発見している。そして筆者がインタビューしたときは、バボーア博士やハインリッヒ・ミュラーらの追跡に忙しかった。

「アイヒマンが逮捕されたときは、あるイギリス人ジャーナリストと一緒にドイツにいました」と、ラングバインはさらにつづけた。「われわれはヴェラ・リーブルの姉に電話をかけ、ヴェラの夫をどう思っているかをきくことになっていたのです。『新聞に書いてあることなど、とんでもないことばかりです！』と、彼女は電話口で叫びました。『アイヒマンのことならよく知っています。資金を横領したことなどありませんし、それ以外のお金だって、盗んだことなど断じてありません。いつだって正直な人でしたもの！』」

この反応はナチの精神構造を示す典型的な例です」と、ラングバインは説明した。「アウシュヴィッツの収容所の監視兵の裁判でも同じことに気づきました。盗み、つまりユダヤ人の持ち物を自分のものにしたと訴えられると、かれらは怒りを爆発させました。何を言うのか？　われわれはけっして物を盗んだりはしない。そんなことは名誉に反する！　そう怒るのですが、ユダヤ人やほかの被収容者を女子供に至るまで殺したと訴えられても、その場合には名誉を汚されたとは感じないのです。ただ命令に従っていただけだというのです」

このアウシュヴィッツの裁判がとにもかくにもおこなわれたのは、収容所の実態に関する記録をこつこつと集め、検察当局が訴追に利用できるようにしたラングバインの努力に負うところが大きい。

ヘルマン・ラングバインは現在でも頑固に、そして辛抱づよく活動をつづけている。彼の関心は戦犯を見つけだすことだけにとどまらない。たとえば、ある戦犯が無罪になったり、宣告された刑がばかばかしいほど軽かったりした場合には、新しい証拠を集め、さらに多くの証人を捜しだし、検察官にしつこくいさがって、最後には裁判のやり直しを命令させるのである。

名声を得るのが目的ではない。したがってラングバインの予算はごくわずかで、活動をつづけるには多くの犠牲を強いられることになる。彼は本を書き、新聞に寄稿する。元強制収容所被収容者の委員会も、郵便料金は払ってくれても、それ以上のことはしてくれないのである。

「わたしの本はあまり売れません」ラングバインは苦笑した。「どの本も恐ろしい話ばかりですからね。主にドイツ人とオーストリア人に向けて書いているのですが、どちらもそんな本には見向きもしません。あんなものを読めば夜眠れなくなる、恐ろしい夢を見る、というわけです。もっと軽い読み物のほうが好きなんですよ、もっとうんと陽気なのがね」

一九六〇年、オーストリアの通信社ノイエ・インターナツィオナーレ・レポルターゲ（新国際報道）は、元レジスタンスの各組織の注目の的となった。それは、この通信社が海外特派員をおいていたマルメ、バグダッド、マドリード、カイロ、ケープタウンなど大小さまざまの都市に、元ナチあるいはネオ・ナチの組織が存在することが判明したからだった。同通信社の専務取締役ジャン・マレーはウィーンのグライナー通りに住んでいた。

〝元レジスタントおよび国外追放者国際同盟（ＩＵＲＤ）〟は、マレーについてもっと多くを知ろうと、ウィーンへメンバーの一人を送りこんだ。その結果、マレーの本名がロベール・ヴェルベーレンであることをつきとめた。ヴェルベーレンは、ベルギーのレジスタンスのあいだでは有名な男で、フランドルのＳＳのリーダーであり、国防軍防諜局（アプヴェール）のスパイでもあった名うての対敵協力者だった。ベルギー当局が何年も捜しつづけていた人物である。ドイツ軍の占領下にあったとき、ヴェルベーレンはその協力者たちとともに、エミール・ラルティーグ将軍をはじめとする多数を殺害し、何百人という愛国主義者を糾弾した。だが連合軍がベルギーを解放したときには、ヴェルベーレンはすでにドイツへ逃れたあとで、それ以後の足取りはぷっつりと跡絶えてしまった。そして一九四七年九月十四日、ベルギーの軍事裁判は、本人欠席のまま、ヴェルベーレンに死刑を宣告していた。

ヴェルベーレンは安全に身を隠す方法を見つけだしていた。終戦まぎわ、彼はピーター・

メイヤーの名で、オーストリアにあるアメリカ諜報部の情報員となった。また、オーストリア人の若い女性教師バンクホファーと同棲し、彼女とのあいだに二人の子供をもうけている。情報員としての任務は、オーストリア共産党の活動をスパイすることで、その働きぶりには諜報部もあきらかに満足していた。だが、一九五五年に連合軍のオーストリア占領は終わりをむかえ、ヴェルベーレンは独自に動くことになった。しかし、アメリカ軍の推薦でオーストリア諜報部に籍を移し、ふたたび名前を変えた。こんどはアルベルト・クルーゲといった。

一九五八年になると、彼は本来の自分にもどって本名でオーストリアの市民権を申請してももはや安全であると考えるようになっていた。そしてその市民権を獲得した。それにとどまらず、依然として国家社会主義に心酔していたヴェルベーレンは、スウェーデンやオランダ、南アフリカの地下運動組織と接触し、まもなく、のちにネオ・ナチ党NPDの指導者となるアドルフ・フォン・ターデンや、HIAGともかかわるようになった。HIAGのリーダー格の二人、元SS連隊長カール・ウルリッヒと元SS旅団長カール・ツェルフは古くからの同志だったのである。ヴェルベーレンはネオ・ナチの刊行物に数多くの記事を書いた。たいていはジャン・マレーというペンネームを使ったが、イサーク・メイセルスとすることもあった。こちらのほうは、なんとアウシュヴィッツでガス室に送られたベルギー系ユダヤ人の名だったのである！

ベルギーの元レジスタンス組織のリーダーたちは、ユベール・アレンを中心に調査をすすめた結果、ヴェルベーレンの居所をつきとめていた。しかし、彼がオーストリア諜報部に所属していることもわかっていた。合法的に逮捕しようとすれば、どんなやり方を試みたところで、彼が事前に警告を受け、多くの支援グループに助けられてまた姿を消してしまう危険があった。そのためベルギーでは、ヴュルベーレンを誘拐するほうがまだ連れもどせる可能性があるのではないかという意見もでてきた。が、それにも大きな障害があった。ドイツという広大な国土を横切らねばならない。そのためには途中に隠れ家をいくつも用意しなければならない。金も人員もたっぷり必要である。というわけで、この案は断念せざるをえず、用心深くオーストリア当局にはたらきかけ、ヴェルベーレンの逮捕を要請することになった。早い段階では、ベルギーがこの作戦を打ち明けていたのはただ一人、全面的に信頼を寄せていたヘルマン・ラングバインだけだった。そのラングバインがつぎにとるべき手段について交渉することを許可されたのがジーモン・ヴィーゼンタールだったのだが、それもかなりあとになってから、つまり初期の段階が完了してからのことだった。

こうして一九六二年四月十一日、そのラングバインとヴィーゼンタールが、分厚いファイルを何冊も携えて、ウィーンの検察当局を訪れた。

「われわれは、ベルギー人戦犯ロベール・ヴェルベーレンに関する証拠書類と告発書を持参しました」二人はそう検察官に告げた。「彼は欠席裁判で死刑を宣告されました。だが現在、生きてウィーンに住んでいます。したがって、ただちに逮捕に必要な措置を講じていただきたい」

ところがこのもくろみも、あやうくここで失敗に終わるところだった。なにしろファイルのなかの証言もほかの記録もすべてフラマン語で書かれていたために、どんな措置を講じるにせよ、まずそれをドイツ語に翻訳しなければならないと検察官から言われたのである。これに対しラングバインとヴィーゼンタールは、翻訳ができあがってみたらヴェルベーレンはとっくの昔にすべて知っていたという事態になるのは必至だ、と指摘した。「逮捕状が発行されるまで、ここを離れるつもりはありません」と、二人は言い切った。

ついに検察官のほうが折れた。彼自身がかつて国外に追放されていたこともあって、ナチ支持者にはまず共鳴などできなかったのである。かくしてその夜、ヴェルベーレンは逮捕された。こんなふうに検察官自身がまったく理解できない言語で書かれた証拠をもとに逮捕状が発行されたのは、おそらく法曹界始まって以来のことであろう。

二年間におよぶ骨の折れる作業がついに報われたのである。この作業の主な推進者は、IURDの特別代表、ユベール・アレンだった。

「ヴェルベーレンを逮捕させただけでは不充分でした」と、のちにアレンは語っている。「まず、絶対に保釈が許されないようにしなければなりませんでした。そうでないとまた行方をくらましてしまいます。それに、ベルギーをはじめとする世界各国の世論を喚起しなければなりませんでした。それには、われわれの行動をあらゆる人たちに、一刻も早く知らせる必要がありました。すでにわれわれはヴェルベーレンの犯した罪について長文の記事を書きあげて、ベルギーの新聞《ル・ソワール》にわたしてあり、編集長から、われわれが希望するときにそれを掲載するという同意を取りつけてありました。

そこでヴェルベーレン逮捕の一時間後、わたしは《ル・ソワール》に電話を入れました。記事はすでに組みあがっていて、その日の夕刊の最終版の第一面を華々しく飾ったのです。一般大衆はわれわれが何を成し遂げたかを知りました――ヴェルベーレンがたったいま逮捕され、オーストリアに拘置されているのです。このニュースが、ベルギーのかつてのレジスタンス組織と退役軍人たちのあいだにどんな興奮をよんだか、あなたにも想像できるでしょう。オーストリア当局としては、話が公になったからには、決断を翻すことなどできなくなりました。それでヴェルベーレンにはコネがあったのですが、拘置所を出ることができなかったのです」

ところが、ヴェルベーレンはオーストリアで裁判にかけられ、無罪となり、そして釈放されたのである！　抗議の声もさかんにあがり、民衆のデモもおこなわれた。その結果裁判のやり直しが命じられた。

20　ドグレル作戦の大失態

アイヒマンの逮捕が世界じゅうに知れわたると、ネオ・ナチズムの波が急激に高まって南アメリカじゅうにひろがり、まもなくヨーロッパにまで押し寄せた。ナチ地下組織の若い狂信的なメンバーたちが報復の波状攻撃を返しはじめたのである。各地のイスラエル大使館や領事館、シナゴーグやユダヤ人のコミュニティー・センター、はては著名なユダヤ人の家までが手製の爆弾で爆破され、ブエノスアイレスはもとよりサンチアゴ、アスンシオン、モンテビデオ、ボゴタなどの町々では、鉤十字（かぎじゅうじ）や〝ユダヤ人に死を〟などのスローガンが壁に塗りたくられた。ユダヤ人が襲われ、袋だたきにされる事件が何件も起こった。手紙や電話での脅迫も激しくなった。

アルゼンチンのファシスト組織タクアラは、イスラエル大使を誘拐して大使館を爆破する計画をたてた。一方西ドイツでは、あるナチ組織がイッサー・ハレルの首に賞金をかけ、また、それほど物騒ではないにしても、ユダヤ世界会議議長ナウム・ゴルトマンを誘拐するという企てもあった。じっさいこの時期には、多くのユダヤ人がアルゼンチンを離れている。

にわかに激化したこうした動きは、アイヒマンの処刑の翌日にクライマックスをむかえた。

タクアラに所属する若いサディストの一団がユダヤ人女子学生グラシエリャ・シロータを拉致、拷問にかけるという事件が起こった。彼女は全身に火のついたタバコを押しつけられて火傷を負わされたあげく、胸には鉤十字を刻みつけられたのである。

しかしアイヒマンの逮捕と処刑の影響をまともに受けたのは、なんといってもナチの逃亡者たちだった。かれらは目立つのをおそれて反ユダヤ運動に巻き込まれぬよう細心の注意をはらい、しまいには恐怖のあまりふたたび逃亡するという挙にでた。ほとんど一夜のうちに、何百というナチ逃亡者が仕事を捨て、自宅から消えてしまったのである。変革への動きを察知したかれらは、何年も〝難攻不落の要塞〟だった南アメリカももはやその役目を果たさなくなった、と感じとっていた。アルゼンチンを逃れたあと、パラグアイのドイツ人居留地に逃げこみ、そこでオデッサの保護下に入った者もあれば、サンパウロに逃げたリトアニア人逃亡者ヘルベルト・ツクルスのように、ただひたすら警察の保護を求めた者もいた。そのほかの国々にいたナチ戦犯も、しだいに不安をつのらせていった。スペインでは、それまでは安心しきっていたレオン・ドグレルまでが、アイヒマンはイスラエル諜報部にナチの地下組織のことをしゃべっただろうか、これをきっかけに復讐者たちが自分を追跡しだすのではないか、と思いはじめた。念のため、ドグレルはカイロとダマスカスに行き、フォン・レーアスをはじめとするかつてのナチ指導者たちの何人かに会った。かれらが言うには、アイヒマンは地下組織の活動については何も知らないも同然だから、彼が何をしゃべったとしても、だれも危険に陥るようなことはないということだった。

ドグレルは、ひとまず安心してマドリードにもどった。ちょうどそのとき、一九六一年四月、アイヒマンの裁判がはじまった。ドグレルの名前は出なかった。そのため彼が、このまま自分に手がのびることはないだろうと考えたのも無理はなかった。パリで一風変わったコマンドーが結成されつつあることなど、知るよしもなかったのである。だがこれこそ、ドグレルの誘拐を目的としたグループだった。

この計画の背後にいて手引きをしたのがイスラエル人のズヴィ・アルドゥビ、長身でチャーミングな、自信たっぷりの若者だった。その友人によれば、アルドゥビはかつてイスラエル諜報部と密接にかかわっていたということだが、その後は、ジャーナリストとしてこの機関と対立することもあった。

アルドゥビは賢く、機転もきくジャーナリストで、意気さかんで行動力もあった。だがほかでもないこうした長所そのものが欠点となる場合もあった。彼は、世間をアッと言わせるためには、少々のことでは良心の痛みなど感じなかったのである。アイヒマン逮捕のニュースが流れたとき、アルドゥビはたまたまニューヨークにいた。彼はチャンスとばかりにこれにとびつき、誘拐事件をめぐるさまざまな記録や情報を手ぎわよく集め、友人のエフレイム・カッツとアメリカ人作家クウェンティン・レナルズとの共同作業で、『アイヒマン、死の代理人』と題する本にまとめあげ、記録的なスピードで出版した。あとになって、その内容には誤りも多いことがわかったものの、この本はベストセラーとなり、《ルック》をはじめとする数誌に長い抜粋が掲載された。

手応えありとみたアルドゥビは、一九六一年初め、イスラエルに赴き、ジャーナリストを集めてチームを組み、さらにアイヒマン裁判にいたるいきさつを取材した。かれらが書きあげた一連の記事はどれもすぐれたもので、当然ながらこれまた好評をえた。

アルドゥビは、自身の将来に自信を持った。一人の人物の功績を詳細に物語っていく才能と想像力（おそらくは過剰なほどの想像力）をもっていることは素晴らしいことだった。だがいま彼は、自ら手柄をたててそれを本に書きたいと思った。すこしまえから、そのことは考えていた。アイヒマンが裁きの手にゆだねられたとき、かつていだいた謎がまたよみがえったのである――ヒトラーの〝黒幕〟マルチン・ボルマンはどうなったのか？　ボルマン発見、となればジャーナリストにとって大スクープである。すでにアイヒマンとその裁判の記事でかなりの名をあげているジャーナリストにとってはなおさらだった。アルドゥビは行動を起こす決心をし、計画は実行を待つばかりとなった。

アルドゥビはこう踏んだ――そしてそれはあながち的外れでもなかった――レオン・ドグレルがなんらかの方法でボルマンと連絡をとっていて、その行方を知っているのではないか。それなら、ドグレルを誘拐し、しゃべらせ、そのあとでベルギー当局に引き渡す――そして自分はボルマンを追う。

論理的には文句のつけようがなかった。だが、なにはさておきアルドゥビがドグレルを捕らえなければならず、そのドグレルが彼のほしい情報を与えてくれなければならなかった。

じつのところ、たとえドグレルが口を割らなくても、彼を捕まえたというだけでも誘拐した側に名誉をもたらしはするだろう。とはいえアルドゥビは、まずジャーナリストとしてスクープを追っていたのはもちろんだが、その一方で一人のユダヤ人として、ボルマンや、かつてベルギーのファシストを率いていたドグレルのような戦犯が裁きの場に引き出されるのを望んでいたこともたしかだった。

当然、資金が必要だった——それもかなりの額の金が。アルドゥビの友人によれば、《ルック》誌が前金として数千ドルを支払ったということである。また、大手の出版社、映画製作者、それにドイツのある新聞社も〝オペレーション・ドグレル〟のよきスポンサーだったという話もある。

この種の、個人にかかわる作戦はすべてコードネームで呼ばれるのがつねで、今回は〝カスタード・タルト〟と名づけられた。この命名者はイスラエル人著述家のイーガル・ムセンゾンで、冗談好きな男だった。パルマッハ特別部隊で中尉の地位にあったが、のちに警察官になった。子供向けの冒険小説や純文学めいたものを書いたこともあり、これらはイスラエルで出版されてかなりの評判となった。劇作家だったこともある。その後、運試しにアメリカ合衆国に渡り、ニューヨークでなかなか芽を出せずにいたところ、アルドゥビと出会い、説き伏せられてこの計画に加わることになった。

イーガル・ムセンゾンはのちにこんなふうに語ってくれた。「アルドゥビのことはてっきりイスラエル諜報部のメンバーだと思っていました。ある日わたしのところへ来て、レオン

・ドグレルの誘拐計画で積極的に働いてくれないかともちかけてきたのですが、イスラエル政府を代表して行動しているような言い方だったのです。わたしはこの作戦の詳しい報告書を書くうえでも彼に協力する、そしてその報告書はあとで本になるということでした。アイヒマンが逮捕されたばかりでしたし、諜報部がもう一度、こんどはドグレルに狙いをさだめて打って出ようというのもしごく当然なことに思われました。アルドゥビから聞いた計画のあらましはこうでした――ドグレルを誘拐して、フランスに連れていき、それからベルギー当局に引き渡すというのです。ドグレルがボルマンと連絡をとりあっているのは事実だから、彼から情報を得てボルマンの追跡にかかるのだと、アルドゥビはさかんに力説しました。わたしは参加することに同意しました。それからアルドゥビに連れられてマンハッタンの銀行に行き、そこで約一万ドル分のトラベラーズ・チェックに何時間もかけてサインしました。そしてわれわれは、リベルテ号で海路フランスに向かったのです」

イスラエルの諜報機関はどれ一つとして、オペレーション・ドグレルには関与していなかったが、それらがうしろ盾になっているとほのめかされると、アルドゥビが集めてきた者たちはみないっそう彼に対する信頼を強めるのだった。

イーガル・ムセンゾンにつづいて、その息子アヴィタル、つぎにベルギー人のユベール・アレンが加わった。ベルギー・レジスタンスの英雄アレンは、現在、かつてのレジスタンスのメンバーを集めた国際組織の長で、永年、ドグレルを裁判にかけることを宿願としてきた。

「アルドゥビが、イスラエル政府に代わって動いているというようなことを言わなくても、わたしは彼に力を貸すことに同意したでしょう」と、のちに彼は語った。「同じことをしようというなら、いまでも喜んでできるだけの支援をするつもりです」アレンはアルドゥビに、ドグレルと彼のスペインにおける隠れ家に関する情報を提供した。

〝カスタード・タルト〟のメンバーは偽造の身分証明書を準備し、それで国境を越えることにした。さらにベルギー国内に一軒家を用意して、四、五日のあいだドグレルを監禁し、警察に引き渡すまえに尋問する手筈もととのえられた。

しかしまず、コマンドーには強力な人間がもっと必要だった。アルドゥビはフランスに行き、防諜機関の上級将校のつてで一人のジャーナリストに連絡をとった。それはジャック・ファンソンというユダヤ系フランス人で、強硬な人種差別反対者でもあった。二人はパリの歩道沿いのカフェで会った。このときアルドゥビは、仕事は比較的単純だが、意志強固な若者が十人必要であることを説明した。「きみの評判は聞いている。だからこの作戦を指揮する者の立派な補佐役ができると思う」と、アルドゥビは言った。ファンソンは結局説得に負けた。「この最初の会見の別れぎわ、わたしは気がついてみるとアルドゥビと握手をし、作戦を成功させるためにできるかぎりのことをすると約束していました」

この企てに名を連ねた人物にはほかに、ド・ゴール将軍の元ボディガード、最近までアルジェリアで役人をしていた男、小火器の調達を約束した元警官、二、三年まえにブラジルでボルマンを追跡していたことのある謎の人物ムッシュー・F、そしてバーバラ、アニタと名のる二人の快活な若い女性などがいた。輸送手段としては赤のシムカと豪華な白いヨットが使われることになっていた。

グループにはもう一人、謎めいた男の姿もあった。いつもパイプをふかし、一言もしゃべらない。アルドゥビはこの男を尊敬をこめて〝大佐〟と呼んでいた。この〝大佐〟こそイーガル・ムセンゾンだったのだが、じつは彼はフランス語が話せなかったため、ほかのメンバーと話をしようにもほとんど通じなかったのである。

アルドゥビはスイスへ旅行し、レバノン人ジャーナリストで通した結果、ローザンヌで会った親ナチのスイス人ジュノーから、ドグレルとボルマンに関する新たな情報をききだすことに成功した。こうしてアルドゥビはグループのメンバーを呼び寄せ、ある夜パリのアパートの一室で、ドアに錠をおろし、窓の鎧戸をしめて、行動計画を検討しあった。――ドグレルはセビリャの近くの村コンスタンティーナの一軒家に偽名を使って住んでいることがわかっている。元ワロン師団にいた男たちがそこの警護にあたっているが、ドグレルには毎朝、近くの田舎道や林道を自転車でひとめぐりする習慣がある。捕らえるならこの朝のサイクリングの時間だろう。すでに八名を数えていたアルドゥビ・グループのメンバーは、別々のルートでマドリード入りし、列車か赤のシムカで到着する予定のアルドゥビとファンソンを待つ。それから全員でセビリャに行ってドグレルを誘拐し、薬をのませて車に押し込み、海岸まで走る。しかし途中で追われた場合に追っ手をまくことも考えて、二台め、三台めと輸送車を換える。ヨットはカルペの小さな港で待機し、ドグレルをのせたら即刻フランスへ向けて出航する。ドグレルはフランス沿岸の人けのない場所でおろされ、監禁されたのち、最後にベルギーへ移されることになる。

こうして手短かに計画が説明されたあと、グループのメンバーはそれぞれ果たすべき役割を割りふられた。イーガル・ムセンゾンはタラゴナに行き、繫留されているはずのヨットでカルペに向かうよう指示された。

一九六一年六月一日午前零時が、行動開始の時刻と決まった。マルセーユにいたムセンゾン、アルドゥビ、ファンソン以外の全員がばらばらにスペイン国境へ向けて出発した。ムセンゾンは列車で、あとの二人は車でバルセロナに行くことになっていた。鉄道の主要駅までシムカに同乗したムセンゾンは、車にリボルバーが八挺も隠してあるのに気づき、こんなことをする必要があるのかとアルドゥビにたずねた。誘拐の成否は武器の力で決まるわけではないうえに、そんなものを積んでいれば危険を増すだけだからである。アルドゥビは肩をすくめただけだったが、やがてムセンゾンがただいたずらに危惧をいだいていたのではなかったことが証明されることになる。

ムセンゾンは何事もなく旅をつづけ、タラゴナに着き、ヨットに乗りこんだ。船長はマジョルカ島に住むデンマーク人だった。

だがアルドゥビとファンソンのほうはこれほど幸運ではなかった。六月三日、スペイン国境の警戒区域ラパルトスに通じる曲がりくねった山道をのぼっているとき、ファンソンがまた疑念をもらした。最終的な打ち合わせのときにも、作戦に関係している人間が多すぎて心配だと言っていたのだ。さすがのアルドゥビも緊張して青ざめ、「たぶんきみが正しいだろう」と言った。「ただ部下たちがすでに行動を開始しているというのに、作戦のリーダーが二人そろって手をひくことなど、できるわけがないではないか」

国境検問所に来ると、税関吏が書類の提示を求め、事務所にもどっていった。ほどなく一人の警察官が出てきて、車を片側に寄せて後続車を先に通すよう、ファンソンに指示した。ファンソンが言われたとおりに車を停止させるやいなや、四、五人の警察官が車を取り囲み、銃をかまえた。アルドゥビとファンソンは両手を挙げたまま建物のなかに連れていかれた。そのあいだにシムカを捜索した警察官がリボルバーと弾薬、手錠を発見、その場で二人は拘留され、尋問がはじまった。

「顔を平手で殴るわ、小突きまわすわ、スペイン警察のやり方はひどいものでした」と、ファンソンはのちにこのときのようすを話している。「そしてやつぎばやの質問が浴びせられました。おまえを派遣したのはだれか？ ドグレルがスペインにいることをどうやって知ったのか？ この作戦には何人の人間がかかわっているのか？ われわれは一言も答えませんでした。もっとも、しゃべったとしても、それほど多くをおしえたことにはならなかったでしょう。スペイン側はすでになにもかも知っていたも同然だったのです。われわれの名前も、何をしようとしていたのかも知っていました。知らなかったことといえば、われわれの仲間が何人なのか、そして全員がどこで落ち合うかということくらいだったのです」

まちがいなく、だれか裏切り者がいたのだった。

一方ムセンゾンは待ちつづけていた。カルペで例の白いヨットに乗りこんでからはや十二日、苛立ちはつのり、いささか心配にもなりだした。アルドゥビとその仲間については噂もたたなければニュースも入ってこない。

ムセンゾンは船着き場に数人の男がいるのに気づいた。朝から晩まで釣りをしているようにみえたが、じつはかれらの関心は、もっぱらヨットとそれに乗っている人間にあったのだった。ムセンゾンはますます心配になり、いよいよそこを離れるときがきたと判断した。所持金は靴の中に隠した百ドル札が一枚きりだった。ヨットをおりたムセンゾンはバスでバレンシアまで行き、そこから列車でバルセロナに向かった。途中何度か尾行されている気がしたが、バルセロナに着くまでは何も起こらなかった。だが列車を降りたとたん、一目で私服刑事とわかる男が四、五人、プラットホームを自分のほうに歩いてくるのが眼に入った。スペイン警察は同行を求めてきたが、ムセンゾンは落ち着きはらって、自分も警察の人間なのだと言ってのけ、その証拠としてイスラエル警察大臣シトリットの署名入りの古い手紙を出してみせた。それには、著述家として有名なイーガル・ムセンゾンは警察官であり、必要が生じたときにはいつでもあらゆる援助が与えられるよう、大臣自らが希望する、と書かれてあった。

しかしそれも功を奏さず、ムセンゾンは警察に連行された。相手ははじめ彼に、証拠もないのに、麻薬の密輸に関係しているだろうと言いつづけたが、まもなく本題に切りかえた。ズヴィ・アルドゥビを知っているか？　スペインに来た目的は何か？　だれに会おうとしていたのか？　レオン・ドグレルについて何を知っているのか？　結局釈放された。その後はできるかぎり急いでスペインを離れてフランスに入り、パリに着くとアルドゥビの女友だちに電話を入れた。彼女は、カスタード・タルト作戦のリーダーはスペインで逮捕されたと告げた。

アルドゥビとファンソンは裁判にかけられた。だがドグレルの誘拐計画がその容疑になりえようはずはなかった。なにしろスペイン当局の公式発表では、依然として、ドグレルは国内にはいないとされていたのである。かわりに、二人はスペインで破壊活動を企てたかどで告発された。そして一九六一年八月十日、アルドゥビは九年、ファンソンは六年の禁固刑を宣告された。

グループのほかのメンバーのうち首尾よくフランスにもどれた者たちは、当然のことながら裏切り者をつきとめようとした。しかしその努力も徒労に終わった。計画を知らされていたパリのスペイン人共和主義者のなかにおそらく二重スパイがいたのであろう。アルドゥビがしゃべりすぎたことだけは確かだった。

ジャック・ファンソンは刑期を二年半終えたところでスペインの刑務所を出、アルドゥビもそれから二、三カ月して釈放された。

一九六二年八月、誘拐計画のリーダー二人に判決が下りてからちょうど一年後、当のレオン・ドグレルは娘の結婚式に参列した。武装SSの軍服に身をつつんだドグレルの胸には、ありったけのメダルと勲章が燦然と輝いていた。

21 〝ツェントラールシュテレ〟

一九五六年、西ドイツの十一州はナチ戦犯追跡を協調しておこなうための機関を設立した。その名は〝ツェントラールシュテレ(中央調査委員会)〟といい、その長に任命されたのはエルヴィン・シューレだった。それから数年後には、彼は西ドイツでもっとも熱心で強固なナチ・ハンターとして名前を知られるようになった。

シューレはニュルンベルク裁判の記録のコピーを精読し、西ベルリンにあるアメリカ資料センターのファイルを徹底的に調べた。さらにアメリカへ飛んでペンタゴンに保管されている記録も調べた。ドイツに帰ってくると、彼は機関の本部をバーデン・ヴュルテンブルク州のルートヴィヒスブルクにかまえた。彼のオフィスの壁にはヒトラー体制下のドイツの大地図がはってあり、ゲシュタポの地方支部にはすべて赤い丸印がつけられ、強制収容所には黄色の丸印がつけてあった。彼は機関員たちでチームを編成させ、各チームに徹底した調査をおこなわせた。こうしてナチ殺戮部隊アインザッツグルッペンが犯した数々の犯罪をはじめ、多数のユダヤ人を処刑した〝ラインハルト作戦〟、〝水晶の夜〟の事件、大規模な〝安楽死〟計画など、ポーランド、ユーゴスラヴィア、ギリシャ、ノルウェー、フランス、オランダ、デンマークでおこなわれた大量虐殺、言いかえるならヒトラー体制下でおこなわれたすべての大量虐殺に関する報告書が作成されたのだった。

ツェントラールシュテレがなしとげた快挙のひとつに、エールリンガー将軍の逮捕がある。このＳＳ将校は、ヒムラーにより組織され、東部のドイツ占領地域に派遣された悪虐非道なアインザッツグルッペンの司令官のひとりであった。この出動隊の任務はドイツの植民地としてマークされていた地域の人民を撲滅することだった。エールリンガーは戦慄すべき任務をロシアで遂行し、彼の命令により二千人以上の男女や子供たちが殺されて広大な共同墓地に埋められた。

その後、敗戦の気配が感じられるようになると、エールリンガーはロシア人捕虜とユダヤ人の特別班をつれて自分の命じた大量虐殺の現場にもどり、死体を掘りおこさせて火葬にさせた。それが終わるとこんどはＳＳがそれらのロシア人とユダヤ人たちを銃殺し、火葬にしたのである。エールリンガーは、これで彼の犯罪の痕跡はすべてきれいに消された、と思っていた。

ドイツが降伏すると、エールリンガーは姿をくらました。だが、じっさいにはドイツ国内にとどまり、エーリッヒ・フレシュアー伍長という名で、ほかの数多くの捕虜と同じように、ある捕虜収容所にいたのである。彼は偽の身分証明書を盾にして連合軍のあらゆる検問をたくみにすり抜けた。

収容所から解放されると、〝フレシュアー伍長〟はそのままドイツに残り、農場労働者として数年間働いていた。その後南ドイツにあるアメリカ空軍基地で職を得て、一九五一年になると、もう危険はなくなったと判断し、ふたたび本名を名のることにした。そして彼のような経歴の持ち主の大多数がするように、元SS隊員のための地下組織に連絡をとり、その組織を通じてボーデン湖のほとりにあるカジノで出納係の職についた。一九五四年には、カールスルーエで自動車のセールスマンになっていた。

ロシアでの残虐行為から十三年もたつと、エールリンガーはどのような観点からみても処罰を受けるおそれはないと考えるようになっていた。しかし、ツェントラールシュテレは彼を追跡していたのである。一九五八年十二月のある夜、私服刑事が三人彼のオフィスに入ってきた。

そのなかのひとりは精悍な感じで、するどい目つきをした唇のうすい頭のはげた男、すなわちエルヴィン・シューレだった。「エーリッヒ・エールリンガー」と彼は言った。「二千百二十人の人々を殺害した罪により逮捕する」

エールリンガーは裁判にかけられ、懲役十二年の刑を宣告された。

ツェントラールシュテレは、他の国で同じようにナチ戦犯の追跡にたずさわっている機関と連絡を取りあっていたが、なかでもイスラエルのホロコースト記念館（ヤド・ヴァシェム）やイスラエル人ナチ追跡者と連携しての活動からは多大の効果があがった。

ツェントラールシュテレのある弁護士は言っている。

「われわれの仕事はまさにバラバラ

になっているジグソーパズルを組み合わせるようなものでした。ひとりひとりの審問からさらに多くの人の名前が出てリストに加えられていきました。各人のファイルを公開して、それから調査をはじめるのです。ひとりの人物の調査が十二ヵ国におよぶこともありました」

一九六一年にツェントラールシュテレはそれまでの調査結果を公表した。公開された七百五十人の追跡調査のうち、四百五十人のケースを成功裡に完遂することができた。すでに死亡している証人も多く、また、証言すればこんどは自分が罪に問われるのではないかと恐れて話すのを拒む人たちもいたので、この調査は困難をきわめた。さらに一部のドイツ人たち、とくにナチの支配下で生きぬいてきた人々は忌まわしい過去を掘りかえすことに反感を示した。

フェルトヴェーベル・ミュラーのケースは、ツェントラールシュテレが直面した困難を如実にあらわす好例である。

ミュラーは戦時中、中部ヨーロッパにある三ヵ所の強制収容所の警備を担当した。敗戦後の彼の行方は知れていないばかりか、収容所の生存者から得られる情報は彼の名前と地位と出生地名――ハイデルベルク――だけだった。

エルヴィン・シューレと彼の部下にとって調査をはじめる手がかりはないにひとしかったが、まずはハイデルベルクでの調査からとりかかることにした。しかしこの町にはなんと千五百人のミュラーがいたのである。だがそのうち、イスラエルの復讐者らが調査に加わり、ミュラーが以前に彼の妻に小包を届ける役目をさせていた元被収容者を見つけだすことができた。その男はミュラーの住所を憶えていた。それはハイデルベルク市内だった。さっそくツェントラールシュテレから派遣された刑事がその家を訪ねた。だが、ミュラーはすでにそこには住んでいなかった。彼の妻はハイデルベルク当局に夫の〝行方不明〟の届けを出し、町を去ってリンバッハに住居を移していた。刑事はリンバッハへ行き、ミュラー未亡人の家の戸をたたいた。そこで刑事は、みるからに健康そうな男、フェルトヴェーベル・ミュラー本人をついにみつけたのである。その場で逮捕されたミュラーは終身刑の判決を受けた。

エルヴィン・シューレがおさめた成功はほかにもある。ヴィルヘルム・コッペの逮捕である。

この古参の警察幹部はSSの旅団長の地位にあって、ヘルムノ絶滅収容所で三十五万人の被収容者を殺した責任者である。戦後コッペはエールリンガー同様、地下組織の一員となって身を隠し、偽名を使ってドイツに残っていた。彼はハインツ・ローマンと名のり、やがて事業に成功して西ドイツの政府高官の何人かと親しくなった。それればかりか彼はアデナウアー首相にも紹介され、じっさいに何度か会っていたのである。

だが、ついにエルヴィン・シューレが彼のまえに現われ、その運は尽きた。ツェントラールシュテレに正体をあばかれたヴィルヘルム・コッペは、一九六〇年一月十二日に逮捕された。

カール・エゴン・ノイマンはザクセンヴァルトの森のはずれにあるダッセンドルフという

村で、村人たちから親しまれている人物だった。彼は、赤軍が進撃してくるまえに逃げてきた多くの避難民にまじってこの村にやってきた。感じのいい物静かなノイマンはこの村に住みつくと、まもなく村人たちに好感をもたれるようになった。彼はオットー・フォン・ビスマルク公の領地で働くきこりの職についた。村人たちは、近くのハンブルクの町に行けば彼の能力にふさわしいもっといい仕事につけるのにと噂したり、いや、彼は動物が好きだから森で働く仕事のほうがよかったのだろうなどと話しあっていた。

じじつ、彼はほんとうに動物好きだった。ノイマンが傷ついた鹿をかかえて自分の小屋に帰るのを見た村人たちは、その夜のことを感慨深そうによく話しあったものである。彼は鹿がすっかり回復するまで世話をしてやった。また傷ついて落ちている鳥を拾いあげては小屋に連れて帰り手当てをしてやっていた。

しばらくするとノイマンは自分で建てた住み心地の良さそうなバンガローに移った。そのうち、ハンブルクから若いブロンドの女がたびたび訪れてきては泊まるようになった。二人は小さくとも手入れの行き届いた庭がある、こぢんまりしたきれいなバンガローで平和な静かな日々を過ごしていた。

しかしこの平穏な田園生活は一九六〇年十二月二十日に終わりを告げることになった。夜が明けてまもない時刻、まだ森が深い霧に包まれているときに、ノイマンはすでに仕事にとりかかり電気のこぎりで木を切っていた。すると、霧のなかからいきなり三人の男たちが彼の間近に現われた。

「手をあげろ!」ひとりが声高に言うと、間髪を入れずこの動物好きの男の手に手錠がカチリと音をたててかけられた。

「きみはリヒャルト・ベーアだな」警官のひとりがいった。

「ちがう、カール・エゴン・ノイマンだ」きこりは憤然として答えた。

彼はバンガローへ連れもどされた。「あなた、どうしたの？」思いがけず、しかもいかめしい男たちにかこまれて帰って来た彼を見て、ブロンドの女は不安そうに声をあげた。彼は観念したように両手を上げて見せた。それから背筋をまっすぐのばして胸をはり、警察官にむかって威圧的に言った。「よろしい、たしかにわたしはリヒャルト・ベーアだ。しかしわたしも元将校だ。その地位にふさわしい処遇をしてもらおうではないか」彼は手錠をはずせというように両手をあげて見せた。だが警官は捜していた男をたしかに捕まえたと確信したいま、手錠をはずす気などさらさらなかった。

リヒャルト・ベーアは一九三〇年にパン屋で見習をしていたとき、ナチ党に入党した。それから三年後にSS隊員となり、ダッハウ強制収容所の看守として最初の任務についた。そして一九四四年五月ルドルフ・ヘスの後任としてアウシュヴィッツ強制収容所の所長に任命された。

十月の終わりごろになると、前進して来るロシア軍が近辺を脅かしはじめ、一九四五年一月、リヒャルト・ベーアはこの収容所を撤退せざるをえなくなった。処刑される時間がなくて生き残っていた六万四千人の被収容者は長い、よろよろと進む一列縦隊となってグロース・ローゼンの強制収容所へ行進した。だが大多数の人々はそこまでたどりつくことができなかった。疲れはてて道端に倒れた者たちはその場でただちにSS隊員に射殺されたからである。

リヒャルト・ベーアは戦争が終わると同時に姿を隠した。連合国当局は彼は死んだものと考えていた。アウシュヴィッツ強制収容所の二人の元所長、ルドルフ・ヘスとリーベーンシェルは捕らえられ、ポーランドの警察に引き渡された。二人は自分たちが大勢の人々を死に追いやった収容所の敷地のなかで絞首刑にされたのである。

アイヒマンの逮捕後、ドイツ当局はベーアのファイルをもう一度公開し調べなおすことを決定した。彼がまだ生きていると信じるにたる充分な根拠があったからである。フランクフルトの検察官、ハインツ・ヴォルフ（彼が筆者にすべてを話してくれた）は自らこの調査にあたった。彼が注目したのは、ベーアの妻ヨーゼファが、夫は死んだと言っているにもかかわらず、将校の未亡人が受ける資格のある年金の申請をしていないことだった。そのほかにも判明した情報に力をえて、ヴォルフはリヒャルト・ベーアの居所を通告した者には一万マルク（二千五百ドル）の報奨金を出すことにふみきった。この報奨金のせいで多数の手紙や電話による情報が寄せられたが、その大半はこの一件に新しい進展をもたらすことはできなかった。しかし五人の情報提供者の話から、ベーアはダッセンドルフの近辺に身を潜めているらしいという強力な手がかりが得られた。そこでこの地域を集中的に捜索し、ある女性の跡をつけることによってついに当局はベーアの逮捕に成功した。刑事たちはブロンドの美人、ヨーゼファ・ベーアがハンブルクから田舎のほうへたびたび出かけることをつきとめ、そのあとをつけた。そして動物愛好家のカール・エゴン・ノイマンが住むバンガローを見つけだしたのである。

ほぼ同じ時期にアウシュヴィッツでベーアの元部下だった二十一人の男たちが逮捕されている。だがかれらの裁判がフランクフルトで開かれたときには元所長の姿はそのなかに見られなかった。ベーアは一九六三年六月、獄中で死亡したのである。


ツェントラールシュテレはたしかに充分な実績をあげた。何千人ものドイツ人の過去を掘りかえすことにより、犯罪者たちがすでに忘却の彼方に永久に葬られたと思っていた犯罪を明るみに引きずりだした。しかしひとつだけ、取りこぼしがあった。ことツェントラールシュテレを指揮する男たちの過去の経歴については調査がおこなわれなかったのだ。

エルヴィン・シューレに関する情報が明るみに出され、ナチ追跡者としての活躍に突然終止符が打たれるまで、彼の過去の経歴についてはほとんど知られていなかった。彼が戦前に法律を勉強し、ロシア戦線で戦っていたときロシア人に捕らえられて五年間捕虜になっていたのは周知のことだった。解放されて西ドイツに帰ってきた彼はシュトゥットガルトで検察局長に任命された。

スキャンダルがもちあがったのは一九六五年、シューレがポーランドを訪問していたときのことだった。モスクワがこのツェントラールシュテレのトップを非難して、この何年かのあいだナチ戦犯を容赦なく追及してきた本人こそ、元ナチの一員であり戦争犯罪者だと暴露したのである。彼はジトミルで千人もの男女や子供たちを虐殺した責任者の一人だと、ロシア人たちが主張したのだ。

この非難は西ドイツに一大センセーションを巻き起こした。調査が進められた結果、シューレはじっさいにナチ党員だったことが判明したが、ジトミルでの大量虐殺に関与したという話はまったくの作り話のようだった。

「シューレが自分の過去を隠していたのは愚かなことです」と、ヘルマン・ラングバインは筆者に語った。「彼は活動的なナチ党員ではなかったのです。彼の履歴は、彼の今日の実績、つまり、レジスタンスの元活動家やイスラエルから文句なしに評価されている第一級のナチ戦犯追跡者としての実績を覆すほどのものではなかった。彼は最初に自分から事実を話すべきだったのです」

結果的にはエルヴィン・シューレはツェントラールシュテレでの地位を退かざるをえなくなり、あれほど精力的に、また効果的に推し進めていた活動をあきらめなければならなかった。

22　死を施す医師たち

一九四五年六月末、ドイツの降伏後七週間ちかく過ぎたある日、一人のアメリカ人将校がミュンヘンから六十マイル南にある小さな町、カウフボイレンを通り過ぎようとしていたときのことである。彼は〈精神病院・療養施設。立入り禁止〉と書かれた看板が門にかかげてある大きな陰気な建物に気づいた。その建物は町から少し離れたところに建っていて、刑務所のようにも見えた。人の気配は感じられず、ひどく荒廃した様相を呈していたので、将校は地元の少年に、その〝病院〟では何がおこなわれているのか、ときいてみた。少年は肩をすくめると、「あそこはあいつらが殺されるところさ」と答えた。

〝あいつら〟とはだれのことか、と将校は不審に思った。彼がそのことを軍に報告すると、アメリカ陸軍軍医部はリニック少佐、マーフィー大尉の二人と十数人の兵士を視察に行かせた。一行が建物のなかに入って眼にしたものは、想像を絶する世にも恐ろしい光景であった。

そこは文字どおり病弱者と精神障害者の施設だった。知的障害の子供やあらゆる年齢の精神病患者たち、それに認知症の老人たちが簡易寝台に寝そべっている。ほとんどの人たちが死にかかっていて心臓の鼓動も弱々しい。そこには何人かの看護婦もいたが、彼女たちは突然入ってきたアメリカ兵を恐れる様子もなく平然としていた。数人の看護婦が落ち着きはらって将校たちを死体置場へ案内し、棺におさめられたいくつかの死体を見せた。一人の将校がヴェーレという名の看護婦長にむかって、この人たちの死は自然死だったのかとたずねると、「いいえ、わたしたちが殺したのです」と婦長は答えた。

それを聞いたアメリカ人たちは思わず自分の耳を疑った。棺にはまだ釘が打たれていなかったのであけてみると、いくつかの死体は子供のもので、しかもまだ温もりが残っていた。療養所というのは表向きの名で、この建物はじっさいにはナチの〝安楽死〟計画を実行する多数の殺人工場の一つだったのである。

「わたくしはこの二年間におよそ二百十人の子供を殺しました」と、ヴェーレ婦長は平然と言い放った。「この仕事のために毎月三十五マルクの特別手当をもらっています。わたくしが何か間違いを犯しましたか。わたくしはそうは思いませんけれど」

もう一人の看護婦、オルガ・リトラーも、三十人から四十人の知的障害の子供を殺したことを、ためらいもせず認めた。彼女も、自分のしたことに非難されるべき点はないと主張した。

カウフボイレンの〝精神病院〟には医師たちもいた。その一人は、そこでゲルマン民族改良のための実験がおこなわれていたことをアメリカ人に告白した。殺される予定の病人は致死剤を注射されるか、餓死するまで放置されるかのどちらかだった。注射の場合、病人は三日から五日後に死ぬ。だが、餓死の場合、この〝放置処理〟はえんえんと三カ月もつづくことがあった。

アメリカ人はこの施設に関する記録や資料を発見し、それを調べたところ、この施設は内務省の管轄下にあり、注射用の毒薬はベルリンから直送されてくること、患者はドイツ国内の各地から移送されていることが判明した。さらにカウフボイレンの住民たちはこの〝療養所〟で何がおこなわれているかよく知っていたが、驚きもせず、怒りも感じていないことも明らかになった。そのうえここで働く医師や看護婦のほとんどはナチ党員ではないこともわかった。かれらのうちだれひとりとして罪の意識のかけらも持ち合わせていなかったのである。

七月三日にこの地獄の施設を視察した十八人のアメリカ兵たちはそろって、かれら殺人者たちをただちに銃殺する許可を願い出た。もちろん、この願いは却下された。

カウフボイレンの施設はドイツにあったこの種の施設の最大のものでもなく、もっとも恐ろしいものでもなかった。この施設に関してとくに身の毛のよだつ思いにかられることは、第三帝国崩壊後二カ月たっても依然として、生前のヒトラーが下した残忍な命令を、医療専門家としての良心を麻痺させたまま遂行しつづけている男女がいたという事実である。もしアメリカ人が強制的にやめさせなかったら、このような〝実験〟や〝処置〟はいったいいつまでつづけられていただろうか。

ナチの〝安楽死〟計画は戦前に開始されていた。一九三九年、ドイツ人のマリア・ツェイという母親は、八歳になる発達障害の息子——といっても少年は普通の小学校に通っていたので、ほんの少々発達が遅れていただけだった——を治療のため特別診療所に連れてくるようにという通知をナチ当局から受けとった。それはじっさいには命令であった。このことは医学上の秘密事項だから、いかなることがあっても診療所に息子を訪ねてはならないし、治療に関する質問もしてはならない、とツェイ夫人は告げられた。

一カ月後、ツェイ夫人は役所から通知を受けとった。それには、少年が急性肺炎で死亡したので、法律により火葬されたことと、夫人が希望するなら少年の遺骨を入れた壺と衣類が彼女のもとに届けられるだろう、ということが書いてあった。

母親は送られてきた少年のコートのポケットのなかに、彼が書いた手紙をみつけた。〈ママ、ここの人たちはボクのものをみんなとりあげて、ボクをとじこめてしまったの。ここにいるのはいやだ。ママ、おねがい、ボクをつれてかえって……〉

母親が手紙を手にしたときには、すでに遅すぎたのだ。ほかの何千人もの病人や精神病患者や身体障害者のように、ツェイ夫人の息子も〝病院用輸送車〟と書かれた箱型トラックに閉じこめられてハダマール城に連れていかれていたのである。そこでは〝スペシャリスト〟の一団がこの不運な患者たちを、首のうしろに注射するか、毒ガスで殺していた。

この患者たちは〝不治の病〟にかかっている、と考えられた。この〝不治の病〟という言葉をナチはじつに広義に解釈している。かれらの考えでは、ユダヤ人であることはそれだけで不治の病にかかっていることになるのだ。だからかれらはユダヤ人を自動的に殺したのである。一部のドイツ人たちも、この手前勝手な解釈の犠牲になった。たとえばオットー・フーゼンというドイツ人の入院カードを例にとると、〈年齢、四十七歳。精神異常、回復不能。国家および国家社会主義思想に反対を唱え、数々の政治犯罪で有罪となる〉と書かれていた。

ヒトラーが〝安楽死(グナーデントート)〟を制定する法令に署名すると、すなわち〝安楽死〟計画にゴーサインを出すと、あちこちでガス室や焼却炉が造られた。シュトゥットガルトのサマリア人が所有していたグラーフェンエック城、リンツの近くにあるハダマール城、ゾンネシュタインやベルンブルクやブランデンブルクにある精神病院、そのほかもっと小さい数カ所の施設などでこのガス室や焼却炉が設けられ、それぞれの施設にSSの看守が配属された。これらの施設には〈療養所〉という看板がかかげられたが、ときにはさらに〈伝染病に注意〉という表示も添えてあった。

この〝安楽死〟計画により、二十万人から二十七万人の人々が殺されたと考えられている。その実態を秘密にするため厳重な警戒態勢がとられ、この計画には《アクチオンT－4》（本部がベルリンのティアガルテン通り四番地にあったから）というコードネームがつけられた。患者たちは輸送サービス公社の灰色の大型バスで各地の死の療養所に送られた。そしてしばらくたつと、印刷された文書で必要な箇所だけ書き入れてある通知書が最近親者に届くのだった。

〈当診療所に移送された……（生年月日……）は…年…月…日に突然死亡されたことを貴殿にお知らせし、お悔み申し上げます。彼／彼女を救うためのわれわれのあらゆる努力も無に帰してしまいました。不治の重病であったことを考慮しますと、故人は永久的入院を免れることができ、死は彼／彼女にとって救いであったとみるべきでありましょう。伝染の危険性があるため、われわれは法律に従ってやむなくただちに火葬にしました〉

いかに厳重に警戒し、嘘でごまかしたとしても、このような計画の秘密が漏れなかったならば、かえってそのほうが驚異というべきだろう。現にハダマールの住人たちは〝療養所〟の煙突からもくもくと上がる黒い煙が何を意味するかに気づいていた。そこに住む子供たちでさえ遊び仲間どうしで「やーい、おまえなんかあそこの焼却炉に送られてしまえ！」などと悪態をつきあっていたのだ。

《アクチオンT-4》を主導していたのは医師や教授たちだった。最終決定を下していた人物、ド・クリニス教授は一九四五年に自殺した。彼のサインは、〝安楽死〟計画の医療指導者だったヴェルナー・ハイデのサインと並んで、何千もの絶滅報告書や命令書に見ることができる。

ハイデは精神病の専門医だった。彼は、一九四一年に強制収容所を見まわり、数々の誤診をすることによって、ユダヤ人や政治犯そのほかの人々を〝合法的〟に殺すことを許可した特別委員会のメンバーだった。ブッヘンヴァルトの収容所ひとつをとってみても、千二百人のユダヤ人がこのようにして一九四一年十一月に精神異常と診断され、全員が〝安楽死〟させられたのである。

終戦前の数カ月間、ヴェルナー・ハイデはヴュルツブルクにあるSS隊員のための病院の責任者だった。連合軍が迫ってくると、病院はデンマークのグロスデン城に撤退した。（この城は前にも述べたように、マルチン・ボルマンがしばらくハイデに匿われていた場所であると信じられている）

ハイデはイギリス軍に捕えられシュレスヴィヒ＝ホルシュタイン州のガーデラントの捕虜収容所に送られた。しかし、〝死の医師〟たちがニュルンベルクで裁判にかけられたとき、ハイデはそのなかにはいなかった。彼はフランクフルトからヴュルツブルクへ護送される途中、MPのジープから飛び降りて監禁から逃れたのである。

だがハイデは欠席裁判で死刑を宣告された。それから十二年間、彼を追跡するさまざまな試みがなされたが、いつも失敗に終わっていた。ハイデは、自分が死亡したと想定されるよう種々の手段を講じ、彼の妻のエリカは公式に証明された夫の死亡証明書を提示して戦争未亡人が得られる年金をまんまと取得した。

ハイデが死亡したなどとは、とんでもない嘘である。彼は身分を変えただけだった。ガーデラントで彼と一緒だった二人の捕虜、バイアーとハインはシュレスヴィヒ＝ホルシュタイン州のプリェンという町の町長と戸籍吏だったので、この二人が、ザクセンでとうの昔に死亡しているフリッツ・ザヴァデの名を使って、ハイデに合法的な身分証明書を作ってやったのだ。

シュレスヴィヒ＝ホルシュタインは、終戦直後の何年間かナチスが依然かなりの住民の支持を得て、なかば公然と働くことができた唯一の州だった。ハイデは〝フリッツ・ザヴァデ〟の名前では医師としての資格がないにもかかわらず、元の職業についた。彼はまずフレンスブルクの学校で医務長のポストにつき、その後シュレスヴィヒ地区の社会保障委員会と保険機関の医療コンサルタントに任命された。これらの重要なポストを彼に任命した幹部役人は〝フリッツ・ザヴァデ〟がだれであるかよく知っていたので、彼の資格を問う必要はないとしたのだった。

その後何年かたつうちに〝フリッツ・ザヴァデ〟はしだいに地域の市民に尊敬され親しまれるようになった。彼の隣人たちは、この善良な医師が好んで語ること以外には彼の過去について知らなかったから、彼の妻や二人の子供がベルリンに侵攻したロシア兵に殺されたという恐ろしい悲劇に人生をめちゃめちゃにされた彼にいたく同情した。

一九五四年、ザヴァデの同僚で、キールにある神経科のクリニックの病院長だったクロイツフェルト教授は彼と口論し、そのあと地方委員会の委員長、ブレヒ博士に手紙を書いた。そのなかで彼は、フリッツ・ザヴァデとはじつはニュルンベルク裁判で死刑を宣告されたヴェルナー・ハイデ教授であると、センセーショナルな暴露をした。五週間後、クロイツフェルトは返事の手紙を受けとったが、その内容は、こうした情報にはなんら関心を持たぬという委員長からのそっけない文面だった。

ハイデに関する新たな追跡調査がおこなわれた結果、フレンスブルクのフリッツ・ザヴァデ博士の家に警察が来たのは、それから五年たってからだった。だが彼はその二日まえの一九五九年十一月五日にすでに逃げていた。ザヴァデことハイデには要職にある友人が多くいて、かれらが前もって知らせてくれたのだった。

しかしこれで、ハイデはまだ生きていると証明されたことになった。ナチズムの復活に強く反対する警察当局によって大々的な捜査が開始され、空港や国境地帯での監視が厳しくつづけられた。数日後、ハイデはあきらめて姿を現わした。おそらく町から町へと逃げつづけることに疲れはて、かといって国外へ逃げることもできなかったせいであろう。彼は一万二千人の人々を殺した罪で告訴された。

ナチの〝安楽死〟計画に関与した他の医師たちの裁判は同時におこなわれる予定だった。フリードリッヒ・ティルマン博士とハンス・ヘッフェルマン博士はすでに拘置されていたし、もう一人の〝死の医師〟、ベルンハルト・ボーネは一九六〇年十一月七日にフランクフルトで逮捕された。

しかし、ドイツではこの種のケースによく生じる一連の事件が裁判を妨害したため、じっさいに法廷が開かれるまでにはかなり時間がかかった。そして一九六三年七月、ボーネ博士は保釈金を積んで釈放されると、この機会を逃さずただちにアルゼンチンに逃亡してしまった。さらに一九六四年二月、やっと開かれることになった裁判の十日まえ、やはり保釈金を出して釈放されていたティルマン博士はケルンで八階の窓から〝落ちて〟即死した。その翌日ヴェルナー・ハイデが独房の壁のラジエーターで首を吊って死んでいるのが発見された。

この、逃避行や二つの突然の死は何を意味するのだろうか。

ヘッセン州の検察官、フリッツ・バウアーはジャーナリストにたいし、ボーネ自身は金を持っていなかったので、彼の保釈金や南アメリカへ飛ぶ費用はほかのだれかが出したにちがいない、と語った。

筆者がフランクフルトでバウアー博士にインタビューしたとき、彼はこう説明した。「ドイツの医学者協会がある秘密の決定を下したのです。つまり、ハイデや彼の共犯者たちの裁判がおこなわれると、医師や医学者全体の名誉が傷つけられることになるだろうから、このような裁判が開かれてはならないと、密かに決めたのです。ティルマンが窓から突き落とされたというのは充分考えられることです。しかし、ハイデはほんとうに自殺したのだとわたしは信じています。彼はティルマンが死んだと聞かされて、五分後に首を吊ったのです」

しかし情報関係者はこの件について別の見方をしている。「ハイデは自殺などしなかったと、わたしは信じていますよ」と、かれらの一人は筆者に話してくれたのだ。「彼には厳刑を宣告されることがわかっていました。裁判が間近に近づいたころ、彼は起訴事実に対する証言をすることに同意し、そのうえナチの地下組織やまだ逮捕されていないナチのリーダーたちの隠れ家についても知るかぎりのことを話すと当局に約束したのです。だからナチスはどんな手を使ってでも彼が暴露するのを防がなければならなかったのですよ。彼の死後、独房で多量の錠剤や薬剤が発見されているのです。ほかのナチスの首脳と同じように、彼も薬を使って自殺することが簡単にできたはずです。そう考えると、彼がほんとうに死ぬ気だったのなら、なぜわざわざ首吊りを選ぶ必要があったのです？　われわれは彼が死亡したときの情況を調べた結果、シュピンネか、その跡を継いだ機関の工作員が、刑務所内部の職員の助けを借りてハイデの独房に忍びこみ、彼を殺した、という結論に達したのです」

この説はどの程度信用できるだろうか？　筆者はナチ・ハンターにたずねてみた。

「ハイデがグロスデン城の病院でマルチン・ボルマンを匿っていたことがあるのを忘れてはいけませんよ」と、彼は答えた。「だから、ボルマンの逃避行の経緯について、ハイデがかなりくわしく知っていたのはほぼまちがいないでしょう。もし彼がしゃべってしまったら、ベルリンでボルマンが死んだというのはまったくの虚報だったと立証することになるわけです。

元ナチスのグループはハイデを保護し、彼が絶対に法廷に立たされることがないようにするため、できるかぎりの手を打ったのです。警察が彼を逮捕しに行ったときには、先手を打って、そのまえに彼に知らせました。かれらは一九六三年に彼を刑務所から逃がす計画さえ立てたのですよ。だから、ハイデが減刑を期待して知っていることをすべて話す決心をした、ときいたとき、かれらがただちにとりうる手段はひとつしかなかった。つまり、彼を黙らせるしかなかったわけです。ハイデはあまりに知りすぎたのです。ナチスは自分たちを救うために彼を殺したのですよ」

自殺か他殺か、ハイデはこの謎を解くカギを墓の下に持っていってしまったのだ。

ハンス・アイゼレはブッヘンヴァルト強制収容所の主任医師だった。一九四五年、彼は被収容者の大量虐殺の責任者として、死刑の宣告を受けていた。だがこのようなケースによくあるように、死刑は終身刑に減刑され、しかもその刑さえ七年で終止符が打たれた。アイゼレは一九五二年に釈放されたのである。そのうえバイエルン地方の警察はひじょうに戦犯に思いやりがあるとみえ、〝戦争による損失〟の賠償金として彼に四千マルク（千ドル）を支払ったばかりか、アイゼレがミュンヘンの近隣で病院を開業できるように二万五千マルクを融資した。

一九五八年、バイロイトで夏に開かれた裁判の最中に、アイゼレが犯した犯罪の新たな証拠が明らかにされた。警告を受けた彼は、わざと偽の手がかりを残してただちに姿を隠した。その後、アイゼレはデュッセルドルフにいるとか、ハイデルベルクにいるという電報が警察に届いた。だがじつは、彼は一九五八年六月二十七日に、ジェノヴァからアレクサンドリアへ向かっていたイタリア船、エスペリア号の船上にいたのだ。のちに彼はカイロでクリニックを開いた。

この逃亡と、警察の捜査の妨害となった偽の手がかりは、ナチの地下組織による工作のもう一つの成功例といえる。アイゼレがドイツから国外逃亡したというニュースは報道界に数々の抗議や非難を巻き起こした。ナチスは獄中にいるいないにかかわらず、いたるところで援助や幇助をうけていることが、少々明白になりすぎたのである。

しかしすべてのナチ戦犯がアイゼレのように幸運だったわけではない。ブッヘンヴァルト強制収容所でアイゼレの代理を務めたエーリッヒ・ヴァーグナーは、主に致死剤の注射で被収容者を殺した罪で、戦後アメリカ軍に捕らえられ捕虜収容所に送られた。だが彼も逃走し、一九四七年から一九五四年までツァーンという偽名でジュートバーデンの町で医者になっていた。だが、ヴァーグナーは一九五八年八月五日、ドイツの警察にふたたび逮捕された。そして彼が元上司を模倣しないように、細心の警戒がおこなわれたため、ヴァーグナーはついに逃亡に成功しなかった。一九五九年三月二十三日、彼はオーバーキルヒ刑務所の独房で、カミソリの刃で手首を切って死んでいるのを発見された。だがこれにしても、ほんとうに自殺だったのだろうか？

しだいにのびる法の手は〝死の医師〟たちを徐々に網にかけはじめた。それでもハイデやヴァーグナーよりもっと大物のナチ戦犯で、まだ捕らえられていない者がいくらもいるのだ。

一九六二年二月十五日、郵便配達が一枚の絵葉書をウィーン、ヴァイガントホフ五番地の家の郵便受けに入れていった。そこはヘルマン・ラングバインの家だった。葉書の表は熱帯の海にむかって傾いている高いヤシの木の写真で、裏にはポーランド語が数文字書かれていた。

〈まさにきみの捜す人物がここにいる。その人物は、ガーナ、アクラ、私書函M・四四、保健省医務局長官気付、ドクター・H・S〉

この謎の人物ドクター・H・Sとは誰だろうか？

ガーナ北部のケテ・クラチ・ジャングルに住む原住民ならこう答えただろう。「ドクター

・ホルスト・シューマンさ、われらのアルベルト・シュヴァイツァーだよ。われらのすばらしい白人医師さ！」
西アフリカでもっとも近い町からでも数日の旅をしなければ行けないはるか奥地に、家族と住みついたこの医師はじっさい聖人扱いを受けていた。マラリアや蚊に悩まされ、豪雨がたびたびおそう熱帯特有の高温多湿地帯で十マイル四方には白人の姿さえ見られない土地に、ドクター・シューマンは四十ベッドの病院と妻や子供三人と共に住めるバンガローを建てたのだ。
この医師は訪問者に、病院の壁の一ヵ所にかけてある世界保健機関の憲章を見せるのがつねだった。そこには、医師は人類を〝最高水準の健康〟にまで高める義務を負う、という言葉が書かれていた。指の長いやわらかな手をもつ、健康な引き締まった体つきの善良な医師の技術と威厳はたちまち高い評判を呼ぶようになった。ガーナ大統領、クワーミ・エンクルマはこの病院を公式訪問して三日間滞在し、その創立者を心からねぎらった。
しかし、この人類の幸福の擁護者、黒人たちの偉大な友人は、いつもこのような気高い心意気を示していたわけではなかった。何年かまえドイツで劣等人種を断種する最善の方法について実験していたころ、彼はつぎのように書いていた。〈男性に関するかぎり外科的手術による去勢が最善の方法であると証明された。この方法は六、七分しかかからず、しかもX線による断種より確実で時間もかからない〉
一九三九年、グラーフェンエックにある〝安楽死研究所〟の若く頭脳明晰な所長として、彼は、ガーナから本国送還になったのちの本人の供述によると、「ドイツ人負傷兵のために病院のベッドをあける必要があったので」八万人の被収容者を死にいたらしめた。これほど有能な男を、〝ベッドを空にする〟仕事でいつまでも能力を浪費させておくわけにはいかない。そこで、一九四二年、ヒムラーは彼をグラーフェンエックからアウシュヴィッツに移し、そこで医師の特別チームをつくらせた。このチームには、ほかにヴィルツ、メンゲレ、ヴェーバー、クラウベルクがいた。そのなかで、シューマンとその残虐な研究を共同でおこなったのは、第十ブロックを担当していたクラウベルク医師だった。かれらは断種のもっとも速い方法を知るために、男や女にX線や手術による実験をくり返し、そのつど時間を測っていた。二人は実験の結果多くの被験者が死のうと、あとでガス室に送られようと、気にもかけなかった。〝実験〟用の人間はつぎからつぎと絶えることなく供給されたからである。

戦後ニュルンベルク裁判でシューマンの名前や行為について何度か言及されたにもかかわらず、シューマンは家族とともにグラートベックに平然と住居をかまえ、一九五一年まで平穏に暮らしていた。だがこの頃から身の安全に不安を感じはじめてドイツをはなれた。それからしばらくして、彼がスーダンのル・ユブにある病院で働いていることを報道関係者がつきとめ、そのことが世間をさわがせたので、シューマンはまた居所を変えた。リベリアに短期間住んだ後ナイジェリアに移り、最後にガーナに落ち着いたのだ。

ヘルマン・ラングバインは永年このシューマンを追跡していた。一九六二年一月、ラングバインの古い友人でアウシュヴィッツに一緒に収容されていたポーランド人のピレツキが、商務官として西アフリカへ派遣された。そこで、ラングバインは手紙を書いて頼んだ。〈きみが住んでいる地域からさほど遠くないあたりにホルスト・シューマンがいるという噂を聞いている。調べてもらえないだろうか。いずれにしても、その地域にはドイツ人の医者はそう多くいるはずはないだろうから……〉

ピレツキがシューマンの隠れ家を見つけるのはたいして困難ではなかった。じつのところ、このドイツ人は身を隠そうとはしていなかった。それどころか、ケテ・クラチの未開地にわざわざやって来た報道関係者にむかって、大胆にもこう言い放ったのだ。「たしかにわたしの名前はホルスト・シューマンですよ、そして医者でもあります。しかし、アウシュヴィッツで悪行を働いた同姓同名の殺人者とは何の関係もありませんよ。ドイツではわたしの名はごくありふれた名前なんです」

なんともへたな自己弁護をしたものである。ガーナのホルスト・シューマンとアウシュヴィッツの同姓同名者が同一人物であることを証明するのはいとも簡単なことなのだ。だがシューマンとしては、じじつそれは充分な根拠があることなのだが、ガーナの最高権力者、エンクルマ大統領の保護を当てにしていたのである。

ポーランド人の友人から葉書を受けとるとすぐに、ラングバインはシューマンに関する証拠資料をすべて整理してまとめ、それをエンクルマ大統領に送った。こうして大統領は、〝すぐれた医師〟の過去について、それまで知らなかったとしたら、はじめて知らされたのである。同時に西ドイツ当局はシューマンの本国送還を強く要請した。しかしたび重なる要請にもかかわらず、シューマンは依然としてガーナにとどまっていた。もしエンクルマ大統領が打倒されなかったなら、彼はいまでもガーナに居つづけたことだろう。だが数カ月後、ガーナの新政権はシューマンの本国送還に同意したのである。一九六六年が終わろうとしていたある日、この〝死の医師〟、やせて疲れ果てた六十すぎの男が二人の刑事につきそわれてフランクフルトの空港に降り立った。

さてもうひとり、カール・バボーアがいる。

グロース・ローゼン強制収容所では、死出の旅につかんとする人たちが心にきざむこの世の最後の像といえば、このバボーアの顔であった。小屋の外で一人の医師がまだ働けそうな被収容者を選び出したあと、病人、老人、虚弱者など残りの人たちはSS隊員に建物のなかへ追い立てられた。そこには火葬炉のとなりの部屋に、長期間同じ仕事をつづけて飽き飽きし不機嫌な顔つきをした男が立っていた。彼は手に皮下注射器を持ち、死ぬ運命にある人ひとりひとりに青酸かフェノールの注射をしていった。そして注射された人間が倒れて死ぬと、二人のSS隊員が死体を持ち上げて火葬炉に放り込むのだった。

カール・バボーアは三年間で医学の勉強を中止し学位もとらずに大学をやめた。そしてSSに入隊し、グロース・ローゼンに派遣され、戦争中はそこで人を殺す仕事にたずさわっていた。彼はそのときすでに精神的に不安定な状態だったが、殺人作業はさらに深く彼に影響を与えた。サド・マゾヒストのカール・バボーアの場合ははっきりと精神病患者だったといえる。

終戦のとき、SSの上級中隊長だったカール・バボーアはフランス軍の捕虜になった。捕虜収容所から釈放されると、彼はウィーンに行き医学の勉強をやりなおした。一九四九年に学位をとったあとグムンデンで開業医となり、そこで妻や娘と共に平穏に暮らしていた。だがそれも一九五二年までで、その年、グロース・ローゼンの二人の元被収容者が彼のことを警察に密告した。しかしまたしても、警察が戦犯の逮捕に向かったときにはその家はすでにもぬけの殻だった。

それから十一年たった一九六三年のある日、ウィーンの新聞《デア・クリール》の個人広告欄につぎのような広告が載った。〈医師、四十二歳、海外で恵まれた状況にて生活、結婚を前提として若い女性と文通を求む〉

この広告を読んだ若い未亡人が手紙を出した。これがラブ・ストーリーの始まりになる。〝外国に住む医師〟は返事を書き、自分はアディスアベバのメネリク病院で産科医として働いている一人暮らしの男性で、妻は交通事故で死に、一人娘のダグマーはパリへ留学していることを説明した。手紙には〈カール・バボーア〉と署名してあったが、この名前は若い未亡人にとっては何の意味も持たなかった。

二人は一年ちかく文通をつづけ、その後にバボーアが航空券をこの若い女性に送った。まもなく、彼女はアディスアベバにやって来た。だが結婚しようとしている相手を一目見たとき、この若いウィーン女性はおもわず後ずさりしてしまった。相手の男性は狂人かと思うほど不気味で、まるでエドガー・アラン・ポーの恐怖小説に出てくる登場人物のように見えたからだ。彼は狂暴な精神錯乱の発作とひどい鬱状態とを交互にくり返していることを、彼女は知った。バボーアは人の寄りつかない陰気な家に住み、友だちといえば近くの川にいる鰐だけのようだった。そしてこの爬虫類によほど魅了されているらしく、ときには何時間でもじっとながめていることがあった。そうかと思えば、鬱状態のときにはよく動物園に出かけ、自分にかみつけとそそのかすように、野獣をいじめたりたたいたりするのである。

若い未亡人が望むことはただひとつ、一刻も早くウィーンに帰ることだった。さらにアディスアベバで、自分のフィアンセがナチ強制収容所の医師だったことを知ると、彼女は急いでその国を離れた。ウィーンに帰った彼女は、ジーモン・ヴィーゼンタールのところに行き、この悪夢のような話をした。ヴィーゼンタールは一時期グロース・ローゼン強制収容所に収容されていたのである。

ヘルマン・ラングバインとオーストリア警察は、かなりまえからカール・バボーアがエチオピアにいることを知っていた。だが、両国間には犯人引渡し条約が締結されていなかったので、オーストリアがバボーアの逮捕権を得ようとする試みは成功しなかったのである。

そこで、ジーモン・ヴィーゼンタールはこの問題を公表する戦術をとった。一九六四年一月初め、彼は《ニューヨーク・タイムズ》のウィーン特派員にすべてを話し、その話は世界じゅうに伝わった。カール・バボーアの反応はすばやく、自分に対するいかなる非難もすべて誤りであると報道関係者に告げた。そればかりか彼は記者会見をひらいて、ジーモン・ヴィーゼンタールを名誉毀損で訴える意思があることを言明したが、同時に、残念ながらウィーンに行く金を持ち合わせていないともつけ加えた。ヴィーゼンタールはこれに応酬してバボーアにつぎのような電報を打った。〈アディスアベバのエチオピア航空に貴殿の航空券の予約につき問い合わされたし。搭乗券、ホテルともウィーンにて手配済み。ヴィーゼンタール〉

バボーアはこの挑戦を受けてウィーンに姿を現わしたであろうか、それともふたたび逃行を重ねたであろうか？　彼は第三の手段を選んだのである。彼が電報を受けとってから五日後、サファリ・ツアーに参加していたアメリカ人旅行者たちが鰐の棲む川のなかに白人の裸の死体を発見したのだ。カール・バボーアは〝友だち〟である鰐が自分の死体をみつけて食いちぎるだろうと思える場所を選び、そこで心臓を撃ち抜いて自殺したのである。彼の服が川の土手にきちんとたたんでおいてあるのが発見された。

23　ヨーゼフ・メンゲレ

ホルスト・シューマン、カール・バボーア、そのほか同類の医師たちの行為がいかに恐ろしいものだったとしても、もうひとりの医師、まだ生きていてしかも自由の身である医師の行為とは比べものにならない。

ヨーゼフ・メンゲレはアウシュヴィッツの主任医師で〝選別〟をしていた。「ここではユダヤ人はドアを通ってなかに入るが、出て行くときは煙突からだ」と、ぞっとするような冗談を言ったのは彼である。ユダヤ人の被収容者たちはオシヴィエンチムの鉄道駅に着くとすぐ、彼のそばを通らなければならなかった。彼は若く美男子で、身体にぴったりあったSSの制服に身を包み、ぴかぴかの黒いジャックブーツをはいて白い手袋をはめ、磨きあげた小さなステッキを腋の下にはさんで微笑みながら優雅に立っているのだ。来る日も来る日も彼は片時とて自分の持ち場をはなれなかった。そして、家畜運搬車に入れられ、まったく人間扱いされない旅の果てに、疲労困憊してだらだらと降りて歩いて来る男や女や子供の悲惨な群れに、彼は眼を注いでいるのである。その群れのひとりひとりにステッキの先をむけ、「右」、「左」という一言でかれらの行く方向を決めた。ときによって「右」がシャワー行きだったり、「左」がシャワー行きだったりしたが、〃シャワー〃の意味はいつも変わらず、ガス室へ行くことだった。初期の殺戮はピストルでおこなわれていたのだが、この方法は音が高いし時間がかかりすぎるので、もっと効率のよいテクニカルな方法を考案する必要があったのである。

このようにしてヨーゼフ・メンゲレは何年ものあいだ、数十万人をこえる人間の生と死を決定する権限を握っていた。彼はたった一秒で被収容者を生かすか殺すかを即断した。彼の眼は確かで、その注意力は、通り過ぎていく犠牲者の列を何時間もたてつづけに注視していても乱れることはなかった。笑みを浮かべたりお気に入りのメロディー――《トスカ》の曲からの調べを口笛で吹きながら、メンゲレはまるで人殺しを楽しんでいるようだった。彼に関する資料には、大勢の人々を殺す権限を握っていた証拠だけではなく、ときには被収容者がアウシュヴィッツでの生活は天国のようだと家に手紙を書くことを拒否したという理由だけで、ピストルや致死剤で殺した証拠も挙げられている。

メンゲレが母親の腕から乳児をひったくり燃えさかる炎のなかに投げすてたり、十四歳の子供を刺し殺すのを見たと証言した生存者もいる。彼は被収容者の集団が到着するたびに、いつも百人か百五十人の丈夫で健康そうな男女を選び出していた。それらの男女は銃殺され、その死体は細菌学研究所に送られて切りきざまれ、細菌の培養に使われるのである。従来は馬の死体がこの目的に使用されていたのだが、ヨーゼフ・メンゲレは馬が好きだったのだ。重労働に使えると見込まれた男女も命拾いしたとは言いきれない。かれらにしてもほんの少しの猶予を与えられただけで、疲労の徴候が現われたり、〝労働力〟が低下するとガス室行きになった。

アウシュヴィッツにはもう一つの〝選別〟があり、しかもこれほど残酷でサディスト的なものはなかった。メンゲレは若い健康な女たちから多量の血液を抜き取り、女たちが弱って立つこともできなくなると、まだ生きているのに彼女らを焼却炉に投げ込んでしまうのだった。

強酸に焼かれ、生きたまま切られ、炎になめられる人たちの断末魔の苦しみを見ることほどメンゲレを楽しませるものはなかった。死に際にある人間の体が死の直前に痙攣するのを見ると、彼は声をたてて笑うのだった。

SS軍医の例にもれず、メンゲレも身体障害や先天性奇形を専門にした〝実験〟をおこなっていた。そして最後にはそれらの骨格を、〝劣等人種の身体的退化〟の証明としてベルリンにある人類学博物館に送っていた。

彼はとりわけ双生児問題にとりつかれていた。ドイツの女性に優秀なアーリア人の双生児、顔立ちが整っていて青い眼で金髪の双生児を生ませる秘密をみつけだしたかったのである。そのため数百人の双生児がアウシュヴィッツに着くとすぐ、彼の恐ろしい実験用に〝選別〟された。手術台の上で死ななかった子供たちは、興味深げに面白がって見おろすメンゲレの眼の下で、苦痛で息たえだえになりながらも数週間も生きながらえるのだった。

戦争が終わると、ほかの〝死の医師〟やナチ戦犯と同様にメンゲレも姿をくらました。ユダヤ人復讐者の各グループがポーランド、ドイツ、オーストリアの国々で彼を捜しまわったが、むだ骨におわった。

だが、じっさいには、メンゲレは数年間ドイツに隠れ住んでいたのである。

一九五七年、ヘルマン・ラングバインはフランクフルトで調査しているとき、アウシュヴィッツにいたことのある女性に会った。彼は逮捕したナチ戦犯やまだ逮捕できず自由でいる戦犯についてその女性に話した。

「わたしがどうしてもこの手で捕まえたい人間がいるんですよ」と、彼は説明した。「それはヨーゼフ・メンゲレです」

「メンゲレ?」と、女性は声をあげた。「あら、メンゲレならこの町の大学で医学を学んだのですよ」

彼はすぐさま医学部へ直行し、数時間後にはほこりっぽいファイルを開いていた。そしてそのファイルから、ヨーゼフ・メンゲレが一九一一年三月十六日にギュンツブルクで生まれたこと、農耕機械の大きな工場の所有者であるカール・メンゲレの三人の息子の一人であることを知った。ラングバインはただちにギュンツブルクに出向いたが、ヨーゼフ・メンゲレは数年まえにその町を出たことがわかっただけだった。

じじつ、メンゲレは戦後故郷に帰っていた。彼にとってそこ以上に安全な場所はおそらくなかった。ギュンツブルクのほぼ全住民の生活がカール・メンゲレとその息子の経営する工場に実質的に支えられていたのだ。さらに終戦直後のドイツの状態を考えあわせれば、〝工場主の息子〟を占領国の軍警察に密告したいと思う者が一人もいないのは当然だった。

いっときは運が向いてきたと思ったラングバインだったが、〝死の天使〟と呼ばれたメンゲレを捜し出す望みはまたしてもすべて消えてしまったのを感じた。「ヨーゼフ・メンゲレは数年間ギュンツブルクに住んだのち、そこを立ち去ったことを知りました」と、ラングバインは語る。「それ以上のことは何もわかりませんでした。しかしある日、地方紙に眼を通していたとき、ヨーゼフ・メンゲレという人物が妻のイレーネ・マリア・シェーンヴァインと離婚したという記事を見つけたのです。その女性の住所はブライスガウ地方のフライブルクでした。わたしはその町の裁判所に行き、そこで見せてもらったファイルのなかに、ヨーゼフ・メンゲレが署名しブエノスアイレスで認証された、地元の弁護士あての委任状を見つけました。こうして、アウシュヴィッツの冷酷な医師がアルゼンチンに逃亡した証拠をついにつかんだのです」

メンゲレはじっさいに一九五一年（前述したように、この年にドイツやその他の国の報道関係者がナチ戦犯に新たな関心を示しはじめた）までギュンツブルクで何の支障もなく暮らしていたのである。だが、メンゲレの名前は新聞にたびたび出るようになった。ギュンツブルクの住民たちが黙認のかたちで保護してくれているとはいえ、彼ももうドイツ国内は安全ではないと感じた。国外逃亡のときがきたのだ。彼は地下組織のシュロイゼやシュピンネの逃亡ルートを頼って、オーストリアを抜けイタリアからスペインへ逃げた。そしてそこに短期間とどまったのちアルゼンチンへ行った。

メンゲレは一族の事業のおかげで金に困ることはなく、大多数のナチ戦犯逃亡者にくらべてひじょうに恵まれていた。彼はヘルムート・グレゴリという名でブエノスアイレスに落ち着いた。この名前は、偽名リストにずらりと並ぶ名前の第一番めでしかない。一九六四年にリオデジャネイロのインターポール事務所が発表したところによると、それまでに使われたメンゲレの偽名にはヘルムート・グレゴリ、ファウスト・リンドン、ホセ・アスピアス、S・アルフェッツ、エドラー・フリードリッヒ・フォン・ブライテンバッハ、ヴァルター・ハゼック、ラルス・バルストレム、ハインツ・シュトーベルト、フランツ・フィッシャー、カール・ゴイスケなどがある。

一九五四年にはメンゲレはブエノスアイレスの近郊オリボスのサルミエント通り一八七五番地に住んでいた。その後、ビセンテ・ロペス地区ビレー・オルティス九七〇番地の瀟洒な家に移り、そこで本名で開業医をしていた。当時は弟のアロイスが、戦後に設立されたメンゲレ社の支社を通して彼に送金していた。ヨーゼフ・メンゲレはこの支社のために商用でパラグアイに何度か旅行し、ホエナウ地区のドイツ人開拓者に農耕機械を売った。

ヘルマン・ラングバインはこうしたすべての情報を集めていた。メンゲレに関する彼のファイルには、メンゲレの残虐行為についての証言、彼の犯罪の詳細な告発文書、ギュンツブルクにいた年月やアルゼンチンへの逃亡に関する情報が含まれていた。ラングバインは一九五八年九月十七日、ボンの司法省の高官にこのファイルを手渡した。ファイルにざっと眼を通した高官はいささか当惑気味に言った。「この問題はわれわれの管轄ではありません。これは国家間の問題ですよ」

だが、ラングバインは引き下がらなかった。「この問題がだれの管轄かということはわたしには関係のないことです。とにかくこのファイルを、ナチ戦犯のなかでもいちばんの大物のひとりに関するファイルを、あなたにお渡しします。あなたの責任を果たしてください。これから先は、正義がおこなわれるのを確かめる責任はあなたにあるのです」

一九五九年六月五日、ブライスガウ地方フライブルクの裁判所はヨーゼフ・メンゲレの逮捕状を発した。それからしばらくして、メンゲレの本国送還要請書がブエノスアイレスに送られた。だが、これまでの例と同様に、アルゼンチン政府はこの要請を無視した。しかし西ドイツ政府はあきらめずに対応を迫り、約一年後にはどうにか警察をビレー・オルティス九七〇番地に行かせるところまでこぎつけた。だが予想されたようにメンゲレはもうそこには住んでいなかったのである。

一九五八年後半から、彼はパラグアイのドイツ人居留地に商用の旅をする機会がさらに増えていた。その旅から帰ってきたとき、ドイツで彼の逮捕状が出されたこと、彼が国外追放になる可能性があることを、友人の政府高官から聞かされた。そこで彼はパラグアイに移ることにした。しばらくのあいだアスンシオンの安宿、アストラに住んだ彼は、時を待たずに帰化申請書を出した。市民権を得るには、それまでにこの国に五年間居住していることが必要条件だったが、メンゲレにはこんなことは何の障害にもならない。彼はドイツ人居留地で強力な支持を得ていたので、ヨーゼフ・メンゲレは一九五四年からパラグアイに居住していると、判事の前で証言してくれる二人の保証人（ヴェルナー・ユングとアレクサンダー・フォン・エクシュタイン）を見つけるのは簡単なことだった。こうしてメンゲレは一九五九年十月三十日、パラグアイの市民権を得たのである。

パラグアイ共和国の記録保管所にあるつぎのような公式文書の抜粋から、この帰化前後のメンゲレの動きがある程度うかがわれる。

一般旅行者登録簿

Mの部、一〇二ページ、登録番号三〇九八

ヨーゼフ・メンゲレ、ドイツ国パスポートNo.三四一五五七四を所持。

一九五八年十月二日ブエノスアイレスより入国。査証の条件――観光、一九五九年一月一日まで九十日間有効。滞在中の宿泊所――アスンシオン、コロニアル・ホテル。

警察署身分証明課外国人登録簿

帰化申請――メンゲレ、ヨーゼフ。父、カール・メンゲレ、母、ヴァリ・フープファウアー。長男。ドイツ、ギュンツブルク（バイエルン）にて一九一一年三月十六日出生、最初の妻イレーネ・マリア・シェーンヴァインと離婚し、マルタ・マリア・ヴァイル（ブエノスアイレス在住）と再婚。（以下自己申告）元軍医部長。ローマ・カトリック。職業、貿易業者。以前ドイツに居住し、現在はアスンシオンに在住。パラグアイ国内の前居住地はホエナウ居留地、現住所はフェルナンド・ド・ラ・モラ区。従事している活動、無し。前住所、ビセンテ・ロペス、ビレー・オルティス九七〇番地。

身分証明書の摘要――ホセ・メンゲレ……既婚……貿易業者……入国、一九五九年五月。身長、五フィート十インチ。額、広く平坦。眼、薄茶色。鼻筋、直線的。口、平均的。顎、突出ぎみ。耳、平均的、やや特徴的な耳たぶ。指紋証明カード、V・一三四四、V・四四四四。

帰化局の記録カード

入国――一九五九年十月二十三日、外国人登録簿No.九四六、シリーズBに記入済み。アルゼンチン国身分証明書No.三九〇四八四、ブエノスアイレスにて一九五六年十月二十七日発行。帰化申請認可、一九五九年十月三十日、本人の申請No.二八四八〇により身分証明書No.二九三三四八および労働許可証を本人に送付。

追記事項――一九五九年十一月十八日、カードの記入内容をブエノスアイレスとパリに連絡。

再追記事項――一九六一年十一月十三日、内務省より文書No.一〇（レファレンスNo.五四一四／八四二五）にて、ドイツ大使館から本ファイルを数時間借り受けたい旨申請があったとの連絡あり。

ファイルへの追記事項――一九六四年一月七日、ブラジルのブラジリアから無線電報

（レファレンスNo.六一九〇）にて、インターポールからメンゲレの発見につながると思われる資料すべてを至急送付してほしいとの要請があるとの通知あり。

メンゲレは賄賂を贈っておいた警官の知らせで、一九五九年に彼に関する記録がブエノスアイレスとパリに送られたことを知った。そのため、パラグアイが追跡者たちに自分を引き渡すかもしれないと恐れ、彼はふたたび国境を越えてアルゼンチンにもどり、バリローチェのホテルに滞在した。

この期間に、メンゲレがかかわった最後の犯罪として知られる事件が起きたのである。元ナチ党員の所有するそのホテルは、この地域のドイツ人たちが寄り集まる社交場になっていた。メンゲレはこのホテルに二人のボディガードと一緒にやってきた。それから一、二週間後に中年の金髪美人が訪れてホテルに滞在した。彼女は、ノラ・アルドット、フランクフルト生まれ、四十九歳と記帳した。完璧なドイツ語を話す彼女は、メンゲレやほかのドイツ人客たちとすぐに親しくなった。ある朝彼女は二人の男の宿泊客と一緒に、当地でいう〝アンデス散歩〟に一日出かけることにした。アンデス山地のなか、峰や松の森や湖のほとりを一日散策するのである。昼のうちに三人は、〝ラテン・アメリカのスイス〟といわれる壮大な眺めを見渡せる険しい崖の頂上に着いた。ふいに、男の一人がノラ・アルドットの背後にしのび寄り、首のうしろに強烈な一撃を加えた。さらにもうひとりの男も加わり、二人は彼女を崖から突き落とした。まわりにはだれもいなかった。午後遅くなって、二人のうちのひとりがバリローチェへもどる道に面したコーヒー店に息せき切って駆け込み、ドイツ訛りのひどいスペイン語であえぎながら言った。「連れの女性が崖から落ちてしまった！」となんだことになってしまった！」

救助隊が山へ向かった。アンデス地帯の登山家、スキーヤー、地元の農民たちが捜索に加わったが、その女性の死体がやっと発見されたのは、三日後の一九六〇年二月十五日だった。だがそのあいだに、知らせにきた男とその連れの旅行客は二人ともこの地域から立ち去っていたのである。

バリローチェの人たちはだれも、ヨーゼフ・メンゲレがまたもや犯罪を重ねたとは疑ってもみなかった。だが同時に、ノラ・アルドットの本名はヌリト・エルダッドで、イスラエルのパスポートNo.一六〇六九七を所持していたことを知る者は一人もいなかった。彼女はじつフランクフルトで生まれたのだが、戦前にドイツを離れたのである。一九三五年に彼女の母親と姉妹はアルゼンチンに移住したが、彼女はパレスチナに行ってキブツに加わった。不幸な結婚を解消したあと、テルアヴィヴに住んで幼稚園を開いた。二度めの結婚も、最初のよりましとはいえなかった。「彼女は素敵な女性でした」と、前夫の親戚筋のひとりは言う。「わたしたちは彼女の夫のほうに憤慨していたのです。離婚の原因は彼にあるんですよ。だからわたしたちはもう彼とつきあうのはやめにしました。でもノラとはずっと友だちづきあいをしていました。彼女は美人で、そのうえとてもいい人です」

西ドイツ政府がイスラエルに賠償金を支払う合意書にサインしたとき、ノラはイスラエル購買使節団の秘書としてケルンに行った。それからしばらくして、アルゼンチンにいる家族を訪問するためにドイツを離れたと、彼女は言っていた。

彼女の姉妹はまだそこに住んでいたので、それはたぶん事実だったのであろう。だが、イスラエル政府は彼女の旅行にもう一つの目的を与えていたのである。彼女の死後一年たって公表された報告によると、ノラ・アルドットはイスラエル諜報機関の一員で、彼女のホテルとは別のホテルに泊まったイスラエル人の団体と一緒にバリローチェに到着したというのだ。この説明は彼女の古い友人が家に出した手紙でもある程度裏づけられている。それには、〈ノラはバリローチェ付近の山地にしばらく滞在するため、イスラエル人の団体と一緒に行きました〉と書いてあった。

このイスラエル人たちは何者だろうか？

ベングリオン首相はアイヒマン逮捕作戦にゴーサインを出したとき、メンゲレ追跡作戦も開始する指令を発した。イスラエル諜報機関の一グループがアイヒマンを追う一方で、もう一つのグループが〝死の天使〟を捜しはじめたのである。ノラ・アルドットは後者のグループの一員だったのだろうか？　意図的にか、偶然にか、いずれにしろ彼女がメンゲレのいるホテルに泊まったことは事実である。おそらく彼女はあまりに多くの質問をあびせすぎたのか、あるいは逆にしゃべりすぎたのかもしれない。ただ、一九六〇年二月十二日に彼女が二人のドイツ人と一日山歩きに出かけてそこで死に、二人の男はそのあと姿をくらました、という事実だけが残っている。

ノラ・アルドット殺害事件とでもいえそうな出来事から三ヵ月後、アイヒマンが捕まった。それ以後のメンゲレは良心の呵責から逃げまわるカインのように、恐怖から逃げるためたえず居所を変えた。彼は、ドイツの警察ばかりか、イスラエルの復讐者たちにも追われていることを悟ったのである。あきらかに、彼はヨーロッパにいるほうが安全だと考えたらしい。というのは、一九六一年六月に、スイス航空に乗りつぐアルゼンチン航空の便を予約していたからだ。おそらくスイスに行き、そこから中東へ行くことを考えていたのであろう。だが、土壇場になって、彼は気を変えた。ヨーロッパも安全な隠れ場所ではないと思ったのだ。ジーモン・ヴィーゼンタールの説によると、メンゲレはそのときじっさいにヨーロッパへ帰ってきて、イタリア経由でエジプトに行ったが、そこでは国外追放になったのだという。そこで彼はヨットでギリシャの小さな島キトノスへ渡り、さらにバルセロナに行って、ついには南アメリカへ帰ったという。だが、この説には実証に耐えるほどの根拠がない。先述のように、一九六一年十一月十三日にパラグアイのドイツ大使が警察に対しメンゲレに関する資料を吟味する許可を要請した証拠はある。当時ブリースト大使(数年後に筆者は大使にモンテビデオで会って話をきいた)はあらゆる手段を講じて、このナチ戦犯の本国送還を実現させようとしていた。これに対し、アルゼンチン政府の回答は明快だった。すなわち、大使はメンゲレに対する要求を取り下げるか(アルゼンチンのどこにも彼はいないのだからと政府は主張していた)、さもなくば、大使は〝好ましからざる人物〟であると宣告されるかのどちらかだというのである。

このような経緯があったあいだも、メンゲレはパラグアイのある農場にフランツ・フィッシャーという名で住んでいたのだ。その後彼はブラジルへ行った。一九六二年に〝フランツ・フィッシャー〟はすくなくとも二度サンパウロに行っている。彼はサンタカタリナ州にある病院でしばらく働いていた。だが、イスラエルの諜報機関が彼を追跡していると警告されてまた逃げた。こんどはウルグアイである。

翌年の一九六三年になってメンゲレはふたたびパラグアイにもどり、かなり長期間滞在している。この国だと彼は安心できるのだ。なぜなら当時軍部の首脳で、強大な政治権力をにぎる人物の厚い保護を受けていたからである。

一九六四年三月、ブリュッセルのユベール・アレンはメンゲレに関する極秘の長い報告書を受けとった。

〈先回の報告書で、われわれの一員がアスンシオン警察の署長にインタビューし、その結果メンゲレはパラグアイにはもういないと、われわれが信じるようになった経緯を報告しました。しかし、現在入手した情報にもとづき、われわれは先回報告した結論に疑問をいだくようになりました。

警察署長は、メンゲレはアスンシオン郊外のランバレに住んでいたが、かなり以前になんの証跡も残さずに立ち去ったと主張しています。

しかしこれはわれわれがごく最近入手した情報と一致しません。パラグアイに数カ月滞在してきた弁護士によると、メンゲレがランバレに住んでいたのはほんの短期間だということです。

きわめて広い情報網をもつこの弁護士は、メンゲレがパラグアイの北部にいる、すなわちサンパウロへ密輸品を運ぶために飛ぶ飛行機の秘密の離着陸地点がある地域に隠れている可能性がひじょうに強いという情報を入手しました。この密輸の黒幕は、パラグアイの大統領ストロエスネル将軍の主席軍事顧問であるアルガナス大佐だといわれています。メンゲレはアルガナスに多額の金を払い、その見返りに大佐は彼を保護している、それも常時ボディガードをつけているということです。

ところでメンゲレがパラグアイの前警視総監の保護を受けていたのはあきらかですが、警視総監はプラナスという人にかわりました。当方の情報提供者は、このプラナスが前任者同様にメンゲレを保護するかどうかについては、なんとも言えないと言っています。

メンゲレがパラグアイにいるという情報をストロエスネル大統領が受けていたことはほぼまちがいないでしょう。しかし政治的な理由から、メンゲレの国外追放を敢行したり（たとえそれができたとしても）、彼を法廷に立たせたりすることは大統領にはできないのです。

わたしの見るこの国の状況を説明しますと、ストロエスネルは自分の権力が軍部の五人ないし六人のリーダーたちに支えられていることをよく知っています。そのリーダーのなかには、騎兵隊を指揮するゴンサレス大佐、ペリティエル少佐、およびアルガナス大佐自身も含まれています。この人物たちにひきつづきストロエスネル政権を支持させるために、大統領はかれらが大きな闇取引に加担し、税や関税が大きな利益をもたらす不正行為や密輸から甘い汁をたっぷりと吸いとるのを放任しているのです。

メンゲレをパラグアイ国内に安住させてやる許可は大統領に相談なく決められた、というのがどうも事実のようです。あとになって大統領はこの既成事実を知らされたか、あるいは、メンゲレの国内滞在はアルガナス大佐の都合がからんでいることを教えられ、大統領は見て見ぬふりをせざるをえない立場にたたされたのでしょう。

もしメンゲレがドイツに送還され、法廷に立つことになれば、国際的に大きな反響をよぶのは当然考えられることで、そうなればパラグアイ政府のスキャンダルも表沙汰になるかもしれません。パラグアイ政府としては、そのような不祥事はふせがねばならないと決断したようです。そのため、たび重なるボンからのメンゲレ本国送還要請もついに実現しなかったのです。

こうした状況を読みとってメンゲレが、パラグアイはもっとも安全な避難場所だと思うようになったのは当然で、彼はこの国を離れようとはしないでしょう。

すでに述べたように、密輸を裏で操っているのはアルガナス大佐です。彼の部下のひとり、おそらくは腹心のひとりがサンパウロで仕事をしています。この闇取引に使われる飛行機はつねに秘密の滑走路から離着陸しています。密輸品の売買はいっさいユダヤ人商人の手にゆだねられています。このような売買はサンパウロのユダヤ人社会で非難の的になっており、ユダヤ人社会は密輸にかかわる一部のユダヤ人に対しシナゴーグへの出入りを禁止しています。商人たちのなかの最重要人物はF・Wという男で、彼がパラグアイからサンパウロに送られる密輸品をとりしきっているようです。この男はわれわれの作戦のカギとなる人物でしょう。この国で彼と接触すれば、メンゲレに関する情報をもっと入手できるかもしれません。とはいえ、われわれの情報収集活動が成功し、メンゲレの隠れ場所に関する確実かつ詳細な情報を得たとしても、コマンドーを送りこむような作戦を実行するのはひじょうに困難でしょう。メンゲレは、パラグアイで〝ナイフ野郎（クチリエロス）〟とよばれている、金で雇われる殺し屋に油断なく護衛されています。この男たちはナイフさばきの名手であるばかりか、自動操縦の最新型武器やマシンガンなどを軍事政権から手に入れているのです。かれらはこの国の地理を知りつくしています。この国の政権はかれらの力をうまく利用しているといってもよく、大統領や軍部の指導者でさえこの男たちのなかから自分のボディガードをえらんでいます。かれらはみなプロの殺し屋で、かれらのあいだの帳尻を合わせるためにおたがいを殺しあうこともしばしばです。

以上ご報告します。いつ何時でもご指示をおまちしています。……〉

ユベール・アレンが報告書を受けとったころ、ブラジル人の有名なジャーナリスト、ニルトン・リベイロがアスンシオンの地に降り立った。彼はメンゲレがパラグアイにいるのかいないのか、確かめるためにやってきたのである。

リベイロはまるまるひと月というもの調査してまわり、警察関係者やこれとおぼしき人物にさぐりを入れ、地元のジャーナリストを質問攻めにし、政府高官にもインタビューをした。官庁の資料室で調べものをしているときには、いくつかの興味深い記録にぶつかった。そして内務省をたずねて調べたとき、メンゲレに関する記録カードに当人の写真が添付してあるのをみつけたのだ。そのときの強烈な衝動はとても抑えきれるものではなかった。だれも見ていないのを確かめると、リベイロはすばやく写真をはぎとりポケットにしのばせた。数週間後、その写真は世界各地の主要新聞の紙面をかざった。この写真はアウシュヴィッツの元主任医師の最新かつ鮮明な写真である。

しかし、リベイロが九月のある雨の夜《ジョルナル・ド・ブラジル》の編集室で筆者に語ったところによると、彼の調査は悲劇的な形で中断したのである。

「わたしがメンゲレの特集の執筆にとりかかって数週間がたったころ、ホテルのわたしの部屋に匿名の電話がよくかかるようになりました。自分のことだけかまっていろとか、そんな意味のことを電話で言われました。留守のあいだにわたしの部屋や荷物が荒らされ、調べられていることもありましたよ。最初はそんな脅しなど気にもせず、自分の仕事をつづけていたのです。

しかしある晩、グアラニ・ホテルのむかい側にあるコーヒー店にコーヒーを飲みにいったときのことです。その店にはカウンターのまえに大きな鏡があって、その鏡で出入口の様子を注意していることができるのです。鏡を眺めていると、兵士が運転する大型のアメリカ車が店の入口近くで止まるのが見えました。そして男が車から降りてきてコーヒー店に入ってきました。と思ったとたん、銃声が響いて弾がわたしの頭をかすめるのを感じました。その男はリボルバーをかまえていて、あきらかにわたしを狙っているのです。さいわい店の客の何人かがとっさにその男に向かっていました。「この気ちがい野郎！」と、その客たちは叫んでいました。「この人はブラジルのジャーナリストだぞ。この国は強盗やギャングだらけだと、彼の新聞に書いてもらいたいのか？」その男は走り出て車に引き返しました。でも逃げだすどころか、大きな広場をぐるぐると走りまわっているのが見えました。わたしをまだ追いかけるつもりでいるのはたしかです。そしてもうひとつ、その男がメンゲレの味方であることもたしかでした。それで、ちょうど映画館から出てきた人の群れにまぎれて、わたしはホテルに引き返しました。そしてその晩のうちに荷物をまとめて、翌日わたしはリオデジャネイロに帰りました」

おそらくそれこそ――ひどく詮索好きのジャーナリストが退却することこそ〝メンゲレの友人たち〟が望んだことだったにちがいない。

それから数カ月後、〝死の天使〟を捕らえるまったく大胆な試みが遂行され――しかももうすこしで成功するところだった。一九六四年八月のことである。メンゲレはホエナウ近くのチロル・ホテルに週末をすごしにきていた。ホテルの所有者はドイツ人で、この地域は元ナチスにはもっとも安全な地域のひとつだった。時計が真夜中から一時にまわるころ武装した男の一団がホテルに押し入り、二六号室、つまりメンゲレの部屋に突進した。

しかし、部屋はからっぽだった。メンゲレは二十分まえに知らせを受け、パジャマの上からズボンとジャケットをきて、大あわてで逃げだしていたのである。

数日後、ブラジル警察は国境近くのトレスコロアス村付近で若い男の死体を発見した。男は頭を撃たれて死んでいた。事件を担当したインターポールの警官は、その男はチロル・ホテルでメンゲレを捕まえようとした一団の一人で、その夜ナチ戦犯のボディガードとの銃撃戦の最中に撃たれたのだという結論をくだした。

メンゲレを攻撃したのは何者だろうか？ 筆者の得た情報ではイスラエルの諜報機関の一団ではない。さる確かな筋によると、かれらは強制収容所にいたユダヤ人の生き残りや収容所で死んだユダヤ人の息子たちで、コマンドーを編成しパラグアイに入りこんで復讐をとげようとしている者たちだという。

「その連中なら知っていますよ」と、ジーモン・ヴィーゼンタールはウィーンで筆者に説明してくれた。「かれらはここのわたしのオフィスをたずねてきましたよ。メンゲレを追っていて、彼の隠れ家に関する情報が欲しいとわたしに頼みにきたのです。十二人いましたが、全員がアウシュヴィッツの生存者で、その後アメリカへ移住した人たちです。この〝十二人会〟は豊富な資金をもち、メンゲレを誘拐してヨットにのせ、洋上に出てから彼に制裁をくわえる計画だったのです。かれらのうち六人がパラグアイに上陸し、残りの六人はヨットの上で待機していることになっていました。だが、この計画は失敗におわり、それきりになったようです」

〝十二人会〟の結成はいかにももっともらしい話にきこえるが、ヴィーゼンタールの話した計画というのはいささか根拠にとぼしい。この失敗におわった誘拐計画についてはそれ以上の情報は得られなかったが、多数のユダヤ人たちが自分たちの手で、自分たちのやり方で、メンゲレを制裁しようともくろんでいたのはたしかである。

「請けあってもいいですけどね、もしわれわれがメンゲレの逮捕に成功したら、アイヒマンのときのように裁判が開かれることはまずないでしょう」と、ある復讐者は語った。「われわれはその場で犬のように撃ち殺してやりますよ。じっさい、それ以外にヤツにふさわしい方法がありますか?」

わずか二十分の差でからくも命拾いしたメンゲレは、彼の保護者であるアルガナス大佐所有の、パラグアイ北部にある牧場に身を隠した。しかし一九六五年、大佐は、最後まで明確な状況説明がなされなかった飛行機事故で死亡した。メンゲレはもはや安全ではないと感じるようになって、イグアス大滝の奥地までいき、孤立している農家に住んだ。この地域はブラジル、アルゼンチン、パラグアイの三国の国境が出会うところで、ブラジルのマトグロッソ州の南部からパラグアイのエンカルナシオンの町のある地域、およびアルゼンチンのパラナ川流域のミシオネス州にまたがる〝三角地帯〟とよばれる地域で、元ナチスの広大な隠れ場所のひとつである。このあたりなら必要があれば、一国から他国へいとも簡単に移ることができる。しかもここはナチの組織が牛耳る地域なのである。

イスラエルの信頼すべき筋によると、一九六六年にメンゲレはこのあたりで何度か姿を見られているという。彼は弟のアロイスが買った農場に身を落ち着け、カール・メンゲレ親子の会社の代理店を通して相当額の金を得ていたとおもわれる。

もし諜報員がギュンツブルクにあるメンゲレ社の役員になりすまして取締役会の席につくことができたなら、ヨーゼフ・メンゲレのために使われた多額の金が帳簿上でいかにごまかしてあるかを見破ることができ、また送金先をたどることによって彼の正確な居所を知ることができたであろう、とヘルマン・ラングバインは確信している。

最近ブラジルのイグアスやパラグアイのエンカルナシオンやアルゼンチンのエルドラドに〝ドン・ホセ〟とかいう〝ドイツ人医師〟がいると報告した人が数人いる。〝ドン・ホセ〟はバイキング号と名づけた自分の快速ランチで週に二、三度エルドラドにやってきて、農耕機械の部品を売る、メンゲレ社の関連会社であるカフェティ社を訪れるという。最近この話をきいたという人物は、イグアスで休暇をすごした西欧のある国のチリ大使であった。その大使がきいた謎の男〝ドン・ホセ〟の人相はヨーゼフ・メンゲレの人相に一致している。

おなじく一九六六年、ブラジル人の写真家シセロ・コスタは四日間昼夜をわかたずエルドラドに張りこんで、ひとりの口ひげをたくわえた男の写真をとることに成功した。日焼けしたその男の顔には疲労の色がありありとうかんでいた。この写真を調べたドイツとイスラエルの専門家たちは、これはメンゲレだという考えをいだいている。さらにアスンシオンに住むオットー・ビスという医師は、この口ひげの男が、腋の下に杖をはさみ、何千もの人々を死に追いやりながら《トスカ》の調べを口笛で吹いていたSS医師にちがいないと確信している。

ビス医師はなぜこうも確信できるのだろうか？　筆者はアスンシオンの彼のクリニックを訪れてきいてみた。この医師はわたしがかつてきいたこともない、おどろくべき話をしてくれた。その内容はヨーゼフ・メンゲレだけにとどまらず、ナチ戦犯のなかでもっとも厳しく追跡されていながら、じつにたくみに逃げまわっている人物、ナチ戦犯のナンバーワン、すなわちマルチン・ボルマンにまでおよんだ。

24　マルチン・ボルマンはどこにいる？

「あれは一九五九年の……正確な日にちは憶えていないんですがね……ある晩のことでした」と、ビス医師は話してくれた。「陽が落ちてすっかり暗くなった時刻に一人の女性がわたしのところに来たのです。会ったこともない人でした。その人は知り合いがひどい病気にかかっているので、すぐに一緒にきてほしいと頼むのです。もちろん、わたしは承知しました。医者ならだれでもそうするでしょう。そしてその女性の車に乗りましたが、彼女はアスンシオンの郊外へ向かってかなりの距離を走り、まわりがほとんど真暗ななかにある一軒家のまえに止まりました。わたしたちは一緒に中に入りました。ひどく苦しそうにしている男の人が大きなベッドに横たわっていました。わたしたちがこの寝室に入ったとたん、隣室から別の男が現われたのですが、この人は医者だな、とわたしは直感しました。診察しながら、わたしは病人にドイツ語で話しかけてみました。(ビス医師はオーストリア出身で中部ヨーロッパの大学で学んだ）しかし相手はドイツ語はむろん、ヨーロッパのどの国の言葉も使わないで、ひどいスペイン語でばかり答えるのです。だから、病状を判断するのに彼の言葉を参考にするのはどうも無理なようだと、わたしは考えていました。すると医者らしいもう一人の男がそれに気づいたらしく、病人の枕元にかがみこみ「ドイツ語で話しても大丈夫です」とささやきました。驚いたことにその男性はとたんに流暢なドイツ語でしゃべりだしたのです。

それでわたしは診察をつづけることができました。病人の額に傷跡があったのを、いまでもはっきり憶えていますよ。わたしは処方を書いてやってからその家を出ました。それ以後この奇妙な患者には二度と会っていません。

それから数日後、友人がひどく興奮しながらやってきました。彼はわたしを呼びに来た女性に会ったと言い、しかもその女性が、わたしの診察した男性はマルチン・ボルマンだと打ち明けたと言うのです。わたしはすぐさまヒトラーの右腕といわれた男の写真を何枚か手に入れました。まったく疑いようもありませんでしたよ。わたしが診察した病人は写真の男より年をとっていましたが、まちがいなく同一人物でした。あの患者はたしかにマルチン・ボルマンでしたよ」

スリムで背が高く、頭が禿げているビス医師は、軽々しく物事を断定するような人ではなかった。厚いレンズの眼鏡の奥にみえる彼の眼はおだやかで、辛抱強そうだった。

ヨーロッパとアルゼンチンの両方でとった医師の免状が額に入れてかけてある彼の書斎で、わたしたちは話していた。

「それで、ボルマンに付き添っていたもう一人の医者というのはだれかご存じですか？」と、筆者はたずねた。

「ええ、メンゲレですよ」ビス医師は一瞬のためらいもなく答えた。

いったいどうして、この二人のナチスがひとつ屋根の下にいたのだろうか？　あの栄光の年月には、二人が出会うことはけっしてなかったはずだ。ボルマンはヒトラー政権のはなばなしい中心人物だったが、メンゲレはナチの野望のとるにたらない手先でしかなかったからだ。二人は一九五九年にホエナウではじめて会ったようだ。ボルマンはなにかよくわからない病気にかかり、絶対的に信用できる医者をみつけるため、マトグロッソ州の隠れ家を出てパラグアイへ移った。そこで彼の友人が、メンゲレを紹介したとしても少しも不思議はない。メンゲレ自身も追われる身なので、ボルマンとしては完全に安心できるわけである。

アスンシオンでビス医師の治療をうけたあと、ボルマンはマトグロッソに帰った。それから一年あまりは彼に関する情報は何もきかれなかった。そして一九六一年になり、アイヒマンの裁判が開かれてから二、三週間後に、この〝ガラス張りのおりに入れられた男〟あてにきた数百通の手紙類のなかで、一枚の葉書が人々の注目を集めた。それにはただ、〈勇気だ、勇気を持て。マルチン〉としか書かれていなかった。

この葉書を見た人たちは、すぐさまマルチン・ボルマンだと考えた。筆跡鑑定家たちは、葉書の文字はボルマンの筆跡の特徴をある程度示してはいるが、たったこれだけの文字でははっきり断定することはできないと言明した。この問題について質問されたアイヒマンは、いかにも確信している様子でただ一言答えた。「ボルマンはまだ生きています」

ほんとうだろうか？

ボルマンがベルリン陥落のとき死亡したように偽装工作をしてからブラジルのジャングルのなかに姿を消すまでの年月のあいだ、つまり、シュレスヴィヒ゠ホルシュタイン州のフレンスブルクからデンマークのグロスデンにあるSS病院へ逃げ、そこからシュピンネかシュロイゼが用意した逃亡ルートでオーストリアの農場、イタリアの修道院、スペインと、隠れ家を転々とかえながら逃亡の旅をつづけたあいだに、ボルマンの〝亡霊〟はあちこちに何度か現われている。

彼が姿をくらましてから一年もたたないうちに、主な新聞がバハマ、南アフリカ、オーストラリア、メキシコ、オーストリアのチロル地方、モスクワの各地でボルマンを見た人がいるという話をつぎつぎと報道した。ブラジルとアルゼンチンだけでも、ボルマンとまちがえられて逮捕された男が数十人におよんだ。筆者のチリ人の友人はあるとき、新聞でさわがれていた当時元ナチの党最高幹部ボルマンはほんとうはチリの南部に住んでいたと、絶大なる確信をもって話してくれた。彼の確信は、大手のサンチアゴ新聞に載った〝マルチン・ボルマン〟の署名入りの手紙にもとづいている。

〈わたしはもう人生にも追われる身にも飽き飽きした。せめて残りの人生は穏やかにすごしたいのでしずかな場所に隠遁したいとおもう。そこである山のなかの小さな家に身を落ち着けたので、だれにも邪魔されたくないと願っている〉

そう簡単にことがはこぶはずはなかった。

ほかの新聞は、ボルマンの元使用人や秘書、およびイスタンブールやティンブクトゥで後年彼に会ったという元隣人などの打明け話を記事にしては、おたがいに他社と競争しあっていた。彼はまだ生きていて、とても元気そうで、いまでも会えばすぐわかるなどという話を載せて。

まことしやかな情報や嘘の数々を解きほぐすのは容易なことではない。そのうちに人は、ボルマンの追跡者に足取りをつかませないためにナチス自身がさまざまな噂やゴシップを流しているのではないかと思うようになる。

一九六〇年にアイヒマンが逮捕された直後、ボルマンに関するきわめてセンセーショナルなニュースが各新聞社を飛びまわった——ボルマンは死んだ、いや殺されたのだ、ブエノスアイレスに住むイスラエル人の医者の手で、いかにも劇的な方法で……ボルマンは整形手術をうけ、その後ブエノスアイレスへ行って心臓の専門医にかかったが、その医者は患者がボルマンであることに気づき、ナチスの犠牲者の復讐をする決意をかためて、ボルマンに致死剤の注射をうち即死させた、というのである。

事実にしてはいかにも出来すぎた話だった——これではだれも信じない。

それから数カ月後、もっとセンセーショナルな見出しの記事が出た。〈ボルマン、サン・カルロス・デ・バリローチェで病死。忠実なボディガードによりアルゼンチンの大草原の中心部にひそかに埋葬される〉

これもまた、信じがたいニュースだった。ボルマンは何度も死にすぎるのだ。そこでナチスはあらゆる疑惑を断ち切ることにした。かれらは本物の死体、じっさいの証人、反駁できない証拠物件を用意して、ボルマンの死を偽装したのである。一九六二年十二月七日、通信社は、ボルマン死亡、こんどこそほんとうに死亡した、というニュースを全世界に伝えた。このニュースは詳細な情報に裏打ちされているから、疑う余地はないと。

〈ボルマンは一九五九年二月十五日にパラグアイの首都アスンシオンで死亡していた。彼は、パラグアイ国籍のドイツ人ベルナルト・ユングが所有する家で最期の息をひきとった。その地区の牧師が彼の臨終に立ちあった。死因は胃癌。死亡証明書にはアスンシオン在住のオットー・ビス医師の署名がある。遺体はアスンシオン近郊の小さなイタ共同墓地に埋葬されていた〉

このニュースは一般の人々を信じさせるに充分な詳細事項を含んでいた。しかし、ボルマン追跡に直接かかわっていた人たちはまだ疑っていた。それを確認する方法はひとつしかない。じっさいに自分の眼で確かめることである。

数週間後、何人かの秘密工作員がイタへ行き、死体を発掘した。その死体がボルマンのものではなく、インディオのグアラニー族で名をエミリオ・ヘルモシラという不運な男のものであることを立証するのは簡単なことだった。墓地の墓守りは、〝アスンシオンからきたセニョール〟に大金をもらって、ボルマンがイタに埋葬されたと証言し、そのニュースをばらまいたことを認めた。

それから一年後、こんどはドイツのジャーナリストらがイタの墓地へ行き、その埋葬が悪質な偽装だったことを確認した。かれらがそのときの話を本にして出版した直後、ボルマンの〝死亡〟の重要な証人、ベルナルト・ユングはパラグアイを離れてスペインへ行った。彼はボルマンの件については何も言いたくないと、いつも発言を拒否していた。ニュースによるとボルマンの臨終に立ちあったことになっている牧師はついにみつからなかった。

ビス医師に事の真偽を確かめると、彼はこう答えた。

「わたしはボルマンが死亡したと、一度も言ったことはありませんよ。癌の診断をくだしたこともありません。もちろん死亡診断書にサインするはずなどないでしょう。わたしがお話できることと言えばですね、ボルマンを診察したことが知れわたって以来、世界じゅうのあちこちの人たちから電話を受けたり、訪ねてこられたりしたことですよ。そのほとんどが元ナチスで、みんなわたしに、ボルマンが死にかけているとか死んだとか言明してほしいと頼むのです。わたしはいつも拒絶していましたよ。というのも、わたしが診察した男は癌に冒されてもいなかったし、死ぬほどの重病でもありませんでしたからね。たんなる胃炎だったのですよ。それに全般的な体調は良好でした。まあ、いうならば、彼がその後木から落ちたり、車にでも轢かれないかぎり、あなたやわたしとおなじように、いまでもピンピンしているはずですよ」

くり返しささやかれるボルマンの死亡説に関する調査をしめくくるまえに、筆者はナチスに関する情報に詳しい経験豊かな諜報員に質問してみた。「ボルマンはもう生きていないとわれわれに信じさせるために、かれらはどうしてこうも躍起になるのでしょうね？」

「それは簡単明瞭ですよ」と、諜報員は答えた。「つまり、彼がまだ死んでいないからです。死んでしまっているなら、何度も何度も彼の死をでっちあげたり、偽装する必要はないでしょう。マルチン・ボルマンの〝死亡〟説がまきおこす興奮そのものが、まさに彼がまだ生きているという証ですよ」

「なるほど。それでは彼はいまどこにいるんですか？」

「マトグロッソです」

筆者はマトグロッソには数回飛んだことがある。じめじめした湿地の広大なジャングル地帯で、たった二本の道路、しかも豪雨でたびたび不通になる道路が通っているだけだ。丘の斜面の切り開かれたところにぽつんぽつんとさびしげな農家が見える。この一帯をよく知っている復讐者がくわしく話してくれた。「よく道路沿いのところどころにインディオが配置されていて、道路を通るすべての車に二日以内に出ていけと脅すのです。マトグロッソを通り抜けようとしていたわたしの友人は、武装したドイツ人に車を止められ、道路は目下修理中だから引き返せと命令されました。

あの地域にはホテルはむろん、簡易宿泊所もキャンプ場もありません。どこか泊めてくれる家をさがすしかないのです。たいていの相手はよそ者には疑惑をいだき、根ほり葉ほり問いただします。マトグロッソに住む連中には、すねに傷を持つ者や法にふれて追われている者や戦争犯罪者がうようよいますからね。この地域を調査するただひとつの方法は、ヘリコプターや車両化部隊をつぎこむ大規模作戦を実行し、大々的に掃討することです。しかし諜報機関だけではそんな大工作は実行できませんよ。これは政府がすべきことなのです」

というわけで、ボルマンはマトグロッソの地形的特色と、ここを隠れ家とするアウトローたちの結束のおかげで厚く保護されているのである。そのうえ、強力な支持を得て、ドイツ帝国の戦犯にどんな援助も惜しまないナチの組織がラテン・アメリカじゅうにくまなく存在しているのだ。

ヴァルター・ラウフに対する法的手続きの経緯をみるとナチの組織の力がよくわかる。ガス殺用バンの責任者だったこのSS将校の戦時中の経歴に関してはすでに述べた。一九四九年にシリアの秘密警察を組織したあと、ヴァルター・ラウフは南アメリカへ飛んだ。彼はまずエクアドルでドイツのバイエル社の代理人として働いた。そして一九五八年十月、チリに行き、ティエラ・デル・フエゴのマガヤネスでサラ・ブラウン社の支社長として働いたが、翌年一九五九年にはサンチアゴに移り、そこで輸入業者のゴルトマン＝ヤンゼン社で職を得た。

彼は数えきれないほどの罪を犯した人物として知れわたっていたにもかかわらず、何度かドイツへ帰っている。だが、彼を逮捕しようとする動きはまったくなかった。一九六二年十二月五日になってやっと、西ドイツがラウフの身柄引渡しを要請すると、チリ警察はチリの南端、プンタアレナスで彼を逮捕した。

チリが西ドイツの要請に応じるべきかどうかを決定する法的手続きをおこなっているあいだ、ラウフはサンチアゴで拘束されていた。ラテン・アメリカの代表的弁護士のひとり、セニョール・エドゥアルド・ノボア・モンレアルが西ドイツの代理人としてあらゆる努力をしたのだが、最高裁判所は西ドイツの要請を拒絶する決定をくだした。そしてラウフは釈放されたのである。

チリの裁判官の判断によると、彼の罪、とくに九万七千人のユダヤ人を毒ガスで殺した罪は本質的に〝政治的〟なものだというのである。

一九六三年四月二十八日、ラウフが刑務所から釈放された日、反ナチス・グループが《メルクリオ》紙につぎのような皮肉なあてこすりの広告を載せた。

「中古バン売ります。在庫多数、レンタルも可。何でも運搬可能。〝ターボ・ガス〟システム。特別仕様で操作簡単。多目的使用についての説明、アドバイスは個人的に直接伝授いたします。お問合せはW・ユリウス・R（ヴァルター・ユリウス・ラウフ）へ。一九六三年四月二十八日以降、無罪放免の身です」

ラウフは忠実なシェパードのボビーをつれてティエラ・デル・フエゴ地方のプエルトポルベニルに帰っていった。この犬の役割は、ラウフが新聞記者にした話では、イスラエル人が襲ってきたとき彼を守ることだそうである。

裁判に関する新聞記事を最初にざっと読んだかぎりでは、とくに注目すべき事柄はないように思えた。だが細部まで注意深く読み、何人かのチリ人の法律家から話をきくうちに、「ラウフのような貧乏な男がどうしてこの国で第一級の弁護士を雇うことができたのか？その金はどこから出たのか？」という疑問を耳にして、筆者はこのケースにますます興味をいだくようになった。

ラウフは逮捕された翌日、サンチアゴのドイツ人弁護士、ロルフ・ビュヒャーを雇った。四、五日するともう一人の有名な弁護士、エンリコ・シェペルレがビュヒャーに協力するために雇われた。一九六二年十二月十日、ビュヒャーは記者会見を開いた。

「ラウフ裁判でシェペルレはどんな役柄を演じることになるのですか？」と《ラ・テルセラ》紙の記者がきいた。

「その質問にはお答えできません。それは組織が決定するでしょう。弁護のためにとるべき態度についても」と、ビュヒャーは答えた。

記者はなおも執拗にきいた。「どういうことですか？　組織とは何の組織のことを言っておられるのですか？」

「お話できるのはそれだけで、これ以上申しあげることはできません」と答えるビュヒャーは少々困惑ぎみだった。

「しかし、ラウフ氏の弁護のために費用をだし、指示を与える人たちのグループがあることを、あなたは認めるのですね？」

「ええ」ビュヒャーはあきらかに苛立ち、不機嫌に答えた。「しかし、もうなにも質問しないでください。これ以上のことはお話できませんから。組織はどんな内容の話であろうと、言及されることをきらっているのです。……」

その組織はおそらく、ビュヒャーが事実をしゃべりすぎたと判断したのであろう、翌日の新聞には彼の記者会見の記事は載らなかった。そして十日後、タイプで打った手紙、つまり一種のコミュニケがサンチアゴの各新聞社に送られてきた。

「第二次世界大戦で闘った全退役軍人よりなるドイツ人組織〝帝国（ダス・ライヒ）〟はここに声明文を発表し、母国のために命をかけて闘った兵士の名誉を守るため、われわれがラウフの弁護の費用を提供していることを伝える」

この声明文が新聞に出るまでは、チリの人々はだれも〝ダス・ライヒ〟という名の組織について聞いたことはなかったし、その後も二度と耳にすることはなかった。

ラウフの弁護士だったエンリコ・シェペレルにこの件について質問してみた。彼は、そのような組織の存在はまったく知らなかったし、どんなドイツ人のグループにも、〝ダス・ライヒ〟はもちろん、そのほかの組織の代表者にも一度も会ったことはないと答えた。彼を雇ったのはラウフの息子で、父親の弁護を依頼してきたのだという。シェペレルはさらに、まだ一ペニーの謝礼金も受け取っていないとつけ加えた。

最後に筆者がシェペレルの親しい友人たちにきいてまわったところ、かれらは答えた。

「あいつ、よくもそんなことが言えましたね。彼はひどく困惑しながら、ぜったいに秘密にしてくれと言って、われわれに何度か打ち明けているんですよ、彼が匿名を希望するチリのドイツ人グループに雇われていたことを」

このドイツ人グループというのが〝ダス・ライヒ〟と名づけられた組織なのである。筆者はチリ滞在中に数人の人からこの秘密組織の詳細についてかなりの情報を集めた。この組織はいまでも存在し、五十人から八十人の会員をもつ入会条件のきびしいクラブで、全員がチリ南部の二つの町、オソルノかバルディビアに住むドイツ人である。一部は戦後ヨーロッパから逃げてきたナチスで、残りはチリ生まれのドイツ人でドイツ軍に志願し、戦後チリに帰ってきた人たちである。会員のなかには商業界の大物や大実業家も何人かいるという。ボルマンが南アメリカに送ったという秘密の資金の一部はこの組織のためにも利用されたにちがいない。

リオデジャネイロやブエノスアイレスにいる情報通の反ナチスの人たちは、〝ダス・ライヒ〟については聞いたことがないそうだが、チリに住む元ナチスの要人の秘密組織があることは知っていると言った。この組織がボルマンの横領金の一部を入手したこと、およびほかのラテン・アメリカ諸国にある同様の組織と密接な関係を保っていることは事実だ、と反ナチスの人たちは信じていた。

『今日のファシストとナチス』という著書のなかで、デニス・アイゼンベルクはこの点について語っている。

〈第二次世界大戦中、ドイツ系のチリ人はナチの活動に深く関係していた。なかには、ラテン・アメリカ生まれのヘルマン・G・シュネッテのようにドイツへ帰ってナチ党に入党した者もいた。しかし同時に、その逆方向の動きもあったのだ。たとえば、ナチの要人エグブレヒト・フォン・オルダーハウゼン（一九四五年に連合軍に捕らえられた）は不可解な商用とやらで数回チリへ行っていた。

今日でもチリには、とくにテムコやバルパライソに大きなナチの組織があり、アルゼンチンで発行されているファシストの機関紙《デア・ヴェーク》に資金を一部出資している。

一九五五年にペロン政権が倒れたとき、このアルゼンチンの独裁者の保護下にあった多くの元ナチスはチリに逃げた。……チリに移った元ナチスは、元SS将校のバロン・ゲオルク・マプッシュを長として組織を結成した。マプッシュはこの国に定住したナチスの援助を得ており、その支援者のなかには、一九四三年にバルパライソ付近のドイツ人向けラジオ局の責任者だったフォン・アフェンも入っている》

ほんの一部しか見えない巨大な氷山に似て、〝ダス・ライヒ〟はラテン・アメリカにある秘密のナチ組織のなかの、わずかに見える一部分にすぎないのである。

〝ダス・ライヒ〟やその類似組織の目的はラテン・アメリカ諸国やヨーロッパにナチ政権を樹立することではない。それは、ニュルンベルク裁判を契機に発足した、法律からおたがいを防護し助け合うための組織なのである。そのメンバーには、欠席裁判で有罪を宣告された戦犯全員をはじめ、ナチスの要人や逃亡先の国で権力をえた人物だけではなく、無名の人やホテル経営者、商人、農民も連なっている。かれら全員に共通していることは、ヨーロッパでかれらを待ちうけている刑の宣告には絶対に服従しないという決意である。

シュロイゼ、シュピンネ、オデッサ、シュティレ・ヒルフェ、ルーデル・クラブなど、ここに名前をあげた組織の多くはもういまは存在していないが、そのほかの武装SSのための組織HIAG、ドイツ退役軍人会、ブルーダーシャフト、カメラーデンシャフト、HIAGのオランダ、ノルウェー、オーストリア、デンマークの各支部は現在も存続していて、慈善団体や各界有力団体の庇護を受けている。

ドイツからの逃亡ルートを切り開いたシュロイゼはいまでもその役割をはたしていて、エジプトや南アメリカに逃げるルートは現在も使われている。種々の組織との協調関係もしっかりと保たれており、とくにカイロ、マドリード、アルゼンチン、ブラジルのグループとは常時連絡をとりあっている。

しかしふだんはこれらの組織は活動をしていない。だがいったん非常事態が生じると——逮捕寸前の戦犯が逃亡ルートを求めている、あるいは逮捕されたナチの裁判に弁護が必要といった場合——組織はとたんに息をふきかえし、目的を達成するまで各人が自分の持ち場での役割をはたしつづけるのである。

元ナチスとネオ・ナチ党との関係について、世間を動揺させるような話が有名新聞に載ったことがあった。だがネオ・ナチ党は一般に過激派の若者のグループで、かれらの活動は、世間の眼から慎重に身をかくしたいと思うナチの〝古老グループ〟にとっては危険きわまりないものにみえる。しかし例外はある。たとえば、HIAGは若いネオ・ナチスの二グループを支援し、武器の使い方を指導し加勢している。南アフリカでは元ナチスと逃亡戦犯たちは若くて熱心なヒトラーの模倣者グループと密接な関係をもち、戦後ケープタウンにたどりついたUボートをかれらに贈呈したりしている。この潜水艦はよく整備されいつでも航海できる状態で、アフリカ海岸の小さな入江にいまも停泊しており、第三帝国の素晴らしき日々をしのばせる貴重な形見となっている。

さらに、アルゼンチンで最も強力なファシストの組織であるタクアラはメンゲレに常時ボディガードをつけてやっていた。

ペルーでは筆者は、西側のある大使のオフィスで〝特別〟の情報網からの極秘報告書を読む機会をえた。その報告書によると、グアヤキル湾の付近にドイツ人の大規模な農業居留地があり、そこでは堂々とナチズムを支持している。そこのドイツ人たちは自分たち専用の港と桟橋をもち、強力な自衛力もある。ジャングルがあるので陸地からそこに近づくことはできない。

非常時にはそこの住民は簡単にエクアドルに逃げることができる。そしてなんと、自分たち以外の世界にむかって公然と挑戦するかのように、かれらの小さな領土を〝わが闘争(マイン・カンプフ)〟と名づけている。

ブラジルの有名なカトリック神父レオポルディノ・ド・ソウザは、サムソン渓谷にある、フリブルゴ近郊の農場を訪れたときのことを話してくれた。そこには大量の武器が貯蔵してあり、農場の持ち主は、自分たちは元ナチスだからいかなる非常事態にも、とくに自分たちや朋友の安全を脅かす左翼革命に、そなえておかなければならないのだと、微笑しながら話していたという。

常時ではないが危機に際してはひじょうに頼りになるこれらの機関の援助が得られ、さらに人が近寄れない地区に住む同情的なドイツ人の家を隠れ家に提供してもらえるのだから、フランツ・シュタングル、アイヒマン、ボルマン、メンゲレなど逃亡したナチ・リーダーたちが永年、なかには今日にいたるまで、隠れつづけていることができるのもけっして不思議ではない。

しかし、それでも復讐者たちの決意はしばしば勝利をもたらすのである。たとえば、ブルンナーやツクルスの追跡がその好例といえるであろう。

25　ツクルスの最期

アルジェリアでの、フランス対アラブ民族主義者の戦争中に、アルジェリア人の反抗分子へ武器を供給していた数人のドイツ人が襲撃を受けて犠牲になった。これは、アラブ民族主義者のＦＬＮ（民族解放戦線）に外国からの援助をぜったいに受けさせまいと決意しているらしい謎の組織で、すでにかなり悪名をとどろかせている〝赤い手〟の仕業だといわれた。一九六一年九月十三日、でっぷりとした背の高い男がダマスカスの郵便局に入って、小荷物係にゲオルク・フィッシャーという名の身分証明書を見せながら、自分あてに荷物が届いていないかとたずねた。小荷物係はドイツから発送されている大きな包みを彼に手渡した。

フィッシャー博士は荷物を家に持ってかえり、包みを開けた。とたんに、大音響とともにそれは爆発した。彼はただちに病院に運ばれた。命は取りとめたが、片手が吹きとばされ、胸にも数カ所傷をおい、そのうえ両眼がつぶれた。じっさい生きながらの死と言えるほどの、きびしい運命を背負うことになった。

外国のジャーナリストや評論家は、その爆発物の小包の発送人は〝赤い手〟だと、まよわず断定した。フィッシャー博士はダマスカスにあるオリエント・トレーディング社の共同所有者だったが、この会社はじつは中東や北アフリカに武器の密輸をするための隠れみのだったのである。

しかし外国のジャーナリストや評論家がもうすこし強い関心を持って調べていたら、武器密輸業者〝ゲオルク・フィッシャー〟の本名はアロイス・ブルンナーで、数年まえアイヒマンが〝わたしの最高の助手のひとり〟と称した男であることを発見していただろう。SSの上級中隊長ブルンナーはドランシーで抑留されたフランス系ユダヤ人をドイツの強制収容所に移送した責任者であり、さらにギリシャやスロヴァキアからユダヤ人を追放した責任者としても有名だった。

戦後彼はアルトゥール・ピーアがひきいる復讐者のグループに捕らえられ、アメリカ軍の捕虜収容所に送られた。だが、彼は逃げだしてシリアへ行き、そこで偽名を使って武器の密輸に手をそめるようになった。そしてシリアの防諜機関の長であるサラジ大佐と親しくなり、大佐の活動にわずかばかり協力するかわりに彼が必要とするあらゆる援助をえられるようになった。

ある情報筋によると、一九六〇年にブルンナーは、彼の元上司アイヒマンの逮捕に対する報復手段として、ユダヤ世界会議の議長、ゴルトマン博士を誘拐する計画をたてた。そしてその具体的な方法をさぐらせるため、ひとりの〝レバノン市民〟をウィーンに送り込むことまでしたということである。ゴルトマン博士には幸いなことに、この計画はそこまでで立ち消えになった。

一九六一年、イスラエルの諜報機関はブルンナーが郵便物受取り用に使用している宛名を発見した。アイヒマンが裁判にかけられている最中に、ダマスカスの南方数百マイルのところでフィッシャーことブルンナーは、郵便局を利用した手段により、当然受けるべき罰をあたえられたのである。

復讐者たちは、アラブの一国であるシリアにブルンナーの引渡しを要求するのは無意味と考えた。かれらはもっと手っとり早く正義の裁定をくだす方法を選ぶしかなかったのである。〝赤い手〟はゲオルク・フィッシャーを殺す計画にはまったく関係しなかったようだ。同様に、元ナチ戦犯、プッヒェルトやバイズナーのような武器密輸を営むほかのドイツ人への攻撃にも関与していなかった。かれらの密輸活動はおそらく〝赤い手〟の活動に抵触するものではあっただろうが、この組織よりももっと切実に恨みをはらそうとしていた人々がほかにいたのである。

一九五九年以降、ユダヤ人の復讐は新しい局面に入った。手当り次第に襲うのをやめて――といっても機会があればやはり戦犯を処刑していたが――自分たちは安全だと思っている元ナチスや、ヒトラーと彼の部下たちの活動や主義を再生しようとしているヨーロッパや南アメリカの若いネオ・ナチ、ネオ・ファシスト、狂信者に警告をあたえることを新しい目的とした。

イッサー・ハレルはかつて、もしヒトラーが権力を握ったときに自分が諜報機関の長であったなら、この最高権力者を暗殺するコマンドーを送りこんでいただろうと語ったことがある。ユダヤ人の復讐の新しいやり方は、そのように堂々と実行し世間で公認されるものでなければならない。そうすればナチ戦犯がどこにいようとその隠れ家で震えあがるだろうし、若い、潜在的なナチスはユダヤ人をいためつけようとするどんな計画もたたきつぶされることを思い知らされる、というのである。

イスラエルの敵国に避難所を求めたナチ戦犯ブルンナーの暗殺には、この二重の目的が明白である。この場合の復讐者の名前は明らかにされていない。

しかし別のケースでは、イスラエルのひとりの諜報員が、一九六五年一月に逮捕されたあと、ナチ戦犯の追跡に一役かっていたことを自ら認めた。

イスラエルのこの大物スパイ、エリ・コーヘンの活動はあまりにも大胆不敵だったため、最後には彼は絞首刑に処せられた。コーヘンはアラブ人になりすまし、シリアの政界に奥深くまで入りこんで多大な影響力をもつようになり、大臣の椅子さえも狙えるところまでいった。

だがついにスパイであることが発覚し、一九六五年一月に彼は捕らえられた。テレビでも放送された裁判で、コーヘンは読みあげられた罪状をほとんどすべて認めた。彼の任務のひとつはシリアに住むナチ戦犯を捜しだし、それがだれであるかを確認することであり、おもな情報提供者のひとり、マジッド・シェイク・エル・アルドの協力でロッリと名のっている男の隠れ家をつきとめたことを法廷で述べた。

「そのロッリというのはだれのことですか？」と、裁判長がきいた。「あなたがイスラエル政府からその男の情報を送れと指示されたあと、エル・アルドの案内でロッリのところへ行ったというのは事実ですか？」

「事実です」と、コーヘンは答えた。「わたしはイスラエルから指示を受けていました。アイヒマン裁判の最中でした。彼に協力した男たちを見つけだすためです。ロッリがドイツ人で、戦争中に反ユダヤ計画がたてられたオフィスで働いていたことはわかっていました。わたしがロッリのことをエル・アルドに話すと、彼は自分の車にわたしを乗せてナバク橋のところへ連れて行ってくれ、ロッリとその妻が住んでいる建物を教えてくれたのです。わたしはそのなかに入っていき、ドアをノックして夫妻と二十分ばかり話をしました」

エリ・コーヘンはそれ以上はけっして話そうとはしなかった。謎の男ロッリもじつにたくみに姿を隠しつづけていた。コーヘンは死刑を宣告され、ロッリの秘密を胸におさめたまま絞首台に登った。

それから数カ月後、フランツ・ラーデマッハーというナチ戦犯が一九五三年以来住んでいたシリアの隠れ家を出ていき、はっきりした理由もないままにドイツへ帰る決心をした。彼が述べたドイツ帰国の理由はあまり説得力がなかった。友人の話では、彼はシリアにいてももう安全ではないと感じたようだった。けっきょく彼は《最終的解決》に関与した罪でボンで逮捕された。

モシェ・パールマンの著書『長い追跡』は先述のようにアイヒマン逮捕について書かれたものだが、この本が一九六一年に出版された当時、人々に見過ごされた短い一節があった。

〈逃亡中の戦犯、フランツ・ラーデマッハーは過去数年間ダマスカスに住みつづけている。彼はトーメ・ロゼロという偽名で生活している〉

ロッリとロゼロは同一人物だった。エリ・コーヘンは最終的には目的を遂げたのである。彼が追跡した男はユダヤ人の復讐を恐れて、監獄の鉄格子のなかで生涯を閉じた。

ロッリのケースは、コーヘンの裁判がテレビで放送されたため(こうした事件がそうした形で報道された唯一のケース)一般に知れわたった。これにより、イスラエルはたとえアラブ諸国であろうと、もぐりこんでナチ戦犯を追跡することをためらわないのだ、と世界は教えられたわけである。

じじつ、追跡は続けられていた。バグダッドで、北アフリカで、とくにカイロで。だが、それをここでつまびらかにすることは許されない。

ときにナチ戦犯の追跡は、戦犯が隠れている国とイスラエルとの友好関係を保つために中止しなければならないこともあった。たとえば、ガーナの例がある。この国で、悪名高いホルスト・シューマンの居所をつきとめたイスラエルの特別工作員は、それ以上の追跡は中止しろという命令をうけた。

またときには、イスラエル諜報機関は直接工作員を送り込むことはせず、とくにナチ戦犯追跡にかかわる部門が、見つけだした戦犯の情報を、その戦犯が潜む国の諜報機関に送ることがある。正規の外交ルート以外の、このようなアプローチも、関係する政府を窮地に陥れるおそれがある。その政府はなんらかの行動をとるか、協力する意思のないことを明示しなければならないからである。

その点、イスラエルと西ドイツの協力関係は良好で、多くの成果をあげた。「わたしのオフィスとイスラエルのあいだでは何の秘密もありません」と、ヘッセン州の検察局長フリッツ・バウアーはフランクフルトで話してくれた。この協調はけっして一方的なものではなかった。

イスラエルは何度か、西ドイツ国内に偽名を使って住んでいるナチ戦犯の情報をドイツの関係当局に送っていた。同様の緊密な協調関係はポーランド、チェコスロヴァキア、ハンガリーとも築かれている。東欧諸国ではナチ戦犯たちは、しばしばかれらをひじょうに寛大に処遇する西ドイツよりもはるかに厳しい刑を宣告されることは、だれもが認めるところである。

それでもなお、重要な戦犯の場合には、一九六五年二月におきたヘルベルト・ツクルスの一件のように、やはり直接に制裁する方法が選ばれるのだった。

一九四七年、度の強い眼鏡をかけた背の高いがっしりした体格の男がリオデジャネイロの空港に降り立った。パスポートに書かれた名前はヘルベルト・ツクルス、職業は農業となっていた。彼はベルリンからマルセーユ経由で到着した。彼のそばにはミリアム・カイツナーに住む多数のユダヤ人とすぐ親しくなれたのである。彼はだれかれかまわずに、「ナチスはブラジル彼女をリトアニアで捕まえました。彼女は死の選別をされていたのですよ。それをわたしは命をはって助けたのです」と話してまわった。この種の武勇伝はブラジルのユダヤ人たちに強い好感をあたえずにはおかない。かれらはユダヤ人女性をガス室から救ったこの勇敢な非ユダヤ人に最大限の敬意をはらった。

しかし、ある晩酔いしれた勢いで、この男はいままでとはまったく違うふうにユダヤ人のことを話しはじめたのである。大量虐殺や、生きながらに焼かれたり、溺れさせられたユダヤ人たち、野生の動物のように追いかけられ撃ち殺された人たちの様子など恐ろしい話ばかりだった。聞いているユダヤ人たちは、この男はほんとうは何者だろうか、ナチスがやった残虐行為を、まるで自分も荷担していたように詳しく知っているようだ、と不審におもった。ブラジルのユダヤ人たちは調査の必要を感じて調べてみると、男はその名のとおりヘルベルト・ツクルスで、一九〇〇年三月十七日リトアニアで生まれたことがわかった。彼は一九三〇年代にこの地域の親ナチ運動に加わり幹部になったあと、地区隊長の第一補佐に昇進した。戦争が勃発すると、ツクルスはその残虐性と狂気じみた迫害のしかたでたちまち名が知れわたるようになった。

一九四一年七月四日、ツクルスはリガのシナゴーグに三百人のユダヤ人を閉じ込め火をつけた。同じ年の夏、彼の命令で千二百人のユダヤ人がクルディガ湖で溺死させられた。十一月には彼はリガのゲットー絶滅作戦を命令し、SSをつかって三万人のユダヤ人を森のなかに追いたて、そこで皆殺しにした。

戦争が終わったとき、ツクルスはベルリンにいた。彼はパスポートの職業欄のエンジニアを農業と書きかえたが、これだけでは、深く追及しようとする人がいた場合、けっして安全とは言えないので、ユダヤ人女性を救いだし、彼女を連れてブラジルへ逃げたのだった。

リオのユダヤ人たちが彼の正体を見破ると、ツクルスは単にこのリオのなかの別の地区に移っただけだった。ミリアム・カイツナーはもう彼の役にはたたないので、移るときにすててしまった。その後、彼は結婚し子供も何人かできた。

一九五〇年代後半には、ツクルスはエアタクシー会社の堂々たる専務取締役になっていた。しかし彼はふたたび正体を知られ、このときはユダヤ人学生らに会社のオフィスをめちゃめちゃに壊された。ツクルスは妻と三人の息子をつれてサンパウロに移った。彼にもようやく自分の立場が悪化していることが理解できたのである。一九六〇年六月、アイヒマンの劇的な逮捕のニュースをきくと早々に、ツクルスは警察へ行き保護を願いでて、保護されるようになった。

そのため、強制収容所で生き残ったリトアニア人たちから怒りの抗議が噴出し、かれらの組織がツクルスの新しい住所を捜し出したので、彼はさし迫った身の危険をますます強く感じるようになった。復讐者たちが自分を見つけだして殺すのが恐ろしい、と彼は家族に打ち明けている。そればかりでなく、とくに危険な敵だと思える人々のリストまでつくっていた。

それには、上院議員のアーロン・シュタインブルック博士、アルフレード・ガルテンベルク博士、マークス・コンスタンティーノ博士、イスラエル・スコルニコフ博士、クリンガー、パイリッツキなど、ブラジルで重要な地位にあるユダヤ人の大半の名前が書かれていた。しかし、のちにツクルスの身に生じた事件にはこのなかのだれも関係していなかったのである。一九六四年が終わろうとするころ、ツクルスはリストにもうひとりの名前を書き加えた。アントン・クンズルである。

クンズルがツクルスのまえにはじめて姿を見せたのは、一九六四年十月、サンパウロでのことだった。彼はずんぐりむっくりの男だった。禿げた頭にでっぷりと肉づきのよい顔、鼻の下にはきれいにそろえてある小さめのひげ、そしていつも黒眼鏡をかけていた。自分は実業家で、かなりの資金をもっている、と彼はツクルスに自己紹介した。彼の信頼を得るようになってから、クンズルは絶対に秘密にしておいてほしいと前置きして、じつは自分はドイツ警察とイスラエルの工作員に追われている元ナチで、クンズルというのは偽名なのだ、と打ち明けた。そのうえで、彼はある事業の提案をした。それは彼とツクルスとほかのドイツ人の友人とで国際的な旅行代理店を設立し、モンテビデオ、ブエノスアイレス、そしてチリのサンチアゴに事務所を開設しようというものだった。「われわれのような老兵は団結していないとね」と、クンズルはつけ加えた。

ツクルスは興味をもった。そして二人は急速に親しくなっていった。二人は浜辺で肌を焼いたり、泳いだりして何時間も一緒にすごしながら、新事業のアイディアについて議論しあった。クンズルは将来の共同経営者に、自分たちが得られるはずの多大な利益のことをたえず巧みに印象づけた。

それでもツクルスはまだ疑心をいだいていた。クンズル自身が話した過去の経歴はすこしも確認されていなかったからだ。とはいってもツクルスは、オーストリアのパスポート(No.九二〇一九五)を持つこの新しい友人がじつはユダヤ人で、ナチ戦犯追跡機関と連絡をとりあっているということは、知るよしもなかった。多大な利益という餌にひっかかりそうになりながらも、ツクルスは暗殺者のリストにクンズルの名前を書き加えた。

一九六五年一月、クンズルはしばらくロッテルダムに行かなければならなくなったとツクルスに話し、南アメリカに帰りしだい、モンテビデオでほかの共同経営者となる人たちと一緒に会って、新会社設立の同意書にみんなでサインしようと提案した。

そう言ってクンズルはさっさとヨーロッパに行ってしまったため、残されたツクルスは大きな儲け話をのがす不安と、巧妙な罠にはまる恐怖との板ばさみになって、迷いに迷っていた。

そこで二月十五日にツクルスはサンパウロの警察署に行き、相談したいことがあると申し出て、アルシド・シントラ・ブエノ・フィルオという警察官に会った。

「わたしは事業を経営している者ですが、命をねらわれる危険があるので、この数年間ここの警察の保護を受けています」と、ツクルスは警察官に話した。「ところが、あるヨーロッパの大実業家がモンテビデオに会いにきてほしいとわたしに言うのです。ウルグアイに行っても大丈夫でしょうかね？　あの国ではわたしの身に危険がおよぶことはありませんかね？　ひとつ御意見をお聞かせ願いたいのですが」

「行かないことですな」と、警察官は答えた。「ここにいるかぎり、あなたは安全です。われわれが守っていますからね。しかしブラジルを出てしまうと、あなたはわれわれの保護も安全の保障も失うのを忘れないことですな。敵はあなたを忘れてしまったなどと考えるのはおやめなさい。……」

ツクルスは言われたことをしばらく考えていたが、やがて立ち上がって別れぎわに言った。

「わたしはいつだって勇気をもってやってきたので、恐れはしませんよ。それにいつもピストルを携帯しているし、腕はいまでも充分確かです」

この警察官（彼は何週間かのちにこのときの会話を報道関係者に話した）の警告に従わず、ツクルスはモンテビデオに行くことにした。二月十九日、彼は〈水曜日にモンテビデオにて会いたし。アントン〉という電報を受けとった。

二十三日、ツクルスはモンテビデオ行きのエール・フランス機に乗った。片側のポケットに搭乗券を入れ、反対側のポケットには、万一の場合に、二二口径のピストルをしのばせていた。

モンテビデオではツクルス制裁の準備がすべて整っていた。クンズルは、やはりオーストリアのパスポート（No.一〇一二六一／六一）を持つもうひとりのユダヤ人、オズワルド・タウシックと一緒に〝リガの殺し屋〟を待ちうけていた。のちに筆者がモンテビデオで集めた情報によると、この二人の男はイスラエルの諜報機関と連絡をとり、何カ月もかけて用意周到にこの復讐計画を準備してきたようである。

ツクルス謀殺の場所にモンテビデオを選んだ理由は、ブラジルでは彼は警察の保護を受けていたし、さらにブラジルで彼を殺せばそこに定住している元ナチスがユダヤ人に報復する可能性もあるからだった。南アメリカではもっとも自由で民主的なウルグアイの首都モンテビデオならば、ナチ戦犯は味方してくれる者をみつけることはできない。

タウシックは二月十一日にモンテビデオに着き、ノガロ・ホテルの三〇二号室に泊まっていた。一週間後、彼はスダムカーというレンタル会社から緑色のフォルクスワーゲンを借りた。さらに海の近くに小さな別荘カーサ・クベルティーニも借りた。そして長さ六フィート、幅十八インチ、高さ二十インチの大きなトランクを買って別荘へ運ばせておいた。

ほかのメンバーはタウシックより四、五日遅れてモンテビデオに着いた。このコマンドーはクンズルを含む五人のメンバーで構成されていて、クンズルは二月十五日に到着し、ビクトリア・ホテルに落ち着いた。部屋は二一一二号室だった。彼もスダムカー社から黒のフォルクスワーゲンを借りた。

復讐者たちはツクルスを誘拐してイスラエルに連れていくのではなく、殺すことに決めていた。

「かれらには、アイヒマン作戦をくり返す気などぜんぜんなかったのですよ」と、ある人物がモンテビデオで話してくれた。その人物は復讐者たちと親しくしていたが、この計画には関与していなかった。

二月二十一日までに罠は完全にしかけられた。クンズルとタウシックはツクルスが到着するのを待つあいだ、借りた別荘に数回足をはこんだ。そのツクルスがモンテビデオに着いたのは二十三日の朝で、ツクルスはクンズルが滞在しているビクトリア・ホテルに行き、一七一九号室に落ち着いた。二人が会ったのは昼ごろで、クンズルはほかの共同経営者が会合場所に海辺の静かな別荘を提供してくれたので、かれらに会いにそこへ案内すると言った。ツクルスに異存があるはずはなく、二人はクンズルの黒いフォルクスワーゲンで出かけたのである。

真昼の強い太陽が人けのないアスファルト道路を溶かさんばかりに照りつけていた。緑色のフォルクスワーゲンは昼まえからカーサ・クベルティーニより六十ヤード離れたところに止めてあった。別荘のなかではタウシックと三人の男たちが外をうかがいながら、クンズルがツクルスを連れてくるのを待ちかまえていた。

二人が玄関から入ってきたとたん、待っていた四人はさっと飛びだし、リトアニアの大男に銃口を向けた。ツクルスはすばやくピストルを抜き撃った。入り乱れての格闘の際、クンズルは頭を殴打され、もう一人は手に軽い怪我をした。だがツクルスは頭に銃弾を撃ち込まれ即死した。

彼の死体は身分証明書と一緒にトランクに詰められた。トランクに入れたのは、復讐者たちが何かの手違いで死体を運べなくなったようにみせかけるためだった。死体と共にトランクに残したタイプライター印字のメモには、〝リガの殺し屋〟のユダヤ人に対する罪状が記され、彼に宣告された死刑はとどこおりなく実行された、と書いてあった。そうしておいて、復讐者のグループは別荘を後にした。

別荘の隣人、セニョール・ラフォの話では、五人はクンズルとツクルスが到着してから約一時間後に出ていったという。三人は緑色の車に乗り、残りの二人は黒の車に乗っていった。噂では復讐者のすくなくとも一人は、当時モンテビデオに停泊していたイスラエルの貨物船、ハル・リモン号に乗ってウルグアイを離れたといわれている。

数日後警察は殺人を知らせる匿名の手紙を受けとったが、まったく注意をはらわなかった。ほかにも、一人のナチ戦犯がウルグアイで処刑されたことを告げる、あいまいな表現の手紙がボンとフランクフルトの新聞社に送られてきた。こちらのほうもまともには受けとられなかった。ついに復讐者のひとりがフランクフルトのAP通信社に電話してきて、ひどいドイツ語でつぎのような声明文を読みあげた。

「ヘルベルト・ツクルスが非難さるべき罪の重大性、とくに三万人の男女、子供の虐殺に対する個人的責任にかんがみ、かつその極悪の大罪を犯す際ヘルベルト・ツクルスが示した恐るべき残虐性を考慮し、われわれはツクルスに死刑を宣告した。彼は一九六五年二月二十三日、〝忘却せざる者〟たちによって処刑された。死体はウルグアイ、モンテビデオのコロンビア通りにあるカーサ・クベルティーニという別荘にある」

こんどはAP通信社も注目してすぐにモンテビデオの支社に通知したため、その支社は警察に連絡した。処刑が実行されてから十一日後、死体は別荘にあったトランクのなかで発見された。この事件は、モンテビデオの警察本部長ベンテュラ・ロドリゲス大佐自身が捜査の指揮をとった。しかしモンテビデオでの捜査でも、またサンパウロでおこなわれた捜査でも、何ひとつ解明しなかった。復讐者の手がかりはまったくつかめなかったのである。

最後までツクルスの〝友人〟役を演じつづけたアントン・クンズルは、自分の足取りを隠すために、ヨーロッパへ帰るまえにチリのサンチアゴから、彼の共同経営者となるはずだった男に手紙を出している。

二月二十六日付のその手紙はつぎのような内容だった。

ヘルベルト君

神のお恵みと同胞の助けによりわたしは無事にチリに帰ることができた。いまゆっくりと旅の疲れを癒しているところだが、きみもぼつぼつ家に帰っているころだと思う。ところで、旅のあいだ、われわれは男と女の二人連れにつけられているのをわたしは気づいていた。おたがいにじゅうぶん注意し警戒しなければならない。以前にも言ったが、きみが本名のままで仕事し旅行するのは、ひじょうに大きな危険を冒していることになる。それがもとでわれわれに災難がおよぶかもしれないし、わたしの正体がばれる恐れもある。

そこでこのたびのウルグアイでの茶番劇を将来への教訓とし、今後はさらに慎重になってくれることを期待している。もしきみの身のまわりで何か疑わしいことに気づいたら、わたしの忠告、つまり、大赦問題が解決するまで一、二年フォン・レーアスの仲間たちのところで身を隠すこと、を思い出してほしい。

この手紙を読んだら、きみの知っている例のチリのサンチアゴの住所宛に返事をくれたまえ。

アントン・K

この手紙はツクルス事件の捜査ファイルにおさめられた最後のものになった。そのファイルには、疑心をいだいていたツクルスがサンパウロで撮ったアントン・クンズルの写真もおさめられている。しかしクンズルは、筆者にも正体がわからないままだが、永久に消えてしまったようである。まんがいちふたたび姿を現わすとすれば、おそらく彼は名前も外見もまったく別人になっているであろう。

26 復讐、そして警告

人類の長い歴史には、狂暴な憎悪や仮借ない復讐の例は幾多とある。しかしこの本に列挙された復讐は二十年以上たってもまだ終わらないのだ。しかもその原因、動機、実行のしかたにおいて特異であり、さらにこの復讐は罪とそれに対する罰とのあいだにあまりに大きな隔たりがあるために生じた結果なのである。

ある民族全体を絶滅させるために周到な計画を実行するなどということは現代史上未曾有のことである。ましてその恐るべき方法、大量処理技術を悪用した残虐な変態性は前代未聞である。

何千という人々を虐殺した責任を負う男にはいったいどんな刑罰がふさわしいというのか？

一九六一年、西ドイツでカール・フミェレフスキSS将校の裁判がおこなわれた。被告は一九四〇年から一九四二年のあいだ、マウトハウゼン強制収容所に入りきらない被収容者たちを集めたグーゼン強制収容所の所長をしていた。このフミェレフスキの裁判で、何千もの被収容者が氷水に漬けられて、あるいは、両手をうしろ手に縛られ足を括られ逆さ吊りにされて、水をはった樽に頭から漬けられて殺されたことが証明された。殺された男たち、女たち、子供たちの苦痛を想像してみるだけでも勇気がいる。死は時間をかけてやってくる。犠牲者にまだ体力があるうちは、頭が水に漬からぬように必死で脚を曲げ身をよじって引き揚げようとするからだ。ＳＳはこのような光景を見る楽しみ、ただそれだけのために、この殺し方を考えだしたことは明らかである。

これほど手のこんだ殺人をおこなう者たちにくらべれば、伝説的な青ひげやランドリューさえ人間らしく思える。人類の歴史がはじまって以来、ナチスのほかに、これほど下劣で極悪非道な男たちにその才能を発揮する場をあたえた政権があったであろうか？　グーゼンやアウシュヴィッツのような場所は歴史上例がない。その数と恐ろしさにおいて、そこでおこなわれた犯罪は文明社会の法と慣習のすべてを超えるものである。復讐者たちとてときに暴挙にでるのは不思議ではない。

ユダヤ人はほかのどの民族よりもナチズムに苦しめられた。だが、ニュルンベルクでは裁判官のなかにユダヤ人は一人もいなかった。一九四五年にはイスラエルの国すらなかった。だから、強制収容所の生存者や、虐殺された人々の血縁者や、連合軍とともに闘ったイスラエル兵士たちが心底から深い失望をかみしめたのは、よく理解できる。そしてユダヤ人にとっては正義を否定されたと思えるようなことを目のあたりに見て、かれらの一部が、それなら自分たちに拒絶された権利を、自分たちの民族の迫害者を罰する権利を、自分たちの手で行使するしかないと決意したことも、充分理解できるのである。

一九六〇年にイスラエル人がアイヒマンを誘拐したとき、一部の法学者やインテリたちは不法行為だと、声高に非難した。ある人たちは〝海賊行為〟だとも言った。かれらに言わせると、このような国際法の無視はけっして正当化することはできない、西ドイツかオーストリアがアルゼンチン政府にアイヒマンの引渡しを主張すべきだった、というのである。それでは、アイヒマンやメンゲレのような戦犯に避難所を提供し保護することを正当化している法律というのは、いったいどんな法律なのであろうか？

アイヒマンを捕らえたイスラエル人たちがもし〝法律〟を遵守していたら、アイヒマンはいまもなお自由の身で生きていたであろう。マルチン・ボルマン、ヴァルター・ラウフ、ヨーゼフ・メンゲレ、レオン・ドグレル、ロベール・ヴェルベーレン、その他大勢の戦犯がいまだに自由であるように。

イスラエル人によるアイヒマン誘拐も、ユーゴスラヴィア人によるアンテ・パヴェリチ処刑も驚くにはあたらない。驚くべきは、オラドゥール・シュール・グラーヌの小村における大量虐殺の真の責任者たちに正義の断をくだす動きがいまだにないことである。

法と正義が一体になっていないなら、どちらを取るか、選択せざるをえない。だから復讐者たちは危険を充分承知のうえで、正義を選んだのである。

終戦直後の何年間かは、ユダヤ人の復讐はほとんど本能的といえるやり方だった。眼には眼を、とばかりに戦犯を、いや、たとえ象徴的な意味しかなくとも、できればドイツ国民全部をやっつけ仕返しするという、ただそれだけの考えしかなかった。また、五年間の大戦がヨーロッパにもたらした無秩序と混乱はこの種の復讐にはきわめて好都合だった。こうした復讐は、やむにやまれず立ち上がった者たちによって、ほかからの助けを借りずに少人数で実行されたもので、イスラエル人の指導者の意に反することが多かった。

アイヒマン作戦により、復讐者の目的は処罰に、警告という意味合いを加味するようになった。

もっとも強固にして不屈のナチ追跡者たちも、自分たちがどのような復讐をやりとげようと、犠牲者の命は取りもどせないことはよく知っている。数々の復讐に成功しても、大物、小物を問わず拷問者全員、殺人者全員、迫害者全員をみつけだして処刑することはじっさいには不可能という事実は変わらないことも知っているのだ。アイヒマンというひとりの戦犯に死刑が宣告され、ツクルスというひとりのナチが制裁されても、まだどれだけ多くの者たちが復讐から免れていることか。

だがこうした復讐例は今日までうまく網の目をすりぬけているすべての戦犯たちに警告を与える効果があるのだ。恥知らずにも、〝マイン・カンプフ〟と名付けた農場がペルーにあることはすでに述べた。アルゼンチンのパンパスやマトグロッソには数多くの孤立した農場があり、そこでは男たちが四半世紀のあいだいつも恐怖につきまとわれて暮らしつづけていることも、筆者は知っている。かれらは隠れつづけ、ひとりではけっして出歩かず、毎晩ドアに鍵をかけ差し錠を差し、農場の境界線をパトロールさせ、新顔を見ると不安におそわれるのだ。かれらのこの恐怖にみちた苦悩がすでに罰のはじまりである。ひとりひとりが、突然復讐者が現われ自分を捕らえて人けのない場所に連れていき、そこで判決文を読みあげて、自分を射殺するのではないかという妄想にとりつかれている。

近年復讐者の行為を一般に公表する理由はここにある。いまだ自由の身の迫害者は自分の番がいつくるかもしれないと恐れおののく。このほうが法による報復よりもより完全な復讐といえるだろう。

ヨーロッパで両親を殺された若いイスラエル人がかつて言ったことがある。「きわめて単純なことですよ。つまり、まだ自由に生きのびているすべての戦犯たちに、処刑が少々延期されているだけだと思い知らせてやるんです」

この警告はナチズムを復活させようとたくらんでいる者たちにも向けられている。

ヒトラーとナチズムが何を意図していたかは、だれよりもイスラエルとユダヤ人がよく知っている。われわれはあれだけの犯罪を忘れ、殺人者や迫害者を許すべきなのだろうか？

ナチ地獄を経験したことのない人々のなかには、「許して忘れよ」という人がいる。「許そう、しかし忘れてはならない」という人もいる。だが、強制収容所の生存者たちは反論する。「忘れられない者は許すことはできない」と。

地獄の苦しみを味わった人たちにとって、最大の困難はドイツ国民全体とナチ戦犯を区別することである。一部の人たちは、不当ではあっても、ドイツ人全体に、前人の悪行を真剣に償おうとしている若い世代にさえも、憎悪をいだいている。ドイツに執念深く敵意をもつこれらの人たちの態度を理解するためには、おそらくかれらと同じ苦悩を味わってみなければならないのだろう。

エルサレムである男が話してくれたことがある。「毎晩あの殺人鬼らの夢を見るんだ。くる夜もくる夜もあいつらは出てきやがる。わたしはまたアウシュヴィッツにいて、死体の山のなかにたった一人で立っている。そこへSSが、ごろつき将校が、拷問野郎がやってくる。わたしは夢のなかであいつらをたたき殺し、締め殺し、踏みつけてやるんだ。それがわたしの復讐なのだ。ゆうべも今夜もあしたの夜も。毎晩毎晩SSは生き返って出てきやがる……」

ハイファに一人の苦痛の絶えない回復不能な病人が住んでいる。彼はドイツの新聞を全部購読し、結婚や婚約のニュースののる社交欄に眼をとおす。そして悪名高い殺人者の娘や息子の結婚や婚約の記事をみつけるたびに、その若い人たちに手紙を出している。「婚約者がきみの指に指輪をはめるとき、きみの父親のせいで、過去にも未来永劫にもその幸福の一瞬を味わうことができなくなった青年男女のことを考えてみるがよい。……」

こうすることが彼の復讐なのである。

著者ノート

〝復讐者〟たちは殺人を犯した。

かれらはわたしに言う。「連合国――フランス、ロシア、アメリカ、ポーランド――はナチ戦犯を裁き罰する権利を与えられた。だがもっとも苦しめられたユダヤ人はニュルンベルク裁判に代表者をたてることさえできなかった」

ユダヤ人の地下組織の活動家たちは戦犯が解放されるのを見た。殺人者が釈放されるのを見た。処刑執行者が自分の些事だけ心配すればよい身分にかえるのを見た。だから活動家たちは反逆したのだ。「アウシュヴィッツの地面ではいまだに煙がくすぶっている。だのに世界はもう忘れようとしている」と、かれらはわたしに言った。復讐者たちは冷酷無情な殺し屋ではない。かれらは、暴力に憤怒した、インテリで自由主義者で誠実な人間なのだ。かれらは犠牲者の国全体から、何百万の死亡者から使命を託されていると感じている。かれらは命をかけて戦犯たちを追い詰める決意を固めているのだ。

何世紀ものあいだユダヤ人は苦しみを味わってきた。戦争が終わったとき、生き残った人たちは、「もう、たくさんだ」と叫んだ。相手の意のままに大量虐殺される無防備なユダヤ人というレッテルにはもう我慢ならない。これからはユダヤ人はやり返すのだ。殺人者たちを処刑し、二度とこのような犯罪を許さない。

かれらは言った。「たとえ、一部の人々の眼にうつるユダヤ人のイメージが傷つこうと、われわれは殺すだろう――復讐に飢えているからではなく、殺人鬼としてでもなく、世界への見せしめのために。自分たちが絶滅させられるのを許すわけにはいかないのだ」一九四五年のヨーロッパでの復讐者たちのモットーは、〈はるかイスラエルで同胞が建国できるようにするために、われわれは殺すのだ〉ということだった。

かれらは正しかっただろうか？　わたしにはわからない。歴史がかれらを裁くだろう。わたしは復讐というものを信じない。わたし自身にとっては、わが同胞の多くとおなじように、真の復讐はただひとつ、イスラエルの建国だけである。

イスラエルこそわれわれの最重要事なのだ。未来が大切なのだ。われわれの大部分は復讐者ではない。しかしわれわれは復讐者たちを知っている。かれらと同一にはなれないが、われわれはこの人たちを尊敬している。ユダヤ人であることを誇りにし、自分たちが忌み嫌っている暴力行為を、国民全体の名において、過去を二度とくり返させないために、あえておこなったこの人たちを尊敬している。

正しいか、正しくないかは別にして、イスラエル国民がこの復讐者たちを知っているように、歴史もかれらのことを知らなければならない。
だから、わたしはこの『復讐者たち』を書いたのである。

マイケル・バー＝ゾウハー

訳者あとがき

本年（一九八九年）三月十四日付の読売新聞に、『豪、ナチ戦犯追及へ――法律改正でゴーサイン――当局「大物十五人いる」』という見出しで、シドニーからの特派員リポートが載った。〈オーストラリアの戦犯法がこのほど改正され、戦後、欧州からの移民のなかに紛れこんで移住、約四十年間、ひそかにオーストラリアで暮らしていたナチスの戦争犯罪者の追及が可能になった。政府の特命で二年まえからナチ戦犯に関する資料集めをつづけてきた「戦犯特捜隊」（SIU）のメンバーは手ぐすねを引いてナチ戦犯の仮面をはがすときを待っている〉というのである。

なんと半世紀まえの犯罪が、オーストラリアではいまようやく裁かれようとしているのだ。もちろんこれは、オーストラリアという国の特殊事情があってのことだろうが、それにしてもいささか異常なことではないだろうか？　だいたい、十数人もの大物ナチ戦争犯罪者がどうしてオーストラリアにいて、いくら正体を隠してとはいえ、四十年間も安穏に暮らすことができたのか？　そのあいだ、かれらの犯罪の被害者であるユダヤ人はそれに対してなんらなす術がなかったのか？

とにかく、ナチズムとその戦争犯罪に関しては、常識では信じられないようなことが多い。そもそも、ナチスはなぜ一民族をそっくり地上から抹殺しようなどと考えたのだろうか？それに対してユダヤ民族は、どうして民族として抵抗することなく、何百万人もの人が羊のようにおとなしく虐殺されていったのだろうか？　いや、ほんとうに羊のようにおとなしく殺されていったのだろうか？　まったく、敵が本土に上陸してきそうだというだけで一億玉砕を唱えたわれわれ日本人の感覚では理解しがたいことで、疑問は尽きない。それでもナチスに関しては、すでにあらゆる角度からいろいろと詳細に書かれているので、その考え方や行為はおおむねつまびらかにされているといえるだろう。いまひとつわかりにくいのは、歴史上未曾有の暴虐の犠牲となったユダヤ民族の考え方や行動で、前述のような素朴な疑問をいだくのは訳者ひとりではあるまい。そうした疑問のかなりの部分に解答を与えてくれるのが、この、マイケル・バー＝ゾウハーの手になるノンフィクション『復讐者たち』（原題 *The Avengers*）なのだ。

本書によってバー＝ゾウハーは、ユダヤ民族が決して羊のようにおとなしく虐殺されてはいなかったことをあきらかにしている。本書の第一部「初期の復讐者たち」を読めば、ユダヤ人たちがナチスの暴虐にかなり早くから抵抗し復讐していたことがわかる。それを知って、ユダヤ人もやはり人の子なのだ、と訳者は妙な安心感をいだいた次第だ。

第二部「逃亡」は、冒頭に引用したオーストラリアからの特派員リポートに関する疑問の一つを解くヒントを与えてくれる。つまり、どうしてオーストラリアに何人もの大物ナチ戦犯がいて、四十年間も安穏に暮らしてこられたかという謎が、ナチ戦犯を支援する〝シュロイゼ〟〝シュピンネ〟〝オデッサ〟などの地下組織について詳述したこの部分を読めば、ある程度解明されるように思えるのだ。バー＝ゾウハーが本書によってあきらかにしたこれらのナチ支援組織の存在は、おそらくスパイ小説の書き手たちの想像力を大いに触発したにちがいない。たとえば、フレデリック・フォーサイスが〝オデッサ〟をヒントにして『オデッサ・ファイル』を書いていることは、スパイ小説ファンなら知らない人はいないだろうし、角川書店から出た拙訳『テロルの嵐』の作者ゴードン・スティーヴンズも〝シュピンネ〟を題材にして『スパイダー』という小説を書いている。

第三部「ナチ戦犯の追跡」も、半世紀まえの戦争犯罪がいまようやく裁かれようとしているオーストラリアの例が示すようにナチ戦犯の追跡が異常なほど長い年月を要するのはなぜなのかという謎にスポットをあてて、それを解くカギを与えてくれる。この部分も一人の作家の創作欲をかきたてたことはまちがいなく、ヨーゼフ・メンゲレに消されたとされるイスラエル女性諜報員ヌリト・エルダッドのエピソードを、ハーバート・リーバーマンが小説『地獄の追跡』（角川書店刊）で活写している。

いまでこそスパイ小説作家として知られるバー＝ゾウハーだが、著述に手をそめた当初は、イスラエルの著名政治家の伝記や、この『復讐者たち』のようなナチ関係のノンフィクションを書いていた。それというのも、バー＝ゾウハーには、ユダヤ人として、ユダヤ民族の立場を世界に訴えたいという思いがあったからにちがいない。それは、できるかぎり客観的に記そうとしているこのナチスに対する復讐者たちの記録の行間から、はしなくもにじみ出る彼の真情からもうかがわれるのである。その後、バー＝ゾウハーは、彼自身が作品のなかで匂わせているようにフォーサイスらのスパイ・スリラーに刺激されたらしく、『過去からの狙撃者』（一九七三年）『二度死んだ男』（七五年）『エニグマ奇襲指令』（七八年）『パンドラ抹殺文書』（八〇年）『ファントム謀略ルート』（八〇年）『復讐のダブル・クロス』（八一年）『真冬に来たスパイ』（八四年）といったエンターテインメント色の濃い小説を書きはじめて、定評を得た。が、最近は、邦訳された一番新しい作品『無名戦士の神話』や、イスラエル建国秘話に題材をとった最新作『悪魔のスパイ』からうかがえるように、ふたたび彼の戦争観や主張を強く反映させた作品を書く傾向がみられるようである。

この『復讐者たち』はそうしたイスラエル人作家マイケル・バー＝ゾウハーの原点を知るうえで、そしてユダヤと呼ばれる民族を理解するうえで、どうしても欠かすことのできない一冊といえるだろう。

一九八九年六月

解説

作家
麻生幾

四〇〇余りのページを捲り終えて、私はすっかり一読者となっている自分に気づいた。本を閉じるのも忘れ、幾つかのシーンへ思いを寄せたままだったからだ。

ドイツ・ナチス政権が行った、ユダヤ人に対する民族虐殺(ジェノサイド)計画の余りの悲惨さは今更言うまでもないが、あらためて女性や子供に行った残虐な行為の数々に関する表現を見ることは、戦争の残虐さという簡単な言葉では決して表現できない。人類が犯してはならないものであり、激しい怒りとともに今でも胸が締め付けられる。確認されているだけでも、女性や乳児を含む約六百万名の人たちが、ヒトラー率いるナチスドイツに残酷な方法で殺されたのだ。

だが、本作品の著者は、そのことにことさら枚数を重ねていない。

ナチス崩壊直後から開始された、「特別チーム」による復讐作戦。緻密な情報収集活動、あるいは協力者運営、また隠密偵察などによって、虐殺を首謀した者たちを探し出し、森に連れ込んで死刑判決を言い渡し、即座に処刑していった「復讐者たち」の活動を驚くほどの精緻な筆致で描き出している。私が、すっかり読者となってしまった理由は、著者が怒濤のごとく登場させる、「復讐者たち」のその思いに心も体も引き込まれたからだ。

「特別チーム」は個人的な動きのものも含めて膨大に存在し、連合軍によって解放されたばかりのドイツや近隣国へなだれ込み、次々と〝ナチス狩り〟を行ってゆく。

捕虜となったナチス将校たちに対する大量毒殺作戦（数百名が死亡した可能性を筆者は言及）、捕虜収容所への襲撃作戦、水道毒混入作戦、刑務所にいるナチス残党を暗殺——あらゆる方法を駆使して「復讐」を果たしてゆく。ドイツ人数百万名を焼死させる計画まで立てられたとある。

しかし、そこには、単なる〝戦争〟の光景はなかった。いや〝戦争〟という世界を遥かに超えた、人間の心の最も奥底にある強烈な思いがあった。

著者は、彼らのインタビューから幾つかの思いを拾い上げている。

〈復讐を楽しむつもりもなければ、生来好きでもない。だが、われわれは復讐をするのだ！〉

〈ユダヤ民族全体のための復讐だった。死者も含む全ユダヤ民族の代表として、復讐の使命を負っているという誇りを復讐者各自が持っていた〉

〈われわれは名誉ある復讐、すなわち個人的な敵討ちではなくわが民族のための復讐に生涯を捧げる誓いをたてた——〉

もちろん、自分たちが行っていることが、〝合法〟でないことの自覚がある。一方で、

〈甘美な復讐の味〉と吐露する「復讐者たち」も登場する。

いずれの「復讐者たち」にも迷いはない。そこに共通するものに、著者は「正義」という概念を書いている。「正義」こそが、法治国家、法社会を凌駕すると――。

そこには、「国家」や「国益」という姿はなかっただろう。

まず当時のユダヤ人たちには「国家」はなかった。

また「国益」とは、その時の為政者によって都合のいいものに塗り替えられてしまう。

「復讐者たち」にその思いはなかったはずだ。

「復讐者たち」が行った「正義」は、ジェノサイドの悲劇に見舞われた民族たちへの憐れみから、列強の連合国軍が〝見て見ぬ振り〟をすることとでも達成されてゆく。

「復讐者たち」の最大のターゲットの一人である、ナチス元幹部でホロコースト（ユダヤ人大虐殺）の指揮をしたとされたアドルフ・アイヒマン（一九六一年イスラエルで絞首刑）を、イスラエル情報機関と特殊部隊が逃亡先の南米から強引に拉致してきたことに、世界から批判が寄せられたと書かれているが、その一方でユダヤ人たちがこれに喝采を浴びせた根拠も、「復讐者たち」の「正義」であった。

現在、世界の複数の特殊作戦部隊では、この「正義」という言葉を盛んに隊員たちに教育している。

――自分たちは殺し屋ではない。また恨みや私情で、M4カービン銃を相手に向けるのではない。指揮官が与えた任務に「正義」を見つけ、そしてそれを自覚した自分を見つけ、ならば遂行せよ、と。

「正義」の言葉は、崇高な響きを与える。しかし、その一方で、当事者たちだけの言葉（フレーズ）になる危険を孕んだ言葉であることは間違いない。当事者の思惑だけを含んだ――。

だからこそ、現在の特殊作戦部隊の教育は、そこへ行き着くまでの精神的な経過こそが重要だとして繰り返しているのだ。

著者もその点を何度も繰り返し、「復讐者たち」に問うている。

なぜできたのか？

そして、著者は「復讐者たち」が前述のように、さまざまな心の奥底を述懐していることを何度も紹介している。そこが、この作品を単なる暗殺作戦の読み物、ではなく、心を引きつけ、読後に深い思いに浸って時間を忘れさせることとなっている。

「復讐者たち」の身分については、職業軍人は少なく、教師、技術者、会社員など一般の者たちがほとんどだった、と著者は強調している。しかも、ホロコーストの収容者ではない点も指摘している。考えれば当然と言えば当然だが、著者も書いているとおり、収容者たちは身も心もズタズタであり、とても「復讐者たち」になりえなかった。

著者が言いたいのは、やはり、犠牲者たち民族へ捧げる同じ民族による「復讐」だったことだ。歴史の書の枠を越えたノンフィクションの醍醐味が惜しみなく、私は図らずも鳥肌が立った。

ところで、マイケル・バー＝ゾウハーという名前を聞いて、心躍らせる読者は多いはずだ。その多くは、スパイ小説の愛好家であろうし、わくわくしながらページを捲ってきたはずだ。その一人が、高校生から大学生である私だった。『過去からの狙撃者』、『二度死んだ男』、『パンドラ抹殺文書』（いずれもハヤカワ文庫）を、試験勉強そっちのけで貪り読んだ。そしてまた、書店のハヤカワ文庫の本棚へ走り、〝スパイもの〟を目を皿にして探していた。

本作品の後、著者はスパイ小説家の大御所となるわけだが、その片鱗がたっぷりと盛り込まれている。

だから、私は、「復讐者たち」の思いや、「正義」という言葉を深く考える、その一方で、本作品に呑み込まれた理由がもう一つあった。

ノンフィクションであるにもかかわらず、スパイ小説さながらの描写とストーリーになっているからだ。

第一部は、「復讐者たち」の全体像とも言うべきカテゴリーである。ナチスの残党を見つけ出すまでの光景であり、スパイ工作の技術がふんだんに登場する。

第二部は逆に、ナチス元将校たちの逃亡劇が描かれているが、これもまた、追われる者たちが、追跡する「復讐者たち」に対して使った作戦が、エスピオナージ（諜報戦）そのものである。今もって生死の確認ができていないとされるヒトラーの最側近だったマルチン・ボルマン（第三部後半でも登場）や、元ゲシュタポ（秘密警察）長官のハインリッヒ・ミュラーの逃亡劇は、〝悪い奴〟とわかりながらも手に汗握るほどドラマチックだ。

そして第三部こそ、マイケル・バー＝ゾウハーの真骨頂である。前述したアイヒマン発見、逮捕までのシーンは、謎解きも多く、まさにスパイハンターのストーリーそのもの。思わず身を乗り出して、ページの捲りが益々早くなってゆく。

特に、アイヒマンを拉致するよりさらに困難だった、とする、イスラエルまでの輸送作戦のスケールの大きさには驚かされる。

また何より、各国の情報、諜報機関の名称がふんだんに登場することも、スパイ小説愛好家なら歓喜の声をあげることだろう。戦争犯罪を描いた重みのあるノンフィクションであって、心して読まなければならない、と分かっていても、やはりこれらのシーンは、興奮を抑えるのに苦労する。

それらを詳細に紹介したいところだが、読者の期待を奪うことになるので、是非、自ら読み進んで頂きたい。

第三部のそれに続く項目は、悲惨な現実に、また身と心が引きつけられることとなる。アメリカ軍によって発見されたナチスの安楽死研究所の医師たちの追及を紹介した〈死を施す医師〉と、ユダヤ人の収容者に人体実験を繰り返した〈ヨーゼフ・メンゲレ〉の項は、悲愴としか言いようがなく、抑制的な表現に努力した著者が〈身の毛もよだつ思いにかられる〉としたほど、読む方も真実を受け止めるだけの覚悟がいる部分だ。

その覚悟をもって、あらためてその項目を読み進めてゆくと、「正義」とは果たして、普遍的なものなのか、そうでないのか、と思わざるを得ない。世界各国、また民族で、あるいは人種で、そして男女間で違っているのだろうか。

しかし「復讐者たち」が、行ったことを「正義」として同感することができる人は世界に多いだろう。「復讐」とは、被害者、弱者側の言葉である。美学として捉えられることもある。「復讐者たち」の姿が美しいものであったのかどうか――それを考えながら、そして新たな感動を求めて、今宵も、何度目かとなるページを捲ってみたい。

二〇一五年七月

本書は一九八九年七月にハヤカワ文庫NFより刊行された
『復讐者たち』に解説を新たに付した新版です。

訳者略歴　1932年生，2007年没，青山学院大学英文科卒，英米文学翻訳家　訳書にレドモンド『霊応ゲーム』，バー＝ゾウハー『パンドラ抹殺文書』，ライアン『史上最大の作戦』，カレン『子供たちは森に消えた』（以上早川書房刊）他多数

HM=Hayakawa Mystery
SF=Science Fiction
JA=Japanese Author
NV=Novel
NF=Nonfiction
FT=Fantasy

復讐者たち
〔新版〕

〈NF443〉

二〇一五年八月 二十 日　印刷
二〇一五年八月二十五日　発行

（定価はカバーに表示してあります）

著　者　マイケル・バー＝ゾウハー
訳　者　広瀬順弘
発行者　早川　浩
発行所　株式会社　早川書房

郵便番号　一〇一－〇〇四六
東京都千代田区神田多町二ノ二
電話　〇三－三二五二－三一一一（大代表）
振替　〇〇一六〇－三－四七七九九
http://www.hayakawa-online.co.jp

乱丁・落丁本は小社制作部宛お送り下さい。
送料小社負担にてお取りかえいたします。

印刷・信毎書籍印刷株式会社　製本・株式会社明光社
Printed and bound in Japan
ISBN978-4-15-050443-4 C0131

本書は活字が大きく読みやすい〈トールサイズ〉です。